U0932868

拉棉花糖的兔子

新 星 出 版 社 NEW STAR PRESS

图书在版编目（CIP）数据

我开动物园那些年. 完结篇 / 拉棉花糖的兔子著
. -- 北京：新星出版社, 2020.7
ISBN 978-7-5133-3988-9
Ⅰ. ①我… Ⅱ. ①拉… Ⅲ. ①长篇小说 - 中国 - 当代
Ⅳ. ①I247.5
中国版本图书馆CIP数据核字(2020)第038462号

我开动物园那些年. 完结篇

拉棉花糖的兔子 著

策划统筹： 鲤伴文化 魏佳
责任编辑： 汪欣
责任印制： 李珊珊
装帧设计： 仙境

出版发行： 新星出版社
出 版 人： 马汝军
社　　址： 北京市西城区车公庄大街丙3号楼　100044
网　　址： www.newstarpress.com
电　　话： 010 - 88310888
传　　真： 010 - 65270449
法律顾问： 北京市岳成律师事务所

读者服务： 010 - 88310811　service@newstarpress.com
邮购地址： 北京市西城区车公庄大街丙3号楼　100044

印　　刷： 三河国新印装有限公司
开　　本： 670mm × 970mm　1/16
印　　张： 24.5
字　　数： 414千字
版　　次： 2020年7月第一版　2020年7月第一次印刷
书　　号： ISBN 978-7-5133-3988-9
定　　价： 49.80元

目录

CONTENTS

第七卷

动物迁引

园长，我们能不能引进一下您的动物?

145

段佳泽前两天才和领导们一起去看了同心村的工程进度，没想到，这才多久就出事了。

村支书打电话给段佳泽，说施工队的人和负责人吵起来了，双方剑拔弩张，然后负责人就溜了……没办法，对方人多。

然后那些施工队的人就嚷嚷着要捣乱，把管道给砸了。村支书联系不上那个负责人，就打电话给段佳泽了。他和段佳泽比较熟，而且知道灵囿也有投资在里面。

段佳泽就是小头，具体事务一概不管，只管出钱而已，还是政府那边牵线的，他和另外几个老板只是点头之交。但是毕竟出了事，电话打过来了，也不能坐视不理。

段佳泽跟村支书说，那等等他过去，有什么事坐下说，他从中调节一下。

村支书问了一下，结果那些人说，要去段佳泽办公室。村支书真怕那些人把水管砸了，或者砸些别的东西也受不了啊。他问了问，结果段佳泽还真答应了，于是开着三轮车，把施工队的人拉到灵囿来了。

段佳泽让人把他们请到办公室来，在等人期间，他已经打电话给那边了，他的电话负责人倒是接了，对方信誓旦旦地道："之前签了合同，说好工程完毕我们再付剩下的款，现在还没有完全弄好呢，他们就想要钱，还威胁我。段园长，你放心，我现在已经在联系人了，他们怎么砸的怎么给我装回去，不会影响工期的。"

段佳泽听到这江湖气有些重的回复，顿时一呆，这年头，欠钱的才是大爷啊："那我先和他们聊聊，安抚一下，回头再说。"

按理说，款项应该阶段性结，他们签的这个合同不太合理，目前连成本钱都没给够。但是段佳泽也隐约清楚，人家是看在政府牵头，有信誉，加上这个工程挺大的，互相竞争下就答应了。

要真像负责人说的那样，那这件事从法律意义上来说，他们确实没错。

这时村支书领着几个工程队的人也进来了，除了为首的工程队老大之外，剩下几个都是膀大腰圆的，估计是故意选的。

段佳泽管工程队老大毛一心叫“毛总”，请他们都坐下聊。

毛一心旁边一个大汉冲过来猛地拍了两下桌子：“少废话！坐什么坐！”

段佳泽：“……”

村支书赶紧上前拉住：“干什么，你们要来这里就是想撒野啊？”

“撒野怎么了？”那人嚷嚷道，他们早就商量了，破坏村里的东西这些人根本不当回事，能到他们办公室来闹，才会当真呢。

毛一心不咸不淡地道：“老黄，不要激动。段总您谅解，他家里孩子上学，急疯了。”

这个老黄一伸手，从怀里摸出一把刀来。

村支书吓得退了几步：“你干什么？”

段佳泽倒是比较淡定，看着老黄。

老黄早就设计好动作了，他把刀往办公桌上一插：“现在聊吧！”

说完老黄忽然觉得有点不对，大家好像都看着他的手，他低头一看，发现自己那刀压根没插进桌面，而是弯了。

老黄疑惑地把刀挪开，却见桌面上平滑如初，连个坑都没有，反而是他那弯了的刀的刀尖都有个小豁口了。老黄不信邪地又扎了一下，这回刀直接断了，断刃崩飞，掉在地上发出清脆的声音。

其他人看到那桌面也都一脸呆滞，这桌子就算是铁打的，这一下也该有点痕迹吧？

段佳泽又做了个请的动作，若无其事地道：“坐下聊吧。”

“不坐了，段总，您应该联系过了吧，就给我们句话，到底打不打钱？”毛一心也假装刚才什么事都没发生过，口气生硬地道：“绿化是后来补签的合同，本来就不该算在一起。而且，王洋那个孙子还收了我钱，说肯定会打款的。我这边那么多兄弟等着发钱呢，没钱人家怎么干活，到时候还得闹事，不知道的还以为是我的错。”

王洋就是那边负责人的名字，段佳泽一听他说还有两份合同，以及收钱什么的，顿时知道这里头还有事啊：“你是说，你们签了两份合同？”

毛一心道：“是啊，绿化本来不是给我们做的，后来换了。你不知道？”

他也不知道具体每个老板占了多少资金，一时有些疑惑，怀疑段佳泽在装傻了。

“你也看到我这边开着动物园和酒店，这些具体事情我不是很清楚。”段佳泽说道：“既然是这样，你等我再打个电话问一下吧。请各位冷静一点，先喝杯茶，这个项目市领导前几天还来检查了，你们也知道，肯定不会拖欠款项的。”

毛一心哼了一声：“就是知道，不然我们上市政府去闹了。”

段佳泽到外头去打了个电话给王洋,还说了一下人家表示给过他钱的事情。

王洋顿时有些讪讪道：“这个……是老总们的意思，我也尽力了。”

难怪人家要剑拔弩张了，估摸着就是王洋的行为起了一个催化剂的作用，段佳泽也不和他多说了，挂了电话直接打给他老板聊了聊。

这要是别人问也就罢了，段佳泽也是出资方之一，而且他们那个项目相当程度上要依托灵囿的人气，对方自然比较能听进去。大家聊了一下合同的具体事宜，最后承诺下来，会把绿化之前的钱先结清的。

“好了，我已经和他们说了一下，回头让王洋和你们确认打钱的事情。”段佳泽回去后，轻松地说道。

毛一心看他轻描淡写的样子，反而有些不相信了：“真的假的？你不是在帮他们拖延吧？”这些人才是一伙的，毛一心可没忘了。

“真的啊。”段佳泽莫名其妙地道：“我骗你们干什么，我把你这边为难的情况说明了，大家都不想闹翻啊。”

“好，好吧……”毛一心点头，心想这次要骗人，那他们真上市里闹了：“谢谢段总。”

“不客气，我送你们一程。”段佳泽现在已经处理过很多突发事故，有些还不是分内之事，他面不改色，起身要送他们下去。

刚才拿刀扎段佳泽桌子那个老黄眼看要走了，看着桌子讷讷道：“……段老板，你们有钱人，桌子都防弹啊？”

段佳泽：“……”

段佳泽好笑地道：“你也没拿子弹试过啊，再说了，桌子防弹，我好随时躲在里面吗？”

老黄挠头道：“我就是听人说什么防弹材质最硬。”

段佳泽心想，防弹不防弹我不知道，但肯定防火……

毛一心知道解决后态度软化不少，这时也疑惑地道：“刚才是吓到我了，啥木头，咋那么硬，刀都扎不进去。完了我才想到，可能是伪装成木头的金属，而且是特别硬的那种，哈哈哈哈。”

“呵呵呵，对，这其实是金属的。”段佳泽打着哈哈道。

后来毛一心真拿到钱，还来和段佳泽道了个谢，段佳泽说自己也没出什么力，本身这件事也好解决，越过王洋找人就是了。

“还是要谢谢您，之前我们态度那么恶劣，您都没计较。”毛一心不好意思地道：“对了，段老板，我能问问您这桌子是什么材质的吗？我有个朋友想在树林子里搭屋子，想要原生态，又想结实。”

“这个……这其实也是别人送我的，好像是国外进口的，所以名字我也记不得了。”段佳泽胡乱说道。

毛一心和他就见过一次面，也不好意思让他帮忙打听了，挠着头道：“那太遗憾了。”

段佳泽把人送出门之后，摸着办公桌的桌面嘀咕道：“话说这玩意儿到底防不防弹呢……”

扶桑木防不防弹段佳泽还是没弄明白，他送完人就去酒店了。

还没到酒店呢，段佳泽就听到一阵喧闹声，通常这里都没这么热闹，过去一看，原来是室外游泳池里有一群年轻人，看上去应该二十岁都不到。

这个室外游泳池的风格也和酒店契合，并不是什么方方正正的水泥池子，看上去就像个水潭一样，四壁都是深色，旁边还有假山。

段佳泽想起来，好像是有人提过一嘴，有一群学生包了宴会厅过生日，估计就是这些人了。

游泳池旁边还站了一只吉祥物，被一个穿着泳衣的女生搂着说笑。都是女生在说，吉祥物不时点头或者摇头。

段佳泽一看那个头和动作，就怀疑是奇迹，当然最重要的是酒店这边是没有安排吉祥物活动的，他停住脚步看了一会儿。

他这一看，那些女生还以为他在看她们呢，不知道说了些什么后发出一阵哄笑声。至于男生们，脸色就不是特别友善了，有人甚至不爽地看了段佳泽一眼。

段佳泽："……"

那企鹅听到声音，也一摇一摆地转动身体来看段佳泽。这时，一个男生趁机一推，企鹅就往后一倒，倒栽葱砸进了水潭。

原本搂着企鹅的女生尖叫一声："有病啊你，他穿着外套呢！"

这边是深水区，池壁又是深色，女生探头看了一下，也没看见人，连影子晃动也没有，眉头顿时紧皱，转头开始找救生员的身影了。

男生却是呵呵一笑，自己跳了下去："捞上来不就行了。"

其他人有的离得远不知道发生了什么，有的也没当回事，女生们倒是都担忧地看了过去。

那男生跳了下去，潜下水在刚才奇迹落水的区域摸索了一会儿，不多时就没气了，浮上来后却是一脸难以置信："卧槽，人呢？"

如果在场的人有透视眼，那么他们就会看到：

在吉祥物被那个男生推入水的一刹那："他"就像一只真正的企鹅——也的确是——一般，像颗鱼雷一样，以和自己体型及厚重着装不符合的速度，迅速贴着池底游了出去。

这速度之快，甚至没有人发现一道阴影掠过池底。

而当阴影窜到了水池另一端，其他人才刚开始向下看。

紧接着，便是男生探出身体来，茫然而紧张地表示：下头没有人。

这可把年轻人们吓坏了："快点一起下去找！"

"我去，救生员呢？"

这时候，刚才远远看着他们的一个青年走了过来，把衣服脱了便跳下水。

大概也就过了十几秒吧，从远远的池子另一头，冒出来两个身影，正是吉祥物和那个青年。青年还把吉祥物嘴巴那块撑大一点，好像在帮助他获得更多空气，却一点儿也没有摘下头套的意思。

更重要的是，那个吉祥物自己还能动，好像并没有去呛水。

众人都惊呆了。

他，他们，是怎么一瞬间到了那边的？

始作俑者已经吓呆了，他刚才就摸了落水那一块，也没往旁边看，或者是看了几眼，但是周边也站了一些人，导致他没注意到……可是那吉祥物包着那么沉的衣服，迈着那么短的腿，到底怎么在水底移开的？

他更想知道，又是到底花了多久，这吉祥物才挪到那一边啊。反正他下水的时候，周围就啥也没有了。

还有那个青年，速度也很快，一会儿就到了那一头，人都给他扶起来了。

段佳泽摸了摸奇迹，幸好他儿子是水鸟力气大啊！

不然就这一身衣服，沾了水后死沉，换个人类还不倒霉死。

好几个女孩都围了过来，或是从池子里游过来，或是从岸上走过来纷纷问：“你们没事吧？”

她们伸手把段佳泽和奇迹给拉了上来——在拉奇迹的时候，一群女生费老大劲了，不过她们都觉得是衣服和自己体力的问题。

“快把衣服脱了吧！”最开始和奇迹聊天的女生焦急地道。

“不行，”段佳泽拦住了她：“呵呵，不太方便，它是女孩子，里头穿得很轻薄。”

奇迹：“……”

女生呆了一下：“这……不是男孩吗？”

她记得自己之前和吉祥物聊天时，问吉祥物是不是女生，吉祥物还摇了摇头，难道是胡说的？

不过说起来，这个身高的确更像女孩子呀……

“不是啊。”段佳泽信誓旦旦地道。

“那你没事吧？呛水了吗？”女生们一听这是同胞，更加怜爱了，七嘴八舌地问道，不时还谴责一下刚才动手的男生。

说到这个男生，段佳泽回头看了一下，他在池子中间，不前不后的一脸尴尬，怕自己弄出事来，不好意思来道歉。毕竟，他之所以推奇迹就是不喜欢奇迹和女孩们玩儿，还老不回话，特讨厌。

段佳泽暗自摇头，都这样了还要脸，这就等于不要脸了，这孩子不行啊。

“她怎么还是不说话，都这时候了，还扮什么吉祥物啊。”女生泪汪汪地道：“要不，快点送到医务室去吧，检查一下有没有哪里受伤，脑子进水了怎么办？”

段佳泽一听就知道这女孩是东海本地人了，东海因为靠水，特别爱骂人脑子进水，因为当地一直流传着各种脑子进水的后遗症。

段佳泽有个小学老师得了精神病，大家就说是因为她十几年前溺水时，脑子进了水，现在发作了。他也不知道医院怎么判断，反正东海人就说是脑子进水导致的。

至于奇迹嘛……帝企鹅脑子要能进水，那也繁衍不到今天了。

“好的，谢谢你，我带它去看医生。”虽然如此，段佳泽还是客气地道，而且他也需要带奇迹脱身。

段佳泽又看了那个男生一眼，发现他还是没有过来，心里更失望了，拒绝了其他人想陪同的请求，自己把奇迹带走了。路过的人都看着这只湿淋淋的吉祥物，好在也没人会意识到，这层湿湿的企鹅皮下还是一只企鹅……

奇迹“嘎”的叫了一声。

“我知道，和妹子们无关。唉，你……算了不怪你，世道险恶啊，你就算是人都悬。”段佳泽想了想，又说道：“刚才要是我没路过，也悬。”

不是说他没路过，就没人帮奇迹脱身了，只是他不来，应该就是陆压来……那多恐怖！

段佳泽把奇迹带到酒店的医务室，陆压已经跷脚坐在里面了，让段佳泽奇怪的是，除了他有苏也在场，这两个人可是很少一起行动的。

进了房间段佳泽就把奇迹的衣服给脱了，里头还是一只湿漉漉的企鹅。

有苏踮起脚摸了摸奇迹的头：“可怜的奇迹。”

陆压沉着脸道：“那些人族……”

到底吃了什么熊心豹子胆，一个两个，全都来欺负奇迹。

段佳泽坐在椅子上，指了指自己，他也一身湿淋淋的呢。他拿出手机，刚才下水时没拿出来，这会儿也不好用，看了看又放下，抓起旁边的座机。

陆压则在一旁，把段佳泽从头到尾给烘干了。

段佳泽任陆压给他烘干，和黄芪嘱咐了几分钟，然后才挂了电话。

那一边，黄芪接完电话后，就着手去办毁约的事情，把推奇迹那个孩子给请出酒店，拉黑名单里。

那个男生根本不知道救企鹅的是谁，是路人或者工作人员，本以为没什么事，人都走了，看起来也不敢和他计较，就继续聊天吃东西。谁知道，一会儿就有人把他的行李从酒店拿出来了，直接放游泳池这儿，让还光着上半身的他离开。

男生质问了半天凭什么赶他，他是客人，要曝光灵囿。他气死了，觉得特别丢人，非但自己的朋友们，还有一些路过的客人都在看他的热闹，而他呢，衣服都没穿。

但是工作人员软硬不吃，说：“你跟恐怖分子似的，伤害我们员工，不敢留你。”这男生急了，就报了他爸的名字，他爸是个本地比较有名气的富商。

男生强调：“我爸和你们段总认识！”

大家像看白痴一样看着他，气得男生差点背过气去，又不明白为什么。

黄芪听人一转告，那太好了，我就打电话给他爸吧。

于是，在男生和工作人员僵持，还要拿手机录视频之时，他接到了自己爸爸的电话，被骂得狗血喷头，最后阴着脸挂断电话。

这时候已经站了一圈围观的人，他的小伙伴们更是表情古怪，有的一脸担忧，有的幸灾乐祸……男生更加气恼了，他捏紧了手机，低声道：“我自己退房，但是我能先去给段园长道个歉吗？”

到这会儿，他还是特别恼怒的，听到他咬牙切齿的语气，工作人员面面相觑，不知该不该放行。

段佳泽把湿了的企鹅装叠好，这个不能烘干了就穿，他要拿去清洗一下，刚才拿了套干净的出来，现在就给奇迹换上了。

这时候外头有人敲门，他们已经转移到了里面的房间，段佳泽探头询问，一个员工隔着外门说，先前那男生要来道歉了。

段佳泽愣了一下，这时候接到了黄芪的短信，无奈地自语：“我就说怎么来了……”

他征询奇迹的意见：“那咱们还是出去看一下？”

奇迹迈着企鹅步就要往外走，却在路过陆压时，被一下摁住了。

陆压坐在椅子上，双脚搭在另一张凳子上，一偏头，看了有苏一眼。

有苏也站了起来，拍了拍自己的裙子，拧身变作成年体型，向外走去。

段佳泽：“你？？”

有苏笑嘻嘻地道：“怎么？那企鹅装里不是女孩子吗，我去接受道歉啦。”

段佳泽：“……”

段佳泽明白陆压为什么和有苏一起出现了，肯定早就预谋好了的，和陆压一贯的暴力风格还真是不一样，没想到陆压也会用战术。

一想到有苏的过往履历，段佳泽就不寒而栗，他已经听到了有苏开门的声音，小声对陆压道：“……这个道歉得赔多少礼啊！”

陆压冷冷道：“不然他能长记性吗？”

段佳泽忽然想起什么，忧愁地道：“有苏不会给人占便宜吧，那就得不偿失了，你们那三观和我们都不一样。”

陆压反问道：“死狐狸还能没你清楚吗？”

段佳泽：“…………”

段佳泽想了很久道：“一方面我觉得你好不容易夸了有苏，是关系缓和的象征；另一方面我觉得……”他冷不丁扑上去揪陆压的脸颊：“你怎么说你男朋友的呢？！”

陆压整个人都弹起来，左脸颊被拉变形了：“……你你你！”

他一边气得直结巴，一边还去瞟奇迹，倍感没面子。

奇迹：“……”

那个男生已经离开了酒店（殷鉴在前，段佳泽很怀疑他没几天好日子了），他朋友、同学中大多数的男性也随之离开了，据说他们本来还要给人过生日的，现在估计也泡汤了。

女生们倒是没有走，她们心情可不差。

后来段佳泽出去的时候，还遇到她们了，小女生们穿着泳衣披着浴巾坐在游泳池边，她们看到路过的段佳泽，还冲他挥了挥手。

那天奇迹和她们“聊”得还挺开心，而且她们也挺正常的，段佳泽笑了笑，打招呼：“你们好呀。”

“你好。”女孩们也回了一句。

“你好我叫程璐璐，那个小妹妹没事了吧？”那天和奇迹聊天的女生问道。

“没事了，它水性很好的，在水下待上十几分钟也没事。”段佳泽说道。

大家都以为他在开玩笑，也配合地笑了起来。

“你的水性也很好啊，那天你一下就潜泳到那一头去了。”程璐璐趴在池边羡慕地道：“好厉害啊，我最多就能憋气五十秒而已。你们是兄妹吗？都那么厉害！”

“嗯……是父女。”段佳泽摸了摸下巴。

“哈哈哈哈哈！”程璐璐大笑：“你要不要和我们一起玩会儿，讨厌鬼们已经走了。”

她说的当然是以那个男生为首的人，段佳泽听了，含笑摇摇头：“我知道，不过没办法，我还有事呢。”

“真的假的，不会是在欲拒还迎吧？”另一个女生笑嘻嘻地道：“那天你还盯着程潞潞看呢。”

程潞潞都不好意思了：“那是在看他妹妹！”

当然，在那之前她们还真以为段佳泽是在看她们，想要搭讪呢。

根据那个男生的资料来看，她们也就上高三或者大一，段佳泽看她们就是一群小妹妹，他无奈地道：“我可以走了吗？”

“等等，能说说你在哪个部门工作吗？我们还打算在这儿住一个星期，可以去找你玩儿吗？”一个女生问道。

段佳泽刚想回答，一只鹦鹉不知从哪飞过来，停在了他头上。

女生们惊呼了一声：“哇——”

段佳泽往上看了一下，伸手去抓。

程潞潞忍不住道：“小心……”

不过她这完全是白担心，鹦鹉根本没有反抗段佳泽。他双手把鹦鹉“摘”了下来，这是一只硕大的红绿金刚鹦鹉，段佳泽小声道：“十七。”

也不知道十七是怎么跑出展馆的，但是鉴于它们会飞而且智商很高，这并不意外。尤其奇迹也可以满园子撒欢后，它的五十个弟弟妹妹也心痒痒得很了，更何况它们曾经有过跟在段佳泽后头到处飞的经历。

十七的大钩嘴在段佳泽手上左蹭右蹭，亲热得很。

女孩们看到这么听话的鹦鹉，还会自己飞到段佳泽头上撒娇，心都要化了，一个两个都从水里爬上来，围在段佳泽旁边，想要逗逗这只鹦鹉。

十七还挺来劲儿，除了不让大家从段佳泽手上抱走它之外，它可是主动地伸出脑袋给人摸自己的脑袋，还有那长长的华丽的尾羽。

它甚至还能背两句唐诗，不是它只会这个，而是它知道对付人类用这个就够了，过犹不及：“白日依山尽，黄河入海流。”

段佳泽：“……”

对于知道鹦鹉们智商的段佳泽来说，十七好比在扮演弱智……

女生们却是欢呼雀跃：“好厉害啊！乖鸟，还会背诗！”

因此，段佳泽也就更不好脱身了

其中一个女孩却越看段佳泽越觉得眼熟，这时忍不住道：“你，你不会是那个段园长吧……”

其他人都一脸疑惑地看着他们："什么段园长？"

这些孩子都是现实生活非常充实的，即使看过灵囿的新闻，也不会把注意力放到背景板上，主要角色可都是动物。

他们中，也就这个女孩对段佳泽有点印象，她无意中看过他们救下偷猎、走私的鹦鹉，并孵化鹦鹉蛋的新闻。只是之前她一直没想起来，直到这只鹦鹉出现，她才有些不确定地询问，段佳泽是不是新闻里那个鸟类专家，年纪很轻的园长。全名她也不记得了，就记得是姓段……吧？

段佳泽没想到自己是半途被认出来的，他摸了摸鹦鹉道："对啊。"

女孩顿时"嗷"了一声，对其他还有点迷糊的人道："他就是这里的园长啊，陆压就是他养的！之前大厦救人那个！"

这下子大家才反应过来，原来是陆压的主人，这地方的老板！

段佳泽这么年轻，穿着又随意，他们就算隐约记得灵囿的老板年轻，一时间也联想不到，更何况那些走了的讨厌鬼也没有透露消息给她们。

程潞潞忍不住轻声道："难怪那些家伙会被赶走……"

还有人略带埋怨道："你怎么早不说呀！"

"你觉得合适？走过来就说，我是这儿的园长。"段佳泽捧着鹦鹉无奈地道："那我看上去就更像想泡你们了。"

女孩们忍俊不禁，大笑起来。

"现在也很像。"

谁说像了？段佳泽听到身后传来一句话，下意识就想反驳，不过很快他就察觉到不对，这熟悉的声音分明来自陆压。

段佳泽可算知道十七为什么会出现在这里了，他低头看了看无辜地睁着豆子眼的十七，这个小家伙，分明就是被抛出来提醒他的啊。

段佳泽还可以听到女生们接二连三的抽气声，他回头一看，陆压肩上也停了只红绿金刚鹦鹉，正靠着树干冷冷看过来。今天是个大晴天，阳光透过树荫，在他身上落下光斑，看上去半明半暗，更加让人挪不开眼了。

段佳泽讪讪道："来了啊。"

"什么来了，你们约好的吗？"有女生无意识一般问道。

陆压臭着脸走过来，不过这丝毫不影响大家对他的脸的欣赏，目光都随着他的走动而移动。

"你在这儿干什么？"因为这些女生身上的泳装，陆压的脸色越来越不好看，一伸手掐住了段佳泽的脸颊，拉到自己身边来。

段佳泽扑了两步，捂着腮帮子心想，我靠，这分明就是找机会来报复的吧。那天陆压被他揪了脸，指不定气成什么样了。

单是这个动作，还没让大家改变想法，这时候还以为他俩是朋友呢。

直到段佳泽愤愤地把陆压的手拽开，口齿不清地介绍道：“这个是我男朋友。”

女孩们还没反应过来：“噢噢噢，朋友。”

不对，等等，男朋友？

众人一齐愣住了。

段佳泽捂着半张脸：“就是……咳咳，我刚才正在告诉她们……那谁落水没事……”

陆压冷冷道：“是吗？”

“是……”程潞潞精神恍惚地道：“那个，我去买饮料，谁来？”

“我也去！”

“加我一个……”

她们现在急需买瓶冰饮料放在脑门上，帮助自己冷静一下，然后再捂住脸自问：太丢人了，你是不是傻啊？还以为人家想泡妞？人那是看闺密的眼神！

没一会儿游泳池边就空了，段佳泽摸了下被拧红的脸颊，恨恨道：“你就找借口拧我吧。”

他跟小姑娘们站得有一米多远，而且陆压又不是不知道那天奇迹的事情，这绝对就是借机报复。

陆压冷不丁又伸手掐了一下他，理直气壮地道：“不找借口我也能拧，我是你男朋友。”

段佳泽一下跳陆压背上去了：“你还知道啊？！你还知道啊？！”

这他妈都什么理论，找男朋友是为了给你无理由捏脸的吗？早知道就让这鸟继续打光棍了！

陆压被段佳泽勒着脖子，段佳泽本意是让他难受一下，他却是反手回抱住段佳泽嘟囔道：“抱那么紧做什么。”

段佳泽：“……”

段佳泽这下想下来了，但是陆压手扣在他身上，他动弹不得。

这里不时还有人路过，一看有两个男人在池边抱得正起劲，他们迟疑一下，都没敢过来游泳了，把段佳泽气得想翻白眼。

半晌，陆压才把段佳泽放下来，神色得意，像是在说：谁让你刚才抱那么紧。

段佳泽心想：这个世界上就没有比我男朋友更自恋的鸟了！

正琢磨着呢，手机突然响了一下，把段佳泽给吓了一跳，心虚地看了陆压一眼。

陆压还沉浸在刚才段佳泽不肯撒手（？）的情景中，没有意识到段佳泽在腹诽他。

段佳泽低头把手机掏出来，看见APP提示，新的派遣动物在途中，这次来的不是几千上万只，也不是二分之一只，就是非常正常的：一只。

陆压问道："什么？"

段佳泽随口道："来个动物，不知道是啥。"

当然，经历那么多次打脸，段佳泽依然不太确信，自己的心理素质真的能那么好，能接受任何动物了。

146

最近灵囿已经正式启动帝企鹅繁育中心的相关事宜，申请有关证件，土地倒是不用了，之前他们的散养区和酒店其实留出了空余，并非完全利用上了，现在正好用来建繁育中心。

同时，他们也要招聘工作人员，并不是非要等到繁育中心的独立办公处盖起来，提前组建起来才能开展工作，完全可以在极地海洋馆里面先干着。

国内有帝企鹅人工繁育经验的动物园数量有限，也就是说有相关经验的从业人员有限，不过段佳泽无所谓，他不需要技术特别厉害的员工。

完全可以招过来再培养，反正有陆压保驾护航，花大价钱挖人非但伤了和其他动物园的关系，也没什么特别大的必要。

此举也引起了业内的广泛关注，这个消息之前也就是东海周遭地区的动物园知道，没想到他们还真办起来了。

奇迹为什么叫奇迹？就是因为它是在东海市这个纬度成功地由人工孵育出来的，不知道是不是全世界第一例，但绝对是华夏第一例。

帝企鹅的人工繁育，孵化率是很低的，在条件上有诸多限制。很多动物园的企鹅养个几年，可能蛋都不会生一个，越热的地方越这样。

再加上动物本身条件不是特别优越，毕竟不是每个动物园都能像灵囿那样提供高质量的食物，那即便生了蛋，蛋的质量也不会特别好，帝企鹅很可能在孵化阶段就抛弃小企鹅，当然，孵化后育雏的阶段抛弃小企鹅也是有可能的。

现在，灵囿居然要在最艰难的环境里，干最艰难的事情……这可不由得大家不对他们给予热烈关注了。

也是这么热烈的关注之下，很多人这个时候才注意到，一些新闻显示，从灵囿开始有意识地引进帝企鹅夫妇开始，这些帝企鹅每年的孵化率居然是接近百分之百！

每年都生蛋，每个蛋都孵化出来了，小企鹅成年之后又开始生蛋育雏，同样是百分之百地成功。

如果说一开始只有十几只帝企鹅，这个成功率还不算什么的话，现在几十上百只帝企鹅的成功率就很惊人了。

……您这还是养帝企鹅吗？养鸡也没有这么顺利的吧！

这完全可以解释灵囿为什么敢在东海开帝企鹅繁育中心了，他们就是因为有这个技术和这个条件，才能干这种逆天的事情啊。

一点也不夸张，极地生物在东海这种纬度的地区繁育，这不就是逆天吗？用科技逆天。

因为有奇迹的例子，灵囿舍得给动物花钱也是出了名的，段佳泽还是广为人知的养鸟能手，这个消息在大众中还真没引起太大波澜，只是在业内引起了一些讨论。

不过最后的结局也是好的，这让一些人兴起了去灵囿求职的念头，也让一些人开始盘算跟灵囿买帝企鹅了。

质量好，出过奇迹那样的体型，还都是在东海出生的，有噱头，灵囿繁育成功率也高，怎么看都比在其他动物园买要值，尤其是距离东海比较近的地区。

段佳泽还和黄芪、小苏一起琢磨出了一个宣传方案。

于是，几天后，微博上，灵囿的粉丝们就发现，刚刚宣布筹建中的灵囿帝企鹅繁育中心多了一个微博账号。灵囿野生动物园这个官方账号，转发介绍了一下该账号。

名字就叫“灵囿帝企鹅繁育中心”，简介是：跟我一起，每天吸企鹅！

灵囿最近孵化出来的一批帝企鹅幼崽大概也就两个月，正是最可爱的时候。这个灵囿帝企鹅繁育中心从开博起开始疯狂地放小企鹅的静态动态图片和视频，顺便也介绍一些关于帝企鹅的知识。

相比起当年奇迹出生那会儿，这条件可好多了。

所有图片都是用专业相机拍的，还修过图。环境也不一样，现在的小企鹅都生活在专业场馆里，设施齐全，还包括丰容玩具，小企鹅数量更是多得多，一堆小企鹅挤在一起，比单个的企鹅看起来有震撼力多了。

这个官博介绍了小企鹅们的名字，每天丧心病狂地放着小企鹅们的高清可爱图片，从它们钻进妈妈身下，到互相打架，脸朝下地摔在地上，排排坐蹲在茶杯里……

还有一些局部合集，比如它们毛茸茸、圆嘟嘟的屁股，圆溜溜的眼睛，鼓鼓的小肚子等等。

灵囿的官博可没法这样疯狂刷帝企鹅，直播间也不可能每天都蹲守到精彩一刻。而这个微博将捕捉到的精彩瞬间放出来，每天都有大量鹅图可看，一时间让许多喜爱帝企鹅的网友笑开颜，也启发了一些人现在开始爱上帝企鹅。

偶尔，繁育中心的官博也会发一些奇迹，多是奇迹和小企鹅们相处的样子。单身的企鹅也会有照顾小企鹅的欲望，甚至有些单身企鹅会去抢别的企鹅夫妇的孩子来抚养。

而众所周知因为体型一直没有找到对象的奇迹，和小企鹅们相处甚好，就不是什么奇怪的事情了。

看着体型硕大的成年帝企鹅被一群小企鹅簇拥着，挨挨挤挤，毛贴着毛，简直不能更有意思。看上去，奇迹就像一个幼儿园园长一样。

通常在野外的帝企鹅群体之中，企鹅父母外出，会把小企鹅交付给一些还没有做父母的单身帝企鹅，它们就是小企鹅们的临时监护人，说是幼儿园老师也没错。

在动物园当然没有必要，它们食物充足，但是奇迹俨然如此了，而且围在它身边的小企鹅比寻常临时监护人身边跟着的更多，比起老师，它好像更像是园长。

如果大家懂得企鹅的肢体语言，就知道大多数时候奇迹根本没有什么做父母的热切，它完全就是在带小弟玩……

按照辈分，它都是好多小企鹅的爷爷往上的辈分了，但是在奇迹的心中，它还是爸爸的宝宝！

“灵囿帝企鹅繁育中心”在动物园的官博推荐下，加上大量高质量精品吸鹅图，很快聚拢了大量人气。

这个官博，好像总是能捕捉到小企鹅们最可爱的镜头，它们毫无防备地展现着自己最轻松的状态，文案也写得很不错。

毕竟灵囿现在宣传部门也有专门的图片编辑和文案编辑，和以前小苏一部手机打天下，必要时刻才请摄影师的情况完全不同。

渐渐地，还有网友注意到了，这个繁育中心的官博编辑，有点厉害啊，图片还可以说是镜头拉近了，连小视频都能和企鹅们离得特别近，特别清晰。

按理说企鹅父母特注重别保护孩子，但是在这位编辑面前，它们好像一点心理负担也没有，该喂孩子就喂孩子，该和伴侣亲热就亲热，即便是人工饲养的企鹅，也太没有危机感了。

所以，大家对官博编辑的身份猜测也很多，尤其是官博又发了一些特别的图片、视频时，比如用小棍子把企鹅爸爸的肚皮拨开，拍里头的小企鹅。

雄企鹅的腹部下面，双脚上面的地方有一个育儿袋，布满了血管，小时候绒毛还不够防寒的小企鹅待在这儿，就能获取温暖。

别说，以前网友们都没看过这块地方具体长什么样子，尤其是小企鹅也在的时候，它在里面是怎么待着呢？

“又来了，迷之视角！”

“这是饲养员拍的吗？企鹅爸爸和小企鹅都一动不动，也太配合了吧！”

“好像是专门的官博编辑啊，你看他每天都和企鹅浪。”

“嫉妒让我面目全非！这个编辑为什么可以和小企鹅离得那么近！我每次去动物园，都隔得超远！”

“有个很恐怖的事，你们没发现编辑的手从来没出现过吗？就算要接触，也是用毛绒小棒棒，或者别的什么容器、布料隔着！”

“只是单纯地不想在小企鹅身上留下味道吧，企鹅爸爸妈妈会介意的。”

“又或者编辑自己就是企鹅！”

“神TM编辑是企鹅……还有没有老粉了？或者回去翻一下帝企鹅繁育日记，奇迹刚出生那会儿，玩得更6，园长还帮奇迹拉粑粑，教奇迹游泳呢。”

"奇迹没爹妈啊……"

"我知道了，这些其实就是你卷拍的。"

"哈哈哈哈有道理，奇迹是企鹅的老大，我卷是奇迹的爸爸，所以怎么玩儿都没事，没毛病！"

小苏看到这些留言，就很想笑。其实大家猜得虽不准，也差不太多。

她做宣传工作也这么久了，平时做直播，偶尔也会进入笼舍，一般都是在饲养员的陪伴下。动物和饲养员的关系都是比较好的，尤其是从小养起的。

而这个专门拍帝企鹅的编辑呢，则是被园长领着，去认识了一下奇迹，接着，再由奇迹"引荐"给其他帝企鹅，如此一来，他就可以畅通无阻地拍摄小企鹅们了。

这些帝企鹅都还没到见游客的年纪呢，平时也很少见人，除了饲养员，这个编辑就是最能亲近它们的人了。甚至饲养员都不可能像编辑那样，把帝企鹅的育儿袋撩起来拍。

小苏有理由相信，这都是因为奇迹关照了他，所以其他帝企鹅才以一种对待自己人的方式接纳他。

而这个官博经营了一段时间后，成效显著——其他动物园的询价多了起来。

在众多优越条件之下，灵囿的小企鹅现在又多了一个优势，那就是它们已经自带粉丝了。

每只小企鹅都是有自己的性格的，当然你可以说官博有意在放大这一点，但无论如何，它们中有些在这段时间着实红火了一把。

这两年微博流量比以前要大，还有一加一大于二的规律，人气可不输当年的奇迹。

关于一些帝企鹅繁育的事情，有些已经是后话了。目前，段佳泽正在往会客室赶，他刚刚接到电话，那位新来的派遣动物已经到了。电话那头的员工这次好像格外激动，也不知道来的到底是什么人。

段佳泽走到门口时，顺了顺气，整理一下，这才推门进去。

虽说段佳泽才是背光的那一个，但是开门之后，他就被面对着门口的沙发上坐着的那个男人闪瞎了。

对方穿着绿松石色的外套，外套上还有一些花花绿绿的贴布，只说穿着，非常年轻化，非常潮。而他的相貌，则比起普通男性要更为精致，中长的头发绑在脑后，这些让他略有一些中性，不过都被他飞扬的气质给中和了。

单单长相就把段佳泽给震了一下，他在心中暗自比较，竟是一点不逊于有苏的成人形态，说不定还要更胜一筹，已经超越性别了。

这人抬眼看了段佳泽一眼，大概非常习惯别人看到他时的片刻发怔，百无聊赖地道："你是园长？"

"……啊，是。"段佳泽回神，更加好奇此人的身份了："请问阁下是？"

此人换了个姿势，手抵着下巴语带傲气地道："你竟认不出？"

段佳泽呆了一下："我认识你吗？"

此人一摊双手："不认识，可三界间还有谁人如我？"

段佳泽："……"

虽说长相不同，但是这个风格好生熟悉啊，段佳泽迟疑地道："对不起，我是普通人族，对古代神话研究不深，就看过少儿版神话全集。"

对方看上去有点不开心，语气都低沉了一点，但还是报上姓名："孔宣。"

段佳泽倒抽一口凉气，孔宣？

孔宣是元凤之子，世上第一只孔雀，尾羽所化的五色神光极为厉害，圣人之下可以说罕见敌手。以前是个散仙，后来被准提圣人收走，去了西方。

看到段佳泽的神色，孔宣才满意许多。

段佳泽迟疑地问道："您这个级别也能下来？"

按理说，孔宣被带走封了菩萨，灵囿有很多有佛教关系的动物，那是因为三教有合作，但是孔宣都做菩萨了也能下来，不知道他们怎么操作的，有点离谱啊。

灵囿下来品级最高的，应该就是陵光神君了。那是因为凌霄希望工程在天庭，神仙也多，操作空间很大。难道说，西方那边，菩萨特多，管理特混乱？

孔宣傲然道："趁机顶替别人逃下来的，如果可以，就不回去了。"

段佳泽："……"

他总算想明白了，这个风格确实很熟悉，这和陆压不是很像吗？上次他还说估计没有比陆压还自恋的鸟了，虽然只是短短几句话的交谈，但是孔宣看上去好像更加……

而且，当初陆压也是作为一个散修，差点被圣人度去西方，后来脱身了。孔宣倒是比陆压被困得久，现在竟是也趁着三界因为希望工程的 BUG 连通，逃下来了。

像他们这样艺高人胆大的牛人，估计都是不想参加组织，被约束的。而且段佳泽问起来，他居然都不带瞒的，这要换了段佳泽自己，他绝对不敢做。

等等，不对，人间界现在根本没法和上边传信啊，用希望工程的APP都要等几十年，难怪孔宣有恃无恐了。

段佳泽正琢磨呢，孔宣打开窗子打量了一下，然后道："找到洞府前，我就先住在此处了，你给我安排个向阳的房间。"

段佳泽："……"

没想到孔宣还要留在这里，段佳泽有些担心。

要知道，孔宣和陆压以前打过一架，两人还没动上手，陆压看出来孔宣五色神光的厉害，战略性撤退，遁走了。那法宝简直太强大了，什么都能给你刷走。

也就是说，这俩一个法宝厉害，一个速度快，谁也奈何不了谁。

以往来的派遣动物，都是陆压镇住的。现在孔宣来了，以前陆压都奈何不了他，段佳泽怕他捣乱没人管得住啊。

段佳泽想说要不然在市区的宾馆给孔宣包个房，还是别住这里了，就见外面小九兴冲冲地路过，隔着窗子对段佳泽喊："他妈的！老子不干了！那些人族吵死了！凭什么我就在室外……"

段佳泽还没说话，孔宣一皱眉，扬手便放出五色神光，将小九整只鸟都刷去了，口中嫌弃地道："什么玩意儿，聒噪得很。"

段佳泽："……"

他就说孔宣留不得吧！

段佳泽急道："能不能把他放出来啊，那是我们这儿的员工！"

孔宣倒也不难说话，抬手又把小九放出来了，只是已然成了原型，奄奄一息躺在地板上。

段佳泽数了一下……好吧也别数了，就剩下一个头了！

"咦。"孔宣讶异一声，又抬了一下手，一颗脑袋咕噜噜滚了出来，他淡淡解释："搞错了。"

段佳泽："……"

千算万算，没算到小九剩下那两颗脑袋，没有被袁洪敲碎，也没有被陆压烧成灰，却是被孔宣刷走了一颗。

趴在地板上的小九也很悲愤，他一张嘴吐出一口血来，惨然道："我，冤。"

段佳泽捂住眼，不忍看。

段佳泽把小九捡起来，用毛巾毯抱着，就两只僵直的脚露在外面，现在他就剩一颗头了，但还是不好让别人看到全貌。

"我，我带您去看看，陵光神君在我们这儿，他和您算是亲戚吧。"段佳泽抱着小九，引孔宣去楼上。他不敢得罪段佳泽，好歹看到其他人，才比较有底气。

正是上班的时候，一路上也没有遇到人，到了休息室，段佳泽让孔宣先坐着，自己打电话把人叫来。

不要多时，陆压、有苏和白素贞一起进来了，他们看到里头大摇大摆坐着的孔宣，也是一愣。

段佳泽赶紧跑到陆压身旁，又把小九递给了白素贞，他其实根本没有叫陵光来，只叫了他们三个。

叫白素贞是让她给小九看看，他掉了个脑袋，剩下这颗脑袋也一直目光呆滞，不知道到底是身体受创还是心灵受创，或者二者兼有。

至于陆压和有苏就更简单了，一个武力高，一个脑袋灵活。

孔宣看到陆压，脸色也稍微变了一下。陆压当年也被度去了西方，但是这家伙遁法太厉害了，比他早溜走很久，好像里头还有点天庭的关系。

这也就难怪陆压会出现在这里了，他都不知道这个情况。

段佳泽躲在陆压身后，探头道："现在可以说了，那个，孔老师，你还是住外边酒店吧。"

孔宣冷冷道："是我大意了，原来是有陆压做靠山啊。"

他们俩没真正交过手，陆压撤了，但两人真打起来，结果不好说。

以陆压的本事，孔宣刷不走他的人，法宝虽然可以刷走，太阳真火却刷不走，陆压还和他爹学过怎么借太阳星的力。而且陆压遁法神妙，不是有句话么，唯快不破。

陆压也冷冰冰地道："所以，你在我地盘上，刷我男朋友养的九头鸟？"

孔宣心中有点疑惑，那他妈怎么看也不像九头鸟啊！但是在这个正面交锋的时候，他当然不能泄露出来，而是继续高冷地道："没想到陆压道君找了道侣，不过，你道侣方才可是盯着我发呆呢。"

段佳泽："……"

陆压差点没 hold 住，要回头撒泼……不对，发脾气了，幸好段佳泽及时拧了他一下，黑线地道：“没有，谢谢。我就是想了一下你长得不如有苏漂亮！”

他不敢说孔宣比有苏长得好啊，只能睁眼说瞎话了。

有苏听了，眼泪差点喷出来：“我，我……”

我做错了什么……叫我来就是为了这个吗……

陆压的脸也绿了一下，这到底要不要生气呢？算了还是不用了，九尾狐他是知道的，漂亮也没用！

孔宣面上闪过一丝不悦，原本圣人之下基本没有他打不过的，到了人间界更是随心所欲，偏偏陆压在这儿，他也不想一逃脱就和人拼死拼活，好不容易才逃下来。

孔宣思索了好一会儿，还是忍耐地道：“头已经还给你道侣了，我不知道君在此，先来后到，那我便去别处吧。”

“等等。”陆压淡淡道：“你不能走，既然来了，不管你怎么来的，你就得待在这儿，当七十年孔雀。”

孔宣凤目一眯，随时都要祭出五色神光：“你待如何？”

他心中想着，难道这些年陆压得了什么厉害的法宝？

陆压一手揽着段佳泽，得意地道：“我就举报你。”

人间界确实无法向上通讯，且别处无人能困住孔宣。但是这里有几位星君，还有陆压，他们可以借星辰传讯。虽然这个办法会导致其他偷溜下来的人一起暴露。

孔宣：“……”

孔宣差点气个仰倒，他活了这么多年，从未听过哪个大能口中出现这样无赖的话，尤其陆压这举动根本就是在帮西方教了……还举报，这到底是哪学的？！

147

几乎所有动物园都有孔雀，而这些孔雀绝大部分是蓝孔雀，又叫印度孔雀，它们能够适应较冷的天气，繁殖能力强，数量众多，还能够养殖食用。

而另一种孔雀，绿孔雀，则属于国家一类保护动物，它们才属于珍稀动物，目前比大熊猫还要稀少，处于濒危状态。

还有一些，则是杂交孔雀，也就是蓝绿两种孔雀杂交出来的。这种情况都是源于一些动物园的混养，这种情况也进一步导致了纯种绿孔雀的减少。

曾经的海角动物园经营情况那么差，不用说，园内的孔雀都是蓝孔雀。现在，灵囿内生活的孔雀，以金尾和翠翠为首，绝大部分都是蓝孔雀。

也有那么两对刚果孔雀，不过这种孔雀外貌和大家印象中的孔雀相差甚远，圆墩墩的，体型小很多，不说都不知道这也是孔雀，完全可以忽视。

游客们一般不会在意孔雀的品种，大多数人都不会分辨孔雀的种类，只要长得漂亮就可以了。而最近，灵囿动物园竟然引进了一只绿孔雀。

原来的金尾和翠翠就曾经带给游客们很多惊喜，它们甚至上过电视，那一身华丽的羽毛让无数人倾心。

这不是PS出来的，所有在现实里见过它们的人都可以作证，它们的羽毛在太阳下折射出来的光彩美得令人窒息，比在电视上看到的更加惊艳。

也许有的游客知道纯种绿孔雀多么难得，但是见过金尾和翠翠后，他们简直有种蓝孔雀更珍稀的念头。当然，正确概念应该是金尾和翠翠珍稀，它们是蓝孔雀里的佼佼者。

直到灵囿引进的绿孔雀展出，它作为一只孔雀，获得了比其他所有蓝孔雀优越无数倍的待遇，住了个单间。

单看牌子游客都会疑惑，为什么这只孔雀还能住单间？看到科普解释后，他们才会明白，这是因为绿孔雀属于国家一级保护动物。

再往前一步，亲眼看到这只绿孔雀后，他们则会从心底折服，单说颜值，它就能秒杀金尾、翠翠了！

它的体型比起那两只在群体中已经够高大的孔雀，还要更大，身体十分有力。它长长的尾羽并非拖在地上，而是翘起来，呈一个向上、向外发射的姿态，只微微打开大约三十度。

它的脑袋更是高高抬起，走路带风，睥睨众生，全身有种蓄势待飞的状态。

从它的羽毛上可以轻易找出五种颜色，或者更多，因为其中单单是紫色也分了层次，它全身以绿松石色和紫铜色为主，带着一些金属光泽，尾部则开始带上更多暖色。

浓密的覆羽就像丝绒一样，即便没有开屏，也令人目眩，然后更加期待它开屏的姿态。

游客们都要为它着迷了，这里聚集了大量人群。当然，这不是它有北极狐那样的吸引力，而是大家都知道，灵囿的孔雀隔段时间就会开屏，即使不是在发情期。

他们太想看这只绿孔雀开屏了，它有种王者之风，让人深刻感受到“百鸟之王”的高傲。

它那轻轻打开一点点的尾羽并非因为人们的赞赏，而是人们为了它泄露出来的三分华丽也由衷赞叹。

一旁的讲解员说道：“隔离开养，不止是因为纯种绿孔雀极其珍稀，而且，它们具有攻击性，尤其这一只攻击性很强，如果和蓝孔雀养在一起，它们可能会遭殃。”

“难怪，我就觉得它有王者风范！”

“眼神真的很犀利，一直看来看去。”

“不对，怎么……金尾也不开屏了？”

“其他孔雀也是，它们好久没有开屏了，我一直在这里等着的。”

“是不是生病了，互相传染？”

“有点像啊，都比平时要蔫一些。”

从一开始有人提出这个质疑，慢慢地，意识到这一点的人越来越多了，他们待在这里的时间越久，就越发现不对劲。

这只绿孔雀一直没有开屏，这就算了，可能是没适应环境。但是，那边的蓝孔雀们竟然也没有开屏，这可不像它们平时的作风！

讲解员听到越来越多游客在讨论这一点，他也迷糊了，把饲养员给找来，他的理论知识虽然丰富，但还真不包括这一点。如果真的是孔雀们病了，还是传染病，那必须去看兽医了。

饲养员还以为发生什么事了呢，事关刚刚入园的珍稀绿孔雀，以及全体蓝孔雀，正在补吃早餐的他叼着一个葱卷就冲了过来。

一听说是因为蓝孔雀没有开屏，他挠了挠头：“因为它们都羞于在绿孔雀面前开屏啊，要么是还没开屏就知道自己输了，要么就是晚上已经偷偷比过了，总之，它们没有什么病，只是单纯地羞愧而已。”

此言一出，游客们都沸腾了。

这个解释让本来就怀疑绿孔雀的尾羽完全打开后风采更胜蓝孔雀的人们，瞬间确信了自己的想法。

也许大多数绿孔雀并不会比蓝孔雀更好看，但是人们一听说绿孔雀更珍稀，还是国家一级保护动物，就会下意识对它更期待。

而现在，这只绿孔雀也非常符合大家的期望。

它还没有开屏，就把蓝孔雀给羞得不敢开屏了……

不远处，金尾和翠翠在暗自发抖，如果不是段佳泽安慰了很久，它们今天恐怕连上班都打不起精神来，走路都走不动，更别提开屏了。

那可是开天辟地以来，世界上第一只孔雀，其母更是元凤，对于它们来说，威慑力更胜陆压。单单是待在一个空间，就让它们无时无刻不想五体投地了。

游客们自觉见证了一个精彩的动物园传说，于是纷纷使出浑身解数，希望逗那只绿孔雀开屏，见识一下到底是什么样的颜色把蓝孔雀吓到不敢开屏。

他们有的用平板电脑放雌孔雀的图片、视频，有的把花花绿绿的伞打开在绿孔雀面前转动，伪装雄孔雀的挑衅。

但是那只绿孔雀一直无动于衷，而是冷冷看着他们，让人有种它在鄙视自己的错觉。

“应、应该是我们想太多了吧……”

这一天的孔雀笼舍，格外热闹。

这一天的灵囿，其实也格外热闹。

先是园长又带了个姓元的新朋友来，当他跟在段佳泽后面，经过众人面前的时候，现场都寂静无声了。按理说，在园长那些亲友各种类型的美色洗礼下，大家适应性应该很强了。

可是：“元宣”出现的一刹那，还是让他们陷入了大脑空白的状态。

别说电影、电视屏幕上没见过，就算让他们穷尽自己的想象力，也想不到世界上还有长得这么好看的人啊。

段佳泽在心中暗道，早知道应该让有苏变为成人先晃几圈，好歹也能提高一些免疫力，现在孔雀往外一站，他的员工就集体智障了。

明明一路上人那么多，愣是没有半点声音，直到段佳泽把孔宣领到他的房间。

那些盯着孔宣的人，应该都还没有反应过来孔宣其实很不开心，尤其是现在，他看到自己的房间只有这么点大的时候。

大多数刚来的派遣动物都会有所质疑，他们还不太清楚人间界，尤其是华夏现在的情况。

段佳泽无所谓地道："你还想要更大的房间啊？也可以，你可以住到酒店去，不过那样的话，你每天要在游客面前开次屏。"

孔宣："……"

他怎么可能出卖自己的美色呢，狠狠剜了段佳泽一眼，就往床上一坐。

在孔宣的心里，这个人族和他的道侣陆压一样可恶，不，孔宣觉得，说不定陆压就是被他传染的。

活了这么久，孔宣还没有……至少没有被陆压这个等级的人用"举报"的方式威胁过。更可恨的是，他还不得不照做，因为他知道陆压做得出来。

如果真的被举报，那就功亏一篑了，孔宣实在不想回去念经了。

在这里，做动物……

孔宣往后一倒，绝望地捂住了脸。

这件事如果传出去，令三界之人知道，他还有何脸面啊！那些人，尤其是陆压到底是怎么接受这种处境的？

段佳泽往回走的时候，就热闹多了，大家欲言又止地看着他。

段佳泽本来想假装没看到的，最后还是败了，说道："那个人叫元宣，是朋友的朋友，没有对象，但是他脾气不好，而且当过和尚，不一定想找对象。"

顿时一片叹气声，长得这么好看，居然当过和尚。

说实话，这个"元宣"虽然好看，但是好看得非常有攻击性，他们中的绝大多数人还真没勇气去搭讪。

段佳泽回休息室的时候，有苏趴在沙发上，听到声音便回头。

她脸上花花绿绿的，就像什么雨林土著一样，吓了段佳泽一跳，看向陆压："你……"

"和道君无关，"有苏捧着脸道："我自己画的，以后我就这样过了。"

这日子过得太凶险了，有苏不得不给自己找点退路。

段佳泽："……"

"你过来。"陆压拍了拍自己旁边的座位，他想了半天，盯着瑟瑟发抖的有苏也看了好一会儿，最后还是觉得不太对劲。

段佳泽也许不知道，但是他清楚得很，在三界之中，孔宣的外貌都是与常仪相提并论的。只是他第一时间没有回过味来，况且那还是当着孔宣的面。

段佳泽走到陆压旁边坐下来，干巴巴地转移话题："那个，我说一下啊，以后谁也不准动小九……就剩九分之一了啊！我这么养动物，万一给我判个不合格怎么办？”

九头虫现在还奄奄一息，白素贞给他扎过针了，还提着那颗脑袋，问他要不要留作纪念，如果要的话，她可以帮忙处理一下。

小九心里很不好受，他怎么也是一方大妖，鸟中精英，偏偏落到灵囿，不是三足金乌就是朱雀、精卫的，现在元凤之子都来了。他从前千年也掉不了一个的脑袋，如今是一个接一个……

尤其是他看到袁洪蹲在一旁的沙发上，发出“不怀好意”的嗤笑声时，他不禁往段佳泽那边挪了几步。

袁洪一来就发现九头虫又少了颗脑袋，是刚来的孔宣道人干的，当时就盯着小九最后那颗脑袋看了半天，看得小九发毛。

“谁也不准动九头虫。”陆压还是抽出时间来帮段佳泽加强了一下警告。

大家对视一眼，点了点头。之前的事情，他们就看了个结尾，关于孔宣怎么谈判，最后也接受做动物的。这可让他们心里舒坦得很，再牛逼也和我们一样来上班……

还有道君也真是不得了，在和谐社会待久了，园长的耳濡目染之下，果真大有长进啊。

陆压发问：“你之前说，有苏比孔宣好看对吧？”

段佳泽心虚地道：“人家有苏都把脸画花了，你怎么还惦记，千万不要被孔宣挑拨离间了。”

陆压听他没有正面回答，就确信了心中的怀疑，虽然知道孔宣可能是在挑拨离间，多疑的三足金乌还是有些不能忍，手指把沙发皮都抠烂了，恨恨道：“不该把孔雀留在这儿，我还是举报他算了。”

段佳泽还没说话，陵光、朱烽、善财、袁洪等人已经急得齐声道：“不要啊！”

段佳泽：“……”

他们都是走后门下来的，如果陆压往上一举报，那他们就要跟着一起倒霉了啊。刚才还幸灾乐祸的众人，立刻有一种唇亡齿寒之感。不行，不能让道君这么发疯啊！

善财急得快哭了，盯着段佳泽，可怜兮兮地说道：“园长，我不想走……”

朱烽却是冷静地想，园长自身难保，求他无用，便看向了有苏。

有苏：“……”

有苏咳嗽一声，说道：“道君何意，园长只是在我二人之间做了个比较，我高出孔宣或者孔宣高出我，又有何意义？”

段佳泽登时心领神会：“对对，我觉得道君长得最好看！”

陆压愣了一下，显然以他的情商想不到这个方面，手微微抬起又放下，踟蹰半天，最后轻声：“……嗯。”

段佳泽：“……”

众人：“……”

嗯……嗯是什么意思？您就这么认了啊？！

本来以为还要费一番口舌的段佳泽呆了呆，半晌后才道：“散了，明天还要上班。”

陆压确实好哄，晚上回房的时候，段佳泽还看到陆压经过镜子时，拨了一下自己那搓金红色的毛。

就算不问，段佳泽也猜得到了，这家伙绝对是在想“段佳泽最痴迷我哪个地方”之类的问题……

段佳泽都习惯了，他给自己烧了热水，准备泡杯茶喝。

因为孔宣下来，以及方才提到大众关注的举报问题，段佳泽不禁又想到一个问题，他看了一眼还在沉思的陆压，问道：“对了，我有个问题，你到底是怎么下来的？”

陆压回过神来，看着段佳泽。

以前段佳泽问过，那时候他俩还没在一起，陆压特别不开心，现在都在一起好一段时间了，段佳泽想起这个未解之谜，忍不住再次问了出来。

果然，因为和上次不同的身份，陆压没有发火，只是脸上浮现出一些古怪的神色。

段佳泽更好奇了，都这种关系了，还不好意思说啊，他坐到陆压旁边：“说说呗，我保证不笑你。”

陆压瞪了他一眼，不满于他怎么认定自己做了丢脸的事情，不情不愿地将自己下来前的事情一一道来。

那日天庭宴会，陆压无事，也去吃酒。

陆压在天庭的地位比较特殊，最早作为妖族天庭的太子，他在封神之战中帮过姜子牙，后来去了西方一段时间，又在天庭的帮助下回来，与天庭的关系可以说缓和了很多。

但就是因为那没有公开却已人尽皆知的身世，他也没有任何职务，当然，没人管束他还开心呢，就在体制内做起了闲散人士。

宴会上，太上老君不知有意还是无意，问起陆压的感情问题。

陆压是不在意这些的，月老却是喝多了，趴在桌上道，可惨了，我看过了，就道君那个命数，和他那个脾气，要么独孤终生，要么找到了也是个特别讨厌的对象。可能性最大的是前者，反正感情生活非常悲惨……

陆压脾气那么差，当时就把老头揍得够呛，神仙们拦都拦不住。

也因为是当着那么多人揍的，上面也不得不给了个惩罚意思意思，让他去学雷锋。后来的事大家都知道，系统除出了问题，学雷锋学到下界来了。

陆压那个暴脾气，下来之前还溜到月老那儿捣乱，害得他不知多出多少年的工作量。

陆压把红线拿走，还不丢了，自己留着，其实也是心中愤愤不平。他虽然没有找道侣的心思，但是凭什么说他特惨。

段佳泽听完后，嘴唇抖了抖："有没有可能你听错了，他说的其实是，你对象的感情生活会非常悲惨……"

陆压："……"

段佳泽解释道："我以前是直的。"

陆压按了一下段佳泽的脑袋，瞪他一眼，然后有些得意地道："说到这个，现在想起来，三界未通，我若没下来，便碰不到你了。一开始，我也确实有点讨厌你。"

至于什么段佳泽一开始不喜欢他，已经被陆压从大脑内删除了。

陆压总结道："要不是我揍了他，也不会下来，这就是天意。"

段佳泽汗道："这么玄啊，我居然是天定的 gay？"

"命数是会变的，都亏我捉摸到了。"陆压毫不惭愧地道："待回去后，你陪我一起，再去揍月老一顿，这次偷偷揍就不会被罚了。"

段佳泽："……"

段佳泽难以理解地道："说对了也揍啊？"

他都怀疑自己听错了，难道不是应该去道谢吗？

陆压冷冷道："最重要的是，即使错了，我一点也不悲惨。"

“人家都一把年纪了吧，要不要尊老爱幼一点。”段佳泽有点无语，他知道，陆压其实是想去秀一下，但是非要用那么暴力的方式吗？

陆压诧异地看了段佳泽一眼，平静地道：“我年纪比他大。”

段佳泽：“……”

“不不不……刘园长，不是我不给面子，这个真的是没有办法……”段佳泽正在和寻州市动物园的园长通电话。

为什么呢？寻州市动物园，有一只雌性绿孔雀，正是适龄的年纪，他们一直期望为它找一个对象。绿孔雀大多数生活在华夏的西南方，距离相去甚远，这个长距离相亲让他们有点纠结。

但就在这时候，灵囿出现了一只雄性绿孔雀，寻州市动物园的人一喜，来得好啊，东海离得不远，灵囿的动物质量又向来好，他家孔雀堪称“处处留情”，是本地区动物园有名的种鸟。

蓝孔雀如此，想来绿孔雀也不会差到哪里去吧。

再说了，刘园长还听员工说了，他们在网上看了一下，那只新来的绿孔雀身体特别棒，特别受游客欢迎，正是最适合交配的年纪。

刘园长不悦地道：“你是不是答应了红树动物园？这一块就咱们三家有绿孔雀了。”

要么就是舍不得绿孔雀吸引的游客，毕竟孔雀交配也要一段时间，按理说应该把雄孔雀送到雌孔雀那里的。如果是这样，大不了他们提高一些价格啊，他看那只绿孔雀也很值！

“真不是，红树的绿孔雀都死了——”段佳泽解释道：“但是我们这只目前还不适合配啊，不然这样，下一次发情期，我再把它带过去试试？”

对方的攻势太猛了，让段佳泽意识到他有多迫切，这不同于狮子、帝企鹅之类的，绿孔雀数量少啊，就像熊猫，找对象当然要看准了。既然这样，那只能让对方知道，这鸟真不是谁都配得上的。看看金尾它们吧，共处一室都吓死了。

听到段佳泽敷衍的话，孔宣很不满，就算去试一试，他也不乐意。他是孔雀里的祖宗，元凤受五行之气所生，让他去和所谓的国家一级保护动物相亲？就算没成也太过分了！

陆压跷脚坐在一旁，抢先道：“为什么不行？你也是园里的动物，就要服从安排。”

孔宣怒道：“当初可没说，还要干这种事。是不是疯了，让我帮你们繁育？”

“为什么不行？”陆压摊手，他还是这句话：“本尊也繁育了几十只鸟啊。”

孔宣：“……”

孔宣沉默了好久，不敢相信自己的耳朵，半天才质疑地道：“你说什么？”

陆压全然忘了自己以前多么抗拒这件事，或者他是故意的，揽着段佳泽得意地道：“本尊和段佳泽有五十多个崽。”

五十多只？如果三足金乌有这种繁殖力，就不至于现在只剩一只了。

孔宣悚然地看着动物园园长：“你到底是什么人，三足金乌你也能养疯？”

段佳泽：“……”

148

段佳泽遗憾地给孔宣解释，什么叫五十多个崽，五十多个都是鹦鹉和帝企鹅。再不解释一下，他怕孔宣也要疯掉了，真以为和歌里面唱的一样啊：我有一个美丽的愿望，长大以后能播种太阳……

这可证实了孔宣的想法，他就是坚决不相信三足金乌有那么高的繁殖率，陆压的父母多少年了，才生了那么一胎十个儿子？

真以为和普通鸟类一样，一年成熟，两年当爷爷吗？

陆压这么说，就不是失心疯，而是故意要人了吧，孔宣看陆压的眼神更不友好了。

其实陆压只是习惯性炫耀一下而已，他丝毫没有察觉。

段佳泽则拿出手机，用记事本记了一下：“您不愿意相亲啊，那我再琢磨一下。”

孔宣已经（被威胁）留下来当动物了，但是就算对动物园内的普通动物，段佳泽也是给予一定尊重的。不会因为孔宣被威胁走不了，就肆意欺压，不然搞得孔宣来个鱼死网破也不好。

帝企鹅繁育中心的人员招聘得差不多了，暂时将极地馆的房间充作办公地点，这些新来的员工既兴奋，又有点没信心。

他们中绝大部分都是外省人，要不是在这方面有点追求，怎么会千里迢迢来灵囿上班。

早知道灵囿的帝企鹅繁育成功率高，现在自己入职了，难免有点忐忑。他们能在自己的职位上发挥好吗？会不会跟不上灵囿的技术？

其中也有点兴奋，因为负责面试的领导暗示过，来了后表现优秀的话，就能学到核心技术。

关于灵囿能在东海市繁育帝企鹅的核心技术，这也太棒了吧。

员工们热情高涨，段佳泽也很喜悦，他带大家参观了一下帝企鹅居所，介绍现在的帝企鹅群构成情况，并把陆压作为技术总监介绍给了他们。还说明了这位不是全职，只是友情兼职。

众人那叫振奋，来之前很多人都说，段佳泽本人就是那个负责技术的人，现在看来另有其人，还挺神秘，这位在灵囿的网站都没有出现过。

回去后一找，倒是能翻到一两张照片，是孵化走私鹦鹉蛋时东海市林业局发的稿子，那里面也没介绍过陆压的身份。

大家对陆压都很尊敬，没想到这位总监如此年轻，而且看上去……一点都不像一个这方面的专业人士，至少不是一线工作人员。

像鸟类种蛋人工孵化这种工作，需要几乎二十四小时待在孵化室，以便随时掌控情况，吃饭睡觉都要抽时间，哪有时间像陆总监和园长一样，去染头烫头……

“我们每年的帝企鹅孵化工作，都是陆哥在调控。你们可能不知道，我们市林业局曾经缴获过一批金刚鹦鹉蛋，也是陆哥出手，一只不漏，全都孵化出来了。”段佳泽这杨介绍，新员工们对陆压更加不敢轻视了。

待简单地介绍、动员之后，帝企鹅孵育中心正式开始运转了，以后再搬到新办公场所去，那时候估计会赶上下一批帝企鹅生蛋。

在段佳泽和陆压离开之前，有人抓紧时间向陆压请教了一下问题。

然后他们发现，陆压讲话他们根本听不懂，特别玄，产生了什么样的变化趋势就该变化温度，但是那种变化都在内部，就算有仪器也观察不到啊，这不是真的变了，而是趋势！

简直就好像，陆哥是靠第六感孵蛋的一样。

还是说，他们还没资格知道这技术？

大家茫然地目送园长二人离开。

段佳泽和陆压说："你早点把这些技术整理成人话行不行……"

陆压："……"

陆压一开始也不懂帝企鹅，后来看得多了，自然掌握了规律，而且他比人族敏锐，掌握到的变化更多更全面。

这里面有一些是现在的技术没法观测到的，但是能够按照陆压的经验，总结出一个大概的数据。根据这个标准数据，孵化时进行调控，孵化率自然也会提高。

这帝企鹅繁育中心刚开始运转，就有动物园来联系了，也不是特别奔着繁育中心，灵囿一直在做这些生意。对方新建了场馆，想养些极地动物，最近灵囿的帝企鹅正火，就想来考察一下。

对方来了三个人，只是时间不大巧，东海游客越来越多，机场还没建好，基本都靠高铁站和汽车站。市里刚刚办过活动，现在又是旅游旺季，高铁站人山人海。

灵囿的人等了半天没等到人，一问，出租车堵在高铁站外面大半个小时了。本来灵囿要派车去接的，那边说什么来过东海，打个车过去就行了，他们能报销。也幸好灵囿没派车去接，不然还没接到人也堵在外头。

段佳泽看到员工和那边焦急地联系，问道："没有摩托车吗？看能不能打到摩托车？"

"没有，卡在连小卖店也没有的路边了。"员工抽空回了一句："这车看样子还得堵一段时间，听说有些人都下来步行了，他们还问呢，高铁站到这儿步行要多久。"

"那都好几个小时啊，车程都半个小时了。"段佳泽忽然有主意了："哎，你们问一下，他们介不介意被人围观？"

员工有点不明所以。

东海市高铁站外，交警们正顶着太阳疏导交通，彼此还抱怨道："快点把机场建好啊，不然把高铁站和火车站扩建一下也行啊，这都堵成什么样了，一到旺季我就想死。"

"别提了，高铁站扩建的事儿说了好久，还没定下来，赚那么多钱都干啥去了。"

东海市这三线小城市，他们拥有的高铁站统共就一层，一眼望得到边，前两年已经扩建过一次了，只是在旁边增加两个厅。随着游客越来越多，还是无法满足，市民早就说，该盖个新的大站了。

他们的对讲机里不时还传出同事的声音，大家都在抱怨。

两个交警听到这一组同事申请帮助，就往他们的执勤点走去，一路上都堵得死死的，车辆一动不动。幸好这是回程的方向，去高铁站的方向已经疏通了，不然得急死人。

两人正各怀心事地走着，忽然听到一阵喧哗声，旁边车里的司机也探出脑袋往后看，他们也都回头，顿时脸色不好了。

只见人行道上，三匹马驮着四个人一路小跑过来，马鞍上还挂着包、袋子，后头，一个出租车司机抱怨地道："哥们儿，真的把我扔下了？一百谁知道够不够，万一堵到天黑呢？"

领头的白马特别高大，驮着一男一女，后面两匹棕黄色的马跟在后头，各自驮着一名男性。

根据那个出租车司机的话，以及现在的情形就能知道，他们是不堪堵车，干脆选择多给司机一点钱，下车骑马的……

堵在路上的司机无不露出艳羡的眼神，可以啊，还能这么操作！

这正是灵囿的员工跑来接客户了，他心里也有点忐忑。园长安慰他，说自己也老骑马出去办点事什么的，吉光可是"屡立奇功"了。

但是他想说，园长你骑马也就是在乡间小路上溜达一下啊，这上了大马路，以吉光的本事，能立奇功他不怀疑，可真的不会被拍小视频吗？

难怪要问怕不怕围观，可不是，的都是人都在看，还有吹口哨、比大拇指的。

更让人心惊胆战的是，前头就有俩交警！

这员工都呆了，握着缰绳的手微微发抖。

不过，那俩交警也呆了，直到他们骑到跟前来，还没想好该不该拦。直到旁边有人高呼"马在哪租的，多少钱"，他们才回过神来："那个，同志……"

他们可能也没发现，没等领头的骑马员工说出来勒马的话，三匹马就已经停止了蹄子的迈动。

员工握着缰绳，紧张地道："您，您好。"

交警差点顺口说出来驾照出示一下，赶紧憋回去了道："你的马，有证件吗？"

旁边停着的私家车车主探出脑袋，好奇地道：“马也查行驶证啊？”

交警哭笑不得，当然不是看行驶证啦，他们印象中东海市虽然没出现过这种情况，但是相关规定中，如果有牲畜上路，应该是驯服过的。

灵囿的马当然是有证的马，员工赶紧说明了一下：“没有带原件，这个是证件，我是灵囿动物园的员工，这是我们养的马。因为大堵车，所以骑马来接一下客户。”

旁边的车主“嚯”了一声，还挺羡慕的。

交警一听是动物园的，心想难怪，两个交警对视一眼，他们可没法拦着人不让骑马，硬着头皮告诫了一下：“那千万注意不可以惊扰行人，过马路时要牵着马……”

旁边的车主“扑哧”笑出来了，看交警瞪自己，又赶紧捂住嘴。

人家交警说得其实很正确，只是他怎么听怎么像让牵着自家孩子。

员工连连点头，从他们身边过去了。

直到三匹马远去，俩交警才拿起对讲机：“你们肯定不相信刚才我俩拦到啥交通工具了……”

按理说段佳泽也不需要亲自接待了，但因为这次堵车，他让人骑马出去，为表关心，还是来迎接了一下。

对方动物园的米主任一下马，就握着段佳泽的手：“段园长。”

“米主任，不好意思啊，我们东海路况不太好。”段佳泽笑眯眯地道：“您还好吧？”

“好得不能更好了，说实话，我这辈子还没有享受过这么高的回头率。”米主任小小幽默了一把，他还挺轻松的，又回头道：“但是我们小张可能就不太好了。”

他们花了将近一个小时回来，据说本来应该更快，但是因为不敢让马撒蹄子狂奔，速度就慢了不少。

到后来道路畅通了，员工想让米主任他们打车先回来，他们也没同意，说骑马就骑马呗，丢下他一个人不太好，还想再体验一会儿呢，这宝马多拉风啊。

米主任说的这个小张是和灵囿员工共骑的一位女士，刚开始还挺兴奋，后来颠久了，就晕了。被扶下马时两条腿都在打圈，按着胸口道：“我好像有点晕马。”

"要去医务室吗？不然喝杯茶？"段佳泽问，让那员工把小张扶走了。他又摸了摸吉光的脖子，有心让吉光带着飞黄和照影回去，但是当着米主任的面不好这么做。

段佳泽左右看看，没看到员工，倒是看到了袁洪，他朝袁洪招了招手。

袁洪懒洋洋地走过来，肩上还坐着一只猴："干什么？"

段佳泽说："帮忙照顾一下马可以吗？"

袁洪："？！！！"

段佳泽看袁洪表情不是很自然，带着歉意道："带到湖边马棚就行了，我这边领人去参观，麻烦你了……大哥你别这样看我啊，不行我打个电话叫人来。"

又不是方圆十里没人，他就是看到袁洪顺口叫了一下，根据袁洪帮他把衣服捅下来的记录看，他想着袁洪挺有爱心的呢。但是如果袁洪嫌麻烦，那也不是什么大事。

袁洪嘴角抽了一下，看了吉光一眼，勉强道："可以吧。"

说着，袁洪就一翻身，十分利落地上了马。

米主任还傻乐："嘿，这不是'马上封猴（侯）'吗？"

袁洪看了一眼肩上的猴子，一夹马肚，吉光转头走了，飞黄和照影乖乖跟在后头。

米主任一行在灵囿考察了一下帝企鹅，顺便还看了看海豹，因为海豹抱枕特别受欢迎，让他很感兴趣。

三天后他们的购买计划也基本确定下来，会从灵囿以六十万的优惠价格，引进三对青年帝企鹅夫妇。灵囿还包售后，以后如果对方的帝企鹅出现什么问题，包括孵育遇到困难，可以随时要求技术援助。

回程的时候，米主任还问，能不能还是骑马送他去高铁站……

段佳泽愣了一下："我打电话问过了，现在不堵呢。"

米主任表示，就是觉得骑马特别帅。

段佳泽迟疑了一下，让人送米主任骑马去高铁站了。

这天，米主任再次享受了一下万人瞩目的感觉。过往车辆里的人看到他们，也都在嘀咕："这不是前两天那个朋友圈小视频里的吗……"

一群穿着整洁道袍的道士排队进入灵囿，手里还各自抱着剑。他们打扮一样，发型一样，手里的剑也都长得差不多。

偶尔有道士出现在灵囿可以理解，但是这么多道士出没，就让人有些出戏了。

加上这些道士普遍年纪不大，更让人揣测许多，尤其是外地游客。

还有人和他们搭讪："这是你们的校服吗？"

小道士们："……"

在场辈分最大的，是江无水和罗无周，江无水主要负责和这次活动的官方负责人接洽。

这次有京城的摄影记者来东海市，要拍些东海市的照片，市里就让组织了一下。

他们的摄影师似乎喜欢大场面，尽策划一些人多或者需要航拍的拍摄方案。当然，东海市的人也很喜欢，把他们市拍得大气谁不喜欢啊。

摄影师在拍完临水观后，又有了想法，希望道士们能去海角山打个太极，耍耍剑。

到时候从天上航拍，那么多道士错落站立，整齐地打拳，画面肯定很好看。再配上海角山的日出，背景是整个东海市，简直完美。

顺带着，也在灵囿拍一拍吧。这个摄影师还记得，几年前有位同行在灵囿拍的小道士和狮子，拿了国际摄影奖。

当年的小道士已经长大了，他不想拾人牙慧，但也想玩一把人与自然的概念。东海市现在的理念就是生态旅游，道家也崇尚天地自然，那还有什么比道士与动物的画面更契合的主题呢。

在这个概念之下，灵囿的散养区就特别适合拍摄。于是，在组织下，一群道士就穿戴整齐，一起来灵囿了。

早上天没亮他们就到了，在隔壁海角公园进行拍摄工作，从拂晓拍到太阳升起。对于这些道士来说，早起练功本来就是习惯，并不嫌累。

年纪最小的道士才六岁而已，摄影师特别喜欢拍他，进去的时候他还对罗无周说："师叔祖，为什么他们闸口是欢迎光临？"

罗无周："……"

罗无周解释道："因为这里是动物园，只有咱们那儿才会报无量寿福。"

小道士似懂非懂地点了点头。

他们都还没吃东西呢，来了后先在灵囿的食堂吃了一顿，然后摄影师和段佳泽沟通了一下他们需要的场地。

摄影师也没有想着拍难度太高的画面，他就希望自己的画面中出现麋鹿、鸟群等，都是比较温和的动物。他还带了些道具来，要布置一下场地。

段佳泽听了觉得没什么问题，调了辆观光小火车，一辆就把人都装下了，然后拉到散养区的草食动物区域。

摄影师找了个草木相对茂盛，还有一棵树的地方，布置好了之后，安排道士们站好。

江无水捧着大肚子和段佳泽一起站在旁边，有点拘谨。

段佳泽看到罗无周也入列了，他还在啃葱卷呢，那些道士吃东西太快了，他拿着俩卷子就跟上来了，想围观一下。这会儿，一边吃一边道："小罗领操啊？"

江无水："……"

江无水嘴唇动了好几下，才说道："是啊。"

段佳泽："不错，年纪不大还站了 C 位。"

江无水："辈分高。"

江无水暗自抹了把汗，这得亏是他来了，换了别的平时不太爱看电视的师兄弟，都不一定能听懂段园长在说什么！

按照摄影师的要求，他们这边在打太极，那边饲养员就牵着麋鹿，用食物引其入镜。

远景处，还有一头长颈鹿在吃树叶，身体半隐半现。

道士们两手向左慢慢摆动，麋鹿仿佛被吸引了，身体也随着一动，脑袋向左一晃，大角歪斜，与他们微妙地同步了。

摄影师变换角度，狂按快门，以免错过这一幕。

他们离得都不是很近，过了一会儿，甚至挪开一些，用航拍机进行拍摄。

偶尔有路过的游客，看到这一幕都特别感兴趣，举起手机拍摄，他们不是专业人士，但画面之和谐，谁也能感受到。

到后面，还有空中援助，段佳泽让陆压把那些白鹭赶过来了。

地方也换了块空旷些的，只见风吹牧草，地上是练剑的道士，空中则飞过一群白鹭，刹那之景全都被摄影师留住。

这样拍了半天，道士们没怎么样，几位摄影师已经累得满头大汗了。

但是他们心中是非常满足的，海角公园和灵囿动物园两处的拍摄，比其他地方都要顺利得多，让他们灵感无限。

临水观的道士拳打得特别好，在海角山上拍出来跟大片似的，动物园内与动物合作更是生机勃勃。

一完成，他们就埋头选照片，立刻就传回社里了，甚至是立刻配上简单的文字自己发布。和段佳泽经常接触的市里的记者不一样，他们权限大一些，单位内部的规定也不一样。

他们的刊物有客户端，拍完立刻就可以发布出去，不用等到出刊，极其有时效性。

等到段佳泽带他们走到食堂准备吃午餐时，有位摄影师已经把手机举起来，给他们看还在迅速增长中的点击量了。

效率还真高，段佳泽也赶紧把地址转发给员工们。

因为人数众多，所以段佳泽把人带到员工食堂里，摄影师之类的就坐在食堂的小包间，菜色反正和餐厅不会有什么不同。

“我去看下菜怎么样了。”段佳泽打了声招呼，就出门了。

临水观的道士们在灵囿特别有规矩，一个个乖乖坐在椅子上。这时孔宣走进来，小道士们全都像每一个第一次看见孔宣的人一样，呆了。

孔宣瞥了一眼，问了一句：“哪来的？”

如果是普通人也就算了，这都是道士，他就多问了一句。

段佳泽玩笑道：“给你做午餐，要吗？”

所有道士神情一下子紧张起来。

道士们都是内行人士，普通人听了段佳泽的话可能以为他在胡说八道，但是他们不会啊，既然段园长这么说，那就是这个人真的有吃人的本事！

江无水更是一脸要哭不哭，我们还有个六岁的孩子呢，为什么要开这种玩笑。

孔宣却是嫌弃地道：“不要。”

孔宣走开后，段佳泽惋惜地说：“可惜了，你们失去一个成名的机会。”

不是夸张啊，谁要是被孔宣吞一回，那就和圣人一个待遇了！

当初孔宣就一口吞了圣人，当然圣人后来出来了，但是孔宣也进一步证明了自己的实力。

道士们：“……”

149

这么多道士里，估计也就那个六岁的小道士因为不太懂事，所有没有什么畏惧之心了。他舔了舔勺子，觉得动物园的饭比道观的好多了。

之前因为拍摄，他们在散养区某片区域转悠，途中也经过了一些昆虫园、儿童游乐动物园之类的地方，导致小道士心里一直惦记着。

“我们吃完饭就要回去了吗？可不可以先去看看大象。”小道士可怜巴巴地说，他的法名是问敏，被临水观收养的孤儿，所以没有姓。

罗无周：“不行，大象是寺庙捐的。”

问敏愣了一下：“那，那看狮子……”

罗无周其实就是不想让问敏在这里多待，这地方多危险啊，他是吃过苦头的。

问敏抱着罗无周的胳膊求他，被段佳泽听到了。

段佳泽说：“小罗，你弟弟才多大啊，想在动物园玩玩也是正常的，你就留下来陪他玩玩呗。”

问敏弱弱道：“他是师叔祖，不是我哥哥。”

“哦，对，小罗辈分大。”段佳泽好笑地戳了一下问敏的脸：“你想看狮子？没事，下午就跟这儿玩吧，我和你们主任说一声。”

段佳泽都这样说了，罗无周也没办法。谁能想到呢，一个和灵囿卖联票的单位，居然对灵囿敬而远之。

问敏年纪小小，哪知道那么多，特别开心地应了一声。饭后，罗无周只得让江无水把其他人都带回去，自己留下来陪问敏。

罗无周提心吊胆，好在也并未遇到什么意外，段佳泽下午甚至都没露面。

只是他们两个道士在游客间非常引人注目，尤其是问敏。大众就爱看可爱的动物和可爱的小孩，这两者要是加起来，那威力就更大了。

过了一两天，这摄影师给东海拍的这套图中，道士系列点击高涨，被转载到了很多平台，备受好评，尤其是关于问敏的一些花絮。

一些当日看到问敏和罗无周的游客，也把自己拍到的图传上来。

看到问敏背着一柄特制的短剑，在师兄（其实是师叔祖）的陪同下参观动物园，还在儿童游乐动物园里玩儿，和正片里练剑的模样形成了鲜明的对比，甚是可爱。网友们十分热情地转发，最后被临水观的官博认领了。

也有网友把这些图和以前拿奖的摄影作品，还有和尚们来时被拍到的图，白素贞他们做模特的图、鹊桥照、灵囿动物摄影比赛等集合起来，说明灵囿动物园是一个特别好的拍照地点。

传播还挺广，真有不少各地摄影爱好者跑到灵囿来取景，其中，也有一些拿出不错作品的，令灵囿在这方面的名气竟然也变大了，这倒是意外之喜。

同心村的工程已经结束，进入了宣传期，还准备办个活动，吸引游客过来。

灵囿在里面出了不少力，市里也要买广告、搞营销，灵囿的官博和官微就有不少粉丝，在本地传播力也大，转一转阅读量就噌噌往上涨。

毕竟，这同心村的项目灵囿也是有点投资的。

同心村那些地，以前都是村民随便种，各家种各家的，被投资方规整之后，大家统一种植，四季不同，而且都选那种外观和实用并重的，比如油菜花、向日葵等等。

这一季，种的就是向日葵，还是反季节花卉，更加吸引人。除此之外，也有一些别的植物，然后再弄一个向日葵节的名头，呼吁市民来玩。

海角公园和灵囿的门口也贴上了宣传海报，还有不少三轮车、摩托车在这儿，花几块钱就可以拉到同心村去。或者，在公交车上时就别停，线路已经增长了，以后同心村才是最后一站，可以直达。

还真有不少游客被吸引了，东海市作为新近兴起的旅游城市，他人来旅游看的是风景，是临水观、海角山、灵囿的动物，可本地市民早看惯了啊。

对于本地及周边县市的市民来说，没有长假的周末如果想找些消遣，还真没多少地方可去。同心村刚好强势填补上了这个空白，大家一看宣传，天气这么好，去走一走，看看花也好啊。通常来说，这个季节可没有向日葵呢。

还有一些本来是来灵囿的，打算在这里多玩两天，索性住在同心村。灵囿酒店虽然好，但是房间有限，而且价格比起同心村的民宿、宾馆肯定要高一些。反正离得也不远，住在那儿挺好的。

同心村正式接待游客那天，段佳泽还特意去了一趟，带陆压一起去的。

这就没必要开园里的车了，直接在门口打三轮车，这也都是村民在做，不只是从灵囿和同心村往返，他们还可以环村开车游览，领大家看看风景。

村民一看是段佳泽，立刻道："段园长，你怎么还坐我车，你那宝马呢？"

"我骑着马去，游客非误会了不可。"段佳泽大笑，拉着陆压上车。

段佳泽看到陆压坐在这个改装后用来搭乘游客的三轮车上，特别接地气，而且把三轮车的逼格都拉上去一截，顿时忍俊不禁。

陆压没有理解他的笑点有些莫名其妙。

对于陆压来说，人间界这些交通工具没有什么区别，三轮车和飞机、公交车和轮船，全都是人族的代步工具而已。

到了同心村后，来的人还不少，而且看大家神情，都乐在其中。

说实话，同心村的空气不错，海角山这一带都没什么污染，经过翻修后的同心村，焕然一新。

湖边的古式建筑里，有学生在念书，段佳泽也拉着陆压过去看了一下。门口还有些游客围观，学生们穿着投资方送的校服，在齐诵三字经。

游客们都不敢说话打扰学生，有的举起手机拍照，对这幅景象十分肯定。

段佳泽多看了几个教室，走到六年级的教室时，里面还有小学生认出他来，喊了一嗓子："段叔叔！"

正在上课的赵老师望过来，也笑了起来，没有被打扰的不耐，反而搭话道："段园长，过来参观吗？"

同心小学和灵囿那是老关系了，那些认出段佳泽的小学生每年都去灵囿，最早还是段佳泽亲自接待，他们对段佳泽印象非常好。

"打扰了，在上课呢？"段佳泽和他们打了个招呼。

赵老师看到了段佳泽身后的陆压，愣了一下。

段佳泽注意到他的神情，笑道："我就不进去了，你们好好学习啊。"

段佳泽之前在领导面前出柜了，联合投资方也听到了风声，又传到了同心村一些人的耳朵里，赵老师也是知道的。

他看段佳泽误会了，赶紧道："那回头，二位再来看看孩子们。"

赵老师其实不认识陆压，但是他知道段佳泽的人品，不管别人怎么看，他觉得这个不影响他对段佳泽的认可。说着，赵老师还对陆压也友好地笑了一下。

"行。"段佳泽说完拉着陆压走了。

陆压还在琢磨："他是对你笑还是对我笑？"

"对你笑啊，不过是因为我。"段佳泽解释道："这个就叫爱屋及三足金乌。"

陆压不置可否。

段佳泽："没听过这么长的成语吧？"

陆压露出质疑的神情："这是你编的吧？"

段佳泽打了个哈哈："只能说改编。"

就跟精卫填海洋馆似的，这属于成语新编。

段佳泽找了个僻静的地方，和陆压一起下来，侧面就是一大片金黄的向日葵。不过他们这个地方，向日葵都是侧对着他们的，太阳在那一边呢。

花正面对的地方游客就多了，而且好地方都被占据了，景色和幽静没法两全其美。

段佳泽倒是不在意，陆压的心理可不平衡了，还向日葵呢，看不到你们旁边就坐着一个太阳吗？

段佳泽不知道陆压在瞪着向日葵，他往旁边一靠，靠在陆压身上，闭着眼睛休息，两人都不发一言，当然，段佳泽以为陆压和自己一样心灵宁静。

太阳晒得身上暖烘烘的，段佳泽才慢慢开口道："偶尔偷懒的感觉真好啊……"

不用在园里工作，不时还要应对一下突发事故。

陆压没说话，段佳泽问他："你懂吗？你肯定不懂吧，这应该是你第一份工作吧。"

陆压："……"

虽然是事实，但是陆压很不想承认，谁第一份工作是在动物园当动物，心情都好不了吧。

段佳泽虽然也是第一份工作，但是他往前实习过，还上了十多年学，那感觉差不多。陆压则是做了不知道多少年散修，没什么工作的概念，就算在灵囿，他也时不时按照自己的心情翘班。

而且，修道者和人类的精力是不一样的。

段佳泽正沉浸在非常悠闲自然的心境当中，准备再和陆压聊点走心的，文艺的，忽然觉得游客们的声音好像变大了，或者说变近了。

段佳泽疑惑地睁开眼睛，入眼就是一大片金黄。

段佳泽："……"

难道他之前其实睡了一觉？为什么他记得自己睁开眼睛之前这些花并不是这么开的？

他之所以觉得游客的声音越来越大，也是大家渐渐觉得在那个方向拍照不好看，赏不了花，所以纷纷挪到这边来了。

段佳泽还可以听到这些走近了的游客的声音：

“哎，这花都怎么了，太阳不是在那边吗，向日葵为什么不朝着太阳？”

“别说了，我感觉半个小时前它们还冲着那边，你说是不是要下雨了？”

段佳泽：“咳咳咳！”

他差点被自己的口水呛死，看了下太阳确实在那一头，一手抓着陆压的袖子道：“你干什么，这么多人看着，你就让它们一个猛回头啊？”

陆压：“向日葵不是向日的吗？它们自己要拧过来，和我有什么关系！”

段佳泽：“你是不是当我是傻子？向日葵是因为感光才转动的，你坐在这儿发光了吗它们就脸朝你？”

陆压：“……”

半个时间对向日葵来说可能很短，但是对人类来说却有些长了，有人半个小时都待在这里，也不一定放在心上，或者拍摄记录全程，去追寻这种现象的背后原因。

就像那两个游客，发现了也讨论不到自然力量之外……

段佳泽感觉周围游客越来越多，那点心情都被冲淡了，本来安安静静，俩人靠这儿多有气氛，陆压非把人给招来，活该他打光棍。

段佳泽把无话可说到有点郁闷的陆压拽起来：“你，你就是吃了没文化的亏，还想蒙我，你要是躺地上那向日葵是不是还都为你把脖子折断了？”

陆压：“……”

同心村旅游项目和灵囿动物园相辅相成，取得了很好的成效，大面积的向日葵为他们在花期吸引了大量游客。其中有相当一部分会留下来，成为回头客。

这个招牌也算是打响了，以后市民考虑到周边出行，多半会想到这里。

而同心村的村民也获得了许多就业机会，条件大大提升。

花期时有不少灵囿员工也结伴去游玩了，段佳泽去了一次后，就再也没答应邀请，并禁止陆压过去，防止他奇怪的理论再次被实践，非要正面看花。

与此同时，灵囿的帝企鹅繁育中心，也获得了进一步的成就。

他们甚至迎来了国外的客户，周边国家的气候和华夏比较相似，他们的动物园想引进帝企鹅，自己国家没有从事帝企鹅繁育工作的单位，而且帝企鹅生产率也很低。

在这样的情况下，他们选择在隔壁华夏引进帝企鹅，经过考察之后，选择了灵囿。

虽说灵囿并未拥有最大最专业的帝企鹅繁育中心，而且帝企鹅们都生活在冰冷的展馆之内，但是，在东海市出生的它们总是给人一种会比其他地方的帝企鹅更耐热的错觉……

再加上灵囿的帝企鹅产卵、孵化成功率之高，也是非常出彩的，社交网络上的红火就不说了，有些图片可不只在华夏范围内传播。毕竟，图片和文字不一样，大家都能欣赏。

于是，灵囿还接待了几波外国动物园的考察，有的还是一个国家的好几个动物园，组团过来看。

段佳泽十分热情地接待了他们，并为大家介绍了帝企鹅以外的动物，如果可以的话，欢迎大家引进、交换。当然，这种跨国交换，也需要办理更多的手续。

这些人不是华夏人，也不知道最近几年灵囿的新闻，单是搜了些帝企鹅的相关资料，真正来到灵囿后，可把他们吓了一跳。

“资料上的数字只是数字，真正看到它的体型之后，我真是被惊到了。”翻译传达了某动物园引进负责人的话，对方对于奇迹的体型很是赞叹，并再三询问它是不是真的没有对象。

如果它有的话，那么无论任何拥有企鹅场馆的动物园，都会希望获得它的后代吧。毕竟，他们都知道买下这只难得一见的帝企鹅是不可能了，这家动物园甚至用它来做吉祥物。

这么大的帝企鹅，完全不能用普通帝企鹅的价格来衡量，得跳出这个价格区间了。

“呃，对，还找不到对象。”段佳泽回答道。

段佳泽带这些人在灵囿转了一圈，令他们大开眼界，能够令同行大开眼界，这确实不简单，主要也是因为他们没经过这几年的新闻轰炸，没有一个循序渐进接受的过程。

而大开眼界的后果，就是收获了非常多的问价，或者愿意用自己国家稀有的动物来做交换，交易额噌噌上涨。

某动物园引进负责人：“这只安第斯秃鹫实在是太太太棒了，它的体型、翼展，身上每一个部位，都简直完美，难以想象它出生在动物园。”

段佳泽："嗯嗯，多亏了繁育他的动物园，我们也只有一只呢。"

负责人兴奋地道："太好了，我们动物园有一只雌性，要相亲吗？"

段佳泽："……"

这样的要求非常多，他们一见到优秀、人气高的动物，除了有购买的想法之外，就是想相亲了。

最奇葩的一个，还问他们的超大型蝠鲼要不要找对象。

段佳泽全都以跨国相亲太麻烦，还要再考虑一下暂时推辞了，心想看来以后带这种人参观，就不能去派遣动物们待的地方。

小九和孔宣一样，私下又表达了一下自己的意愿。他还真有点怕，他算是看出来了，整个动物园的派遣动物就自己地位最低。

现在段佳泽是不让人打杀他了，但是他越来越意识到自己得罪过园长，说不定哪天园长真让他去相亲……他有能力反抗吗？

"你放心，我不会干这种事的。"段佳泽安慰了一下小九："对了，你是不是有家室，二婚了没？"

小九猛摇头："天天被天庭追杀，哪里有时间二婚。再说，一婚就把我搞得够呛……"

段佳泽干笑道："那个确实是你太不讲究了。"

陆压在旁听到，冷笑一声："确实不讲究，娶了个水族。"

段佳泽："我说的不是这个不讲究。"

小九初婚是和万圣公主，但是万圣公主原本是白龙马的未婚妻，他直接绿了人家，后来被揍得掉了一个头，逃了。

那时候杨戬和孙悟空确实没继续追，但小白龙家里也是有背景的，这不，后来小九还是被逮回去了。

小九哪里敢回陆压的嘴，低着头不说话。他现在就剩最后一个头了，且活且珍惜吧。

黑旋风和粽宝来灵囿，初始合同签了两年，现在合同快到期了，也要准备续约。熊猫中心特意派了一组人到灵囿来，除了续约延长年限之外，也是检查一下黑旋风和粽宝的情况。

虽然两年一签，但是不可能就借两年，主要还是看看熊猫的生活状况。

来了个四人检查小组，在段佳泽的陪同下，检查了两只熊猫的居住环境、饲养情况等等，还看了病历。他们不知道看过多少动物园的熊猫馆了，灵囿这两只，绝对是他们看到生活最好的。

病历显示，两只大熊猫没有生过一次病，体重比起这个年纪的大熊猫平均重量还要重上一些，但是也没有太超过，没有健康上的危险。

早就说了，现在大熊猫的数量多了，很多动物园都有，由于缺乏经验，许多动物园资金也不是很充裕，有些动物园的大熊猫生活得其实很一般，甚至可能吃不饱。

吃不饱是很多动物园动物的常态，尤其是肉食动物，对于一些不负责的动物园来说，一级保护动物和其他动物也没有什么区别。

他们在灵囿看到的两只大熊猫，精神饱满，生活环境优越，比起生活在中心的熊猫可能都不差。而这两只大熊猫，也为动物园带来很多游客，看看馆内人山人海就知道了。

一番检查下来，他们十分满意，在开会的时候，段佳泽还把熊猫馆的技术专家潘旋风潘老师请了过来，大家一起聊一聊还有没有需要改进的地方。

检查组半天也没挑出来什么错处，但是不说一些又显得他们多余，于是说了两个无关紧要的问题。

为首的人说道："对了，粽宝也到了一定年龄，它的营养充足，按照普遍圈养熊猫提前性成熟的情况来看，应该要随时准备，应对它的发情期了。"

一旦粽宝性成熟，那么就要根据监测情况，由有关专家决定，让它和哪只雌性熊猫相亲。毕竟华夏的大熊猫都有"家谱"，专家一查就知道，适合它的伴侣是哪些。

至于黑旋风，知情人心里都清楚，或者被暗示过，不管它还有没有生殖能力，都不归他们管。所以，关于黑旋风的情况他们提的其实很少。

段佳泽刚想说话，潘旋风已经一倾身体问道："那你们有哪些适龄雌性熊猫啊？有照片吗？粽宝喜欢眼圈大一点的，耳朵圆一点的，脸也不要太尖……"

段佳泽和检查组的人全部直起身子注视着潘旋风。

潘旋风说得起劲，脚都不抠了，手舞足蹈地道："如果可以的话，肩带要这个样子……"

段佳泽含笑摁了一下潘旋风的肩膀："潘老师你坐好。"

潘旋风呆了一下，才赶紧肩膀一歪，做出不堪重负的样子，殷勤地看着园长："嗯嗯。"

熊猫中心的人都诧异地看着潘旋风，不是说这位是技术方面的总负责人吗，为什么疯疯癫癫的。但是段园长总不至于拿这个开玩笑吧，他们也不是一线技术人员，难不成还真有什么观察方法？

他们迟疑地道："这是……根据什么判断的呢？"

段佳泽不无威胁地看着潘旋风，用眼神告诉他，再乱说，就等着伙食减半吧。

潘旋风呆了半晌，讷讷道："黑旋风就长这样，我看它挺喜欢黑旋风的……"

众人："……"

150

大家都当作什么事也没发生过一样。

"那个……就麻烦段园长这边注意观察，做好准备了。"

"好的好的，我们会注意的。"

什么专家啊，还以为要说些科学道理出来呢，结果就一句粽宝喜欢黑旋风，而且就这句话，也没有数据支撑。大哥，那黑旋风还是公熊猫呢，你到底想表达什么？

潘旋风："……"

待开完会之后，段佳泽把人都客客气气地送回酒店，然后就教训起潘旋风了："潘老师，粽宝还是个孩子啊，你谁这话让别人怎么想？"

潘旋风："……"

潘旋风委屈地道："您那么看着我……我也是急中生智。"

还急中生智，段佳泽狐疑地打量了潘旋风几眼："真的是胡说的吗？粽宝的清白没有问题吧？"

潘旋风的脸都变竹子色了，急道："园长，它还是个孩子啊！"

段佳泽：眼神犀利地盯着他。

潘旋风又指着自己："我怎么会是那种熊，它还是个男熊。园长，你到底想到哪里去了，之前我那么说，就是粽宝跟我嘀咕过喜欢什么样的女娃。"

段佳泽："女娃是个精卫鸟啊。"

潘旋风被园长的冷幽默给击倒了。

"好了，我就随便问问。之后你多注意一下，如果粽宝出现了发情症状，及时通知我，我们准备送粽宝去相亲。"段佳泽说道。

他们观测起来就比别的动物园方便多了，潘旋风和粽宝大部分时间都待在一起，有什么变化他立刻就能知道。

幸好园里有两只熊猫，刚刚性成熟的熊猫发情期有几个星期，到时候粽宝缺席了，潘旋风可以坚守岗位，服务游客。

潘旋风老师谨遵园长吩咐，等待粽宝的发情期，到时候粽宝去相亲，如果成功的话，这个世界又要迎来一到两只大熊猫了。

与此同时，在华夏的另一个角落，一个叫"海角动物园"的地方，他们的负责人华升平正在打电话："是……是，园长，我知道了，一定！"

虽然同叫海角动物园，但是他们和东海市那个早已经改名为灵囿的海角动物园没有任何关系，他们隶属当地的天涯公园，是一个园中园，养了少许动物，需要单独付十块钱门票才可以进去。

天涯公园作为当地的老牌公园，靠着一片湖，还是有很多市民愿意去那里游玩的。

但是，海角动物园开了挺久了，动物就那么几种，一直不引进新的，也没有什么有趣的动物表演，大家去一次也就够了，谁还会被吸引去第二次呢。

渐渐地，海角动物园也就门可罗雀，每天还要支出动物饲养费，等于一直在做亏本买卖。

公园管理方面对此很有意见，和负责动物园的华升平华主任沟通了一下，希望他能想出一些方法。

华升平在心中暗暗骂娘，既不批钱，又想让他把动物园生意提高，他还能怎么着，把市民骗进来吗？

在这样的压力之下，华升平也开始耍无赖，他找园长摊牌了，要么你就批一笔钱给我，引进新的动物，吸引市民，形成一个良性循环；要么干脆把动物园关了，我反正无所谓。

这是一个小城市，并没单独的公立动物园，他们这个开在公园里的小动物园，已经是市民在本市看动物的唯一去处了。虽说没什么客人了，但公园还真不太想关掉，再怎么说，有这个地方，每年还能多申请一点钱。

过了几天之后，华升平得到了答复，可以批给他十万块试一试。

华升平表面上应承，挂完电话脸色更加阴沉了。

旁边的饲养员小毛问道："华主任，怎么样，园长批了你多少万？"

"还多少万？就十万，还包括了运输费！"华升平气死了，说道："十万能引进什么吸引人的动物啊！"

小毛弱弱道："总还是有便宜的动物，咱们挑些实用的。"

华升平挠着头，既便宜又能吸引游客的动物，这应该是什么呢？

小毛说道："不如我们买一群草泥马吧？那个便宜。"

"羊驼？"华升平摇头道："不行，有个商场买了几只，就养在门口，人家免费看。"

小毛也没办法了："那我上网看一下……"

其实华升平和小毛都是外行，他们这个动物园除了唯一的兽医，其他人全都不是动物相关专业出来的，在这里混口饭吃而已，华升平更是被挤兑来管这里了。

华升平心想不行干脆就算了，这时小毛看完手机，抬头道："华主任，不如去灵囿动物园看看吧。"

华升平挑眉："嗯？"

灵囿动物园他当然知道，离这里也不算特别远，高铁两个多小时，就在隔壁省，这几年名气大得很，和他们这种草台班子可不一样。

他疑惑的是去这里有什么用，他还能买得起那里的动物吗？上次看到新闻，他们卖帝企鹅都卖到国外去了，几十万、上百万一笔的订单。

小毛解释道："他们的繁育中心是卖帝企鹅的，但是还有别的动物，也会适当出租、转卖。这些都不是重点，重点是他们有全套服务，包括售后，而且他们的网络粉丝很多，经常会在官博发布一些某某动物去了某处的短讯，咱们可以蹭一波关注啊。"

华升平对网络不太了解，但是听小毛这么一说，觉得有些道理。灵囿出名的动物那么多，有的单价也不是特别贵，人气却很高，他们本地有人没去过灵囿，又很喜欢，可能还真会来看一看呢。

其实去哪里引进动物都差不多，既然灵囿还有这么一个优势，不管到时候能蹭到多少，也比其他繁育中心、养殖场要值了吧。

华升平在心里这么安慰自己，当即决定去灵囿。不过一打听才知道，灵囿还要审核资质，虽然不像大熊猫那么严格，但也需要对方是个正规单位，不能卖给什么动物表演公司，或者开几个月倒闭的野鸡动物园。好在他们动物园虽然小，但隶属天涯公园，也是有正规编制的。

于是，华升平准备妥当后，就亲自乘高铁，来到了东海市的灵囿野生动物园。

“你好，我是海角动物园的华升平，我和你们电话约定过今天过来。”华升平说道。

灵囿的工作人员立刻核对了一下：“哦是的，华主任这边请。”

华升平和他们的工作人员一起到了办公室，然后对方拿出了名册，除了动物图片，还有价格区间、场馆流量等数据，以供参考。

华升平直接说实话了：“我总共十万块，你能给我推荐一下哪种动物比较合算吗？我们动物园生意特别不好，需要吸引游客的噱头。”

对方听到他这大实话，笑容一点也没僵硬，反而思索了一下后说道：“那我向您推荐澳洲迷你驴，您所在的城市应该没有单位饲养这种动物。我们觉得您要吸引的游客应该是儿童，迷你驴在我们的儿童游乐动物园中人气非常高，受到小朋友的一致欢迎。并且，还可以设计一系列额外付费的活动，像我们动物园开展的牵驴散步、梳毛等活动，都是按时计费的。如果不计较品相，十万块可以买到大约三对迷你驴。购买后会有全套的终身饲养指导，还赠送一个月的干牧草与丰容设施。待会儿，您可以实地参观一下。”

华升平又问了几个动物，然后和工作人员一起去儿童游乐动物园看了。这迷你驴果然外表可爱，又特别受小孩欢迎，看得华升平心驰神往，要是他们动物园也有这样的热闹景象，那就好了……

华升平又去禽鸟馆看了一下，他听说这里的孔雀质量也很不错，所以有些想法。

不过这些孔雀根本没有像网上说的那么神，爱开屏，所以华升平看了看后就笃定了，成败就此一举了吧，还是招不来客人就是天命如此，他说道：“那我还是只要迷你驴吧……咦，对了，能饶我只鹦鹉吗？”

工作人员哭笑不得，这又不是买菜，还带添头的。但是他看了一下，华升平指的是指最普通的虎皮鹦鹉，思考了一下，是不是可以和上级申请一下。

灵囿最早开张时，就有少许鸟类，一部分是海角遗留的，一部分是段佳泽买的。这只虎皮鹦鹉就是最早在灵囿的鹦鹉的孩子之一。

这种在灵囿土生土长的动物，尤其是鸟类，都有一种天不怕地不怕的气概。

工作人员正想着呢，那只被华升平随手指着的虎皮鹦鹉也伸着脖子道："傻 ×，老娘卖艺不卖身。"

华升平："……"

工作人员："……"

工作人员赶紧道谦："不好意思，不知道它跟谁学了脏口，这里人来人往……对了，它是公的。"

华升平理解地道："我懂，会说话好啊，如果可以，我挺想要它。"

这鸟还挺聪明的，不但会说话，而且说得很清楚，而且智商也高，懂得把学来的话用在合适的情境中，学什么样的声音能让人产生什么情绪，在什么动作下说什么话，这都是学出来，或者观察出来的。

这样一来，它们甚至能和主人"对话"，尤其越老的鹦鹉越像人。

华升平带着六头迷你驴和一只鹦鹉回来的时候，正是大中午，别说动物园了，公园里也没什么人。这只鹦鹉最后还是跟他走了，接待他的工作人员向上汇报了，听说他们领导觉得大家很有缘，还真饶了只鹦鹉给华升平。

华升平也是才知道，原来灵囿改过名，以前也叫海角动物园！

小毛等人出来迎接华升平，他们已经提前准备好了场地，把迷你驴放了进去，又将送的干牧草和丰容设施布置了一下。其实都不值什么钱，那设施也是木头做的，但是有了它们，这些迷你驴情绪稳定多了。

华升平提着鸟笼，思考该把鹦鹉挂在哪儿，他们动物园可没有养鸟。

小毛好奇地道："园长，这些迷你驴就花光了十万？那鹦鹉呢？"

华升平还没答话，鹦鹉大声道："傻 ×，鹦鹉身价九万，驴子白饶！"

小毛吃了一惊。

华升平也擦汗了："学错了吧，应该是驴子九万，鹦鹉白饶，剩下的钱付了运输费、差旅费，就不剩什么了。"

小毛还沉浸在那鹦鹉的声音中，结结巴巴地道："这、这只鹦鹉好聪明啊。"

"是啊，按理说现在的很多虎皮鹦鹉学习能力一般，但是你没看到，他们动物园好多鹦鹉，什么金刚鹦鹉、灰鹦鹉，那家伙，恨不得给你说书讲相声。

这鹦鹉耳濡目染，也开窍了。”华升平离开之前，这鹦鹉还和同伴道别来着。

它扯着嗓子大喊：“告诉园长，我胡汉三还会回来的！”

那些鹦鹉也是七嘴八舌，口音还千奇百怪，估计是见多了各地游客。

“大妹子，我等你回来成亲！”

“啊朋友再见，啊朋友再见！”

“园长决定，养驴的任务就交给你了。”

华升平当时就无语了。

华升平想了想，把鹦鹉挂在了迷你驴场地旁边的门廊下，旁边就是小卖部，有人可以随时看着。为了吸引游客，迷你驴的室外活动场就设在进门没多远的地方，在大门口就能看到。

按照灵囿动物园的饲养指导，过了两天，迷你驴们才开始“接客”。

华升平让人做了海报贴出去，要不是怕吓到动物，他其实还想弄一个喇叭放在外面，循环播放“好消息，好消息，本园引进了超可爱迷你驴……”

灵囿在官博上的宣传有没有被本市的粉丝看到华升平不知道，但是有些在公园玩路过的孩子，在大门口看到了迷你驴后，倒是真的挪不动步子了。

“妈妈，妈妈，我要进去看！”孩子拉着母亲的手说。

父亲在一旁道：“别闹你妈，该回家了。”

这时候，里头却是传出一个声音：“大爷来啊！来啊来啊！”

这对夫妻的脸色顿时一变，仔细一分辨，里面鸟笼里有只鹦鹉。

“是……鹦鹉在说话？”

“好像是的……”

这时，鹦鹉又高歌起来，证明了他们的想法：“我有一头小毛驴，我从来也不骑，有一天我心血来潮起它去赶集……”

竟然还唱起歌来了，这下连小孩也发现了里面还有一只会讲话的鹦鹉。

他呆了几秒后，抱住母亲的腿大叫：“我要进去——”

夫妻俩看了一眼，门票十块，倒是也不贵，得，那就进去吧。不管怎么说，那鹦鹉是挺有趣的。

像这样进来的人还不少，基本上来公园的都是一家人或者情侣，只要路过动物园，十有八九都会被吸引驻足，只要驻足一分钟以上，基本都会买票进来。

还有一些则是看到海报，就直奔这儿来了。

华升平看到这样的情形喜不自胜，办公室都坐不住了，站在园内看。

迷你驴身形娇小，相比起正常驴，身上也显得毛茸茸的，还有花色，小孩和女性同胞都特别喜欢。

动物园还提供进去和迷你驴亲密接触的服务，也不贵，二十分钟十五块钱，可以在工作人员的看护下，给迷你驴梳毛、喂水、按摩，牵着它散步，教它拉小车，车上装的是牧草，安全又有趣。

而且人家还信誓旦旦地保证迷你驴干干净净，驱过虫打过疫苗，有兽医出具的证明。

几个家长出钱让孩子进去玩儿了，还有些孩子也开始摇父母的手臂。不过，一共只有六头迷你驴，晚了只能排队了。

旁边的鹦鹉还不消停地撺掇："小气鬼，喝凉水！"

有人好奇地看那鹦鹉："会背诗吗？"

鹦鹉在笼子里的栖架上跳来跳去，一张嘴字正腔圆地道："君不见，黄河之水天上来，飞流直下三千尺，疑是银河落九天。"

"嘿，还真会啊。"不管背没背错吧，反正人家也算展现才艺了："还会别的吗？"

鹦鹉停顿了一下，身体轻轻摇晃，动情地唱起了《但愿人长久》，一听就知道在电视上和原唱学的，腔调竟是惟妙惟肖。

和这鹦鹉聊得久了，还真是让人惊奇，它会的也太多了吧！

不知谁提了句足球，它竟然还背起了解说员的台词，情绪模仿得也很到位。

当人问起来它哪来的，以前没见过，它还用脚指了指迷你驴们："鹦鹉身价十万，驴子白饶！"

嚯，原来是买回来的吗？

但这身价十万是怎么说的，金刚鹦鹉也花不了这么多钱吧，买鹦鹉还送驴子？这可新鲜了。

鹦鹉说话在电视里常见，但是这些市民亲眼见过的会说话的鹦鹉不算特别多，尤其是它多才多艺，简直堪比新闻里的老油条鹦鹉，这才是最稀奇的地方。

被围观了差不多一个小时，鹦鹉仰头大叫："华升平！加水！"

众人莫名其妙，左右对视，华升平是谁啊？

小毛满头是汗地挤进来，给鹦鹉加水。

有人好奇地道："哥们儿，你叫华升平？"

小毛诺诺道："华升平……是我们主任。"

众人沉默了一下，哄笑起来。

第二天，公园里晨练的老头老太太们发现，有好些同伴把孙子孙女带来了。一问之下才知道，都是嚷着要来动物园玩的，但是父母没空，于是他们晨练时就带上了。

"看驴子？我的妈，驴子有什么好看的，爷爷以前还养过驴呢。"

"那驴子是迷你的，这么点大！"

"哎，话说，我儿子说动物园有只鹦鹉，会唱歌会背诗，还会解说足球。"

"真的假的？看看去吧。"

这些老人的岁数，去很多地方都打折或者不要钱，但他们还是舍得给孙子孙女花钱的。

到了动物园之后，他们也被那只鹦鹉给震住了。

昨天鹦鹉给孩子爹妈表演了各种才艺，今天，它又展现了昨天没有展现过的一项才艺，那就是唱戏，而且是一人分饰两角，来了段《武家坡》里的西皮流水。

这些老头老太太当中也有戏迷啊，听了半天，有人怀疑地道："我怎么听着……这王宝钏那么像韩凤声啊？"

"是像，电视里学的吧？"

"薛平贵是谁？听不出来，唱得也好啊！"

有人纠正道："应该是鹦鹉唱得好。"

这鹦鹉的嗓门简直太好了，把韵味学得十足，别说鸟了，就是人学起来都费劲，它却有板有眼，一丝不差。虽然嗓门可能没那么亮，但是能让大家听出来是模仿的韩凤声的王宝钏，也足见功力了。

韩凤声就是东洲省京剧院的副院长，全国知名戏曲演员，当初去东海市时，去了一趟灵囿，和熊思谦交流过戏曲。

这些人听不出来鹦鹉模仿的是谁，就是因为它模仿的对象熊思谦根本是个民间高手。

连鹦鹉模仿出来都来让人听得有滋有味，这些人欣赏鹦鹉后，更想听原唱了。

鹦鹉算是来劲了，大家都看出来它是人来疯，在大动物园待过也不怯场。迷你驴越来越受欢迎，一传十十传百，来看的人越来越多，它也没闲着。

除了督促、嘲讽一下驴子们，它早上唱京剧，中午背个诗唱个流行歌曲，或者和游客闲扯一会儿，用上各地方言，偶尔还给孩子讲童话故事，就跟个电台似的。

鹦鹉如此卖力气，有不少人专程为了看这只多才多艺的鹦鹉而来，还招来了本地的媒体，成为了本地的大明星。鹦鹉里，灰鹦鹉模仿能力比较强，虎皮鹦鹉很普通，宠物市场一堆，它却超过了那些种族天赋好的同类。

那两句“华升平，加水”“鹦鹉十万，驴子白饶”也广为流传，倒是让华升平无意之中出名了。

现在他一出去，报了名字，人家都会乐一下：“您能给我加个水吗？”

在这样的情况下，很多人都说，你得给鹦鹉起个名字啊，你们动物园就一只鹦鹉，不起名字也没关系，但是广大群众希望知道它的名字。

华升平对这只鹦鹉又爱又恨，总体来说还是爱多，虽然游客不在的时候它老对自己爆粗。

但是，华升平比游客看到的多，这只鹦鹉确实厉害，不愧是动物园出来的，它能陪游客唠嗑还不算什么，网红也有过气的一天。

这只鹦鹉还会管理动物，大家都看得到它平时骂驴子，可是很多人也许不知道，它还会安慰别的动物。

它能学人的声音，也能学动物的声音，动物园的动物不开心或者生病了，鹦鹉就派上大用场了，让华升平极为惊喜。

因为动物园流量大涨，甚至带动了公园的客流，一举扭亏为盈，还上了新闻。现在盯着的人多多了，公园哪里好再卡动物园的资金，大笔一挥又给他们批了钱。

有了这批钱，不但人和动物的待遇变好了，还能在这个基础上继续发展，进入一个良性循环。

来自灵囿的迷你驴和鹦鹉，给华升平和海角动物园带来了转机，就算再怎么被骂，华升平也爱定它们了。

华升平想了很久，对鹦鹉说：“爱你，小鹦鹉，以后你就叫华小帅好不好？”

鹦鹉破口大骂：“傻 ×，老子姓段！”

151

有一段时间网上一直流传，海角动物园和灵囿野生动物园曾经是一家，就因为灵囿的资料写着曾叫过海角动物园，重了名，于是传来传去就失真了。有说分家各自两地的，有说是分园的。

而注意到这一点并传开来，当然是因为海角动物园那只虎皮鹦鹉，它连接起了只是重过名，但毫无关系的两个单位。

原本只是在本地出名的虎皮鹦鹉，视频渐渐流传到别的网络平台，引来不少关注。

一开始也不知道这是动物园的鹦鹉，有家直播平台觉得这鹦鹉挺火的，就请他们来做直播。

华升平一把年纪，哪里玩过直播，但是因为那句“华升平，加水”太经典了，人家就要求他出镜。公园方面也觉得这是不错的宣传，让华升平配合。

于是，华升平只好在小毛和直播平台工作人员的指点下，用手机给网友们直播起来了，拿着个自拍杆，还有模有样的。

网友问了很多问题，华升平一一作答，或是让鹦鹉表演，使得直播间人数节节攀升。

“它啊，它的名字叫段泰戈尔。”华升平看到有人问鹦鹉的名字，就回答。

“泰戈尔可以理解，虎皮嘛……但是为什么姓段？”

一提到这个华升平就嘴角抽抽：“这个是它自己要求的，那天我说给它起名字，它就说老……我姓段。我一开始也不明白，后来去查了一下，它老家动物园园长姓段。”

这么一来，大家自然问它老家是哪里。

华升平也从实道来：“它和驴子都是我们动物园从东洲省的灵囿动物园引进的。”

一说灵囿动物园，直播间里有不少知道的，其中，甚至还有一些是粉丝。

“我卷意外出场。”

“为什么丝毫不意外，还记得有段时间你卷养鹦鹉，身后随时跟着几十只鹦鹉”

有人去灵囿看了，发现真是从灵囿来的，灵囿还发过微博呢，这条微博也被转发了起来。

灵囿的官博编辑也回答了一些网友的问题，证明虽说泰戈尔不是那些救回来的珍稀鹦鹉之一，但是它是灵囿的鹦鹉二代，从它父母起就生活在这里了，现在自己出去打拚。

打这儿出去的动物出息了，灵囿也与有荣焉啊。

这件事导致灵囿动物园考虑到往后从灵囿引进动物的单位更多了，灵囿的动物也没有多到无限量供应的地步，一段时间后，就得实施预约制了。

还有人因为段泰戈尔的事情，对他们的金刚鹦鹉感兴趣起来，就是段佳泽那些鹦鹉儿子及同一批的其他鹦鹉。

它们的体型更大，外表更艳丽，有些语言天赋还更高，比起平凡无奇的虎皮鹦鹉，他们更中意金刚鹦鹉。

反正，同在一个动物园，虎皮鹦鹉模范能力都那么好，它们应该也差不了吧？

段佳泽没答应，虎皮鹦鹉五六个月就成熟了，金刚鹦鹉要四到六岁才能成年，而且这时候性格也没稳定。

鹦鹉能够活上好几十年，就算有一天灵囿觉得园里的鹦鹉太多了，需要送出去一部分，也不会在这个时期送出去。

而且这些鹦鹉都是珍稀品种，对于它们，最好是以后也研究一下人工繁育，它们中有些可都快灭种了。

因为段泰戈尔在外面出风头了，灵囿的禽鸟馆客流量也小幅度提高了。

这里的鹦鹉太多了，以往游客们来，它们是会说话，但绝对不会像泰戈尔那样一个个滔滔不绝，接近一百只大小鹦鹉一起说话，那还得了？

就跟普通鹦鹉一样，保持模仿次数。

但是现在逗它们的多了起来，他们觉得泰戈尔一个虎皮都能说得那么好，你们生活在一起，不可能不会啊，尤其是那几种模仿能力强的，来来来，也来一段京剧呗。

为了引这些鹦鹉说话，有人还播放了泰戈尔的视频。

一群鹦鹉果然受到刺激，七嘴八舌地说起话来。

游客们都没注意到，其中一只虎皮鹦鹉大喊："那是我儿子！"

要不了多久，大家就知道错了，这些鹦鹉说个不停，嘈杂急了，根本听不清每只在说什么。

这时一只蓝紫金刚鹦鹉站在枝头开口道："都别吵，听我说一下。"

它的调门不是特别高，但是其他鹦鹉听到这句话全都闭嘴了。

如果游客里有对灵囿比较熟悉，看过相关新闻视频的，说不定还能听出来，这个声音语调像极了灵囿的园长。

蓝紫金刚鹦鹉察觉到了，再这么吵下去就要把饲养员召来了，它沉默了一会儿，起了个调，开始唱东海市的市歌了。

其他鹦鹉一听，也陆续跟上，还挺整齐。

外地游客虽然不知道这是什么歌，但听到这大合唱也惊喜万分，他们就想看这个才艺啊！

另一方面，粽宝开始有了进入性成熟的前期征兆，根据潘旋风的预测，它在未来半个月就会发情。

粽宝很紧张，它被潘旋风嘱咐过，有什么感觉都要说出来，它也知道自己是进入了一个什么样的阶段。

相亲，这两个字眼太陌生了，刚刚成年的粽宝怪害羞的，既害羞，又不禁遐想，中心给它安排的另一半会是什么样子呢？

“就是这个样子，已经快发情了。园长，到时候我们能跟过去围观吗？”潘旋风表面上很淡定，实际上也有那么一点点担心自己的小弟，粽宝一点经验也没有，万一熊妹很粗暴，把它吓得以后都不敢找熊妹了怎么办。

他们是坐在熊猫馆里说的，粽宝正抱着潘旋风的大腿，蜷成一团打盹。

“跟过去干什么，”段佳泽淡定地道：“到时候中心会全球直播的。”

潘旋风：“……”

潘旋风惊恐地道：“全、全球直播，怎么直播……”

段佳泽看了潘旋风一眼：“你没有看过资料和新闻吗？视频直播啊，这个我也没办法，粽宝和你不一样，到时候你在家用电脑看就行了。”

潘旋风忍不住用自己的熊掌捂住眼睛，人类真是太下流了。他也在熊猫中心住过一小段时间，以前只觉得那里除了伙食稍微差一点，各方面都是天堂。

居然直播展示这种东西……这让修行做妖好多年，有一定隐私观念的潘旋风深感羞涩。

看着睡得人事不省的粽宝，潘旋风感到同情。

段佳泽问他：“那你是看还是不看直播？”

潘旋风：“……”

他也陷入了纠结，要不要尊重小弟的隐私呢，但是小弟好像不在意这些，动物世界都是露天求偶的。

段佳泽说道："中心会有专家坐镇，你要是不看粽宝，又想研究的话，可以去网上搜一下其他熊猫求偶的片子。"

潘旋风："嗯。"

过了些时日，粽宝果然进入了人生第一次发情期，而段佳泽已经和中心商量过了，在熊猫馆挂了告示，表示粽宝要回乡相亲，然后将粽宝送上了飞机。

粽宝千里迢迢返回位于蜀地的中心，在这里，它要和来自某熊猫基地的熊妹淇淇相亲，这是专家根据谱系选出来的最适合它的熊妹。

双方先是分开住，专家要监测它们的身体状态，达到了最佳状态时，就可以开放双方房间，让它们接触了。

野外的大熊猫求偶，都是雌性坐等雄性互相搏斗，结束后，雌性对胜利者满意了，就可以和它造小熊。相亲，则是只有两只熊。

淇淇和粽宝都是第一次参加这种相亲活动，今年和它们一样相亲的还有另外几对，在别的房间。直播频道都是全程录像，向全世界放送的。

一开始，淇淇和粽宝比较害羞，而且母熊都很挑剔，它们要选择最优秀的对方和自己一起制造后代，这样才能留下最优秀的基因淇淇蹲在角落。

粽宝好歹是经过大哥讲解要点的，当专家们准备进行一些引导的时候——毕竟熊猫发情期，最佳受孕时期更短——粽宝已经主动走向了淇淇。

粽宝觉得这只熊妹挺可爱的，尤其是耳朵的形状，它心里感谢大哥和园长，觉得一定是他们帮自己说明了一下爱好。

同时，远在千里之外的东海市，段佳泽也和陆压一起坐在电脑前，蹲看粽宝相亲。

陆压："我早说了，让它带点竹子过去。"

段佳泽看了陆压一眼，不管这个提议对不对……这个家伙到底有什么资格在这种问题上指点啊？！

陆压毫无所察："好像成了。"

段佳泽一看屏幕，果然，淇淇没有花多久时间就发现粽宝身体条件非常优秀，值得它留下后代，面对粽宝的热烈追求，淇淇把尾巴抬了起来。

粽宝可是在灵囿待了两年多，生活条件优越，身边还有一个老大哥教导，要是还不能迷倒一只熊妹，那也太对不起它这几年吃的粮食了。

所有观看直播的观众都知道，它们是进度最快的一对了。

段佳泽看了下时间，再过五分钟，他就要去开会了。粽宝这边应该能在五分钟内结束，大熊猫的交配时间是很短的。

因为粽宝在网上也颇有人气，它小时候就是明星小熊，到了灵囿后更是人气担当，冲着它观看直播的人还真不少，弹幕里有很多为粽宝加油的。

时间一分一秒过去，五分钟已经到了，段佳泽该去开会了，但是粽宝还没结束，段佳泽也没时间看了，把电脑关了先去开会了。

这也就是个简单会议，段佳泽向来不喜欢啰唆，把事情说清楚之后，就结束了，全程也就十分钟。

回去之后段佳泽再次把电脑打开，点开直播间，想看看专家是怎么说的，这次交配受孕率高不高。

陆压这时靠坐在床头："段佳泽，我这里还有一些羽毛……"

他发现段佳泽一点没在听的样子："喂？"

段佳泽都呆了，他震惊地转过头："粽宝还在继续！"

"什么继续？"陆压没明白，下床走过来看了一下，屏幕上还是粽宝的身影，弹幕都疯了。

"粽宝 Go！"

"给粽宝打 call！不愧是我粉的熊，× 能力也那么强，完美！"

"我给记着时呢，已经打破有记录的最长时间了……现在每一秒都是在创造历史！"

"激动人心的时刻！十七分钟了！！"

"从微博过来的，听说这里有只熊猫很牛逼……"

"以后谁还敢再黑我滚 × 冷淡？"

"我宣布，以后粽宝改名小马达！"

其他比粽宝、淇淇晚开始的熊猫都已经结束了，他们还在继续，随着时间流逝，人们也越来越激动，不只是网友，连专家都激动。

这多难得啊，大熊猫普遍时常也就几分钟，以前有只大熊猫达到十一分钟，就让大家津津乐道了半年。现在粽宝已经远远超过这个数字了，是普通熊猫的三倍以上，它这是要逆天啊！

就如一位网友说的，现在每一秒都是在创造历史。

在这种疯狂欢乐的氛围之下，粽宝又坚持了三分钟，在二十分钟时，它结束了征程。

连段佳泽这个园长都有点蒙了，到底是什么原因让粽宝这方面能力都增强了，还是说粽宝本身就天赋异禀？这还真是个未解之谜。

这一刻，弹幕也达到了一个顶峰，几乎看不到画面，所有人都在欢呼，就连那些守在外面的专家也击掌庆贺，他们都在表达一个共同的意思：

“粽宝牛逼！！”

粽宝一展雄风，可算出尽了风头，尤其是专家认为这次受孕率极高，在百分之九十以上，基本可以认定淇淇会诞下粽宝的后代了。

人们奔走相告，粽宝创造了新的历史。

灵囿的工作人员也很高兴，毕竟粽宝在灵囿待了这么久，粽宝有这样的能力，谁能说不是他们动物园照料有方呢？

还有人向段佳泽提议：“园长，我们要不要给粽宝办一个庆祝会？”

段佳泽有点囧：“这个……还是算了吧，万一刺激到黑旋风怎么办。”

谁也不知道，潘老师是否能比过粽宝，也不好问。你在竹子蛋糕上写个二十分钟，扎了潘老师的心怎么办？

但不管怎么样，粽宝回来的时候，还是受到了英雄般的对待，新老游客纷纷来探望粽宝。

陆压也算长了见识，什么直播相亲，求偶成功还全民狂欢……说真的，就算他已经是管理层了，还是有点不解。

“有什么不解的，它们数量稀少又可爱，还是活化石……当然了，和您肯定没法比。”段佳泽对陆压比了个大拇指。

陆压愣了一下：“可爱啊？”

他有点不能接受，觉得可爱这个词和自己也不是很沾边，再说了，比熊猫可爱有什么值得骄傲的

段佳泽：“活化石。”

陆压：“……”

段佳泽：“……”

大熊猫是从上古到现在传了那么多年，三足金乌呢，从开天辟地到如今统共两代。

上次陆压说他年纪比月老大，一下子就让段佳泽无语凝噎了。他知道陆

压年纪大，但是平时不会有那么清晰的概念，尤其是被陆压拿来和月老比。

当然了，每个种族的寿命和得道时间不一样，影响因素很多。

陆压他童年起大部分时间都在流浪、修炼，远离人群，战斗意识也许很成熟，但是与人来往方面甚至可以说扭曲了，也导致他给人的感觉年龄不是很大。

至于陆压，他半晌也没琢磨清楚，活化石到底是个褒义词还是贬义词。

正当灵囿全体为粽宝喝彩的时候，段佳泽接到了渔政局的电话，请他赶赴九湾河附近的海滩，有一只虎鲸搁浅了，而且身上有伤。

此前东海市曾经发生中华白海豚搁浅的情况，那时候主要负责救助的是市动物园。

也是那一次，段佳泽参与了，证明了他们灵囿在方面的专业度，这才导致这一次有关部门直接把电话打到灵囿，让他们过来。

上一次白海豚搁浅，也是在九湾河那一块。

段佳泽带上徐新，赶到了九湾河，上次白海豚搁浅是在景区，这次则在景区之外的海滩上。在他们抵达之前，渔民一直在给虎鲸泼水、遮挡阳光。

虎鲸体型太大了，体重以吨计算，不能随便拖拽，一般遇到搁浅情况，都只能先给它保持湿润，等待涨潮。

段佳泽和徐新到了现场后，没多久市动物园的人也到了，他们赶紧组织人手进行处理，又检查了一下虎鲸的情况。它的体长足足有七米，是公的，身上有咬伤，尤其以尾巴最重，这应该是导致它搁浅的原因。

虎鲸身上的颜色以黑白二色为主，齿鲸，海豚科。它们外表虽然可爱，但是人称“killer whale”，也就是杀手鲸，在海中大杀四方，鲜有敌手。这头虎鲸身上的伤，可能是在和对手搏斗的时候留下的。

徐新给虎鲸检查了一下，确认必须给它治好伤再放回去，否则以它现在的身体情况，可能有生命危险。

这只虎鲸足足有六七吨，灵囿没有适合虎鲸修养的地方。不要说灵囿没有，市动物园也没有。市动物园是因为没这个条件，灵囿则根本没有饲养任何海豚、鲨鱼之类的。

徐新和市动物园的专家准备配药，同时徐新问段佳泽：“园长，现在怎么办？送到海豚保护区去吗？”

“不行，时间太长，而且运输过程中也有一定危险，它的体型太大了。

打个电话，申请批准就地治疗。”段佳泽急中生智，想出一个办法：“而且必须让它尽快回到水里，太阳越来越烈，涨潮还早。”

段佳泽观察了一下这边的环境，确信可以实施：“我们在这里圈一小片水域，然后挖条坑道，铺垫，引水，减少摩擦，把虎鲸弄过去，就在这块儿治疗。”

“我看行，虎鲸可以在浅海活动的，这个皮外伤恢复之后，一撤保护栏，它就能自己离开，免了各种运输的麻烦。”徐新挺赞成这个方法的，这附近就是景区，所以地势很安全，但是又没有开放，所以游客鲜至。

他们立刻和渔政局汇报了一下，得到批准圈地治疗。有了官方支持就好办了，人手充足的情况下，兵分两路，市动物园的人给虎鲸配药、指导人护着虎鲸，挖坑道准备把虎鲸推回海里。

另一边，段佳泽和徐新就找了片深度、地点适中的区域，用保护栏圈起来，作为虎鲸的临时养伤所。

一个多小时之后，双双完工，他们将虎鲸弄进海里，又引进了那片水域，众人都觉得，真是出乎预料地顺利，至少这虎鲸还挺配合的……

这只公虎鲸还是个青少年，徐新的药配好之后，一部分口服，一部分注射，注射的部分，在虎鲸还在岸上时已经打过针了。

段佳泽把药塞进鱼身，然后放在水面。虎鲸缓缓游上来，一张嘴吃下了鱼。

它一张嘴，就能看到整齐尖利的牙齿。段佳泽还拎着鱼尾巴，虎鲸吃鱼时，牙齿距离段佳泽也就那么十几厘米。

徐新在旁边看得心惊胆战，虽说知道园长养鱼也有一手，但是那些都不是杀手鲸啊，虎鲸的战斗力可是连鲨鱼都能随便宰的。

虎鲸打过针吃过药，已经不再流血了，它沿着围栏游了一圈，好像在疑惑自己现在的处境，不过，情绪暂时比较缓和，也许是因为段佳泽让它很有好感。

就地治伤对于虎鲸来说是最优方案，但是对段佳泽他们这些人来说，就表示接下来几天他们要常驻这里了。

虎鲸一圈又一圈地游着，它在水下发出人类听不懂的叫声，不时抬起脑袋。让它遗憾的是，段佳泽始终没理它，而是在跟其他人类说话，更别说摸摸它了……

这时候，段佳泽看到不远处有几抹跳跃的粉红色身影，他迟疑了一下，才道："你们看看那个……不会是我想的那样吧？"

大家都抬头看去，没错，确实是几只中华白海豚。

也许是冥冥之中有所感应，也许是大海把讯息带给了它们，总之，它们游过来和自己的老朋友会面了。

徐新感慨道："真是热情的海豚啊。"

聪明的海豚记忆力很好，它们可以和自己的人类朋友保持非常长久的关系，有些海豚会和自己的人类朋友在固定的地方见面。

段佳泽赶紧走了一段，在围栏之外的地方蹲下来，没多久，以白海豚的速度就游过来了。它们争先恐后地浮出水面，让段佳泽摸摸自己。

段佳泽挨个摸头，数了数，比起自己上一次见，竟然多了一只小海豚，原来除了叙旧还是报喜啊，顿时喜出望外："恭喜啊。"

他是开心了，不远处的虎鲸不开心了，撒起泼来。

152

徐新等人就站在稍远处，一脸欣慰地欣赏着这非常和谐的一幕，毕竟他们也参与过救治，徐新甚至想也过去打个招呼，不知道它们还记不记得自己。

就在这时，一旁海中的虎鲸身体靠近水面，胖胖的脑袋向下一扎，翻了个身，尾巴拍在海面，溅起一大片水花，把这些人的半边身体都打湿了。

徐新的眼镜都歪了，他扶了扶眼镜，还没有意识到什么不对，就觉得有点倒霉。

下一刻，虎鲸换了个方向，再次在海面翻身。

以它的吨位，每一次翻身都会让大量海水打在岸边，人类落荒而逃。

徐新身上都在滴水了："怎、怎么回事，它尾巴疼了吗？"

他有点担心，刚刚才处理过伤口，难道有什么问题吗？

虎鲸在水下发出了叫声，它的近亲白海豚们听到了声音，有些不安，但最终还是克服了这种情绪，因为聪明的海豚知道，虎鲸是没办法过来的。

段佳泽也看到了那只虎鲸在翻身，他走过去准备看看。

徐新想喊住段佳泽，再过去就湿身啦，但是段佳泽走过去的时候，虎鲸已经停止了翻身。它短距离来回游动，经过段佳泽身边，身体距离水面很近，透过清澈的海水，能看清楚它黑白相间的庞大身躯。

段佳泽蹲下来看了一下，发现虎鲸的情绪变得平和了，就没说什么了。

负责救治的临时工作组决定就在附近的酒店下榻，并且在海边搭了几个棚子，这里日夜都会有保全人员看守。他们日常也可以在这里休息，随时开展工作。

当天晚上，段佳泽也没有回灵囿，接下来几天，他都算远程办公了。大家都在棚子里聊天时，段佳泽打着手电筒到海边。

虎鲸浮了上来，甚至探身露出一点脑袋。

段佳泽汗了一下，白天旁边有人，他什么都没说，什么也没做。他知道虎鲸是撒娇呢，就是阵势大了一点，这只虎鲸还是青少年，可好几吨的熊孩子撒起娇来，谁也吃不消。

虽说虎鲸正常情况与人友善，不过一般人都不会随便上手摸野生虎鲸。昨天他喂虎鲸也就罢了，徐新看到虎鲸那么有分寸，牙齿都没剐蹭到他，还能理解虎鲸就想吃鱼。要是刚认识就摸摸抱抱，他该被围观了。

再加上段佳泽也不想进一步激化它和白海豚一家的矛盾，还是让作为近亲的双方和谐相处吧。

这时候偷偷摸摸过来看，段佳泽才蹲下伸手摸了摸虎鲸。

虎鲸发出愉悦的叫声，在手电筒的照射下，它在海水中翻转着身体，用肢体语言表达自己的情绪。

段佳泽本来想安慰一下虎鲸，等养好伤你就可以回到家人身边了，但是虎鲸好像并不焦急……也是，虎鲸是母系群体，由雌鲸领导鲸群，雄鲸负责的任务包括寻找食物，已经出去浪习惯了。

天空中一只青色的鸟在盘旋，段佳泽仰头看。

虎鲸狡猾地翻着肚皮，浮在海面，黑白相间的肚皮在夜色中非常引人注目。

青色的小鸟落下来，停在了小岛一样的虎鲸肚皮上。虎鲸立刻猛地翻身，张开满是利齿的大嘴，一口吞下了青色的鸟。

段佳泽目瞪口呆：“水青？”

这只青色的鸟是水青，他看到水青落在虎鲸肚子上时没当回事。他知道这是虎鲸的诱捕方式，但是他并不认为虎鲸能把以速度见长的青鸟怎么样。

青鸟虽然力量不算强大，那也是和其他仙界仙妖相比，而且她上天入地，送信捎话，瞬息到达。

怎么就一口被虎鲸给吞了？

大约五秒过后，虎鲸向上游，脑袋浮出水面，一张嘴，里面飞出了一只青色的鸟，然后慌张地往回游。

青鸟毫发无损，扑啦啦飞到岸边的石头上落下：“大意了，大意了。”

水青是来送信的，园长今晚不回去，她来帮陆压道君送个口信：“道君问您，要不要给你把被子拿来，海边夜风凉。”

段佳泽犹豫了一下：“也行。”

水青点点头，急得没等段佳泽说什么，就回去了。

又过了几分钟，段佳泽就看到夜空中突兀地出现了一卷被子：“……”

水青抓着被子，身体都被遮住了，吭哧吭哧地搬运。

段佳泽待她落下来时，赶紧抱住被子：“你这是不明飞行物体啊，还是长条形。”

“放心，我隐去了行迹。”水青气还没喘匀，又羡慕地道：“园长好厉害啊。”

水青可佩服了，这整床被子内里填充的都是金乌火羽。

三足金乌对自己的羽毛极为注意，不会让它们随意旁落，世上如果有人偶然有幸得到几片，就要大呼走运，思考把它炼化到什么法宝之中了。

园长却是奢侈到了几点，除了鸦羽枕之外，现在他连被子都有了，这可是一整床被子啊。

段佳泽抱着被子谦虚地摇了摇头，之前陆压说起自己还有一些羽毛，问他要什么，他后来想了想，觉得把四件套凑齐了不错，多实用啊。

陆压攒了那么多年的落羽可算派上用场了。三足金乌不是掉毛狂，但是架不住陆压道君打了太多年光棍啊，积少成多。

段佳泽本是想缓和海豚和虎鲸之间的关系，但是接下来两天，白海豚一家老过来，当着虎鲸的面扭来扭去。虽说段佳泽没有继续摸它们了，它们却是自得其乐，甚至在护栏外围游来游去，挑衅没法出来的虎鲸。

虎鲸隔着护栏，把嘴巴张得大大的，用利齿恐吓着白海豚们，还试图把它们驱赶走，独占人类。可惜这些白海豚不吃这一套，让它有劲没处使。

人类能观察到的鲸豚钩心斗角，还只是浮出水面的百分之四十，它们在水底互相鄙视对方。

徐新喃喃道：“我都不知道该骂它们不怕死，还是夸它们智商高了……”

连大白鲨遇上虎鲸都是一个死字，海豚在虎鲸面前就像个布娃娃一样。

这么挑衅，可不是找死吗。但是聪明的海豚察觉了虎鲸的困境，所以肆无忌惮。

到现在徐新还是不明白，它们到底什么仇什么怨?

段佳泽正想着该怎么赶走白海豚一家，不管怎么说，这里是近海，就算不说虎鲸，万一被其他有坏心眼的人类盯上怎么办。

还没等段佳泽想好，一群虎鲸出现在了附近，白海豚一家落荒而逃。

远远地就可以看到虎鲸群此起彼伏喷水，身体在海水中若隐若现。

它们在水中用叫声与同伴交流，顷刻间就来到了护栏之外。

工作人员吓得赶紧把所有专家都叫来："那只虎鲸的家人找过来了！"

虎鲸是非常有家庭观念的，在不见了同伴好一段时间之后，它们寻寻觅觅，终于来到了家里小孩养伤的地方。

二十只大小不一的虎鲸穿梭在护栏外围，它们中体型最大的足足有十米长，最小的大约三米，估计出生没多久。

但它们并没有试图去撞护栏，游来游去和受伤的雄鲸交流，没多久所有工作组成员也都赶到岸边来了。

几只虎鲸从水中探出头，面朝人类的方向。

徐新不知其意，试探性地道："它们是不是以为我们抓了虎鲸?"

现在的情况看上去的确像是他们抓了这只虎鲸，虎鲸群久久不愿离开。

段佳泽对养伤中的虎鲸用了一次兽心通，就听到一个像是刚成年男性的声音："外婆、阿姨、姐姐，你们别管我！去抓那些海豚！气死我了，我要吃它们的肉！"

段佳泽心中暗自吃惊。

虎鲸的家长们大概也觉得这是一个馊主意，年长的虎鲸靠近它，隔着护栏荡起水波，也不知说了些什么。

青少年虎鲸摇头晃脑："我不管我不管我不管……"

大家长外婆直接忽视了它，游到一边去了。

段佳泽心想，还是家长比较稳重啊。

这些虎鲸的到来让工作组更加紧张、重视这次任务了，随时观察它们的情况。

好在这些虎鲸并没有要捣乱的意思，它们在发现孩子只是没法出来后，似乎打起了攻坚战。它们轮流出去捕猎，剩下的成员就守着亲人，大有不团聚不离开的意思。

因为它们的存在，那些中华白海豚销声匿迹，即使段佳泽每天都在岸边，它们再也没敢冒头。

为了向虎鲸示好，表达他们没有恶意，岸边的工作组也进行了投食等行为，和虎鲸之间的关系得以“改善”——这当然是他们一厢情愿的想法，其实虎鲸一开始就没有误会。

尤其是三米长的小虎鲸，它出生没有多久，按辈分算是那头受伤虎鲸的外甥，它什么都不懂，但是依着本能，非常乐意亲近段佳泽。

在它孜孜不倦的要求之下，段佳泽也摸了它好几回。即使是虎鲸宝宝，体型也远大于人类呢。

相较于它的长辈们，它算是迷你可爱，头大尾巴小，非但是段佳泽，其他工作人员也很喜欢它。

护栏里的舅舅张大嘴，露出一嘴牙恐吓外甥：走开，这是我先发现的人类！

它的姐妹们则七嘴八舌教育起了它，虎鲸们拥有丰富的语言，如果这时候人类在水下监测，就会听到它们此起彼伏、富有变化的叫声了。

这么一来，小虎鲸反而被忽视了，反正以它的年纪，现在也没有办法掌握成年鲸那丰富的语言。它现在只会发出单调的声音，不过声音无所谓，向段佳泽卖萌，用身体就可以了。

杀手鲸的每一部分身体对于天敌来说都是致命的武器，而对于陆地上的人类，它们的“致命”之处则是可爱的外表……

虎鲸养伤期间，市电视台来拍摄了一次，但是在工作组的要求下，暂时不将新闻制作播出。他们这儿就是露天场所，如果暴露出去，可能会有麻烦。

可惜，你不找麻烦，麻烦也会上门。

虽说渔政部门出于种种考虑，暂时没有公布这个消息，但是经手这件事的人太多了，不知从哪个渠道就传了出去，传遍民间。

几天之后，附近就有了围观的市民。

这一片地区暂时被封闭，但他们也没法弄堵墙，市民们就远远围观，还有带望远镜来的。

虎鲸隔一会儿就会上来换气、喷水，守着亲人无聊的时候还会玩乐。

那只受伤的虎鲸因为身体条件不允许，所以“撒泼”的时候只能稍稍翻出水面，其他健康的虎鲸就不同，它们能跃出水面相当的高度，引得人类连连惊呼。

“可爱！太可爱了！！”

“呜呜呜，脑袋那么大那么萌……”

“它们在海里靠什么称霸的？靠萌吗？”

虎鲸在全世界海域都有分布，尤其是高纬度地区，它们基本不会出没在东海口附近，那只受伤的虎鲸也是寻找食物中无意来到这里，又导致它的亲人也纷纷找过来。

无论本地市民还是外地游客，面对野生虎鲸都不淡定了，没想到，在这里也能偶遇野生虎鲸，它们看起来可比海洋馆里的虎鲸有活力多了。

毕竟，像虎鲸这样聪明的动物，被圈养起来怎么会身心健康，这也是当初灵囿的海洋馆不愿意引进虎鲸、海豚等广受游客欢迎的动物的原因。

其他要求不高的鱼类也就罢了，但是虎鲸、海豚等，即便段佳泽能和它们达成协议，也会形成不好的示范。

十米长的大虎鲸和三米长的小虎鲸同时跃出水面，展露自己的身体，令围观群众无比满足，还呼朋唤友来看虎鲸，压根就不想离开这些黑白色动物了。

有部分真相传了出去，大家知道他们是在救治虎鲸，至于现场为什么这么多虎鲸，大家就不太懂了。

总之，虎鲸伤好了后就会离开，而且很可能不会再回来这片海域，现在多看一眼是一眼啦！

出于一种奇怪的心理，好像不看就会吃亏一样，来到现场的人越来越多，携家带口，现场人山人海，隔壁景区比起来都冷冷清清的，现场的人多到有关部门迅速派人在现场维护秩序。

本来渔政部门还想等放走虎鲸后再公开，现在也没办法了，赶紧发表声明，将事情经过说清楚，在专家的考虑下，他们采取了怎样的方式救治虎鲸，后续方案是什么。希望围观的市民、游客们，能够冷静一点，不要再疯狂围观了。

这么多人，赶是赶不走的，只能请大家维持秩序了。其实专家们也有点谅解，野生虎鲸一辈子能遇上几次嘛。

段佳泽换班时出去，就可以看到外头迅速聚集成了生意点，因为距离圈养地点有一定距离，有卖望远镜的，还有卖凳子的，甚至有趁机卖虎鲸玩偶的，等等。

听说这段时间网上虎鲸的视频都多出来了。

最无语的是，还有人看到段佳泽从里面出来，跑来收买他。看他可以自由出入，也不管是什么身份，希望出钱让他把自己带进去，好近距离看一下虎鲸。

这个疯狂劲儿，比起大熊猫也不遑多让了，甚至因为“展出”时间有限更加疯狂。说起来，虎鲸和大熊猫的主色调还真是一样的。大熊猫有两个黑眼圈，虎鲸则在眼睛上面有两个白色“眼圈”，加上大大的脑袋，叫它们无形中多了几分憨态可掬。

而且和大熊猫还有一点相似的是，虎鲸也属于战斗力奇高，外表却在人类眼中可爱无比这一类。

晚上因为看不清，这附近也没有灯光，太阳落山后痴迷的人们就会逐渐散去。

已经一个星期没有回动物园的段佳泽，一直用电脑和手机办公，他每天晚上给虎鲸用治疗术，辅以药物治疗，不用多久它就可以放归了。

只是因为曝光身份，到时候估计渔政部门还得护送一段距离，保证它们不会被人类骚扰。

段佳泽蹲在海边，给虎鲸又用了一次治疗术法，它在水中惬意地轻拍着尾巴，享受着这一刻。它不太懂这是什么，只知道有时候段佳泽摸自己的时候，自己会感觉到伤口舒服很多。

这时候，保全人员打电话给段佳泽，说有两个他们园里的人想进来，他语气很迟疑，可能是不懂怎么这个点还有人来找段佳泽。

“您让对方接一下电话吧。”现在都九点多钟了，段佳泽自己也不知道谁来了，干脆要求和对方通话。

电话转移到另一个人手里，有苏的声音传来：“园长，是我呀！”

“有苏？”段佳泽有点诧异，不过还是和保全人员确认了一下，这是他妹妹，过来看他。

于是对方答应把他妹妹给送来。

段佳泽在岸边又和虎鲸玩了大概十分钟，保全人员把人带过来了，打着手电筒：“段园长，人送来了，我先走了。”

“好，谢谢。”段佳泽回头，也用手电筒照过去，结果看到了有苏并不是一个人，她身后还跟着一个大企鹅玩偶。

段佳泽：“…………”

难怪人家语气迟疑，而且从那头走过来花了比平时更长的时间……

大半夜的，一个小女孩牵着一个企鹅玩偶出现，说要找人，有苏还那么矮，搞不好人家一眼看过去只看到企鹅，诡异得很。

有苏迅速道：“奇迹非要来看您，我只是受人之托。”

奇迹啪嗒啪嗒踏了几下大脚丫，脑袋低下来。

段佳泽很无奈：“你过来……不对，等等，别过来。”

他忽然想起来，企鹅好像在虎鲸的食谱中啊！

灵囿极地区那些动物早已臣服在奇迹的翅膀之下，即便它的天敌海豹也是如此。可是海豹也就够给虎鲸塞牙缝的吧，考虑到这一点，双方还是距离远一点吧。

奇迹不是很明白：为什么，我还想看看虎鲸呢，我没看过！

作为一只在东海市出生的帝企鹅，奇迹和很多东海市民一样，也是人生第一次见虎鲸。

虎鲸听到了奇迹的叫声，它们这个族群也许没有去过极地，但是它们的基因中传承着记忆，一听到这个声音它们就知道：这玩意儿能吃！

只从传承中知道能吃，但是还没吃过，虎鲸们兴奋地浮出了水面。

段佳泽拉着奇迹的翅膀，不让它靠得太近，并且警告它别再叫了，尤其是大声叫，不然人家又要误会他在看帝企鹅纪录片了。

显然，开始修炼后的奇迹已经从根本上去除了对天敌的恐惧，它伸长脖子看那些虎鲸，没有丝毫畏惧，反而雄心万丈，在心底道：我烧死它们！！！

段佳泽：“……”

段佳泽为难地说：“你火苗都没炼出来！就算有火苗了，一条虎鲸十米长，你告诉我，你是不是要烧半年？”

奇迹：“……”

不管怎么样，作为三足金乌的儿子，奇迹不畏惧比自己体型大千百倍的动物。甚至，它没有看到段佳泽摸虎鲸，却隐隐感觉到了敌意。

因为奇迹来探班了，段佳泽也不好再去摸虎鲸。

虎鲸们好像察觉到了什么，它们不知道段佳泽和奇迹是什么关系，只是心碎地沉在水底。也许它们会把这深刻的记忆代代相传，让后代子孙谨记：

有的企鹅抢人真的很有一手。

“小段，来吃夜宵吧？”不远处传来声音，有人从棚子里走出来呼唤段佳泽。

手电筒的灯光扫过来，在掠过奇迹之后，在段佳泽身上停了一下，又迅速扫回去，落在奇迹身上。

虽然看不到对方的表情，但单就这个灯光变化，段佳泽好像也感受到了对方的心理活动，他讷讷道：“我园里同事……来看我。”

对方没再出声。

在众多人类的悉心照料之下，受伤的虎鲸终于完全恢复了健康，在东海市民们的惋惜声中，它和它的亲人们就要被送离了。

这天来送别的人更多了，他们自发来送虎鲸，特别多愁善感，虽说很多人只远远看到了它们。

护栏被拆开，虎鲸游动了一圈，发现护栏不见了，和自己的亲人们亲热了一会儿。

船只引导着虎鲸们向更远处的大海游去，它们围着船嬉戏。

段佳泽和徐新也在船上，他们把虎鲸引到了没有渔猎的地方，在这里绕一个圈，他们就得回去了，送君千里终须一别。

他们对虎鲸们挥手，虎鲸们不懂，还跃出水面挥动自己的胸鳍，模仿人类的动作。

大家都笑了起来，但是年长的雌性虎鲸仿佛懂了其中的意义，在它的召唤下，虎鲸们返回自己生活的海域。

唯有被救治的虎鲸恋恋不舍，直到自己的亲人们快不见的时候，才缓缓离去。它的动作没有丝毫凝滞，伤痕在它身上消失无踪，也没有任何后遗症。

目送这些海上杀手离开，大家才唏嘘地返航。不过在场的人多少都参与过其他海洋生物救治，对于分离不会太过伤感。

段佳泽也收拾东西，和徐新一起回灵囿了。

徐新看着他那床折叠绑起来的被子，有点疑惑地道：“这是园长你自己的被子？你中途回去拿被子了？”

“没有，别人给我送过来的。”段佳泽看了一眼自己的金乌牌被子，笑了几声。

回到久违的动物园，一进门几位服务中心的员工就对两位报以掌声，她们都知道这几天园长和徐新在玩……不对，救虎鲸。

其中一人看着神色轻松的段佳泽，则犹豫了一下，说道：“园长，你去湖边看看吧，最近两天园里的鹦鹉和陆压不知道被谁放出来了，一直停在树上……不知道的人还以为咱们树上长鸟了。”

段佳泽：“……”

段佳泽很震惊：“没人和我说呀。”

员工弱弱道：“本来以为大家可以在您回来前解决……”

段佳泽：“等等，你是说除了鹦鹉还有陆压？”

员工点头。

段佳泽低头想了很久，鹦鹉长时间没看到他不开心可以理解，奇迹还跑去探班了呢。但是陆压也挂树上了？当时他打电话给陆压汇报时，开玩笑地问陆压一段时间不见他会不会哭。

陆压当时非常有骨气地怎么表示来着，好像是段佳泽的话让他决定，段佳泽再想他，他也不去探望段佳泽了。

153

水禽湖的玉兰树上，茂密的枝叶之间，一片五彩斑斓，如果不是这些颜色偶然动一下，远远望去，就像是满树扎满了彩色的花。

树下游人往来，不时驻足观看，数起树上到底有多少只鹦鹉。

很多游客都把这当成了动物园刻意安排的戏码，最上头还站着园长的爱鸟。也不知道怎么训练的，没看到一个工作人员呵斥，这些鸟腿也没有束缚，但愣是站在枝头不飞走。

一棵树上站了几十只鸟，这景象可壮观了，诚如一位员工所说，就跟树上长鸟了似的。

段佳泽抱着被子走到湖边时，就看到这样一幕，他走到树下抬头看这些鸟，若无其事地道：“晒太阳啊？”

有几只天真的鹦鹉还抬头看了一下：没有太阳啊。

段佳泽看了一眼最顶上那只“太阳”，一手抱着被子，另一手抬了起来。

这个动作，一般视为让鸟落在上头。

段佳泽一抬手，刚才还是毫无动静的鹦鹉们瞬间猛冲下来，把游客们都吓了一跳。

他们正在数鸟呢，有的说五十只，有的说五十三只……突然间，那些鸟全都拍动翅膀飞下来，而且是集中冲向一个方向，大有撞车的架势。

哦不，也不是所有鸟，最上面站着的那金红色的鸟没动。

转眼间，这些硕大的鹦鹉就好似要把段佳泽淹没了，等它们扑啦啦散开后，就可以看到，最终只有三只鸟有幸抢占先机，落在了他手上。

接着，中间那只胖胖的灰鹦鹉就一脚扒拉开左边的兄弟，一口啄走右边的姐妹，独占地盘。

其他的鹦鹉都四散飞开了，落在周围的树上或者栏杆上。

目睹这一幕的游客们，有不认识段佳泽的，以为他是饲养员，还看着乐呢。不错，这只灰鹦鹉战斗力很高啊。

下一刻，他们眼中非常有王者风范的灰鹦鹉就一低脑袋，然后灰溜溜地用爪子走了几步，飞走了。树顶上的陆压也不紧不慢地飞下来，停在段佳泽手上。

有的人也许认识陆压，却不太知道或是不记得段佳泽长什么样子，这会儿看到这副情形，才反应过来，这怕不是陆压的主人，灵囿的园长。猛禽就是猛禽啊，一个眼神，就把那些鹦鹉给秒了。

可惜也没有给他们太多时间围观，段佳泽已经架着鸟走了。

动物园的员工不远不近看到段佳泽手上架着陆压，身后跟着几十只鹦鹉拉风地离开，都有点心酸，他们费了那么大劲，也没能把鹦鹉赶回去。

园长走到树下面，大概就花了十秒钟吧，抬了下手，就把鸟都拉走了……

围观群众们也是这个时候才明白过来，这位既然是陆压的饲养员，灵囿的园长，手里有被子，正好和新闻里去救虎鲸对上了。再加上刚才这些鸟的反应，难道说它们停在树上，其实是在等人？

陆压语气微妙地道："就回来了？"

段佳泽看了陆压一眼，但陆压现在是鸟，他从那一脸毛上也看不出什么情绪，只是从语气里可以听出来，道君情绪够复杂的。大概是那种，明明急得要死了，看到你本人还是表现得高冷。

他现在是双手抱着被子，陆压就站在被子上。

陆压还兀自解释了一下："鹦鹉们觉得无聊，就顺手把它们放出来玩玩，我看守着。"

陆压把捣乱翘班也解释得那么清新脱俗，段佳泽都不忍心拆穿他了，毕竟他都要成望夫石了，听说这两天长在树上一动不动："有道君看着，我肯定放心。这两天比较忙，没能回来，幸好你让青鸟给把被子给我送去，也算一解烦闷。"

陆压不知道多开心，从段佳泽胸前的被子蹦到了他头上，大笑道："哈哈哈哈哈，知道错了吧？去之前还敢嘴硬！"

段佳泽："……"

每次他以为接下来应该是很温情的戏，陆压就要让他惊喜一下。

陆压站在段佳泽头上，不知道多得意，发觉段佳泽还"惭愧"地低了下头，然后忽然道："知道了，我还要请道君谅解，洛野的帝企鹅生病了，邀请我过去会诊，大概要二十天吧……"

陆压："……"

陆压用翅膀狂拍段佳泽的头发，愤怒地道："不准去！"

段佳泽的头发都乱了，遮住眼睛，他抱着被子甩了下脑袋："开玩笑的，没这么回事。"

陆压顿了一下，又用翅膀拍了段佳泽一下以泄愤："小骗子。"

段佳泽无辜地道："谁知道你反应那么大，哎，你刚才的动作是不是相当于人族里的跳起来挠脸？"

陆压觉得自己刻意控制力道，简直是放纵这个混蛋了，他愤愤道："挠你还用得着跳起来？"

段佳泽："……"

段佳泽："能不能不要互相伤害了？"

他站在楼下时，对陆压说："现在，我上去放东西，你把鹦鹉们都送回去。"

陆压一拍翅膀，飞了出去。

后头跟着的鹦鹉们没有立刻转身，而是挨个飞下来，停在段佳泽的肩膀上和他碰了碰脸，然后再跟上去。

段佳泽把被子放在床上，包里带过去的日常用品也收拾了一下，弄完陆压也回来了，他拍了拍被子看着陆压笑。

陆压扫了他一眼："怎么，本尊不在时孤枕难眠？"

段佳泽迟疑地道："我觉得还好，旁边酒店只剩大床房了。"

陆压："……"

陆压飞过来，在半空中就瞬息化为人，将段佳泽压在身下。

“难眠难眠！可以说非常难眠了！”段佳泽赶紧道：“我的天，想死我哥了！”

此前灵囿动物园接待了国外动物园考察，并和其中一些达成了协议，灵囿以帝企鹅为主进行了一系列输出、交换。

其中，就包括和某国动物园的一项交换，他们以自己园中的黑白疣猴和灵囿交换帝企鹅。

黑白疣猴其实并不是他们国家的稀有动物，而是来自非洲，是非洲的特有动物，只是他们引进了。

一共有六只黑白疣猴乘飞机后转汽车，远道而来抵达灵囿，被安排在非洲动物展馆。正因为远道而来，所以还需要隔离检疫，然后才能展出。

黑白疣猴也属于濒危动物，它们因为一身皮毛被大肆捕猎，和金丝猴一样都属于疣猴亚科。它们通常在树上生活，喜欢活动。

在黑白疣猴隔离检疫期间，小苏也安排做了一系列相关宣传。

等到开始展出后，果然有大量游客特意前往非洲动物展馆，一睹黑白疣猴的风采。

段佳泽也去看了一下，黑白疣猴们的活动区有树，活动设施也都是用木头搭建而成，第一次见到它们的游客都忍不住夸赞它们的美貌。

黑白疣猴的名字里之所以有黑白二字，正是因为它们的皮毛以黑白为主，它们的长相极有特色，也许有些迷糊的人分不清各种猴子，但绝对不会包括黑白疣猴。

从段佳泽所站的角度就可以看到，三只黑白疣猴或蹲或站在树干上，它们的脸周有一圈白毛，从额头到下巴，将五官框起来。背脊两旁也有白毛，这些白毛长而柔软，就像流苏一样。

它们的尾巴更是在后四分之三都覆盖着长长的白毛，当它们蹲在树上时，这些长毛垂直落下，更显出其质地之柔软。这让它们的尾巴看起来就像拂尘一般。

就是因为长着这样的皮毛，才导致它们被捕猎，这些长毛会成为服装的镶边。

黑白色的基调，长而柔软的毛和尾巴毛让它们看上去仙气飘飘，一举一动，长毛飘动，很是引人注目。

这些黑白疣猴性格也活泼，在树上跳来跳去，更是令游客喜爱。

“天啊，好想被它们的尾巴扫一下脸啊，肯定很舒服！”

“自带斗篷，这真的是我见过最漂亮的猴子。”

“看——”

一只雄性黑白疣猴正从高处跳到低处，它那几乎和自己身长相当的尾巴在空中摆出一个好看的弧度。

落到实处之后，它的尾巴也荡下来，长毛在空中飘扬，最后摆动几下，垂在身后，毛发流泻下来。对于一些人来说，他们眼中那尾巴的活动自动慢动作播放了。

它的白毛富有光泽，柔软垂直，一点也不会打结，那条大大的尾巴，更是让人看了很想抱在怀里，把脸埋进去。

更别提它的这一次跳跃非常具有难度，身手矫健，让人更加惊叹了。

效果还不错。段佳泽在这里看了一会儿就离开了，小苏做宣传时重点就是黑白疣猴的外表，它们也没让人失望，果然用独具特色的外貌俘获了人心。

段佳泽出去的时候，还看到有人陆续进来，讨论着黑白疣猴的长相，他们在网上看到图片，但是很怀疑真猴是不是如图。

别说动物园，现在好多景点，不都是找摄影师去拍照，运用特殊的拍摄技巧，或者疯狂修图，最后拍出来的图片漂亮极了。实际上去那儿之后，就会发现完全不是那么回事了。

有些动物园做宣传，那些动物图片都不一定是他们自己拍的。可能图片上美丽可爱的小动物，实际上又脏又瘦。

当然，有这种想法的人一定是第一次来灵囿，灵囿是出了名的动物动态胜过静态，实物胜过宣传图。

段佳泽出去时还在门口看到了袁洪，他就一个人，之前一直带着的猴子太大了，被他送回猴群了，作为猴子，还是要和猴群生活在一起。

段佳泽走过去和袁洪打了个招呼，笑眯眯地说：“星君，进去看过了吗？”

袁洪：“看了。”

段佳泽好奇地道：“怎么样，你们语言相通吗？”

段佳泽用兽心通倒是无所谓，饲养员还好奇过呢，这猴子是非洲籍，后来又在亚洲其他国家待着，现在到华夏来，跟它们讲华夏话应该听不懂吧，估计还得让它们熟悉一下。

一般来说大多数动物在动物园待久了，都知道简单语言是什么意思，开饭了就往“餐厅”走，打扫房间了就避开让饲养员进来清理。

袁洪摸着下巴道：“够呛，它们好像半懂不懂。”

“半懂不懂已经很厉害了，这里的动物都是外来的，当初一开始陆压也不知道怎么和帝企鹅交流呢。”段佳泽笑着说道。

袁洪点点头，有点纠结地说：“游客还挺多。”

就算他所在的金丝猴馆，排场是大了，游客们也没有这么热情，难道是因为黑白疣猴来自别的大洲，物以稀为贵吗?

段佳泽冷不丁道：“美猴王啊。”

袁洪没有回应。

段佳泽转头看着袁洪：“这家伙长得太漂亮了，当时小苏宣传的时候，还说要叫它们非洲美猴王，我说得了吧，这什么不伦不类的称呼，还捆绑我们大圣。你就说得通俗一点，非洲最漂亮的猴子得了。”

他看袁洪脸色不是很好看的样子，还补了一句：“我是说在人类眼里很漂亮哈，不知道你们怎么看的，但是大多数人类都觉得挺好看。”

袁洪欲言又止地看着段佳泽。

段佳泽立刻心虚地道：“是不是我说错了什么？要是冒犯了的话，我先道歉了。”

袁洪：“没什么。它们长得也就一般吧，我问过了，其他猴子都觉得它们怪怪的，不过非洲的动物好像长得都挺怪。”

什么斑马、长颈鹿、黑白疣猴，这些非洲特有的动物，对华夏本土动物来说，确实够古怪的。

包括帝企鹅这样的鸟，一开始陆压不是也无法接受吗，和传统审美观不是很相符。

段佳泽笑了一下：“多看看就不怪了，现在全世界交流都多了。”

段佳泽拒绝了小苏给黑白疣猴用“非洲美猴王”这个称呼，但是后来黑白疣猴的外表大受称赞，所以有几次段佳泽还听到员工这么称呼黑白疣猴。

他们还振振有词：“这个名字虽然有点不土不洋，但是很合适啊！”

段佳泽：“去你们的吧，你们家美猴王有六只啊？冲着雌的你们也这么喊，怎么不叫非洲美猴公主？”

大家都被雷得哆嗦了一下……

此前段佳泽去参观过别的动物园怎么举办大型活动，今年他们自己也要办活动了，活跃一下游客气氛。

并非灵囿的游客不够多，不过适当举办一些这样的活动，如果成功的话，的确会让游客更有认同感和参与感，之前他们也举办过摄影比赛。

因为灵囿在同心村出了资，之前海角公园也带他们玩儿过，所以这次段佳泽也拉上了海角公园和同心村，打算办一个动物园主题狂欢节，主题就是非洲动物。

以往他们都是走中式风格，这次来点不一样的。

三方成立了一个策划组，围绕这个主题策划一些活动，邀请一些团队过来表演，到时候还会限量发售一些非洲装扮的动物玩偶。不用说，餐厅也会推出限量套餐。

狂欢节会持续一整天，因为会场横跨三个地方，所以当日还有一个骑行比赛，从同心村骑单车到灵囿，中途还会有一些关卡需要通过。

这个比赛中，也有各种惊喜，可能完成了哪个任务，就能获得特殊的助力，比如可以骑一程马。

包括在灵囿和海角公园内部，也有很多游戏，有部分是和动物有关的。像是自己根据图纸制作动物丰容工具，动物认可并愿意使用的，就算成功。

还有一些和动物园的设施有关，散养区的游船、缆车都有关卡。但凡进园的，无论走到哪里都有游戏可以参加。园内也会搭建舞台，进行主题表演。

氛围热闹活泼，让人玩得开心，留下深刻印象就算成功了。虽说当天成本可能刚刚收回来，甚至收不回来，但这是值得的，所谓的亏本只体现在账目上，且只是当天。

“现在咱们办狂欢节，等七夕了，可以办鹊桥游园会。”段佳泽一边走一边说，他和黄芪等人在园内穿梭，查看今天的情况。

还不错，游客们玩得都很开心，很多游戏还加入了科普知识，需要在园内找答案。

黄芪点头道：“不错。”

不远处就是猜谜的地方，几十只鹦鹉站在栖架上，这里没有什么写着谜题的纸条，都是鹦鹉随机说出来的。

工作人员在旁做裁判："不好意思，请不要干扰我们的出题员念题目。"

"它哪有念题目啊，这家伙唱歌呢！"回答问题的一对年轻情侣游客气道。

工作人员微笑道："您再等等。"

鹦鹉斜了游客一眼："把你捧在手上，你是我天边最美的云彩……请问，这是什么歌？"

情侣："……"

女游客迟疑道："爱的民族风？"

那男游客说："爱的自杀，再问供养。"

再往前看，还有一些游客在工作人员的指导下，给大象洗澡。

这让段佳泽怀疑，当时策划组到各个场馆收集题目时，有些人是不是顺势就偷懒了。

初果还在水中扭了下身体，用鼻子碰碰旁边的小女孩，表示感谢。

小女孩大哭起来："它碰我，妈妈，我身上是不是有大象鼻涕了？"

妈妈："没有，别哭了，还不是你想要玩偶。"

这时候，欢呼声远远从大门外传来。

大家回头看了一眼，这个时间段，应该是第一轮骑行比赛结束了。

"差不多了，我看没什么问题。"段佳泽满意地道："都去忙吧。"

今天大家都忙着呢，还额外找了些临时工，才有足够的人手维持这一场活动。

段佳泽看到一只胖企鹅，正在禽鸟馆门口猜谜，旁边还围了些游客，以为吉祥物在卖萌。

只见它仰头盯着栖架上的鹦鹉，挥了挥翅膀，表示让鹦鹉出题。裁判也迷糊着，不知道这是哪位同事，但是好像没有规定吉祥物不能参赛啊。

鹦鹉瞟了企鹅一眼，有气无力地道："头顶大黑帽，身穿燕尾服。长着尖尖嘴，是鸟不会飞。"

吉祥物兴奋地抬起翅膀，努力往自己身上指，即使它没说话，但意思已经很明显了：是我，是我！

大家几乎都要替他把心里话给喊出来了，这个劲儿还真足。

围观群众哄笑起来："他答对了！"

所有人都觉得，这是设计好的一场表演。

连裁判都没想通，他是临时工，还以为真有这么个安排呢。按理说只猜对一个也没法给奖励，但是胖企鹅都要怼到他身上来了，游客们还在看热闹，他只好从身后拿出一个小号的陆压抱枕，塞给吉祥物。

吉祥物接过抱枕，还兴奋地跳了跳——以它的体型，其实就是上下摇了摇，脚都没离地。

企鹅两只翅膀紧紧夹着枕头，一摇一摆往外走，游客们自动把道给它让开，还有小朋友去握它的翅膀尖，或是摸摸它的屁股。

一出去，胖企鹅就看到站在那儿的段佳泽了。

段佳泽抱臂看着奇迹："嗯？"

奇迹往前走了几步，翅膀往前一送，将抱枕递给段佳泽了。

段佳泽好笑地道："我不要你的，自己拿着，作弊你也不害臊。"

奇迹低下头，嗯，比起作弊更糟糕的是，它还是在自己家作弊……

段佳泽："走，找你爹去，一起玩儿。"

段佳泽进了场馆内，把陆压给放出来了，当然，陆压肯定不会去当工作人员，做些什么给人提供谜语之类的活儿。

陆压停在段佳泽肩膀上，贴着段佳泽耳朵说道："我看到小青穿裙子，和肖荣一起去参加比赛了。"

什么，又穿女装出去了，还是和肖荣一起，会被围观吗……

段佳泽诧异地看着陆压："道君，你也这么八卦啊？"

陆压："……"

陆压气道："我是说小青翘班了！"

段佳泽哈哈大笑："你自己还不是翘了，算了，今天又没他什么事儿。"

陆压冷哼一声，不说话了。

段佳泽肩上停着陆压，手里揽着奇迹，奇迹抱着枕头，一家人往外走。

正好有一家人进来，一对夫妻带着一个小男孩，小男孩手里也有一个小号的陆压抱枕，双方正面相遇。

小男孩看看段佳泽肩上的鸟，又看看手里的抱枕，再看看奇迹手里的抱枕，然后又看段佳泽肩上的鸟，脚下一个踉跄，站稳了继续低头看抱枕……

段佳泽好笑地道："别看了，我这只就是原版！"

154

段佳泽肩上的原版三足金乌，走到哪里都让人艳羡，更别提他身旁还有个胖胖的吉祥物，一家三口融入了欢乐的人群。

当然，当他们经过鹦鹉们身边时，听到鹦鹉在唱歌：“世上只有妈妈好，有妈的孩子像块宝，离开妈妈的怀抱，幸福享不了。”

段佳泽：“……”

总感觉良心受到了谴责。

还没等段佳泽谴责三秒，就被奇迹推着走开了。

今天好些派遣动物都翘班，出来凑凑热闹了，非但有陆压告过状的小青和肖荣，段佳泽还看到有游客在拿孔宣打赌。

他们在赌孔宣是男的还是女的，虽说他穿得偏男性化，但男性同胞总是愿意说服自己，将他半长的头发当作他是女性的证据。总觉得孔宣长得这么好看，如果是男的就太可惜了。

还有男的跑去找孔宣证实，孔宣一听到那问题，脸色都要和他的尾羽颜色一样精彩了，疾言厉色地道：“我是你祖爷爷！”

男的：“……”

孔宣只是外貌相比普通男性精致，好看得超越了性别，但明眼人都能从他的气质判断出来，这是个男的。只是东海市留长发的男人不太多，才给了那些先入为主的人一点希望吧。

对于孔宣本人来说，则是倍感耻辱，不明白为什么自己会被猜测性别。

段佳泽都不忍心了，过去跟他说你要不去剪个短发吧。

孔宣陷入了沉思，显然是在做心理斗争，应该坚持自己的审美，还是做个不会被误会的男人呢?

段佳泽回来后，陆压道：“你可以劝他换发型时顺便染个绿色的头发，和衣服、毛色正配。”

段佳泽：“那是，被拆穿后骂的不是你。”

说到绿色，段佳泽还看到了另外一位绿色的同志。

小青今天穿了女装，和肖荣手挽手游园，肖荣脸上戴着口罩和墨镜，两人就像正常恋人一样玩乐。

小青的外貌不说倾国倾城，达到有苏或者孔宣那个高度，但也算绝色，虽说挽着个男朋友，但外人看不到肖荣外貌，不知道这是谁，有些单身来的还会找小青搭讪。

小青坏得很，他声音本是十分清越的，但凡有男的来搭讪，他就粗了嗓子，让自己的声音男性化得更明显地回答对方。

这一嗓子出来，吓跑了好几个人，大呼变态。谁知道这人看着像是个美女，原来另有故事。

还有个女孩子，盯着肖荣看了半天，总觉得身形、轮廓很像自己以前的爱豆，忍不住搭讪二人："请问这是不是……"

小青抢先道："没错这是我老婆。"

他是用男声说的，女孩子有点蒙地看着他们，这才发现小青好像是挺高的。

小青："法律规定不让反串吗？"

肖荣："……"

女孩子沉默一下，对肖荣道："对不起，女士，"又看向小青："还有先生，我认错人了。"

她好像有点失魂落魄地走开了。

小青莫名其妙："谁说你是女的了？"

肖荣："……"

而段佳泽他们这边，除了小孩就没什么人骚扰，不是段佳泽没有吸引力，而是有一只猛禽虎视眈眈，但凡有靠近三米之内的，就会被用看猎物的眼神盯着。

在这种眼神之下，孔宣那个级别以下基本都只有滚蛋的份。

小苏迎面遇到他们，冲过来对段佳泽说："园长！太惨了吧，男朋友哪儿去了，居然只有吉祥物和鸟陪你？"

段佳泽："陆压有事。"

小苏看陆压不在，鼓起勇气道："假的吧，平时那么闲！男朋友太不可靠了，园长你要小心，蓝蓝她们在团购恋爱水晶，回头你也团一个，悄悄拔陆哥的毛发来作法吧！"

陆压："……"

段佳泽："……"

段佳泽看了陆压一眼："那就不用悄悄拔了。"

段佳泽看到新的凌霄希望工程APP通知时，没有什么意外，这次算起来距离孔宣过来时间不是很长，但是根据以往的经验，应该是来了个走后门插队的。

过了两天，员工打电话给段佳泽时，他就从容下楼了。之前对派遣动物的态度变来变去，现在，段佳泽又觉得自己能hold住了。

他有一个想法，不管来的是谁吧，绝对不能是圣人。

要是偷摸下来的，还不服管，那就和陆压一样威胁要举报他；如果不是，又很牛逼，那就威胁要举报孔宣，让他去解决，他不是圣人之下第一人吗……

段佳泽到会客室时，人还没来，他留了个门，坐在沙发上拿手机出来刷了下微博。

不多时，段佳泽听到门被推开的声音，他抬头看了一下，却没看到人影，顿时有些悚然。这来的什么，按理说只有具备动物原身的才符合系统限制，鬼魂不符合吧？难道是动物的鬼魂？？

段佳泽正在思考之际，忽然听到两声狗叫，他站起来一看，原来是一只狗坐在门内几步的地方，只是被沙发挡住了。

这狗长得十分威风，通体白色短毛，油光水滑，腰细腿长，脑袋尖尖的，比较小巧。单看外形就可以感受到，它的身体十分有爆发力。

它长得有点像灵缇犬，但依照它对段佳泽点头的架势来看，这应该是纯东方品种。

段佳泽也是吃过亏的，看看四下无人才开口："哮天？"

你说这要是条普通狗，段佳泽得多尴尬。他也是想着动物园不允许带宠物进来，时间又这么巧，这多半是派遣动物。天上的狗最出名的，也就是那一条了。

幸好它一下站了起来："汪"了一声。

段佳泽松了口气："还真是你啊。"

这就是二郎神杨戬的爱宠哮天犬了，也就是神话天狗食月里的那只狗。

它本是一条山东细犬，细犬是华夏本土的猎犬，不过现在纯种的已经少之又少了。

哮天给段佳泽的感觉，比较像他看过的警犬，趴在那儿就是趴着，全身任何地方都不会乱动，它又汪汪了两声。

"下来度假的？你主人没有捎个信吗？"段佳泽和它聊了两句，找了个项圈给它系上。没别的意思，就是表明一下这是有主人的，免得动物园人来人往的不知道。

哮天还真是来度假的，它工作勤勤恳恳，二郎神听说有这样一个活动之后，自己没什么兴趣，却是给爱犬放了个假，叫它下来玩一玩。

别说，哮天下来还真就只剩玩的了，吉光还能去打个工，哮天就算想看门，不说是大材小用，他们这儿已经有四条狗了。它来的时机也好，现在动物园不是特别需要帮忙了。

段佳泽对哮天颇有好感，他说道："你就不要拘束，把这里当自己家，下来休息度假的，就放松一点玩儿！"

哮天抖了抖毛，对段佳泽点头，还龇了龇牙——可能是在笑。

段佳泽领着哮天去休息室，路上看到他的员工打招呼，都问这是谁家的灵缇。

"什么灵缇啊，华夏细犬，朋友家的，放这儿喂。"段佳泽走动的时候，哮天就亦步亦趋跟在他身后，别提多省心了。

吉光、哮天之流，都很让人喜欢，吉光甚至能自己遛自己，可懂事了，比那些有人形的家伙省事多了。

别看哮天战斗力也高，但是它绝对不乱惹事，更知道段佳泽是这里管事的，某些事情就得听他的。

段佳泽把哮天带到休息室，一群神仙妖怪正在玩牌。

正巧小九把手里的牌甩出去，恨恨道："当年我有九个脑袋的时候，谁算牌算得过我……"

哮天一看到小九，原本安静乖巧的它，一下爆发出了猎犬的威势，大叫了两声，朝小九冲去!

小九看到哮天，吓得魂飞魄散，想当年他有九个脑袋的时候，就是被这家伙咬掉了一个头，第一次尝受断头之痛啊!

段佳泽根本来不及反应，幸好周边的人大喝一声，拖小九的拖小九，拽哮天尾巴的拽哮天尾巴，此时哮天的嘴巴离小九只有分寸之远。

"……好家伙，嗖一下就蹿出去了。"段佳泽惊魂未定，他刚才都没反应过来："难怪都说，出门一定要给狗拴绳子。"

小九嗷一下就抽泣出声了，他遮着脸，使劲憋哭声，不想在这么多人面前丢脸。

但是他实在憋不住啊！

这里也有认识哮天，或者说认识它主人的，叮嘱了它几句，不可以咬小九。

段佳泽也道：“不能再咬了，就剩一个脑袋了。”

小九还在伤心欲绝，段佳泽又劝他：“你也是，这不是没咬到吗，哭什么，怪难看的。”

小九把眼泪擦干，委委屈屈地坐下来——他想走来着，但是哮天就在必经之路上。

哮天听说小九这是罚下来做义工的，也就不咬他了，只是看他的眼神还是非常犀利。掉转头，哮天在一旁看戏的袁洪脚下嗅来嗅去。

袁洪本来乐得都要拍大腿了，这时蹦上沙发，啐道：“闻什么闻，小狗崽子。”

哮天前脚搭在沙发上，又凑上去闻了几下才下来，又闻了闻有苏。

有苏是狐狸啊，被狗闻能开心吗，她一溜烟跑到陆压身后了——她非常明白，躲在段佳泽身后还得拐弯起作用。

哮天果然不敢去闻陆压，或者说不用凑近也知道这是哪位。

怎么说哮天也是和杨戬一起参加过封神战的，依段佳泽看来，它在辨认参加过封神战的各位。修道之人外貌都可以变化，但气味通常是不会变的，比如有苏这样的。

段佳泽给哮天介绍了园内的四大天王，可是五条田园一看到哮天，都低头夹着尾巴。

哮天也并没有把它们看在眼里，虽然五条狗狗在人间界已经是狗中俊杰了，但是在哮天面前不值一提，它还嫌这五条狗太矮小呢。

段佳泽如果知道，就会和哮天说，这五条已经算是田园里体型比较大的啦。近代以来，华夏的田园犬，因为种种自然条件、人为因素，体型大不如前。

哮天忽然转过头，对着一个地方叫了一声。

段佳泽转头看去，只见薛定谔的身体在树上若隐若现，它不知道什么时候爬到树上去了，正在偷看哮天。

田园犬发展了几千年，华夏各地的田园犬特色都不一样，些许变化哮天并不在意。但是，薛定谔是混血，有些挪威森林猫的血统，体型很大，哮天还未看过这样的猫，在树下盯着它看。

薛定谔感觉到危险的气息，它的主人又不在附近，它小心翼翼地趴在树上，发出哈气声，试图吓跑哮天。

段佳泽刚想把哮天叫过来，就见它突然一跳，先是趴在树干上，再一转身，跳到了树枝上！

别说段佳泽了，其他狗都给吓一跳啊。

薛定谔猝不及防，连连后退往下看，试图逃脱，却被哮天叼住后颈，带着跳了下来。

哮天用脚按着薛定谔，然后好奇地打量起它来，像是不知道这个猫为什么这么胖这么大，还玩弄起它蓬松的大尾巴，愣是把薛定谔摁在地上好生摩擦了一番。

距离近了，薛定谔竟是不敢反抗，在哮天爪下发出微弱的喵呜声。

四大天王对哮天更加敬畏了，薛定谔平时也是园中一霸，尤其在鲲鹏的溺爱之下，现在却在哮天爪下呻吟。

段佳泽赶紧从哮天爪下把毛茸茸像个小毯子一般肚子朝上翻在地的薛定谔拖出来，给它们介绍了一下。

薛定谔平时多威风啊，这时也慌了，几下顺着段佳泽的裤腿爬上去，缩在他怀里毛都炸起来了，实在不敢待在地面。

只能说，哮天不愧是狗中总攻。

本来哮天刚下来的时候，坐立都特别有规矩，还不是段佳泽劝它不要拘谨。段佳泽结巴道："就……可能……还是不要放松过头了，这猫是有主的。"

还没等鲲鹏老师来给自己的爱猫算账，段佳泽先接到了刘莉安的电话，她那边有位要好的领导夫人，家里养了狗，最近诊断出来超重，是影响健康的那种肥胖。

刘莉安自己也养狗，当时就吹嘘了一番自己的养狗心得，还说你家狗就是成天没什么事做，好吃不爱运动。你看我们宝宝的儿子们，在动物园每天跑来跑去，虽说是田园，但不知道多高大。

对方听她一说也想起来了，好像有些人家的宠物生病了，就是送到动物园去看病，他们那里的兽医比东海市这些水平很一般还光想着怎么赚钱的宠物医院不知道好到哪里去了，还靠谱。

于是她就和刘莉安商量，让她帮自己说一下，把爱犬送到灵囿去减肥。

这不，刘莉安就转告来了。

段佳泽一听都无语了，你们家宠物有个什么病痛送过来也就算了，灵囿虽然不是宠物医院，但是也不知道接诊多少领导家的宠物了，也不在乎这几个。

现在，你家狗减肥也送来，有必要吗？

段佳泽估计，对方要是有那么耐心，他们家狗也不会胖到被兽医警告了。减肥这种事，送到灵囿和在医院减，没什么大的区别啊，段佳泽的治疗术法也不可能帮它把肉带走。

然而看在刘莉安的面子上，段佳泽也只好答应了。

她那朋友当天就让司机把爱犬送了过来，段佳泽一看，竟是一条胖嘟嘟的柯基。

柯基本来就腿短毛蓬松，这只柯基更是胖得身体都要鼓起来了，短腿几乎被肉和毛淹没。它还特别不认生，围着段佳泽的腿就转了起来。

司机把牵引绳交到段佳泽手里："麻烦您了，它叫小胖。"

"不客气。"段佳泽把柯基给抱起来掂量了一下："可真够沉的啊，宝贝儿，你是怎么吃这么胖的？"

柯基啊哈啊哈地喘气，摆动着自己的小短腿。

段佳泽把柯基给放下来，牵着它进去。要么怎么能长成这个体型，越懒越胖，越胖就越懒，段佳泽才带它走出几百米，它就不肯走了。

"你长这样不会就是被名字害的吧，小胖？"段佳泽试图赶着柯基走，但它富有经验，赖在地上就是一动不动，甚至引起了游客的围观。

女游客看到一只胖胖的柯基在耍赖，都忍不住围观："好可爱的狗狗啊，你怎么了？走不动了吗？"

柯基一看到美女，就扭动着小屁股讨好地看着她，去嗅她的包。

女游客笑着夸赞："你怎么知道我包里有肉干？鼻子真灵！"

段佳泽赶紧上前，一把将柯基抱起来："不好意思，它在减肥。"

段佳泽把小胖给带走了，这家伙还挺沉，得有好几十斤："小胖啊，你不能这样，我有个儿子，比你还胖，走路都摇摇晃晃，还老是摔跤。不过，它身体素质还挺棒，和你不一样，你再这样下去，就要生病了。"

小胖也听不懂段佳泽的话，它嗅到了很多狗的味道，兴奋地汪汪叫起来，在段佳泽怀里扭动。

段佳泽很无奈，小型犬都太活泼了。

段佳泽走到前边，就看到哮天带着四大天王正在训练，虽然是下来玩儿的，但是最近哮天还在熟悉人间界，没有出门。它熟悉人间界的方法，一是向派遣动物请教，二是和本土动物交流。

在这个交流过程中，哮天很看不上现在四大天王的野路子，就教它们捕猎的技巧。

四大天王本来就是让本市试图进入灵囿的犯罪分子闻风丧胆的存在，段佳泽真不敢想，在哮天处进修过后它们会怎样。

小胖本来挺兴奋的，当着哮天的面就不敢动弹了，乖巧地待在段佳泽的怀里。

段佳泽坏心眼地把它放了下来，拍拍它圆圆的屁股。

小柯基一个劲儿往后退："汪汪呜……"

哮天又冲过来把柯基摩擦了一顿，腿这么短的狗它也没见过呢！

段佳泽看到哮天和小胖站在一起，都要笑疯了。

哮天腰细腿长体型高大，小胖却是身圆腿短矮小玲珑，它们俩站在一起就是个鲜明的对比。

就算段佳泽没说，哮天也能看出来，这家伙超重了，它用脚踹了一下柯基，原本瑟瑟发抖的柯基立刻被刺激了，撒腿狂奔起来。

当然，狂奔存在于它的想象中，实际上是迈着短腿小跑。

哮天在后头追，而且有意地控制了方向，左突右堵，不知不觉中，小胖一直在绕着圈跑。对于哮天来说，它对这种狗狗是怒其不争，所以上来就撵着它跑。

四大天王待了一会儿，索性趴在地上无声地围观起来。

跑了大概十多分钟，哮天这才作罢，小胖气喘吁吁地躺在地上，肚皮露出来。

哮天看到它竟然随随便便把要害之处暴露，更是恨铁不成钢，上前恐吓地叫了一声，吓得小胖屁滚尿流，翻身紧贴在地上。

段佳泽："哎不错不错，我看小胖就和你一起减肥很不错。"

反正他和兽医要管小胖，估计够呛，倒是让它跟着哮天一起训练很不错，哮天是狗中总攻，又这么有分寸。

小胖还不知道自己的命运，它饿了，满脑子都是狗粮。

柯基，最早是畜牧犬，可以帮助人类牧羊牧牛，也是很好的护卫犬。但是在小胖身上，这一点好像看不到多少了，长期安逸的生活，让它压根忘了自己还有那样的天赋。

段佳泽又琢磨了一下："我记得有人买了充气的游泳池，你们也别老跑步，它腿可能受不了，可以适当地游个泳……哦你会游泳吧？小胖好像不会，能教它吗？"

哮天点了点头，挺起胸来。何止是游泳啊，这胖子离开之日，保证它成为合格的猎犬！

对于灵囿动物园的常客们来说，五条威猛的田园犬他们早已看惯了，这几只狗非常机警，不会随意攻击人，还能抓住小偷，获得过许多游客的赞誉。

但是最近动物园似乎多出了两条狗，一条是又高又瘦的细腰猎犬，很多人都说不出名字，另一条则是矮矮胖胖的柯基。它们每天在园内窜来窜去，大的追着小的跑，体型对比相当滑稽。

而人们看不到的地方，其实它们还在游泳、撕咬布娃娃、调戏猫咪……

中途，刘莉安那位朋友，小胖的主人还打电话来询问过爱犬的情况："段园长，我们小胖瘦了吗？我太想它了，我女儿也想它，周末女儿从外地学校回来，我们全家要去郊游呢。"

小胖也是他们全家的一部分，根据段佳泽了解到的情况，小胖胖成那样，和她们母子二人的溺爱脱不了干系。

段佳泽理解地说道："瘦了一些，你可以接回去几天，但是一定要给它控制饮食，我们现在好不容易给它减下来几斤，千万不可以半途而废。"

电话那头，女主人连连答应："我肯定不给它多吃，我这不是还要带它出门，让它跑跑步吗。"

不过，女主人想起来，曾经小胖是跑几百米就要主人抱抱的小可爱。这一次，她也做好小胖只跑几步就要赖的心理准备了，既然都给小胖控制食量了，回来这几天还是别让它太苦了！

155

小胖还是一只小小柯基的时候，就被起名叫小胖了，它叫小胖不是因为从小就胖，而是因为它的小主人小名是大胖。

大胖小时候才胖呢，生下来足足有九斤多，所以叫大胖。当然，后来大胖进入青春期，就成了一个窈窕美少女，摆脱了这个名字。

大胖不爱和别人说自己在家的小名，她的朋友一般昵称她为豆豆。她在省城上高中，虽然高铁往返不要多久，但因为学业繁忙，豆豆回来的次数也不多，上一次回来都是两个月前了。

豆豆知道妈妈最近把小胖送去减肥了，她觉得这也是件好事，她也上网去查了，狗狗太胖了不好。

“小胖呢？”豆豆一回家就问爸爸。

豆豆爸告诉她，豆豆妈去接了，正说着，豆豆妈就回来了，怀里抱着一只胖柯基。

“小胖……小胖真瘦了。”豆豆两个月没看到小胖，感觉改变很明显，肚子没有那么大了，腮边的肉也少了，看来小胖减肥非常成功。

小胖特别兴奋，它在动物园过得多折磨啊！

动物园没有狗粮，但是东西可好吃了，这么好吃的东西却不让它吃饱，就是煎熬之中的煎熬。小胖想过反抗，但是在哮天大哥面前，只能乖乖趴下。

小胖好些天都没有吃过饱饭了，现在被送回来，它特想饱饱地吃一顿。

小胖猛扎进小主人怀里撒娇，高频率扭着自己的屁股，表达心中的渴切。

“给小胖拿点罐头吧，别拿多了。”小胖听得懂罐头两个字，嘴巴张得更大了。

豆豆拿了个罐头出来，撬开挖了一半，放在小胖的饭盆里。

小胖冲到饭盆前，以前这是它最爱的罐头，无论藏在家里什么地方，都能被它闻出来。但是今天，冲过去之后小胖才发现，罐头的味道好像变了……好像，没有那么吸引它了。

它闻了好多下，最后确认，罐头的味道和记忆中的一样，只是不像以前那样对它有吸引力了。这罐头完全不如它跟着哮天老大吃的肉啊！

想到哮天老大，小胖还是生理性地颤抖了一下。

“小胖这是怎么了？东西也不吃，还发抖，是不是感冒了？”豆豆妈好奇地说，她还以为小胖会扑上去狂吃呢。

豆豆妈记得段园长说小胖平时会游泳减肥，就怀疑它着凉感冒了，正想着是不是送去让兽医看一下，就见小胖慢慢低头，开始吃了起来。

吃得虽然慢，好歹也是吃了，吃完半个罐头后，小胖也没有再要更多，若无其事地走开了。

豆豆母子大感神奇，这还是她们的小胖吗？那么斯文地吃东西，吃半个罐头就饱了？

豆豆妈欣喜地道："没想到，动物园的兽医还真有一套！"

她们又抱着小胖搓揉了一通，如果小胖一直撒娇吃不饱，她们可能会心疼得不得了，但是小胖好像并不眷恋，那她们就放心了。

为了活着勉强自己吃了半个罐头的小胖趴在主人腿上，惆怅地想，真是由俭入奢易，由奢入俭难啊。

第二天，豆豆全家带着小胖一起出去郊游，就在东海市的西郊乡。

下车后，要步行一段时间，才能走到他们要抵达的观景廊，今天他们要在那儿野餐。

让人更加惊喜的是，小胖今天一点也没叫累，没有让妈妈抱一下，一直都自己走着。连豆豆爸都怀疑了："动物园是不是给你们换了条狗？"

豆豆家不是单独出来的，豆豆妈单位的一些阿姨也携家带口来郊游，大家三三两两，或前或后地走着。好多人都见过小胖，这会儿再次看到它，都好奇地问起来。

"你们家小胖……是不是瘦了？"

"你不知道，她被送去减肥了。"

"哟，小胖子减肥了啊，其实胖点好看。就是这狗也和人似的，太胖了身体不健康。"

"嗯，看着是矫健了不少，但还是比不上正常的狗，它应该也跑不快吧？"

忽然，有个阿姨站定了道："你们看那是什么？"

旁边有条河，河边的草丛里有什么东西动弹了一下，过了几秒才有人迟疑地道："那是不是只野兔子啊？"

还真是，一只灰色的野兔子出现在河边的草丛里，它好像也在注意这边的动静，跑跑停停。

"是野兔，我的天！"豆豆特别开心，把狗绳递给豆豆妈，自己准备掏手机出来拍照。

谁知道就在这时，小胖一下就蹿了出去，绳子恰好在交接中没拿稳，一下脱手而出，随着小胖一起飞出去了。

小胖四条小短腿跑得飞快，朝着野兔就撵了过去。

豆豆妈在后面喊："小胖！小胖！不可以，回来！"

但是小胖好像玩疯了，以前在宠物医院遇到猫啊兔子啊小胖就特别兴奋，何况这次还是只野兔子。

她急得很，自己也往前追了几步。

小胖一看到兔子就兴奋了，哮天老大教了它多少捕猎的技巧啊，它以前也不懂，为什么一只宠物狗要学捕猎。但是现在，小胖好像明白什么了，热血沸腾，追逐的欲望涌上心头……

倒是其他人在原地讨论了一下：

"刚刚是谁说小胖子跑不了多快来着？"

……

胖柯基不只跑得快，它还很凶猛，那兔子发现有狗后，也是撒腿狂奔，但是不敌小胖，被小胖赶上了，扑上去一口咬在后腿上！

兔子瘸了，更加跑不了了，小胖又在它脖子上咬了一口，兔子的挣扎越来越微弱，而小胖还死死摁着它。没多久，兔子就没了气息。

然后，小胖咬着兔子腿往回拽，拽到豆豆妈面前蹲着，一副讨好的神色。

豆豆妈："…………"

她精神恍惚地回头，对豆豆爸说："是不是……真的换了只狗。"

小胖，他们是最了解的，因为胖，所以外出遛狗时，谁都能欺负一下它。现在竟然这么有出息，两口咬死一只野兔子。

动作之果断，哪里像以前傻乎乎光会找狗粮的小胖，就跟训练有素的猎犬似的。

"哎呀小胖怎么乱咬，没有寄生虫吧，回去可得看看。"豆豆妈心里更是有点别扭。

叔叔阿姨们围上来看了一下小胖的战利品，这兔子真够肥的，起码有十斤。

其实豆豆妈不太想要这只兔子，她还沉浸在自家宝贝怎么会捕猎的震惊中，刚才大家可都看到了，小胖凶狠果断，咔咔两口兔子就一命呜呼了。

但是其他人都劝豆豆妈别浪费，而且小胖也不肯丢下的样子，豆豆妈只好弄个袋子，把兔子装进去了。

"这小胖变化这么大啊。"

"不是去动物园减的肥吗？是不是在那儿还学了些新招数？"

豆豆妈一想，没错，这肯定就是原因了，我的天啊，才去了多久，回来就战斗力飙升，柯基愣是战出了藏獒的气势。

他们继续往前走，途中经过几个农户，农户院子里也养了狗。土狗一见有陌生人经过，就汪汪叫起来。

小胖当仁不让，狂吠回去，土狗立刻就偃旗息鼓了。

小胖抬着头挺着胸，非常骄傲。

它今天可算很好地实践了一把哮天老大教的技巧，既能给主人打猎物吃，又能保护主人，再加上以前的卖萌技能，完全可以说是一只全能狗了。

豆豆要回学校了，她特别舍不得小胖，和豆豆妈复杂的心情不一样，小胖这么威武让豆豆特别开心。

那天她把小胖捕猎后半程拍成了小视频，发到朋友圈，顿时被点赞淹没了，以羡慕居多，还有人以为豆豆特意出去打猎的呢，说她生活也太有意思了。

又能卖萌又能耍帅，哪里去找这么好的狗狗？没想到，小胖子也能脱胎换骨，临走之前，豆豆叮嘱妈妈要坚持给小胖减肥，最后那点肥肉也减干净，小胖肯定更威风了。

小胖妈非常纠结地亲自把小胖送到了动物园，一到这儿，她就明白为什么小胖会变成那样子了。

她领着小胖一进来，远处就冲过来一条腰细腿长的大白狗，跑动的时候肌肉特别明显，小胖一看到它就向旁边狂跑。大白狗几个冲、突就把小胖堵在了角落，对它大叫几声。

小胖趴在地上，还滚了一圈。

豆豆妈看得目瞪口呆，小胖在这条大狗面前就好像昨天它面前的野兔一样，简直毫无抵抗之力。

但是大狗并没有要伤害小胖的意思，只是训斥它了一番，小胖就爬起来小跑回主人身边了。

大白狗走在前面，豆豆妈总觉得它像在带路一样，见到段园长后，她还特意问了一下这条狗的身份。

段佳泽说："这个是哮天，它是小胖的减肥陪练。"

豆豆妈就猜是这样，她看了一眼威风凛凛的哮天，也没觉得这名字有什么问题，现在十只大型犬八只叫哮天："难怪，这是猎犬吧，我们家小胖和它待久了，回去后给我打了只兔子……”

段佳泽也呆了：“啊？”

什么鬼，宠物狗回去后给主人打了只兔子？

豆豆妈从袋子里拿出来一个玻璃瓶：“就是郊游的时候打的，后来我把兔子送到饭店去处理了一下，还留了一瓶给您。”

“谢谢。”段佳泽接过那瓶兔肉，还觉得有点不可思议呢，胖柯基这小短腿，减肥还没完全成功的样子，居然还能猎兔子。

豆豆妈看段佳泽不知情的样子，也确信这是狗狗之间的交往了：“那小胖就继续麻烦您了。”

“没事没事，那个，那回头我们再教会小胖指令，怕它以后咬别人家的宠物。”段佳泽这话说得豆豆妈更是连连点头，等把人送走了，段佳泽就问哮天：“你还教了小胖打兔子？”

哮天点了点头，打兔子算什么，这就是最基础的，小胖也不算太傻，培训了一段时间，三口内能制服野兔。

段佳泽不可思议地摇摇头，也难怪，哮天是老范儿狗狗，擅长而且也讲究这个。

小胖留下来，继续为了减肥而奋斗，不过它已经成功在望了。

段佳泽回去的时候，看到一群女员工围着陆压和肖荣，他慢悠悠走过去：“干吗呢？”

原本叽叽喳喳的女生一下住嘴了：“园长来啦，园长再见。”

不一会儿，她们散得一干二净了。

段佳泽疑惑地看着肖荣。

肖荣摊开手，他掌心有颗粉色的水晶，另一只手还有一个折页，他有点囧地道：“她们说团购多送了两颗水晶，送给我们俩。”

段佳泽无语道：“这不是那天小苏和我们说的，什么恋爱水晶吗？”

陆压那里也有一颗，不过他手揣兜里了，看不到。

那天她们本来找的是段佳泽，但是段佳泽从上学起，隔段时间女同学就风靡一阵类似的玩意儿，他是半点兴趣也没有。她们虽然没能打动段佳泽，现在却找到了陆压和肖荣。

“那我拿去试试？”肖荣对于这个是半信半疑的，他以前也是无神论者，但是后来的事情大家都知道了，所以他看了半天，觉得试试也无妨。这个东西，据说是能让男朋友永不变心，更加甜蜜的。

肖荣带着水晶走了，段佳泽汗道："他应该不会信吧。"

别说段佳泽，就是那些团购水晶的小女生，又有几个真的打心底相信这玩意儿的作用啊。

陆压也慢慢把自己收下的水晶和说明书拿了出来，嘲讽地道："这是什么鬼术法，一点逻辑也没有。还说是外国传来的，要么外国都是骗子，要么外国修行者是废物。"

段佳泽心想，术法还能用逻辑来评判？请问点石成金到底有什么科学原理啊？

段佳泽说道："算了算了，你一把红线的人，跟她们计较什么。"

陆压一想也是，自得地道："回去叫月老给我们登记好了，这下界发生的事，怕他那姻缘簿录不到，还得放在第一页。"

段佳泽："听着怎么跟要去找麻烦似的，月老那个年纪……"他忽然想起什么，改口道："你可不要倚老卖老了。"

陆压："……"

肖荣拿着水晶回去被小青嘲笑了一下："你居然信这个？"

肖荣："……"

他辩解道："我不是爱玩这些，但是我男朋友是他妈蛇妖，我还不能对超自然现象报以怀疑了？"

小青大笑道："但是这个也太搞笑了吧，这骗小孩儿的吧？"

"都是她们非要给我！"肖荣也急了，把东西扔抽屉里，岔开话题道："我跟你说，我爸妈下周的飞机过来。"

东海市的机场已经修好了，近期更是投入使用，而肖荣和小青交往也有这么久了，他父母觉得是时候和小青见一面了。

当初肖荣退出娱乐圈，就看得出来他是玩真的了，现在过去这么久，肖荣的父母觉得，两人的关系是不是可以进一步了。

他们接受过国外的教育，倒是能够接受肖荣（突然转变）的性向，但是无论什么性向，他们都希望肖荣有长久稳定的关系。

因为肖荣和小青好像就想待在东海，没有去国外登记，或者在国内办酒的趋势，肖荣的父母就有点急。肖荣是死心眼他们知道，那是不是小青还没定呢？

肖荣心想，小青还没定？小青都想到他百年之后的事情了，这够长久了吧？

不过不管怎么样，肖荣的父母还没见过小青呢，来一趟也行。

小青无所谓，两人约定好，在父母面前就不暴露身份了。肖父和肖母年纪也不小了，没必要受这个惊吓。

小青也没个亲属，就白素贞这个结拜姐姐，勉强再加上段佳泽这个老板。

段佳泽听说小青要见家长，也非常热心，跟小青说："唯一的建议就是把你那些女装收起来，这玩意儿比出柜还刺激。"

肖父和肖母一下飞机，就有点明白为什么肖荣要待在这儿了。

虽然不是什么大城市，但是气候真好，难怪肖荣还邀请他们也过来养老。

"三叔、三婶，慢点儿，我给肖荣打个电话。"肖荣有个大他十岁的堂姐，叫肖莹，两家比较亲近，这次她陪着老头老太太一起来了。

肖父和肖母虽然是第一次亲眼看到小青，但是在视频和照片里没少看，他们一眼就认出来接机的小青了。

小青非常客气地把三人带到车上，早之前就打电话解释过了，肖荣有工作要忙，所以由他来接人。

小青看似若无其事地开车，不时回答肖父肖母的问题，其实心里很清楚。肖父和肖母也就罢了，肖荣那个姐姐一直在打量他，眼神可算不上友善。

他对肖荣的亲戚们不了解，也没有兴趣了解，肖荣的姐姐就算眼睛长在脚底板都和他没关系。

到了灵囿，肖父和肖母看到肖荣现在工作的地方，都特别满意。

这是个大公司啊，别看肖荣以前当明星挣得多，但是肖父和肖母不觉得这地方差多少，看着就稳定。

不过车并不在这儿停，而是往前在酒店停下，小青带他们到餐厅去休息，行李让人拿到房间去。

此时并不是营业时间，餐厅里没人，四人在这里坐了一下，段佳泽就来了。他受肖荣之托过来看看，怕小青和父母之间尴尬。

听说段佳泽是肖荣现在的老板，肖父和肖母也特别客气。

段佳泽聊了几句就发现，肖父和肖母也就罢了，对小青不说十分亲热，毕竟第一次见面，但态度很亲近。倒是肖荣的堂姐，神态透着不大对劲，对弟妹不是很满意的样子。

段佳泽看了小青一眼，难道是这短短时间，小青得罪她了？

不多时，肖荣也过来了。

段佳泽安排餐厅专门上了些茶点，让他们一家人到包厢里聊一聊。他本来想安排好就神隐的，但是肖父和肖母去上厕所的时候，肖莹忽然当着他的面说道："小青现在还是没有工作吗？"

肖荣对他家人声称，小青以前是养蛇的饲养员，后来就没去上班了。

肖父和肖母都没提这个问题，肖莹却提了出来，完全是她自己对小青不满。

她既不满肖荣出柜，也不满找了小青，她以前还给肖荣介绍过对象呢，后来没见面就不喜欢小青了。别说没工作，有她也能说道几句。

肖莹和肖荣虽然是平辈，但是年长了十岁，所以把自己当半个长辈。这件事上肖莹还劝过肖荣，肖荣没听。现在可以说木已成舟，可她心里还是有点不爽。

段佳泽愣了一下，赶紧若无其事地道："小青只是不坐班，在家挣钱的，给我们当顾问，社保之类的也是我们在交。"

小青看了肖莹一眼，没说话。

但是肖莹愣是感觉被他翻白眼了，也有可能是她自己脑补了，有些不开心，皮笑肉不笑地道："对，研究蛇的啊，蛇这种生物呢，非常冷血恐怖，肖荣小时候就很害怕。"

肖荣不耐烦地道："姐姐，你生物真好，多给我姐夫补补课吧。我看他每天都在朋友圈喊博士论文写不出，是不是今年又没法毕业了。"

肖莹嘴角抽了一下，感觉他在怪自己有空不管自己老公，管弟弟的闲事，但是这倒也戳到了她的软肋，一时闭嘴了。

真是没想到啊没想到，小青一句话没说，都是他上司和肖荣帮忙怼回去，反倒是她自己，想撒个气也撒不出去。

肖莹气闷地倒杯茶，低头喝起来。

肖荣正想悄悄和小青使个眼色，却见小青冲着肖莹低着的头，吐了吐舌头以示不屑。说舌头可能不准确，吐出来的实际上是蛇信，肖荣几乎都能听到蛇信轻微弹动的声音……

"嘶——"

除了肖莹，肖荣和段佳泽都看到了，两人脸色都不好看了。

肖莹喝了口茶，抬起头来饱含深意地道：“我做了十几年老师，平时上课，我一转过身板书，就有学生冲我吐舌头，做鬼脸，还以为我不知道……”

肖荣：“……”

段佳泽：“……”

小青无辜地和肖莹对视一眼，一笑露出两颗尖尖的虎（she）牙。

肖莹也扯了下嘴角，不知道为什么该装逼的时候却觉得背后一寒，赶紧拉了拉裙子。

肖莹总觉得怪冷的，准备去房间拿件衣服，刚好段佳泽出去，就和她一路。

两人走在廊中，肖莹就不好意思地说：“之前在段园长面前，让你见笑了。虽然三叔三婶都点头了，但我这个做姐姐的，还是有点意见。”

段佳泽礼貌地点了点头，大家观念不一样，之前肖荣一直没把小青带回去，也是考虑到这一点。他父母是答应了，亲戚们八卦岂不是很烦，小青是个妖怪啊，你惹急了他，一口把人都吞了。

肖莹却仿佛终于找到了一个可以倾诉的人，毕竟肖荣都不让她说话，此刻吐露道：“你说这个男人和男人……”

段佳泽埋头猛走，没等她说完，忽然顿住，露出得救的神情，走向前方正在等他的陆压，立刻抱住了他，分外亲昵。

肖莹：“……”

段佳泽回头道：“不好意思刚才您说什么？”

肖莹：“没什么。”

156

陆压突如其来遭遇惊喜，肖莹拐个弯走向电梯后，他就凑到段佳泽身边。

段佳泽一下用手抵着他的肩膀：“干吗？”

陆压很气，脸上的笑容一下消失了。

段佳泽：“走了走了。”

陆压不顾段佳泽的反抗，摁着他冷冷道：“占了我的便宜就想这么算了吗？”

段佳泽：“……”

段佳泽哑口无言，被陆压摁住贴在墙上“报复”了一会儿。

中途有酒店的员工推着车打另一头过来，看到这一幕原地呆了两秒钟才找回自己的思想，调了个方向默默原路返回了。

陆压松开段佳泽之后，还不够，他还要拂袖而去。

想到刚才那员工，段佳泽靠着墙开始思考人生。

虽说他和陆压的事情已经人尽皆知了，但是在这里被看到，他感觉自己的形象已经变得有点荒淫了，得亏灵囿多是些年轻员工。

陆压走出去几步，回头看到段佳泽还在思考，皱眉道："还不跟上来？"

段佳泽："……来了。"

肖莹空白地进了电梯，她刚才受到的刺激还挺大的，一句话往回使劲吞差点没噎死。

没有想到，小段看起来斯斯文文，实际上那么开放。

其实一出包厢，肖莹就没那么冷了，甚至有些热，她回想了一下，那里面好像没有开空调啊。冷热交替，难道是要病了？出都出来了，为防待会儿又出现那样的情况，还是去找件衣服吧。

肖莹手上搭着一件开衫出来了，走到大堂的时候，忽然看到一只柯基，就蹲下来逗了下柯基。

柯基左看右看，在她包上嗅来嗅去，一副快馋疯了的样子。

肖莹家里也养了狗，一下想起来，自己包里是还有块狗零食，她把零食拿出来拆了："喏，吃吧。"

这狗干干净净，酒店不让带宠物，不知道是不是工作人员的。不过倒是可爱，透着一种伶俐劲儿。

柯基一张嘴，把零食给咬进嘴里了。就像人类对待方便面的态度，这狗零食闻着香，一吃进嘴，唉，就不是那么个味了。

肖莹笑着摸了摸柯基的脑袋，还没等她把手机拿出来拍张照片，这柯基突然"噗"一下把零食嫌弃地吐出来，然后跑掉了。

肖莹："……"

应该不是她的幻觉吧，总觉得柯基是在嫌弃。

这柯基是什么毛病，自己狂甩尾巴要吃零食，吃了又吐，这零食好好的也没坏啊，来之前还给家里狗狗喂过。

肖莹无语地站起来，脸色一变：糟糕，抽筋了。她眉头紧皱，弯着腰扶住旁边的墙。

大厅里的工作人员立刻发现情况不对了，过来把肖莹扶到沙发上："女士，您没事吧？"

肖莹脸憋得通红："抽筋了……"

她刚说完就看到一名穿着白色套装的高挑美女走过来屈膝蹲下，旁边的工作人员还喊了一声："白医生。"

白医生嗯了一声，在肖莹腿上捏了几下，肖莹立刻摆脱了刚才的痛苦，神色猛然一松。

处理完这件小事后，面对肖莹的道谢，白医生微笑着说不客气，然后又道："看你的脸色肝不太好，平时情绪不要太激动。"

然后白医生就转身离开了。

肖莹眼睛都睁大了一些，她确实肝不太好，但是这个大夫才和她接触不到一分钟，居然一口就断定了，医术真是不得了啊。

旁边的工作人员很骄傲地道："我们白医生是医学世家出身，还在国外留学过，自己出过医书。"

肖莹一听，更加佩服了。

肖莹正想着回头问酒店的人要这位白医生的联系方式，待她回了包厢后，就看到白大夫正在席上，和肖父肖母相谈甚欢。

小青给白医生倒了杯茶："姐姐。"

白医生是他姐姐？肖莹眼神一下子复杂起来了。

她只知道小青家里没别的什么人，就一个姐姐了，但是对这位姐姐的具体情况也不清楚，没想到就是这位白医生。

肖母看到肖莹回来了，又介绍道："肖莹啊，这是阿青的姐姐，刚刚下班过来。"

"我知道，刚才我才外面腿抽筋，白医生帮了我。"肖莹挂上笑，和白医生握了握手："你好，我是肖莹，肖荣的堂姐。"

在知道这两个是姐弟之后，肖莹心里又有种难怪他们都长得那么好看的感觉。虽说她不喜欢小青，也得认可她弟弟的品位。

只是除此之外，就没什么像的了，白医生看起来温婉大气，她弟弟则有点大大咧咧的，而且白医生是大夫，小青在动物园养蛇，一点也挨不着边。

白素贞对肖莹微微一笑，这让肖莹心里莫名有点虚了，毕竟之前她对小青态度不好，一转头人家姐姐还帮了她呢。

肖父和肖母想借此机会，让肖荣和小青稳定下来，于是言语之间，拼命夸肖荣，做点铺垫，又说他们来有缘分，千里相会，多少多少年修来的缘分。

肖荣点头道：“对，我和小青这叫千年等一回……”

小青：“……”

白素贞：“……”

肖莹本来什么也没说，可她总觉得白医生有意无意在看自己，于是不太坐得住。

肖莹这时候说话也行，不说话也行，但是白医生看得她闹心，于是干巴巴地附和道：“对啊，肖荣从小就品学兼优，会学又会玩，课余时间就喜欢打篮球，锻炼身体。我和他们老师熟，那无论老师同学都说，找不出什么缺点了。”

白素贞喝了口茶，淡淡道：“是挺好的，唯一的缺点就是身体素质吧。”

肖父和肖母都没在意，他们知道白素贞是医生，但是在酒店上班，医术应该普通吧，还笑着道：“听到没，肖荣你要多运动，别三十岁不到啤酒肚就出来了。”

肖荣：“我不是……我没有……”

肖父道：“我们是没法看着你，阿青姐姐和你共事，肯定清楚，成天坐在办公室怎么行，阿青你也要多督促他。”

肖荣一脸郁闷。

肖莹却是心思一转，白素贞之前一眼就看出来她身上的毛病，她说肖荣身体素质到底什么意思？不能怪她多想，她怎么看都觉得白素贞有深意啊！

肖莹留了心，但是没有当场问这个问题，不太合适。

饭后肖莹悄悄问肖荣：“白医生给你看过病吗？怎么说你身体素质不好，真的是不爱运动？”

肖荣看了肖莹一眼，一本正经地道：“没有，我身体挺健康的，她是觉得我以后活不长，和小青不合适。”

肖莹被雷劈了一样：“什么？不可能啊！”

肖荣：“真的，你知道姐姐是神医吗？就跟古代的华佗扁鹊一样，一眼看过去，就知道你以后身体怎么样。”

知道啊，就是知道所以肖莹更慌了，刚才吃饭的时候她还百度了一下白医生呢。难怪白医生都不太热情，淡淡的，她还在那儿嫌弃小青，人家还没嫌弃她弟弟呢！

肖莹心慌意乱，发现肖荣一脸淡定，急道：“你怎么不当回事？那到底是哪个部位有潜在危机？”

肖荣这才笑道：“莹姐，在白医生眼里，九十岁都算短命鬼，你知道他们家一般都活多少岁吗？”

肖莹：“……”

白医生是神医，医学世家出来的，那平均寿命长一些也有道理，那短命鬼这个说法还是成立的。

回过味来，肖莹也不敢对肖荣他俩的事说什么了。

肖父和肖母在灵囿留了一个星期，中途肖莹学校有事，提前回去了。

他们在肖荣的陪同下参观了他的工作单位，和东海市的风景。除此之外，还和白素贞谈妥了把肖荣和小青这个事情定下来，虽说领不了证，但是可以办酒席发喜糖啊。

段佳泽对小青说：“那我就提前恭喜你们了，到时候看要不要办两场，在肖荣老家办一场，在咱们园里再办一场。”

毕竟这么多员工，其中好些也认识小青和肖荣。

小青无所谓地道：“这有什么好恭喜的，等肖荣死了再恭喜吧。”

段佳泽：“讲话不要那么恐怖。”

小青嘿嘿一笑，看看四下没有外人，才对段佳泽道：“园长，人间界的婚姻不可信！你看我姐姐当年和姐夫也结婚了，还不是被分开多年。所以啊，我只要自己好好修炼，让人搞不成破坏就行了。”

原来小青修炼的动力是这个啊，段佳泽心情复杂地道：“现如今在人间界反正是没人拦得住你，和尚道士都怕了。”

但是说起这个人间界婚姻不可信，和陆压一比可能真的不可信。在人间界没人棒打鸳鸯你说离也就离了，和陆压在一起后死都逃不了……

小青要和肖荣办酒的消息也在派遣动物们中传开了，大部分人都表达了和小青有几分相似的观点：这次就不喝喜酒了，等肖荣死了再说吧，大家上面见。

小九说：“其实你们可以去暹罗国结婚，那里很开放。”

段佳泽：“你还知道暹罗国？暹罗国怎么开放了。”

小九才来几个月，而且平时走到哪里都有对他虎视眈眈的人，大部分业余时间都用于减少存在感，所以他茫然地道："不是老说暹罗人妖吗？暹罗那么多人妖恋，青兄可以用蛇形参加仪式。"

众人："……"

段佳泽不开心地指责道："我就说不要砍脑袋不要砍脑袋，你们看！"

小九："……"

段佳泽叹息道："这脑袋是欠点儿……"

小九：不知道自己哪里说错了，茫然地看着众人。

在这个开花结果的日子，还有一个好消息，那就是粽宝的对象过两个月就要生孩子了，潘老师还偷偷去摸了，回来一脸笃定地说："怀了俩，还是男熊！"

这么详细的消息，中心那边倒是没能告诉段佳泽。

他们只透露了另一个消息，因为粽宝今年这次发情期的优异表现，一炮惊动全国，现在专家们都很看好它，来年还要给它安排别的熊妹。

野外的熊猫都没有固定配偶，人工圈养的熊猫很多时间每年发情期在一起的对象也不一样，很少有忠贞如一的。

潘旋风听段佳泽解释了一下，到时候中心会从适龄熊妹中广为选拔适合粽宝的，带来和他相亲，如果粽宝都不满意，才可能换回第一任女朋友淇淇。

潘旋风："……"

有苏说："这个制度听起来怪熟悉的。"

段佳泽："……"

潘旋风一拍脑门："可不是吗，这娃跟皇帝老儿似的，还给它选拔上美女熊了！"

大家自己在野外自由恋爱是一回事，有人负责挑选又是另一回事了。

粽宝对此毫无概念，它熟练地把笋衣咬开，咔嚓咔嚓吃里头的嫩笋，不在发情期的粽宝一点都不思念自己的女朋友，提起这件事，它也只有一个要求：明年能在这儿吗？感觉飞来飞去，要晕机了。

段佳泽：不行。

粽宝摇头摆尾：为什么不行啊，园长你也修一个熊猫基地好了，我们快乐地生活在一起。

"粽宝，园长很感谢你对我的信任，"段佳泽握住粽宝的熊掌道："但是我真的做不到……”

经过不懈的努力和哮天严格的训练，小胖的减肥计划卓有成效。

现在的小胖已经不是当年的小胖了，现在它站着能看到腿，外表依然圆滚但那只是蓬松的毛，一旦下水就显瘦了。

段佳泽还欣赏了一下小胖的“毕业汇报”，它在充气游泳池里一口气游了十个来回，四只脚快速划动，以标准的狗刨式游完全程。

出水后，一身毛发就贴着肉，段佳泽一看这曲线，确实不错：“可以打电话给你主人啦，明天就把你接回去。以后切记，不可以继续贪嘴了……”

算了，还是和它主人说吧，别老怕狗饿着。

小胖受到了认可，用力甩着水珠，还绕着充气泳池跑了一圈，人立起来去碰哮天的头。

这就叫狗胆包天了，竟敢妄图舔老大的头，哮天用头一顶，小胖就趴下了。

第二天段佳泽恰好要进市里，索性让豆豆妈不用过来了，大家约在城里，他把小胖带过去。

临上车前，哮天也蹿了上来，好整以暇地坐在后座上。

“你也要去？”段佳泽看了哮天一眼，没有反对，把小短腿拼命往上爬的小胖给抱了上车，就坐进了驾驶座。

段佳泽在市政府大楼的前坪停了车：“你们在这儿等等我？”

哮天汪汪叫了两声，伸手去拨车门把手。

段佳泽把门给打开了：“你是要去溜达一下吗？那你记住地点，回头还在这儿见。”他看到小胖也吐着舌头跟在哮天后面，又补了一句：“也不要太晚回来，我和小胖主人约好了，办完事把小胖送过去。”

豆豆爸就在市政府工作，他们家就在附近的家属小区，这块地方小胖也很熟，汪汪叫着要带老大去参观一下。

段佳泽很放心哮天，别人伤不到哮天，哮天也不会伤人，便自己上楼办事了。

一进大厅，段佳泽就觉得今天好像格外吵，看了一下一楼办公室的热闹劲才知道，今天好像是领导接访日，来了好几拨人。

段佳泽没怎么在意，办自己的事情去了。办完了事，还遇上了也过来办事的孙爱平，孙爱平顺口告诉他，有个什么保护珍稀鸟类的基金会好像想了解灵囿的工作情况，于是又耽误了一会儿工夫。

如此过了一个多小时，段佳泽才下楼。

一出电梯又听到一阵吵嚷，搞得大门都出不了人，段佳泽问了一下围观的工作人员才知道，是有群人要上访。

这很正常，今天来了好几拨人了。今天虽然是领导接访日，也是需要提前登记的。而且一件事派几个代表来就行了，他们来了一堆人，情绪还有点激动，保安这边让他们先去预约。

人家哪管这个啊，他们都没打听规矩，只知道今天有接访的，就觉得我们来都来了，再改日岂不是浪费时间。

保安和来访的人在僵持，工作人员也劝得口水都要干了，段佳泽想出去都有点困难，他正在郁闷呢，外面那群人忽然提高声音说了什么，一脸惊惶："让我们躲躲！"

躲什么啊？

段佳泽正纳闷呢，那些保安也变了脸："不行不行，你们快跑。"

那群人也就僵了两秒，看样子进不去，撒腿就跑了，然后保安们就赶紧把玻璃大门给关上了。

这时候段佳泽才看到，竟然有几十只狗从外头大门进来，岗亭的保安双拳难敌群狗，怎么拦得住这么多狗，全都往大楼这边跑。

带头的正是段佳泽熟悉的细犬哮天和柯基小胖。

后面跟的狗就成分复杂了，有土狗也有品种狗，也不知道上哪惹来的，当时段佳泽脸就绿了。他多放心哮天啊，不会招人，但是……怎么招狗了？！

几十只狗，阵仗也挺大了，大家不知道它们想干什么，都躲在门后，保安也不敢随便出动。有些和段佳泽一样，要出去办事的工作人员也被迫滞留在这儿了。

"这看着怎么好像都是宠物狗啊……有狗牌的。"

"狗主人呢？"

"等等，那个好像是郑主任家的金毛啊，我认识它的项圈。"

"这个好像我们部长的吉娃娃……"

仔细一辨认，好像大部分都是家属小区的狗。令人百思不得其解的是，它们怎么会跑到这儿来。

接访办公室有人出来问："人都劝走了？"

保安无辜地回头："自己跑了。"

那人一看外头那么多狗，也吓了一跳："这是怎么回事，怎么能放狗吓群众呢？"

保安赶紧解释这些好像都是家属小区的狗，也不知道怎么聚在一起的，自己闯了进来，还把人给吓跑了。他们刚才没认出来，也吓了一跳呢，把门都关上了。

到这个时候，也陆续有狗主人出现，气喘吁吁地跑过来，显然是半路被甩掉，现在才赶上的："大、大黄，快跟我回去。"

一个，两个，三四个……狗主人们纷纷来叫狗回家了。

保安总算可以打开门了，这里头果然大部分都是家属小区的。

哮天左右看看，找到了段佳泽的身影，对着他汪了一声。

幸好这么多狗，这也不算显眼，段佳泽领着哮天和小胖，也没人注意他怎么带狗，段佳泽听到有狗主人在讨论："今天这是怎么了，疯了一样，突然就跑了，拉都拉不住。"

"可不是，趁我不注意，噌一下飞出去了，好家伙，我被拉得差点摔了一跤。"

"好像是跟着那谁家的柯基跑的……"

段佳泽赶紧低头加快脚步，感情是这俩跑去小胖的地盘玩了会儿，又征服了方圆几里的宠物狗，也不知道是无意还是故意，纠集了一帮宠物狗暴走，看把人类们给吓的。

一两只狗也就罢了，几十只狗呢，声势够浩大了。

段佳泽把两只狗带离现场后，哮天对他叫了几声，小胖也在旁边响亮地喊了好几声。

段佳泽："怎么了？"

这个内容有点复杂，哮天没办法用动作表达。

好在段佳泽有兽心通，对着哮天使了一次。

哮天：我接到狗狗举报，附近有偷狗贼，它们给了我很多线索，刚才本来想让它们一起来作证的。

哮天很愤怒，什么样丧心病狂的人，才会把狗狗从心爱的主人身边偷走。如果有人敢偷它，让它离开主人，它一定撕碎对方。

作为同类，哮天非常感同身受，恨不得立刻把偷狗贼揪出来。要不是这里是人间界，它还要照顾园长的处境，早就动口了……

难怪哮天把那么多狗都带来了，看来它和小胖也不是单纯参观，还接访了……段佳泽道：“作证，我一天只能使用几次技能。”

他还听到了哮天的心里话，心道您就不要想那么多了，谁敢偷二郎神的狗啊，嫌自己的头和小九一样多吗?

哮天不管那么多：我可以去端了偷狗贼的窝点吗?

段佳泽看着哮天，陷入了沉思……

端是可以端了，但是后续该怎么处理呢？哮天倒是可以把盗狗贼都放倒，再把狗都放了，但是接下来怎么办，他怎么扫尾啊。

《东海日报》：

记者从东海警方了解到，近日，东海市龙门区公安分局针对群众反映的不法分子盗捕家养犬只现象，开展了专项行动，抓获嫌疑人 32 人。犬只共计 61 只，现寄养在我市灵囿动物园，如有丢失家养犬只的市民可以联系进行认领……

157

“我悔啊……我太后悔了，我为什么要去偷狗呢？我真的是贱的……”录口供时，偷狗贼哭泣不成声，一副追悔莫及的样子。

这两天尽审这些个偷狗贼了，已经问出来，他们有一条完整的产业链。

这么大一汉子，哭得和三岁小孩一样，警察小罗看得头皮发麻，心想怎么这些偷狗贼一个比一个浮夸啊。不知道的人看了，还以为他们犯了判死刑的大罪。

这时，一个同事开门和小罗说了一下，外面有记者。录口供至少要有两个人在场，于是他和同事换了一下，自己出去了。

这件事上头是让小罗和媒体对接，日报的报道已经刊出来了，今天来的是电视台记者，他们想做个完整一点的报道，所以需要多拍些素材。到秋冬的时候，丢狗的人家就比较多。

记者找小罗录了一下，之前已经录过片段，关于偷狗贼是怎么犯罪的，好警醒市民。这次记着补了一些镜头，又询问了一些小罗抓捕过程的发生的事，手中做着记录，这段就不用拍了。

小罗侃侃而谈："我们接到群众举报之后，就排查到了他们的窝点，然后借口送餐敲开门，抓获了几名犯罪分子，通过他们的供认，立刻又抓捕了一些不在场的同伙。而且，这时候他们的运送车已经出发了，带走了一半的犬只，我们又迅速联系检查必经之路的车辆，最后发现了运送车辆，人赃并获……"

小罗心里知道，其实他刚才的话有些是假的，他们根本不是借口送餐敲开门的，当时他们去的时候，那些偷狗贼都已经七零八落地躺在地上了。

倒是没有什么外伤，但是心理创伤很大的样子，就像刚才录口供时哇哇哭的那个犯罪分子一样。

小罗猜测，这应该是那位热心举报的市民干的，他们都不知道这位举报者是谁，他严重怀疑是狗被偷了的某个很有身份的人。这人找到狗后，先把犯罪分子给教训了一顿，然后再联系警方，还打了招呼，所以没暴露。

记者忙完后就告辞了，他们还得去灵囿，拍摄一下那些犬只。

这城里一抓到、救到什么动物，就往动物园塞，这都是惯例了，不过灵囿的老板也是心大，几十只狗都收留了。

记者到了灵囿，就被带去参观了一下狗狗们临时居住的地方，这是一个特意清理出来的房间，原来可能是做库房的，空间很大，采光也不错。更重要的是，人家动物园就是专家，这么多狗在这儿吃喝拉撒，愣是没有什么臭味。

他们知道今天会有市民过来接自己丢失的狗，要拍那个画面，现在人还没来，记者就暂时等着，和工作人员聊天。

"就两天，已经有好几名市民来接了狗回去。"工作人员说道。

报纸、网络媒体已经登出去了，这几十只狗，应该相当大一部分都能回到自己的家。最好是全部都回去，但是如果有剩下的，那么会在确定无人认领后，发布领养信息，给它们找个新主人。

正在窗边说着，忽然一只狗冲了过来，蹬了一下墙，跳到窗子另一边的屋内去了。屋内的狗刹那间全都围了过去，但是所有狗的脑袋都低着，尤其不敢超过这只狗。

它就像一阵风一样过去，把记者吓了一跳。

记者仔细一看，这条狗生得腰细腿长，神采奕奕，一身白色短毛，他问道："这个不是被救的狗吧？"

“不是，这是我们园里的，叫哮天。”工作人员解释道：“但是哮天很有领导能力，你也看得出来，这些狗比较尊敬它。”

记者感兴趣地点了点头：“它是什么品种啊？长得真帅。”

“这个是华夏细犬，咱们本土犬种。”工作人员说着，看到那些狗狗冲着哮天嗷呜嗷呜地低叫，也不知道在说些什么。

金毛、泰迪、田园、边牧、巴哥……

它们全都用闪闪发光的眼睛看着哮天，在它们都被关在一个小房间里，又饿又晕的时候，哮天从天而降，就是刚才那个跳窗进来的动作。

事实上，那扇窗户当然不像这里的窗户一样是敞开的，而是镶嵌了重重的玻璃。它们吃不饱，饭菜里还有一些药，更加没力气推开窗户了。

哮天跳进来的时候就是直接把窗户撞碎了，简单粗暴。

它看起来那么沉稳，当它张开嘴的时候，好像能把人的脑袋吞下去一样。

那些偷狗的人类本来在另一个房间里看电视，哮天直接冲出去，要不说它是狗，说是头牛都有人信。

当时，一个慢了几步的人类——后来这个人给他们吃东西，是个好人——还大喊：“别上嘴啊，别上嘴。”

不让咬人，于是哮天只好咬住他们的衣服，把人甩来甩去撞晕，或是像斗牛一样大力冲撞过去。

被撞晕之前，还有人号：“这他妈什么怪物……”

接着，哮天老大带来的人类，拿出一个小瓶子，放出一些蚂蚁……

后来警察来了，把偷狗贼带走，中途醒来的偷狗贼全都精神恍惚了，痛哭流涕。

“大毛！”

一只金毛听到主人的声音，在屋内跳得老高，直到被工作人员牵出去，立刻就扑进了主人怀中。

它的主人是一个三十多岁的男人，这时候愣是哭得一把鼻涕一把泪，蹲下来抱住金毛：“大毛呜呜呜……”

大毛也哭，它这段时间过得可惨了，吃得太少，它的战斗力又不是最强的，苦得每天都想哭，还以为再也见不到主人了。

看到大毛瘦了好多，主人心疼得不得了。金毛丢了之后，他打印了寻狗启事，在网上也发了，但是石沉大海，已经过去半个月了。

主人到处问人，请附近的商家帮忙看监控，最后发现金毛可能不是走失，而是偷狗贼故意偷走的，这才绝望了。

天无绝人之路，昨晚他在网上看到新闻，警方查获了偷狗案，他立刻打电话给动物园。动物园喊大毛时，金毛有反应，又给它听主人的电话，也认识声音，这下确认十有八九这就是大毛。

要不是太晚了，昨晚主人就想过来。

记者一看拍到了一人一狗抱头痛哭的画面，非常满意，也很感动，虽然他自己不养宠物，但也被这感情打动了。

主人再三感谢动物园和记者，还说要给警局送锦旗，对于他来说，大毛就是他的亲人。幸好警局的行动，让大毛逃过一劫。

离开的时候，大毛却是有些留恋地望着暂时居住地，汪呜叫着和哮天老大打招呼。

哮天趴在窗口对大毛“汪”了一声，让它做只好狗狗，它们只相处了两天，哮天也就上了些口头教育课而已，关于如何做一只忠犬。

尤其是这个大毛，哮天在交流中知道，它被抓得原因除了偷狗贼的狡猾之外，也是其自己警惕心不够。

“大毛，你们已经是好朋友了？”主人领着一步三回头的大毛离开，安慰他道：“没事，以后咱们来看它。”

在交流过程中，主人也知道了，那只狗是动物园的。不过，日后他收到大毛抓的老鼠时，心情就没有现在这么放松了。

陆续有人到灵囿来领取自己家的狗，这些狗原来在偷狗贼的窝点居住环境很差，饿还是一方面，有些甚至生病了。那些人能给狗喂什么好东西啊，打扫也不勤快。

把狗都接回来之后，段佳泽还组织工作人员给它们都洗了澡，喂了药。好家伙，几十只狗啊，这要不是动物园，哪里能安置妥善了，洗个澡就要洗半天。

像大毛这样立刻就被迫不及待的主人接回去的狗，看着可能还憔悴点儿，晚几天才被主人过来认领的狗就截然不同了。

他们的主人甚至盯着狗不太敢认：“我怎么觉得它比被偷走前还胖了

呢？”

不但胖了些，还有纪律了一些，这是被哮天训过的。

另一方面，孙爱平提到的那个基金会也过来参观了一下，他们是搞珍稀鸟类保护的，过来交流这方面的工作。

“那我先领各位参观朱鹮、丹顶鹤、鹦鹉……”段佳泽说道。

“唉，我们能先参观一下大熊猫馆吗？”基金会的人说。

段佳泽：“……”

这当然没问题，就是说起来怪怪的，带着鸟类保护组织的人去参观大熊猫。

段佳泽把人带到大熊猫馆，粽宝和黑旋风正在室外活动场玩儿呢，主要是粽宝跟在黑旋风后头追，不时绊一下。

基金会的人敬畏地道：“这就是传说中的‘不倒银枪’粽宝吧？”

段佳泽脸色有些不好看。

粽宝他知道，不倒银枪是谁啊？

粽宝对于自己在江湖上已经有了个响亮的名头一无所知，它卡在围栏两根木头中间了，挂那儿冲黑旋风傻笑。

另一个比较有幽默感的男同胞还说：“早就想看看这位了，鼎鼎有名啊，比我强多了。”

大家哄笑起来，虽说都清楚粽宝的时长超过了很多男性，但是像这位拿自己调侃的，还是很少。

在大熊猫馆吸了会儿熊，他们才精神奕奕地去参观鸟类。

中间还经过了陆压，这些人又要求看一下陆压。

段佳泽进去把陆压给摘了下来，一本正经地道：“各位看看，能认出来这是什么鸟吗？我这些年一直在寻找它的种类，希望知道自己养的到底是什么鸟。”

陆压：“……”

因为陆压的身世是被偷猎流落中国的不知名鸟类，谁也不能确定它来自哪里，出名后也有人探究过这到底是什么鸟。

但是，世界上的鸟类那么多，可能还有未被发现的，谁也不能说认识所有鸟。大部分人也看不到陆压本鸟，不同的鸟类专家都有各自的看法，觉得陆压像什么什么鸟。角度最清奇的，说陆压是混血的。

段佳泽大胆把问题踢出去，这些人果然争论了一番。

“我觉得它很像我在乌干达保护区看到过的一种鸟，但是……”

“不对不对，我觉得它原来应该生活在雨林……”

“你们看这个爪子。”

七嘴八舌，煞有介事地各自发表了一番看法后，这就算过去了。

段佳泽直接架着陆压走了，又陪这些人在水禽湖、禽鸟馆等处参观，到禽鸟馆的时候，他们又围观了一会儿孔宣。

“这是珍稀的纯种绿孔雀吧。”

“比我在西南动物园看到的要大多了，也漂亮多了，这里养得可真好！”

陆压看到笼舍里的孔宣，故意嘲笑地叫了一声。

孔宣也大叫了一声，它的声音要高一些，把旁边的蓝孔雀都吓得哄一下乱了。

陆压一看孔宣还敢反驳，站在段佳泽肩上眼神一下就犀利了起来，压低身体继续叫了几声。

游客们：“我靠，快看，陆压和孔雀吵起来了！”

他们还未看过陆压和孔雀会面呢，没想到这俩看不对眼。以往陆压在动物园内，可是无往不利，任什么鸟都对它低头的。

那些基金会的人也感兴趣地看着这一幕，并用科学的道理解释。

段佳泽心说您就别研究了，这就是有旧仇。

自绿孔雀出现在灵囿以来，就以其高傲的姿态俘获了很多人，同时也让这些人急死了，因为它从不开屏不说，还把旁边的蓝孔雀都搞得不开屏了。

众所周知，孔雀开屏是因为求偶、受到刺激、恐吓敌人等，这时候不是孔雀发情期，然而这只绿孔雀似乎和陆压针锋相对，两鸟“对骂”一阵后，它那尾屏就越翘越高，蓄势待发，在气到一定时候，便“唰”一下，开屏了！

不夸张地说，这一瞬间整个房间好像都亮了不少，现场一片寂静，众人吸着凉气惊艳地看着绿孔雀那华丽的尾屏。浓艳的色彩绚丽无比，绽放的尾屏宽大丰满，光华仿佛会流动一般。

窗外的阳光照进来，它身上的羽毛折射出奇异的光彩。主色调是五种，但这五种颜色又有深有浅，变化繁多，稍稍一动，好似要把人给晃瞎一般。

那颜色更是美得令人窒息，带着微微的金属感，就算是最技艺娴熟的画家也调不出这样的色彩。

期待了那么久，不但全然没有落空，甚至超出了所有人的期望。

在所有人惊艳闭嘴的时候，段佳泽对孔宣双手合十比了个“拜托”的姿势，别随随便便把五色神光祭出来啊！

外面看来，这只是两只鸟在互相挑衅，其中一只还把鲜艳的羽毛展示出来，导致大家欣赏到美景。

而在段佳泽眼里，这就是俩鸟骂了一阵后，开始抄家伙了。

好在他们也不敢真的鱼死网破，就是日常互相 Diss 一下。

过了一会儿，孔雀就把尾巴收起来了，并且扭转头去，拒绝再看他们。

陆压也不屑地跳到段佳泽怀里，埋头进去。

直到孔宣把尾屏收起来，原本安静的现场才渐渐有人找回了自己的声音，他们总算知道自己印象中已经够美的蓝孔雀为什么不敢开屏了。在这只绿孔雀面前开屏，那不是自取其辱吗？

解说员也磕磕巴巴地道：“刚才大家有幸目睹了咱们的绿孔雀难得一见的开屏，这是它几个月来第一次开屏……”

解说员心想，我的天，原来让孔雀开屏的条件是园长的鸟过来骂一顿啊，厉害了。

好多拍了照片和视频的人这时更是三三两两议论起来，他们去查看自己刚才拍的照片，却发现没能把绿孔雀开屏的美展现出来，摄像头根本捕捉不到那么多变化和细节。

太可惜了，只能在脑海中回味完全的风采。而且这只孔雀开屏那么难得，下一次不知道是什么时候了。

那几个基金会的人头一次来，也不知道孔宣开屏有多难得，他们有多走运，第一次来就看到了。

刚才谁也无暇把目光从孔雀身上挪开，这时才看到陆压钻段佳泽怀里去了，还有人笑着说：“这是被孔雀的羽毛吓到了吗？”

从他们的角度看来，陆压脑袋埋在段佳泽胸口，还真有几分被吓到向主人寻求安慰的意思。

不过刚说完，陆压已经抬起头来，冷冷地扫视了一圈。

一只鸟的眼神，愣是把他们吓得噤若寒蝉。

待陆压移开目光，被段佳泽搓着头顶的毛后，他们才回过神来，在心底安慰自己，这不丢人，这是猛禽啊，把人脸都挠烂过。

除了参观之外，段佳泽还要和基金会的人一起去林业局，一起开个座谈会聊一聊。

开会之前，段佳泽在走廊上溜达了一下活动活动筋骨，他过来的时候在车上坐了好一会儿，待会儿开会还要继续坐着。

这时段佳泽看到一个道士和市动物园一位副园长正在说话，这两人虽然是背对他的，但是道士很胖，一看就知道是江无水，而那位副园长秃得很有特点，所以段佳泽也认出来了。

段佳泽喊了一声："江道长，徐园长？"

两人回过头来，当时江无水的脸就要哭不哭了："段……段园长。"

"小段啊，"徐园长也一乐，没注意到江无水制止的眼神，说道："我正和江道长说呢，临水观和灵囿卖联票的关系，怎么找了'第三者'。"

段佳泽好奇地道："怎么了啊？我还想问呢，江道长怎么在林业局。"

在林业局也就罢了，他们道观在山里，就不知道怎么和徐园长搭上的了。

江无水想笑笑不出，还是旁边的徐园长好笑地给段佳泽解释："还不是为了放生的事情来的。"

段佳泽："放生？"

徐园长："最近有些信众，放生嘛，但是放了些会危害本土物种的外来物种，而且闹得挺热闹，就被发现了。"

段佳泽看向江无水，江无水立刻摆手："和我们单位没关系啊，我们不玩儿这个，一般都植树。"

确实和临水观没有很大的关系，或者说本身道教就不是很热衷放生，他们讲究的是随缘放生，偶遇动物遭逢危险，搭救一把放了。而且也不会什么动物都放，尤其些放了无法存活的。

一般来说，像临水观这样的道观，组织活动只会组织信众去植树造林。

但是也有一些信众，可能学习得不是很到位，或是思想歪了，就想放生。也有一些商家会看准时机，卖动物给他们。

这些人哪管是什么动物啊，他们又不认识什么是外来物种，就给放了。实际上，一些外来物种繁殖得快，对本土物种会造成很大的危害。

这种放生，也是违反野生动物保护法的。不过因为这么做的人比较多，监管起来很难，哪有那么多人手，所以有关部门也让临水观参与。那些商家就在他们山门外卖动物，信众也是临水观的。

江无水就被授意处理一下这件事，他们还得组织人手在山门宣讲放生知识，让大家科学放生。

但是这件事他们也不专业，这次被叫来说这件事，好像是要他们出面上电视宣扬科学放生和随缘放生的事情，让大家没事植树去，别成天放生什么的，江无水就顺便和市动物园的人讨教了一下。

再有一个，就是这两天也有部分信众反省做得不对，把手头还没放走的动物交给了临水观。

临水观觉得很冤，这个应该交给有关部门啊，给我们，我们也没法养，不收还不行，人家不知道是怕有关部门说事儿还是嫌麻烦，硬塞。唉，那一起捐给市动物园好了。

徐园长一听就觉得奇怪，你们和灵囿关系那么好，这还用得着和我讨教？

徐园长娓娓道来，江无水越来越汗颜，他们临水观的人贯彻一个原则，如非必要都不找灵囿。但是，当面撞破就很尴尬了！这算什么，徐园长会不会笑他们塑料兄弟单位情谊？？

完了完了，看段园长面无表情，会不会也觉得很没面子？觉得没面子会不会和陆居士告状？江无水心中忐忑，本市住了一位大佬令人无奈。

段佳泽听完，心中也为野生动物保护的不普及而叹息，不过听到后面临水观还收了一堆动物，好笑得很，便开玩笑：“捐动物不捐给我们啊，小江我告你师父去。”

徐园长也笑呵呵的，只觉得开玩笑。

却见旁边这胖道士双膝一软：“咚”一声结结实实跪下来了！

段佳泽：“……”

徐园长：“？？？”

什么情况？这么吓人吗，江道长这么大了还怕告长辈啊？不得了，总有小道消息说段佳泽和临水观关系深，现在看来，这可真是有够深的。

徐园长不禁又看了段佳泽一眼，愈发改观。一句话把人弄跪了啊。

江无水：“……”

他是很怕，但这真的是意外！他体重大，膝盖负担本来就比较大，刚刚腿有些打晃，就跪了！

怎么办，这咋说呢，是吓跪了还是胖跪了比较丢人？

158

段佳泽也不知道江无水是胖跪的啊，他也在自我怀疑呢，这很明显就是个玩笑吧，江无水的胆子大小先不提，当着外人的面，而且这地方随时可能有人来，江无水怎么就跪了？

正在段佳泽迟疑之时，江无水也抖着嘴唇试图站起来，手扶着旁边的墙壁借力。

“哎哟。”徐园长赶紧上前一步，伸手搭了一把江无水的手臂，沉得很。

无论是胖跪了还是吓跪了，好像都丢人到家了，江无水擦擦额头上的汗，挤出来一个笑容：“不好意思，吓到你们了吧，最近腿脚不太好……”

段佳泽半信半疑，打哈哈道：“是吧，吓我一跳，突然行此大礼。”

段佳泽心里想，临水观的人不是还练拳吗，怎么会这么弱鸡呢，还是怕的吧？看来以后不能拿周心棠开玩笑了。

徐园长也露出一个释然的笑容，拍拍江无水道：“江道长保重身体啊。”

徐园长也想到了，原来自己弄错了，是江道长自己的缘故，这么胖估计腿脚是不大好。

江无水被让到一旁的椅子上坐了下来，大家都没再提这件事了，毕竟人家自己跪下来也很尴尬，段佳泽问道：“那回头我让人去你们那儿看看吧。”

江无水赶紧点头。

就算本来不想麻烦灵囿，现在也没办法了，都在徐园长面前遇见了，难道真坐实了他们是塑料兄弟单位情谊啊。

没说几句，段佳泽也要回去开会了。

基金会那边除了过来参观之外，也把自己内部的鸟类研究经验讲了一下，大家愉快地交流一番。

就是他们老想让段佳泽给点意见，因为段佳泽是全民公认的鸟类专家，段佳泽倒是因为开动物园学了些知识，但怎么应付得了专家。

于是，光听到段佳泽在夸人了，大家只当是商业互吹了。

待到开完会的时候，段佳泽准备回去，在员工微信群里看到，大家在交流禽鸟馆客流激增，彼此提醒注意。早先灵囿的微信群也就几个人，现在有个总的大群，各个部门和场馆还有各自的群。

这是在大群里说的，还有人发了小视频，果然，禽鸟馆里人头攒动。

网络时代信息传递多快啊，孔宣一开屏，立马全天下人都知道了。视频和图片虽不能体现出那震撼人心的美，但也能看出几分，而且目睹的游客都帮着吹了一番，形容得天上有地下无。

本来孔宣老不开屏，还间接影响蓝孔雀开屏频率的事情，就让人胃口被高高吊起来。

这一下听说他开屏了，岂不是都往禽鸟馆赶。虽说孔宣是和陆压吵架才开屏的，但是有些人也不知道，就听说开屏了，他们哪清楚那么多，还以为像发情期间频繁开屏似的呢。

可惜，他们注定要失望了。

段佳泽回去之后，找了员工交代一番，叫他们去兄弟单位帮个忙。因为游客激增，禽鸟馆的人如要出去，还得从别处调人来顶替帮忙。

另一边，江无水也被各位长辈及师兄弟们摇头叹气地念了一番。

“无水啊，你实在是太鲁莽了，和市动物园的人说之前，就要想到他们之间也有往来，那时不撞破日后也有可能。一开始，你就要编好理由说清楚啊，这样段园长也不会有意见，人家也不会疑惑。”

江无水揉着膝盖道：“唉，现在人都快来了，幸好徐园长也没有说什么。”

他后来补救了一下，说是些许小事，就没有特意去找人，但是段园长都出现了，当然还是托给灵囿。徐园长好像没什么怀疑——也可能是他的注意力都集中在江无水那一跪上了。

江无水都没好意思和大家说，他当着人面胖跪了。

不多时，灵囿的人过来了，一部分人帮他们完善一下宣讲内容，一部分人把那些信众留下来的动物都带走了。

动物数量比他们想象中多一些，因为在这段时间里又增加了。

这里头不全是信众买来，然后放在临水观的。临水观的人已经和商家交涉了，商家知道有关部门已经盯上了，所以那种有固定商铺的商家都答应了不再进货。但是，他们现有的得卖完啊，又退不掉。

这不就是那随缘放生中的倒霉缘分吗，于是临水观的人请示了一下师长，把剩下的都买了回来、

这里头有水生的，也有禽类，还有少量兽类。本土物种和外来物种混杂，

也有一些属于二级保护动物，临水观的道士们认都认不全，更别提分辨能不能放生了。所以，不管是什么动物，一概都没敢放，全都暂时养在院子里。

其中，大部分都是野生动物，从未经过人类驯养，野性非常强，被关在笼子里几乎一刻都不安宁，不停地想要出去，对着笼子又咬又撞。

有些动物可能比较温驯，或者是人类养的，但在其他动物的焦躁之下，它们也被感染得不安起来。

这些动物在一起，吵闹不安，让道士们也无法安心。这会儿灵囿的工作人员过来，全都装车带走，临水观才清静下来。

一路上，车厢内的鸟类都此起彼伏地撞笼子，发出声响，导致中途交警都来查了一次，知道是动物园的才放行。

商家们贩卖的放生鸟很多都是野外捕捉的，野性难驯，撞笼子撞到自己都受伤，事实上它们宁愿撞死，也不愿意被困。有部分鸟已经受伤了，信众或者临水观的道士不懂，还给它们喂吃的。

饥饿的鸟不会去撞笼子，吃饱了才会去撞，换了灵囿的人，立刻就把粮都倒了。一路赶回去，更是立刻换了空间小一些的笼子，这样它们也没法撞了。

段佳泽过来看了一下，工作人员正有条不紊地工作着，有人甄别、登记，有人给撞伤的动物治伤。

这里面，适合放生的动物，如身上没伤，或者等到伤好了，就可以放回栖息地。那些不适合放生的，就留在动物园。

“靠，光是巴西龟就有七十只。”有人把巴西龟单独装了起来，这些巴西龟倒是完好无损。很多人放生时都选巴西龟，但这也属于典型的不宜放生的的外来物种。它们在华夏没有天敌，吃青蛙，吃鱼，挤压其他本土龟的生存空间，危害无穷。

因为很多人喜欢把巴西龟作为宠物来饲养，放生的信众购买时不懂，也就很容易买到巴西龟。单是这里的巴西龟，就有七十只，不知道有没有已经被放生的。

兽医把一只黑褐色的鸟从笼子里捏出来：“乌鸫鸟，雄性成鸟……喏，这伤口。”

乌鸫鸟的野性极强，非常刚烈，如果不是从小养起，被抓后经常就是撞笼而死。这只乌鸫鸟不但撞笼撞到身上羽毛脱落，露出血肉，还拒绝进食，现在是又伤又饿，算是伤势最重的一个了，可能有性命危险。

“这只给我吧。”段佳泽说道。

其他的鸟类还好说，这只不但野性大还伤势重，段佳泽直接要过来了。

如果交给其他人，为了让它活下去，继续进食，可能要牺牲它的野性了，以后没法再回到大自然中，那不是段佳泽愿意看到的。

这里正忙着呢，兽医一看园长要接手，自然非常放心地把乌鸫鸟交给他了。

段佳泽拿了些熟鸡蛋，连同乌鸫鸟一起带回去，刚刚兽医给它上了药，这只烈性的乌鸫鸟躺在笼子里，眼神十分倔强。段佳泽试了试拿鸡蛋凑近，它果然还是不愿意进食。

段佳泽走在路上，看到禽鸟馆里闹哄哄的，过去问了一下。原来是因为太拥挤，有游客挤得晕倒了，现在被抬出来了，正在喝热水。

“疏散了没？”段佳泽问。

“已经限制人流了。”工作人员汗道：“绿孔雀好像情绪不是很好，大概被吵到了。”

“你让讲解员劝大家，这绿孔雀估计是不会再开屏了，让他们别浪费时间了，白等一场。”段佳泽说道，孔宣要是能被人一围观就开屏，那就怪了，下次开屏不知要等到几时。

员工听到段佳泽这么笃定地说，连忙“哦”了几声，跑去和讲解员通气了。

段佳泽在门口看着，不经意就和一群鹦鹉对上眼了。

鹦鹉们看着段佳泽手里的笼子和乌鸫鸟。

段佳泽：“……”

我靠，它们都是什么眼神啊？

笼中的乌鸫鸟好似已察觉到了什么犀利的目光锁定自己，虚弱地抬了抬脑袋。

鹦鹉们七嘴八舌地吵了起来：

“这谁啊。”

“五十二弟……”

“嘎嘎嘎大黑傻子。”

“你后爹！”

这猜得越来越没边了，段佳泽直接按密码从小门进去了，指了指它们：

“一群碎嘴子，谁说的后爹？”

鹦鹉们迅速闭嘴，不敢再叽叽歪歪了。

但是这距离一近，它们又忍不住去看乌鸫鸟。

“嘎，大黑鸟是那种鸟。”

看来词汇量还是不够，什么叫那种鸟呢，也就是和它们不一样的野生鸟类。

一群鹦鹉飞上飞下，围观这只乌鸫鸟，才安静了没一会儿，又吵吵起来了，只是没人敢再说乌鸫鸟的身份，而是就它的种类和伤势讨论起来。

外面的游客多是冲着绿孔雀来的，偶然有些在鹦鹉附近，还挺美：“看啊，它们在关心那只乌鸦！”

不知道是不是段佳泽的错觉，烈性的乌鸫鸟眼中流露出绝望的神色，不知道是因为鹦鹉们还是被人类认成乌鸦。

“我警告你们，不准在陆压面前胡说八道。我走了。”段佳泽指了一圈，把乌鸫鸟带走了。

在房间里，段佳泽给乌鸫鸟用了两次治疗术，因为叠加了治疗术，几乎是以肉眼可见的速度，它的伤处渐渐愈合，但是羽毛没办法立刻长回来。

原本因为饥饿和伤痛而难受的乌鸫鸟好了许多，情绪也没那么激动了，看段佳泽的眼神都温和了。

段佳泽把鸡蛋掰碎了，喂给乌鸫鸟，它还是拒绝。虽然段佳泽给它治了伤，也只是啄在段佳泽伸手进来时叨他，毕竟是野生的。

好在这个时候，陆压回来了，他盯着那只鸟看：“……哪来的乌鸫。”

相比起以前，一看到别的动物就勃然大怒，陆压现在已经好多了，他会先问两句。而且，这只鸟毛都掉了，实在不足为惧……段佳泽要养也不会养这种乌漆墨黑的鸟！

这位是专家，一眼就看出来种类。段佳泽解释了一下：“从临水观接过来的，他们那儿有人卖，从野外抓的鸟。”

陆压立刻就知道，这是不服笼撞出来的伤，没有什么表情：“不肯吃东西吗？”

“对啊。”段佳泽让陆压来喂。

乌鸫鸟在陆压面前哪里敢抵抗，它虽然没有什么智慧，也许连陆压到底是什么都不知道，三足金乌这种生物已经太久太久没有出现在神州大陆上，但是它会本能地臣服于他。

陆压把碎鸡蛋递过去，乌鸫老老实实吃起来，丝毫不敢反抗。

段佳泽欣慰地道："还是你们同类交流起来方便，待会儿你再去兽医室转一圈，给它们做点心理疏导，告诉它们回头就放回野外。"

"哦。"陆压拍拍手，还顺手给乌鸫鸟加了个水。

段佳泽想到什么，问道："哎，我看你怎么也不气愤？"

哮天看到有人偷狗，多气啊，还有袁洪也不开心有人驯养猴子。动物园里的鸟大部分都是几代人工饲养，或是受伤无法回到自然环境，无奈留下，本身没有什么抵触。这样的鸟就不一样了，它们会拼死反抗。

陆压坐下来，淡淡道："这事儿多了去了，一个个的我怎么能气愤过来。你不如去问一下孔宣，看他气不气吧，这都归他们家管。"

陆压说着，还露出一个嘲讽的笑容。

段佳泽："……"

问了一下段佳泽才知道为什么陆压这么嘲讽，这洪荒时期生存环境那么恶劣，有些修道者也会捉禽、兽做脚力，还不是需要驯服，跟现在的人类驯服宠物鸟其实是一个道理。

别看凤凰是百鸟之王，领导着禽类，但就算是它们，也有被强大的修道者驯服的时候，给人拉个车什么的。

从这方面看，陆压就得意了，他们三足金乌一共十二只，到死都没人能驯服过一只。

"不愧是洪荒时期，弱肉强食啊。"他们现在还有法律约束，洪荒最早的时候，连天庭也还没成立，一片混乱，段佳泽感慨道。

陆压比哮天、袁洪他们出生都要早，所以看得也多一些，更过分的事都看过。

陆压瞥了段佳泽一眼，又哼道："你还好意思。"

段佳泽愣了一下，起初没懂陆压在说什么，然后突然回过神来，乐道："对对，我把三足金乌给驯化了，哎，我真是太罪恶了。"

乌鸫鸟被人关在笼子里，要是驯化成功了，就变成宠物了。

三足金乌也被迫待在这儿，被段佳泽给驯服了，就……就变男朋友了。

有了陆压的威慑，乌鸫鸟也不敢不听段佳泽的话了，该吃喝吃喝，不再撞笼子。过了几天，段佳泽就把它送回了兽医室。

乌鸫鸟的伤势比其他鸟要重，但是恢复得快一些。

段佳泽拎着笼子回去的时候，兽医在给一只画眉鸟喂食，画眉也属于比较难驯服的，但是陆压来遛了一圈后，这会儿在老老实实地治伤。

再过几天，这些动物都好了，还要和临水观的人一起去放生。

临水观都是随缘放生，为了宣传科学放生的知识，就利用这次机会做个示范。到时候让媒体过来拍一下，说明这次事件的经过。

徐新看了一下段佳泽拿来的乌鸫鸟："哎"了一声："园长，这乌鸫是驯过了吗？"

乌鸫鸟待在笼子里，完全没有撞笼的意思，其他鸟类这两天也没有再撞笼子了，但还是经常试图飞起来，活动身体。这只乌鸫鸟呢，则有点柔顺得过分了。

"没啊，我让陆压吓了一下它。"段佳泽随意说道。

徐新："……"

忘了陆压鸟了，难怪园长那么信心满满，原来他非常简单粗暴地让自己家的猛禽吓了乌鸫鸟啊。

人家鸟和鸟之间的事，可不算驯化，以后乌鸫鸟回到野外，说不定还因此脱胎换骨再上一层楼呢……

段佳泽在这里找了点肉末给乌鸫吃，它属于杂食鸟类。

徐新又说道："说起来，我们得感谢小紫啊，有人把小紫带过来玩了玩，小紫好像安抚了它们，鸟事半功倍，这比我们的工作便捷多了。"

同时，徐新也是委婉地表示，园长您真的很粗暴……

段佳泽不知道他们把金刚鹦鹉带来玩了，不过也不错，他们把陆压的作用当成鹦鹉的了。

段佳泽哈哈笑道："那不错，乌鸫我就放这儿了。"

转眼几天过去，可以放归的动物基本上都恢复得差不多了，他们给送回临水观去。在媒体的记录之下，它们被放回自己的栖息地。百鸟归林，游鱼回水，野兽返家。

江无水还要代表临水观接受采访，规劝广大群众："大家如果想做善事，可以报名我们的植树活动，好过买动物放生，这是在鼓励那些人捕捉野生动物。"

段佳泽就没有亲自去了，让员工参与的。

剩下那些不适合安置的鸟，都留在了灵囿动物园，分配到各处适合它们待的地方。一开始，它们可能也不愿意待在这里，但是没办法，不能放它们出去破坏生态系统。

而且，段佳泽还没见过不爱上灵囿伙食的动物……

后来新闻出来的时候，段佳泽看了一下，让小苏去电视台把视频要了过来，放在他们动物园的电视里播放。

动物园的好些场馆里都有电视机，一方面是给派遣动物们上班打发时间，另一方面也能播放一些动物保护的视频给游客看。

这边正在宣传外来物种的危害性，有人上门来找段佳泽了，是之前《千里莺啼》剧组导演的朋友，家里是开娱乐公司的，通过导演来找段佳泽的。

这事和孔宣有关系，上一次灵囿办狂欢节，孔宣出来玩儿了。他平时曝光不多，那次被人拍到照片，其实没有被传到网上去，但是小范围流传了一下，就被这位娱乐公司的富二代看到了。

和孔宣的本体一样，他人形的惊艳也是图片和视频无法体现出全部的，但饶是如此，也很惊人了。

其中还有一些波折，这个富二代想找人，但是只有视频和图片，在网上搜索、现实里也打听了半天，都没有头绪。

最后还是倒回去再问那些拍照的人，他们才努力回想起来，孔宣好像和段佳泽交流过，他们又对段佳泽有点印象，认出来段佳泽是园长。否则还真不好找了，如果孔宣只是一个普通游客的话。

富二代通过导演要到联系方式，让他打了个招呼，先是打了个电话给段佳泽，问他孔宣的事情。

每次灵囿的派遣动物人形曝光，总少不了各种探究，此前请白素贞当模特，还老有人问她出不出道呢，更别提孔宣了。

段佳泽突然听说，惊讶却丝毫不感到意外，没等对方寒暄完，就悟出来他的目的，婉拒道："不好意思，他没有任何这方面的想法。"

富二代还想劝，而且他都没直接和孔宣对话啊："您是他朋友？我能和他本人通话吗？"

段佳泽想想，这人好像觉得他在阻拦似的，不和孔宣通话不罢休，于是把电话捂住，转头问孔宣："有个人，家里开娱乐公司的富二代，想和你……"

孔宣打断他的话："富二代什么意思？"

段佳泽："就是他爸爸很有钱……"

他看着孔宣的眼神，忽然无语："算了，就是个普通人族，没钱没地位，想和你通话。"

孔宣好歹也是元凤的儿子，还在西方教当过一段时间菩萨，段佳泽觉得跟他说富，好像是有点怪，你都没法解释，这位富二代是有些什么可以称得上为富裕。

孔宣把手机接过去了，他也不知道一个普通人类想找自己干什么，但是听就听听呗。

也不知道那边和孔宣说了些什么，孔宣才听了三秒钟就勃然大怒，骂了一句"去你的"就把手机捏爆了。

段佳泽心疼自己的手机壳，他走过去翻了翻，抖搂一下碎片，把电话卡捡出来，卡好像没坏，应该还能用，不禁叹气，唉！

孔宣还气呢，指着电话碎片道："他什么意思，开口就说什么'我求神拜佛，终于找到你了'，他是不是想举报我？"

段佳泽："……"

159

孔宣十分生气，这人族心眼多坏啊，这是憋着要把他举报上西天啊，还敢打电话来。

三足金乌威胁他也就罢了，一个区区人族也敢威胁他，于是就把电话捏爆了。

当然，这一挂就把段佳泽的手机给挂烂了，他手里捏着那张电话卡，弱弱道："你想太多了，他是另有事和你商量，这就是个什么都不知道的普通人族。"

原来不是要举报的啊，心理比较紧绷的孔宣神色缓和了一点，仍是对这不懂事的人族颇为不满。以孔宣的性格，也不可能说不好意思，自己弄错了。

段佳泽找人借了个可以插两张卡的手机，把自己的卡插进去试试还能不能用。要是不能用的话，他买新手机之外还得顺便把卡给补了。

这电话卡有幸逃过一劫。而且，插上卡没多久，他还收到了那个富二代的短信。

对方被骂后又挂了电话，当时就蒙逼了，再怎么拨回来也没人接，他只好发了个短信，百思不得其解地询问，自己到底什么地方说错了。

他可以理解长得好看的人脾气大，但是他真的什么都没说啊！这一瞬间，懵逼都盖过了被骂的气愤。

因为这是熟人介绍来的，看在介绍人的份上，段佳泽也不能就这么晾着，他走到屋外拨回去："喂，孟总监？不好意思啊，刚才信号不太好。"

这富二代姓孟，在他爸公司的职位是总监，他僵硬地道："哦，那个，刚才……"

段佳泽诚恳地道："真的不好意思，是这样的，我朋友对宗教有点偏见，而且脾气不是一般差。所以你一开口，他认为你是虔诚信徒，就骂人了。"

孟总监有点委屈地说："那就是我一口头禅，我什么也不信啊。"

"我听他说也觉得是个误会，您看，他从小生活环境比较单纯，所以真的不适合你们那个行业。"段佳泽委婉地道："我代他道个歉，真的不好意思，误会了。"

孟总监沉默了两秒："我还能和他再说两句吗？"

这样还不放弃？段佳泽惊了，他以为富二代脾气一般都不好呢，被孔宣这么粗暴地对待还坚持要找孔宣："那个，您稍等。"

孟总监在电话那头也深呼吸了两下，他脾气也不小，但是他正和家里老头赌气，非要干出点什么大事情。这些日子他看了很多项目和新人，但是眼高手低，什么都不满意，他就想来个一鸣惊人。

一看到孔宣，孟总监就觉得，就是他了。孟总监也算从小耳濡目染，看过那么多明星，他可以确信，这个人绝对符合他的要求。就算这人一无是处，什么技能都不会，凭这张脸和气质也可以红。

在这样的情况下，就是有气他也暂且忍了，并且在心中告诉自己，成大事者不拘小节，小不忍则乱大谋，忍一时风平浪静……

段佳泽转身进了房间，走到孔宣旁边："我跟人解释了一下，他还是要和你说两句。"

孔宣斜睨着段佳泽。

段佳泽缓缓把手机递出去："我跟你说这是别人的手机，再捏烂我送你上西天……”

孔宣：“……”

孔宣一面看着威胁自己的三足金乌的道侣，一面拿过手机放在耳边：“喂？”

孟总监不知道说了什么，过了大概十几秒，在段佳泽好奇的眼神下，孔宣开口道：“不去，再见。”

然后他就把通话给挂断了，这次没把手机捏烂。

段佳泽：“……”

段佳泽也没问孔宣到底听没听懂人家说的是什么了，把手机拿过来。那个行业对他一点吸引力也没有，他，孔宣，还需要出名吗？还需要钱吗？

这回孟总监没有再发短信过来，段佳泽也没打回去，他觉得对方应该放弃了吧。

第二天段佳泽还得去买手机，在商场柜台前他想了半天，说：“这一款，给我拿三个吧……”

柜员笑眯眯的：“好的先生，给一家人买吗？”

段佳泽干笑了几声，还一家人，买回去自己留着备用的，他怕新手机哪天又给毁了。

段佳泽这次就没拿别人的手机了，他出门买手机也就一会儿的事，等到把手机卡插进新手机后，就收到几条新微信。

“园长，这边有位姓孟的客人，是 ×× 娱乐的总监，想约您见面。”

“安排在会客室先坐着了。”

“园长，又有剧组要来咱们动物园拍戏了吗？”

段佳泽没想到，这富二代居然不死心，直接跑东海来了。不过站在他们的角度思考一下，并不知道孔宣多危险，单看这个长相，就有种摇钱树的感觉，多尝试几次也正常。

“让人招呼一下，我现在回程了。”段佳泽回复了一下，也没特意交代不要透露孔宣的讯息，本身员工们知道的也很少，要是说一说孔宣平时那个目下无人的表现，也有助对方打消念头。

段佳泽回去之后，就看到黄芪正在陪孟总监聊天。他也是第一次看到孟总监，很年轻，估计和段佳泽差不多大，长得倒是还不错，但是眼下有些夜熬出来的青色，整个人不是很健康的感觉。

黄芪抬头，和段佳泽交换了一个眼神，有点疑惑。他不太清楚孔宣那回事，和其他员工一样，以为一个娱乐公司的二代过来是有什么合作，还自己过来作陪。

结果聊了半天，越聊越觉得不对，又旁敲侧击了一下，总觉得这人不是来合作的，反而老往园长朋友身上扯。

“孟总监。”段佳泽和富二代握了握手：“不好意思，我出门买东西，久等了。”

“没事。”孟总监说的也不是违心话，在这儿坐了是有半个多小时，但是黄芪很会聊天，他一点也不觉得厌烦。

黄芪给段佳泽也倒了杯水，就听到孟总监碎碎念：“段园长，你也猜得到吧，我还是为了元宣来的。我希望把他打造成咱们华夏最红的偶像……他要是有其他才艺，那就是实力偶像……”

黄芪手一抖，差点把水泼出来。

他就说不对，这人还真是冲着园里那些大神来的啊！

而且，一挑就挑了最可怕的之一！

作为普通人族中，除了园长之外唯一知道真相的人，黄芪也深知孔宣的厉害之处，这个人也是想瞎了心，还华夏最红的偶像……人家早就名扬三界了好吗？什么才艺，尾屏一开，五色神光给你刷一下要不要？

孟总监瞟了一眼神态有点不对的黄芪，没往自己说的话上联系，他继续说道：“长得好看，就不要浪费啊，对不对？那个什么，元宣在不在，我当面和他聊一聊？电话还是体现不了我的诚恳。”

段佳泽僵硬地笑了一下，这富二代讲话乱七八糟的，就算孔雀真要出道，也不能找他啊。

“元宣啊，他现在还在忙。”段佳泽说道：“麻烦你再等一等，我去问问他。”

段佳泽出了门，去禽鸟馆找孔宣。

孔宣见都不想见这人，他昨天都回绝了，他强调道：“一般这种人，我都直接刷了。”

他都已经“客气”地拒绝了，这人还来纠缠，要不是在动物园不让出人命，他早就把人给弄死了。

“嗯嗯。”这等于是孔宣授权段佳泽处理了，他回去和孟总监说：“是这样的，元宣实在没有那个志向，他不想见面，让我和您说清楚。孟总监，人各有志，不是每个人都想出名的。”

孟总监急了，他管孔宣想不想出名，他想办件漂亮的差事啊！

孟总监问道：“那他喜欢什么？我们都有的谈啊，他是不是有女朋友在这儿？他买房了吗？”

面对孟总监一叠声的提问，段佳泽说道：“元宣什么都有，他家境也不差，所以不在乎这些。您真的不用劝了，他这人很固执的，您不用再想辙了。”

这就是孟总监最怕的，无欲则刚啊，这人什么都不想要，他根本无从下手。

段佳泽看着孟总监苦恼的样子，劝道：“华夏那么多人，我相信，您一定能找到其他适合也愿意当明星的人。”

孟总监瘫在沙发上，颓然道：“想当明星的人当然多了去了，但是合适到这个地步的人太少了，那些人要有元宣一半……我都满意了！但是我根本找不到啊！”

一方面是知道孔宣可能真的劝不了，一方面他又实在不甘心，坐在这儿茫然地想，到底还有什么办法呢。

这时候，门被人推开了，白素贞探进半边身体，冲段佳泽嫣然一笑：“园长在这儿呢，我明天要请假一个白天，答应了在网上做个在线问答，可以吗？”

“哦，可以啊。”段佳泽点头道，白素贞致力推广传统医学，也做了不少这方面的工作。

孟总监却是呆了，原本瘫在沙发里的身体也不禁坐直了一些，直勾勾地盯着白素贞。

白素贞和黄芪也彼此点头示意，目光在孟总监身上滑过去，发现并不认识他，不甚在意地关门走了。

“她……她……”孟总监指着已经关上的门：“我觉得她有点眼熟。”

白素贞之前在网上也算有点名气，孟总监估计什么时候可能看到过她。

段佳泽：“这个是我们这儿的医生，还帮我们拍过海报，你可能看过。”

“医生啊。”孟总监搓了搓手，只觉得太巧了，他刚刚才说要能找到有元宣一半水平的人也足够了，这就来了一个，可能还不只一半。

他有那么一点点打脸的感觉，又有点满怀期待，如果带不走元宣，那这个也不错啊：“那个，段园长，能不能介绍我和这位美女医生认识一下？”

段佳泽和黄芪对视了一眼，说道：“之前在网上就有很多人联系她出道，但是她一心只想从医，所以你可能还是要失望了。”

孟总监泄气地道：“这样啊……”

还没等孟总监失望完，门又被推开了，一个年轻人懒洋洋地溜达进来，看到他们后一愣：“这里有人啊，那我换个地方睡觉。”

这年轻人长得十分俊秀帅气，脑袋上是乱糟糟的金棕色的头发，眉眼之间自带几分不羁，让人眼前一亮。而且，他肩上还坐了一只猴子，抱着他的脑袋，更让人感兴趣了。

段佳泽看袁洪要退出去，喊了一声：“你把猴子放回去！”

自己溜出来就算了，还把猴子也带出来玩，太没纪律性了。

“哦哦。”袁洪远远应了两声，走人了。

孟总监有点语无伦次了：“他，他呢？”

段佳泽：“孟总监，你是不是非要撬走我们一个员工才甘心啊。这个也不行，他根本就不爱工作，现在工作都是三天打鱼两天晒网，天天翘班。”

“我，我也是没想到……”孟总监有点不好意思了，他这有点持续性打脸的感觉，一下比一下疼，他刚表达完找不到足够优秀的苗子，对失去元宣非常痛心，就接二连三地起了“他心”。他也不想这样啊，钝刀子割肉似的，自己都有点挂不住。

“不过，工作时长我们可以商量啊！”孟总监又补充道，无论是那个美女医生，还是刚才养猴子的帅哥，他觉得都能达到他的目标。和元宣比起来，可能就是满分一百分元宣一千分，这些人几百分。

段佳泽还没说话呢，善财也进来了，他就是猛地一推门，然后笑嘻嘻地说：“是不是来新人了？”

再一看，善财其实不是一个人，精卫和青鸟手挽手站在外面，三个人一起玩儿呢。和之前那几位一样，不但长得好，还气质特殊，各有各的类型，特别有记忆点。

孟总监：“……”

段佳泽：“没有，去去去。”

因为每次来新人，段佳泽都是在会客室接待。他们几个午休经过，还以为来新人了呢。善财嘿嘿一笑，把门关上了。

孟总监嘴唇动了动，露出怀疑人生的神情：“段园长，你们东海市的人，平均颜值都这么高的吗？”

段佳泽："……"

段佳泽劝了很久孟总监很久，让他回去，这小伙子心态非常不平衡，他在各种艺术院校、自己公司、对手公司甚至网络红人里头找了那么久，也没找到自己心目中能够大红的苗子。

但是在一个动物园里，仿佛遍地都是，这是在开玩笑呢吧？

孟总监拉着段佳泽的手："别啊，段园长，不然这样吧，我和你一起开发动物园真人秀，就拍你刚才那些员工和朋友……你要多少钱？"

段佳泽哭笑不得："您可以想想，他们要是有这个志向，又何必在动物园工作，现在信息那么发达，他们早出去了。"

孟总监有点绝望，他知道段佳泽说的是对的。不提去别的地方，单就是在灵囿，这里也来过一些剧组，那些人要是想出名，找个机会出镜不就行了，但是在这之前，他几乎没有看到过这方面的消息。

孟总监幽怨地看着段佳泽："那……您能告诉我，这么多大美女小美女。大帅哥小帅哥，您到底怎么集邮的呢？"

段佳泽深深叹了口气："你不知道我的难处。"

孟总监："……"

他有种想打人的冲动。

孟总监被段佳泽无形中伤害得遍地鳞伤，黯然离开了东海市，临走前还有点不死心，跟段佳泽说他要是找到了新方案再过来。

段佳泽心想，看来我做娱乐公司本来也是可以发的。

但是他没心情想那么多了，极地馆的企鹅们有了问题。不过这次不是帝企鹅，而是阿德利企鹅。此前为了丰富极地馆的生物，他们引进了一批阿德利企鹅。

阿德利企鹅是中小型企鹅，体长一般也就七十多厘米，是一种挺有攻击性的企鹅，经常斗殴。

除此之外，让人头疼的是这些阿德利企鹅有点"变态"。刚成年的雄性阿德利企鹅没什么性经验，成长期间如果没有接受很好的教育，它们可能会对自己的同性出手……

这还不算什么，有专家观测到野外的阿德利企鹅以为死去的企鹅还活着，然后上前乱搞，甚至会对幼崽伸出魔爪。

段佳泽他们从其他地方引进的阿德利企鹅已经成年几年了，而且引进的时候雄雌比例正常。本来段佳泽以为没问题，谁知道，今年它们发情，有几只还结成了流氓团伙，围堵其他雄企鹅……

段佳泽很无语，打电话给引进阿德利企鹅的动物园，有点不开心。生活在动物园的动物，和野生的比起来，确实容易出现各种问题。但是这种情况，不应该在动物园发生啊。

也许野外的阿德利企鹅和父母、同类待的时间不长，在性方面有错误的认知，可是在动物园应该不会这样吧。

也是打了电话追问，段佳泽才知道，这个把阿德利企鹅卖给他们的动物园，有些企鹅并不是原来的族群的，而是小时候从别处买来，然后合群的。

当初做交易时，他们当然没说这一点，而且觉得没什么问题，阿德利企鹅本来就有些这方面的“恶习”，一推二五六就是了。

谁知道段佳泽一再追问它们的父母，他们只好承认了，这些企鹅确实没有接受过足够的教育。

段佳泽很生气，但是也没办法，当时引进的时候，他的员工们也没法判断这些。现在，更不可能因为这种问题退货了。做什么都不是一帆风顺的，只好自己解决。

段佳泽跑去极地馆看那些企鹅，他发现游客全都在紧张地围观阿德利企鹅打架。四只利雄性阿德利企鹅围着一只雄性阿德利企鹅，正在群殴。

一旦这只雄性阿德利企鹅失去战斗力，它们就要一逞兽性了。饲养员赶紧冲进去，把企鹅们分开，将流氓阿德利企鹅给隔离起来。

这些阿德利企鹅很凶，还去攻击饲养员。

一旁的帝企鹅区域，奇迹贴在围栏上，好奇地看着这些小矮子打架。

很快就要闭馆了，游客们没看到结局，惋惜地离开了展馆。段佳泽则换好衣服进去，先把奇迹捶了两下：“少儿不宜，不准看！”

帝企鹅里虽然也有同性恋，但是和阿德利企鹅的行为是两个概念，也远没有这么变态。

段佳泽还能怎么办，当然是给这几只阿德利企鹅补性教育课了，如果不补课，它们对雄企鹅出手还不算什么，即使和雌企鹅交配，也可能在这个过程里伤害它们。

“我到底是倒了什么霉……”段佳泽带着资料片，去给阿德利企鹅上课。

这几只小变态特别活泼地在围栏里面跳来跳去，眼睛还在盯着外面的企鹅们。这也算了，它们居然还学帝企鹅的叫声。

段佳泽：“……”

段佳泽翻白眼：“帝企鹅压不死你们！”

他开始放资料片，但是看这个反应，他怀疑这些阿德利企鹅并不能完全理解自己的话，当初奇迹也学习了好一阵子。

想了半天，段佳泽不想找奇迹来，免得和这些阿德利企鹅交流的时候学到奇怪的东西，他只好去找陆压了。

陆压听完了段佳泽的要求后，沉默了很久，然后他有点复杂地看了自己男朋友一眼，不是很开心地道：“你们拍企鹅的那个视频都不行吗，还要教学？”

段佳泽：“……”

明明变态的是阿德利企鹅，这话说得跟他们人类才是变态一样……

160

一个人类和一只三足金乌，一起给阿德利企鹅上性教育课，也是没谁了。

在陆压的协助之下，段佳泽给几只流氓阿德利企鹅上了一课，用生动的视频资料说明了正常的追求是什么样的。

阿德利企鹅们还不太明白，它们表示，为什么不能搞雄企鹅啊，隔壁的帝企鹅也有和同性求爱的啊。

“你们扪心自问，你们是喜欢同性才追求人家的吗？用追求还不太准确，明明就是要流氓！”段佳泽说道：“我想说的是，无论对同性还是异性，都不可以耍流氓。”

段佳泽强调了分清楚性别、严禁来强的和对幼崽下手的事情，至于如何分辨企鹅到底是死是活以避免猥亵尸体，就没有必要教了。

这些接受教育晚了好久的阿德利企鹅扭来扭去，眼睛转得贼兮兮的，嘎嘎表示：追求那儿有点不清楚，视频不太直观，能不能示范一下？

段佳泽把一只阿德利企鹅抓起来摇晃了好几下，放下去的时候这只企鹅就晕了，坐在地上半天站不起来：“我示范怎么碳烤阿德利企鹅信不信？”

陆压说："我早说了，上什么课，直接威胁一下就可以了。"还要说什么前因后果，道理缘由，简直麻烦，还显得怪变态的。

段佳泽："……"

他有点郁闷，如果说观察别的动物吃喝拉撒、发情交配，还有那么多动物园、饲养员和他一样，但是给企鹅上性教育课，估计是没别人了……

但是不管怎么说，段佳泽的这一番矫正是有效果的，也有可能是阿德利企鹅们看到陆压后不敢再调皮了，总之它们都乖乖去追求自己的伴侣了，不再聚一起耍流氓了。

饲养员们十分欣慰，探讨起来它们到底是受了哪对正常企鹅的感化，甚至有饲养员认为，它们之前还学帝企鹅的声音，有可能是鹅胆包天去撩奇迹，然后被奇迹吓正常了。

开玩笑，奇迹可是能吓到海豹的企鹅，它们怕是几辈子也没见过这么大的企鹅。

动物园的老狮子欢欢最近一段时间进食越来越少，不过它并没有显出来病痛的样子，反倒是乐乐十分不安，时而人立起来，扒在门上低吼。

兽医们为欢欢检查了身体，一般狮子的寿命是二十到二十五年。欢欢本来是生活在市动物园的，后来因为年纪太大，被市动物园送到了灵囿。

在这里，它又度过了几年光景，现在已经二十五岁了。在动物园食物灵气的滋养下，它的身体曾经一度恢复了许多。最终还是无法违抗的规律，渐渐地更加衰老了。

那时候因为市动物园还不太专业，欢欢的牙齿早就不太好了，现在喂的食物都特意磨碎一些过，帮助消化，可它的食量仍然在减少。

段佳泽在兽医室看了欢欢，它躺在病床上，腹部微微起伏，身体上的皮毛比起盛年时颜色要深，也要松弛一些。

欢欢动了下脑袋，看到了段佳泽，它从喉咙里发出低吼声。

欢欢的饲养员蹲在一边，一脸要哭不哭的表情。这是个年轻人，今年才二十三岁，比欢欢的年纪还要小："园长，欢欢怎么样了……"

其实作为饲养员，他心里应该清楚欢欢的情况，但是他不太愿意相信。

欢欢已经到寿终正寝的年纪了，在野外的狮子很难活到这个年纪，它们会战死、病死，或因为抓不到猎物而饿死。

段佳泽想说什么但是又没说，他看了一下兽医给的检查报告。欢欢没有伤病，它的牙齿的确影响了它进食，但更重要的原因还是它的内脏都衰老了。

欢欢自己好像也感觉到了，因为抽血，它的四肢被束缚在病床上，但是它用力伸着脖子去看自己的饲养员。

饲养员和段佳泽对视了几秒钟，段佳泽挪开目光："我打个电话给市动物园。"

饲养员咬住了嘴唇，想忍住眼泪，但脸颊还是湿润了。

欢欢两岁时来到东海市动物园，后来转到灵囿动物园，已经二十多年，是很多东海人的童年记忆。

在它刚刚来灵囿时，还曾经引起一股追忆童年的潮流。那时候人们觉得欢欢快要不行了，其实它只是积年毛病引起的，现在则是真的太老了。

段佳泽礼貌性地通知了一下市动物园，欢欢的老饲养员小许赶了过来，而欢欢也没有送回笼舍去，就住在兽医室。

小许进来后，小心地靠近欢欢，欢欢还记得他，眼神有些温柔。小许在它的脸颊上揉了揉，它就慢慢张嘴，伸出舌头在小许的手掌上舔了舔。

小许的眼泪一下子掉下来了："段园长，真的没办法再治疗了吗？"

段佳泽摇头，他也很难受，如果欢欢是因为体内病变，比如肿瘤等，即便病变面积再大也能治愈，这种衰老却是无法违逆的。

段佳泽不可能把每只动物都永远留下来，即使有陆压帮忙。也许欢欢如果从小就生活在灵囿，它能活得更久，甚至开启灵智，成为踏上修行之路的幸运儿也未可知。很可惜，它来的时候就已经步入老年期了。

他还记得刚刚把欢欢接来的时候，灵囿还很小，没有多少动物，尤其是大型动物，他特别开心。

这时候，乐乐的饲养员也打电话来，说乐乐一直没看到欢欢阿姨回来，非常焦躁。

段佳泽想了好一会儿，说道："把欢欢送到散养区，让乐乐也去陪陪它。"

其他人对视了一眼，东海市的天气很好，最后几天，让欢欢去那里，而不是冰冷的兽医室也许会更好。它从出生起，就辗转于大笼子和小笼子。

他们把欢欢和乐乐都送到散养区的狮子活动区旁边的一块安全区域，这里没有任何动物，而且距离游道也很远。

欢欢趴在一块被太阳晒得非常暖和的石头上，乐乐就在一旁舔它。

灵囿狮群的老大是乐乐的儿子，大宝和小宝隔着铁丝网好奇地看着它们。它们对父亲没有什么概念，它们好奇的是那头快要死的老母狮。在它们短暂的生命中还没有见过同类死亡，但是本能告诉它们即将发生什么事情。

谛听也来了，它那一身雪白的毛发格外引人注目，它在地府生活过很长一段时间，现在它也察觉到了生命的消逝。

段佳泽让人把谛听放进来，乐乐本来有些警惕，但很快它就趴回去了。

每当欢欢睡着的时候，乐乐就围着它转圈，不时把脑袋抵在它的肚子上，就怕欢欢突然间走了。

灵囿动物园本来没有对外公布欢欢的消息，但是欢欢一直没出现在展馆，游客们都在询问它是不是生病了。知道欢欢的情况后，很多老游客都来到动物园，远远地看着欢欢。

欢欢所在的区域，他们只能远远看到一点身影，以免打扰欢欢。

最后，在一个晚上，谛听来敲段佳泽的门，他跟着谛听去散养区，乐乐正在拼命舔着欢欢的脑袋，但是欢欢的眼神还是越来越涣散。

一段距离之外，铁丝网另一边的狮群也都围在附近，默默看着这一幕。

段佳泽把今天所有的治疗术法都用在了欢欢身上，这并不能阻止它离开，但是能够让它好过一些。

欢欢没力气舔乐乐了，它看了乐乐一眼，又看看段佳泽，它的眼睛中倒映出满天星光，然后缓缓地闭上了自己的眼睛。

狮群若有所察，大宝和小宝带领着狮群徘徊一阵后才离开。

乐乐还在用头顶欢欢，希望把它叫醒。

谛听变回了真正的原型，一头白色的神兽，喉咙一动，从口中念出经文，超度亡魂。

陆压也不知道什么时候来了，他按着段佳泽的肩膀，这次没有说些疯话，而是道：“盘古大神开天辟地，身化万物，后衍生各界各族。大道之下，生灵无生无死，只是有聚有散。”

段佳泽坐在地上听谛听念经，等到谛听念完经，天际已经发白，段佳泽吐了口气，摸摸乐乐走了出去。

不久，饲养员按时过来，看到段佳泽插兜站在这儿，后头还跟着陆哥，有些惊吓，不知道他们俩怎么来这么早。没等他说话，段佳泽就道：“欢欢已经去世了。”

“我天……昨晚十二点我还来看过它。”饲养员一下子无暇顾及其他，难受又震惊，尤其是他看到乐乐还一直待在欢欢身边，绕着欢欢打圈。

“去通知大家吧。”段佳泽转身走了。

欢欢去世的消息不只要通知员工们，还要联系林业部门。

段佳泽刚离开散养区，就看到极地馆有人跑出来，看到段佳泽后开心地挥挥手，眼底下带着熬夜的青黑色：“园长，生了，阿德利企鹅刚生蛋了，全都是活蛋，暂时还没有弃养行为。”

看着熬夜助产的工作人员，段佳泽欣慰地笑了笑：“是吗？”

欢欢离开的消息公布在官博上，市动物园也发布了许多欢欢的老照片，哀痛它的离去。乐乐一度不愿意让人带走欢欢，以乐乐的智商，其实知道欢欢死了，但它还是无法接受。

段佳泽劝慰了乐乐，让欢欢入土为安，谛听已经给它超度过了，相信它现在很安详。

欢欢的死亡已经上报了林业部门，灵囿也将欢欢进行了掩埋处理。灵囿内有一个水泥坑，这就是动物们的墓，动物死亡后掩埋在其中，也不会对周围的环境产生影响。

只是，灵囿的这一块墓地开园以来鲜少使用到。

欢欢掩埋后，墓地也开放了一日，市民们可以过来悼念。旁边有欢欢的名牌，一天下来，几乎被一朵朵鲜花掩埋了。

段佳泽送了欢欢最后一程，确保了它当时没有什么痛苦，后来谛听还给它超度了，这让段佳泽没那么难过了，他也调整了一下心态。

很多动物的寿命不比人类，未来他会看到更多生老病死，但是希望它们在活着的时候是快乐的。

在欢欢去世后一段时间，人们因为阿德利企鹅生蛋而淡化了忧伤，很快就会有新生命降生了。再过一段时间，段佳泽也听到了另一个好消息。

奇迹的修炼有了一个很大的进步，白素贞老师都说，奇迹天赋异禀。当然，这种天赋异禀和它在蛋里的经历估计不无关系，它可是被三足金乌熏陶了很久。

段佳泽听说之后，就把奇迹接到自己房间来：“我看看，你怎么进步了？”

奇迹一屁股坐在地上，敦实的身体就像一座小山一样，先是炫耀地说了一番自己的修炼心得。

陆压负手站在一旁，也不知道为什么每一根毛发都充满了骄傲，大约是想到了自己优秀的传承。

段佳泽一挥手："少说那些听不懂的！"

奇迹："……"

陆压说道："你儿子刚才说的相当于小学课程！"

段佳泽表示别说那些听不懂的，他瞟了陆压一眼，不屑地道："相当于？给你出道鸡兔同笼你会做吗？"

陆压："……"

什么相当于，这根本就没法比，都不是一个世界的玩意儿。

奇迹无辜地看着段佳泽，它可什么也没说，都是陆压在拿它当枪。

段佳泽说道："来，儿子表演一下。"

奇迹点点脑袋，赶紧蓄力，胖胖的身体都看得出来绷紧了，肚子甚至还大了点，好像吸满了气。

少了点举重若轻的自然，但是对奇迹这个"小学生"来说，也很不错的。陆压在旁安慰奇迹："不要急，慢慢来，火就在我们的身体里，只要自然而然地让它释放出来……"

"卧槽，教的是喷火啊？"段佳泽还以为是腾空飞起来之类的，都做好了失败后扶一下奇迹的准备——接就不要想了，能把他压死。

段佳泽手忙脚乱地把压绒被翻出来，只要奇迹喷火了，他就用这被子灭火。

做好架势后，段佳泽发现奇迹一时半会儿喷不出来的样子，还在蓄力中，就对鼓励奇迹的陆压说道："你别说了。"

陆压不解。

段佳泽小声道："你才体内有火呢！你是不是又忘了，它是帝企鹅？它体内只有鱼虾。"

陆压："……"

吐火属于陆压的本能，而且是最高级的那种火。不像善财，他还是天生火体呢，三昧真火也得需要修炼才出来。在他看来，这就是一呼一吸般自然的事情，照着他的思路，以奇迹现在的等级是不可能成功的。

奇迹是帝企鹅，游禽，即便吸收了三足金乌的灵气，体质亲近火行，体内也没火啊。

两人继续等着奇迹，奇迹蓄力蓄了大概半个小时，喉咙动了动，陆压小声道："来了。"

接着，奇迹一张嘴，一道青烟冒了出来。

段佳泽："？？"

这个，应该不算火吧。

段佳泽暂时没敢说话，又等了十秒钟，奇迹咳了一下，他才看到一小股火冒出来，淡淡的，就像一个烟圈一样冒出来，在空中闪了一下就消失了。

段佳泽盯着奇迹又看了半分钟，确认没有后续之后，这才用力鼓起掌来："好！"

奇迹羞涩地低下头去，它也是努力了好久呢，终于可以像干爹一样喷火了。

虽然只是最普通的凡火，还那么一点，也费了它很大的劲儿。因为它的修炼只是刚起步，就是攒起全身的火行灵气，让它们凝聚于一点，然后燃烧起来……

对于一个刚入门的企鹅来说，已经很优秀了！

奇迹相信，总有一天，它也能精确地掌握火势，太阳真火不太可能，三昧真火还是可以想想。到时候，他也是一个小太阳。

段佳泽从奇迹心里读到这一句，他无语凝噎，摸着奇迹的脑袋："好儿子，有理想，长大以后你一定会变太阳的。"

陆压也鼓励了奇迹一番，不过大部分内容都是坚信奇迹作为自己的儿子，绝对能有很高的成就，段佳泽拦都拦不住。

陆压："我记得还剩了一些扶桑木，奇迹能喷火了啊，我要用扶桑木给它做个玩具，不然窝里的东西被烧坏了怎么办？"

奇迹如果是人类，这会儿大概脸都激动得红了，大脚丫在地上啪嗒啪嗒地拍动。

段佳泽想说什么没说出来，虽说要鼓励小孩，但用扶桑木防火会不会有点夸张了。奇迹的窝在极地馆，以那里的温度，奇迹就算聚得出火，也不一定能烧坏任何东西吧……

算了，就让他们开心一会儿吧。陆压已经跑去拿扶桑木了。

段佳泽又叮嘱了奇迹一番："现如今会喷火了，和人起冲突时不许使啊。"

虽说以奇迹读条的速度，半个小时还不如直接把人坐死，但以防万一，从小就要给它这样的教育。不然以后跟陆压一样，随便烧人，那怎么行。

奇迹乖巧地点了点头：“嘎。”

这时候有人在外面敲门，柳斌的声音传进来：“园长您在吧？”

奇迹眼睛一转，就往窗边跑，想看它爹回来没有。

段佳泽按住奇迹：“什么事？”

柳斌说道：“我有急事要回老家一趟，找您一下。”

以柳斌现在的等级，请好几天的假还是需要找段佳泽签字的。段佳泽一听他有急事，就道：“你现在就要签字是吗？等等啊。”

奇迹看着段佳泽，用翅膀指了指窗子，又用翅膀划了条弧度。它的意思是，它从这儿跳下去，然后让喜鹊在空中接着它。

“你行行好，放过七夕鹊吧。”段佳泽把冰箱打开，对小胖子抬了抬下巴。

奇迹：“……”

段佳泽使劲把胖企鹅往里面怼了怼，奇迹蜷起来坐在下层的冷冻室里。

他这个冰箱是上下两个门的，上边冷藏室有食物，而且分了格，显然不可能装企鹅。但是冷冻室什么也没有，把抽屉扯出来就行了。

把冰箱门一关，段佳泽就去开门了，柳斌拿着请假条等得有点急了，赶紧把条子递给他。

段佳泽看了一下事由，是柳斌老家长辈病重了，难怪那么急，他赶紧签了字。

柳斌目光却是在屋内转了一圈，他刚才在门外总觉得听到什么声音了，而且园长还等了好一会儿才开门。一开始，柳斌其实在想，会不会陆哥和园长在里头亲热，所以才……

不过现在一看，陆哥明显不在。

嗯，那几个冰冻屉？

段佳泽签好字，看柳斌在看冰冻屉，说道：“拿出来准备清理一下冰箱。”

柳斌开玩笑道：“哈哈，我还以为藏了人在冰箱呢。”

段佳泽也微微一笑：“胡说八道，你藏进去试试，冻不死你。”

柳斌嘿嘿笑道：“架不住陆哥身体好啊。”

“滚滚。”段佳泽把柳斌给赶出去：“记得把工作交接好。”

柳斌一出去，就看到陆哥手里拿着个用布抱着的东西走来，更是彻底确定那个奇怪的猜测不可能，估计园长只是一时间手上忙着，他朝陆压点头示意，然后跑了。

段佳泽把陆压让进来后，赶紧关上门，然后把冰箱打开。

陆压：“……”

奇迹从里面钻了出来，差点没挤得冰箱也动摇，活动了一下身体，半点事也没有。

陆压说：“你就不能等我回来吗？非要把儿子塞在冰箱里，冰箱是放食物用的！”

“你这么讲究？”段佳泽有点不可思议地看了陆压一眼：“那你以前还威胁要吃了我呢。”

陆压哼了一声，把布掀开，里头是一块扶桑木，他要给奇迹做个丰容玩具。

奇迹十分期待地趴在旁边看，这个可是扶桑木啊，三足金乌栖息的地方。这就是它努力的方向，小太阳。

段佳泽想到奇迹的心愿，心中一动，说道：“儿子，爸爸跟你说，你不能一开始就定一个太大的目标。”

要是这样，久而久之，奇迹会很失望的，因为实现时间太长了，然后越来越失落，比刚上小学就向往当教授差距还大。

陆压信心满满，段佳泽倒是想到中间修炼时间那么长，一个帝企鹅正常寿命才多少年啊，他觉得应该适当引导一下奇迹。

奇迹抬起头：那应该怎么样？

段佳泽说：“你先定一个小目标，完成了再说。你看，你每次完成一个小目标，还可以让你干爹奖励你，多好。”

奇迹也赞同地用力点头：嗯，一个小目标！

段佳泽慈爱地看着他：“想好下一个小目标了吗？”

奇迹犹豫一下，仰头嘎地叫了一声：给爸爸烫头！

段佳泽：“……”

161

多年以后，当奇迹出现在人间界以外的地方，人们对它是三足金乌的亲儿子没有任何怀疑。

它看上去就是陆压的儿子啊，修为同源，性格也继承了一部分……至于长相？那肯定是因为混血啊！

凤凰感五行之气生出来的是孔雀，龙与不同动物交合生九子，每一个都是新的物种，这就是杂交的奇妙之处。

大部分人根本不知道帝企鹅是什么，那时候奇迹已经熟练掌握了喷火技能，知情的人也不会特意去解释些什么，导致这个误会越来越广。

直到更多年以后，有人下界后，在电视里看到了帝企鹅纪录片，里头有千千万万只“陆压道君的儿子”，当时就惊得无以复加。

先是想，怎么道君还有这么多孩子遗留在人间界……

接着就想，不对啊，纪录片接下来怎么说它们千万年生活在极寒之地，渐渐融化的冰川压缩它们的生存空间，人类生活的温度对它们来说太热了。

三足金乌的孩子，怎么会怕热呢？

直到这时候，这人才明白真相，原来这种胖胖的鸟学名叫帝企鹅，会喷火的奇迹不是世界上第一只这样的生物，只是第一只不怕热的帝企鹅。

不过关于奇迹的种族疑云，那都是后话了。

目前奇迹还是一只仅能喷出小火苗、每天努力修炼的快活的小企鹅，现在看它，还无法一眼将它认成是三足金乌的后代。

而且，它刚刚确定的修炼小目标被它干爹无情地毙了。

奇迹恨不得在地上打滚，不过也差不多了，被段佳泽警告过，它不敢大声号叫，只能坐在地上，用大脚掌拍打着地面或者衣柜，表达心中的不满。

凭什么，凭什么它以后不能给爸爸烫头？

“行了行了，不要再拍了。”段佳泽不忍直视，摁住奇迹的脚板，对陆压说：“你说话非要那么直接吗？”

他觉得陆压应该委婉一点，而不是像刚才那样，嚷嚷道：“不准你烫！”听上去他和奇迹一样像小孩似的。

陆压讷讷地对奇迹道：“儿子，你非常有孝心……但是不行。”

一个转折之后，还是否定了奇迹的目标。

奇迹愣了一下，随即不甘地用自己的嘴巴戳起墙面来。它还挺精，段佳泽的家具都是扶桑木的，啄不动，墙上却是多了一道道划痕。

这鹅是要疯啊，段佳泽赶紧拦着奇迹：“你干爹的意思是，烫头不能算作小目标，需要对温度精准地控制，我看你还是换一个小目标吧。”

奇迹这才停住了，半信半疑：是这样吗？

“真的啊，不信你出去问问，善财哥哥他们，哪个能做得这么好？你看爸爸这个发型！”段佳泽把奇迹给劝住了，奇迹哀怨地改了一个小目标，在段佳泽的建议下，换成了可以坚持用火把红薯烤熟。

段佳泽把奇迹给打发走，然后和陆压说：“你带孩子还是有点急躁，你好好跟它解释啊。”

“解释什么啊，”陆压莫名其妙，又有点烦躁地道：“你让它自己找个男朋友烫头去啊！”

段佳泽：“……”

段佳泽忍气道：“你他妈是不是忘了当初你烫我的头发是为了出气？”

陆压：“……”

经过数月孕育，粽宝的女朋友淇淇在熊猫基地生下了一对雄性双胞胎，段佳泽等人都在网上看到了新闻。灵囿动物园的官博也表达了祝贺，恭喜粽宝的孩子平安降生。

他们还知道，这对双胞胎的身体非常健康，淇淇第一次做母亲，没有弃养任何一个，而是选择两个一起抚养。

一般来说，大熊猫很有可能只抚养比较强壮的那一只，和大多数动物一样，这是为了保证存活率，如果抚养两只，很可能照顾不来——现在在人工饲养下，双胞胎活下来就不成问题了。

大熊猫一般都是知其母而不知其父，它们和母亲一起生存，连自己的父亲是谁都不知道。

但是在妖族里不是这样，所以潘老师对此还是比较重视的，他看直播的时候还夸道：“淇淇是个好娃！生了俩！”

粽宝抱着脚丫啃，还没有一点做爸爸的意识。毕竟，它们熊猫要是隔段时间不见，就算是亲子也不认识了。

潘老师跟段佳泽说：“以后就把这俩申请到咱们动物园来，我觉得它们俩是好苗子。”

什么好苗子，卖萌的好苗子还是修炼的好苗子啊。段佳泽不解，不过他很赞成再弄两只大熊猫来，他们的熊猫馆完全能住下更多大熊猫，而且以现今的客流量来说，也很需要。

淇淇的双胞胎宝宝参与了网络征名活动，由网友角逐命名权。

潘旋风作弊，拿了第一名，而且他给自己起的网名就是“灵囿－小潘”，当基地公布获得命名权的网友是“灵囿－小潘”时，网友们都怀疑起来了。

“这是灵囿的粉吗？”

“我怎么觉得这名字像是灵囿的员工……”

“不会是黑幕吧？”

“真好奇啊，那他会给双胞胎宝宝起什么名字？”

段佳泽不知道这出，在网上看到结果的时候也喷了，这要不是潘旋风，他把电脑吃下去。没想到，潘老师这么操心……毕竟粽宝也跟了他几年呀。

最终：“灵囿－小潘”行使了自己的命名权，将淇淇的双胞胎儿子起名为“糯糯”和“苇苇”。

糯米苇叶，这不就是粽子吗？

大家纷纷表示：“这个名字不错，看来这个灵囿粉很喜欢粽宝啊！可以，这名字一看就是粽宝亲生的！”

不只如此，潘老师还专门请了一天假，他说要去基地探望糯糯和苇苇。

段佳泽不太明白：“犯得着吗？那边工作人员都很专业的，你完全不用担心啊。”

潘旋风碎碎念道：“底子要打好，就得趁早，让它们从其他熊猫中脱颖而出……”

“你去吧，不要被发现了。”段佳泽挥挥手，让潘旋风去了，不过他也没料到潘旋风的探望方式。

这一届的小熊猫一共有二十五只，今天是它们第一次和媒体见面。

女饲养员把幼崽一只只转移到房间的垫子上来，整整齐齐地排列好，已经带过来十几只了，另外一个男饲养员正在和记者交谈。

在他们都没有注意到的时候，有一只幼崽从外面爬了进来，先是挂在窗沿上，然而一翻身，直接摔在地板上，滚了几下，引起其他趴着的熊猫幼崽的注意力。

然而人类们仍是没有看到这一幕，这位于他们的死角。

这只幼崽以和自己身体不相符的速度向垫子爬去，咻咻咻很快就爬到了垫子旁边。

这时，男饲养员一转头，看到一只熊猫爬到外面去了，赶紧上前几步，单手抓着它的后颈，拎起来放在垫子上。

记者问道："糯糯和苇苇是哪两只呢？"

男饲养员指了指两只趴在一起的幼崽："这两只最胖的就是了。"

说着，他把糯糯和苇苇抱了起来，它们还在犯困，奶爸摇了两下，就小心放回去了。

它们一下去，那只刚才越狱的熊猫就把半边身体压在了糯糯身上，发出嗯嗯的叫声。

糯糯脖子一伸一伸，闻着它身上的味道。

潘旋风的爪子灵活地在糯糯身上摸索了一下，又在苇苇身上摸了摸，大喜，不错，根骨很好啊。

粽宝的身体条件也不错，但是脑子太笨了，潘旋风平时修炼的时候也没避着粽宝，但粽宝愣是一点也没受到感染。

倒是它的孩子，体质更强，而且也很敏锐，好像是发现了旁边这只熊猫的不同之处。

潘旋风特意变成幼崽混了进来，他用熊猫语和糯糯说话，虽然糯糯还听不太懂，但是他可以埋下一颗种子。

"一共二十五只，还有十只没抱过来……不对，我数数，"男饲养员觉得有点不对，数了一下："十六只……呃，那应该是还有九只没抱过来。"

他总觉得有点不对，之前虽然没数，但是他好像记得自己的同事口里念叨着十五只啊，难道她数错了？

记者也没在意那么多，说道："糯糯和苇苇跟粽宝长得还是挺像的，而且大家特别期待它们露面。"

"啊对……"男饲养员一下被转移了关注点。

潘旋风逮着糯糯和苇苇念叨了一通，旁边的幼崽们有的敏锐，有的迟钝，不过它们都被潘旋风的嘀咕声吸引了，觉得很有意思一般，挣扎着朝它这边挪过来。

潘旋风差点被几只幼崽压倒，这时看到门外女饲养员的身影一闪而过，他想看得赶紧脱身："溜了溜了！"

女饲养员带着另外两个饲养员，把剩下的幼崽都抱过来了，放在垫子上："来了，不好意思，刚才去了趟厕所。媛媛和大明帮我抱了一下，十五加十，一共二十五只。”

男饲养员迷糊地道：“刚我数了一遍，这里有十六只啊。”

女饲养员则笑道：“什么鬼，你肯定数错了，我们三个，我抱了四只，他俩三只，一共十只。”

虽说她们已经把幼崽放下来了，但这个数肯定是不会错的。

男饲养员又看向记者，记者也一脸迷糊：“之前你数的时候我没跟着，就听你说十六只，她们抱幼崽我倒是看到了，的确是十只。可能，你真的数错了吧。”

男饲养员狐疑地又全都了一遍，同事这里没错，但他真记得自己刚才数出来十六只，难不成见鬼了，多出来一只熊猫？

一、二、三……二十五，没有错，还是二十五只啊。

女饲养员道：“六你个爪爪啊，昨晚是不是没睡好，眼花了。真是美得你，还能多出来一只。”

男饲养员一拍脑门，也陷入了自我怀疑：“估计真的脑子不清楚了，这都能数错，哈哈哈。”

虽说他心中还有狐疑，但是，反正二十五只总数没有错就行了嘛。就像女饲养员说的那样，还能多出来一只，那得美死他了。

今年的华夏动物园协会年会又将召开了，段佳泽今年接到通知，请他在会上做一个报告，所以段佳泽没法交给别人，得自己去。

段佳泽倍感荣幸，这是对他们动物园的认可啊，而且和上次不一样。

第一次参加年会时，他临时发言，是赶上了好时候，因为正在倡议废除动物表演，他们灵囿践行得不错，他就说了几句。这次，是正式做报告。

段佳泽从小到大成绩都是中等到中等偏上，后来研究生也没考上。不过段佳泽向来知道勤能补拙，他也没找枪手，自己提前一些开始准备了。

首先段佳泽得确定主题，他们灵囿的长处有很多，该选哪方面做报告呢？

是从备受关注的帝企鹅繁育中心入手，做一个帝企鹅饲养繁育方面的报告，还是说说更擅长的海洋馆工作经验？

这个消息不知道怎么就传了出去，员工们都很感兴趣。

如果能够作为园长的报告主题，那不就证明了重要性。段佳泽走到哪里，都有人过来表白一番。

“园长，咱们极地馆游客黏度又上升了，都说太喜欢帝企鹅和海豹了，北极狐当然也不用说……园长，我们那个人工降雪的设备还可以再升级吗？”

“园长，其实我们丰容方面的工作今年真的有很大的进步，做的新设计也很受周边几个动物园的赞赏，都准备去参赛了。”

“我们科普教育馆啊，特别受小朋友欢迎，办的夏令营和冬令营也是期期饱满，您不觉得很有意义吗？”

就连那些派遣动物，好像也参与进来了。

按理说他们中的大多数，对这种比拼是不感兴趣的，一则不是谁都和陆压一样幼稚，二则就如选吉祥物原型时一样，大家都默认了，这是 Top3 去争的事。

这一次却是有所不同，报告不可能选一个个体，而且，他们所处的展馆，总是能听到这样的讨论，大家多少会为自己熟悉的人族说几句。

比如，陵光神君就说了：“人人都知道园长是鸟类专家，如果你不做鸟类报告，是不是有点奇怪？”

这鸟类就把很多人拉到了同一阵营，精卫、青鸟等人都赞同地点头。像陆压这样的特殊个体也没有反对，他名义上是私人豢养，但陵光这句话显得他也在同一阵营。

有苏眼睛转了转：“咱们园里的普通鸟类，最有特色的还得说是企鹅，包括其他极地生物。要知道，东海市的纬度让奇迹变成了一个‘奇迹’，这才是最独到的地方。”

这倒也没错，而且提起自己的儿子，有苏怎么夸，陆压也不会有什么意见。

灵感哈哈一笑，说道：“大家都知道园长是鸟类专家，但你们还能不清楚吗？园长喜欢养鱼啊！”

袁洪歪在沙发上道：“那段园长还是灵长类呢……”

众人：“……”

段佳泽：“……”

没想到袁洪不哼不哈，却一语惊人。

“嗯，都说得很有道理，我再想想。”段佳泽揉了揉眉心，走了出去。

他一出去，大家就开始热烈地讨论。

“肯定是极地动物……北极狐加帝企鹅，谁干得过。”

“帝企鹅是鸟啊，你们是不是忘了？”

“请大家仔细想一想，帝企鹅是不是也能下水，倒是飞不起来……”

和这些派遣动物聊，根本就是浪费时间，他们都是在凑热闹。段佳泽去找黄芪，黄芪听说段佳泽正为在做报告主题的选择而犯难，安慰了他一番："园长，你也没必要那么紧张。”

段佳泽是有点紧张，这次是他代表灵囿第一次做报告，他怕在同行们面前露怯。他就是一个野路子，之前去协会参会的时候，他就体会到了。

虽说灵囿开了很多挂，但是在人家老牌动物园面前还是有点嫩了，那些人在动物管理方面的研究比他们深多了，像灵囿的丰容不就是个大短板吗，都靠动物自觉。

“我觉得他们说得都挺对的，但是我总不能做一个全园的报告吧，那就太空泛了。”段佳泽摇了摇头。

“哈哈，园长，你我本来就都不是专业的，这都写在简历上的。不过上次你说得就很不错，我听人转述过，我看按那个路子就行。”黄芪说道。

段佳泽上次说的是他们动物园如何从别的方面弥补不做动物表演对游客产生的吸引力。他琢磨了一下，受到了一些启发：“懂了懂了，我做个市场营销方面的。”

这下子哪个馆都不用争，又能把很多动物都带上了。

灵囿能够成功，基础是这些焕然一新的动物，除此之外就是新媒体时代的营销了。

从最早本地媒体采访，灵囿又联系了本地网媒推广，一步步到后来经营官博、开通直播，包括让临水观帮忙做广告，覆盖了很多渠道和新老媒体。

段佳泽确定了之后，就开始收集资料，写报告，做PPT，亲力亲为，修改数遍后完稿，总算满意了。

今年的行程段佳泽自己带队，把黄芪留下来坐镇，然后把兽医方面的头儿徐新带上，小苏一直做宣传，也带上。

转头看到陆压，嗯，这个负责园长私人生活，也带上。

上一次段佳泽去开会，出了一点小小的意外，导致陆压很不开心。这一次他们关系已经进一步升华，路程也比较轻松，段佳泽就想着把陆压带出去玩一玩。

自从陆压下来，大家都忙于动物园事务和……当动物，最远就在龙门广场玩一玩了，今年以来轻松不少，段佳泽也不是机器人，当然会有别的想法。

上次段佳泽去开会的时候，是先坐高铁，再到省城搭飞机。今年东海机场开放了，段佳泽直接让人买了从东海市直飞举办地点的机票。

今年的华夏动物园协会年会在春城举办，上次是在洛城，洛城动物园也是华夏数得上的有名动物园，建园已经有六七十年的历史，是老前辈了，灵囿历史只有人家的零头而已。

上飞机之前，段佳泽还和青鸟动物园的人通了电话，不过很可惜，今年不是他的老朋友带队，但是段佳泽入会一段时间，也有了其他熟识的同行，不会觉得尴尬。

登机安检的时候，陆压格外轻松，他什么都没带。

段佳泽提着个小箱子，他连笔记本电脑都带了。

第一次坐飞机的陆压还挺新奇的，看得出来，这些飞机都是模仿了鸟的外观设计。现代人类在灵气稀薄的时代，倒是也发展出了许多其他特长。

“要多久到春城？”陆压问。

段佳泽想了想，说道：“如果不出意外的话，大概两三个小时就到了。”

陆压忍不住笑了一下，不是有意的，但的确带了一些嘲笑：“两三个小时？我眨三次眼就到了。”

旁边一个中年妇女走过去，盯着陆压看。觉得这小伙子长得好看是好看，怎么有点疯。

段佳泽拍着陆压的肩膀，对那中年妇女笑了一下道：“我们以前都用任意门过去。”

中年妇女扑哧一笑，被段佳泽逗乐了。

中年妇女走了后陆压疑惑地道：“任意门是什么？”

“就是想去哪去哪儿，嗯，待会儿上飞机告诉你。”段佳泽说道。

一行人上了飞机，四个人都坐在同一排，陆压打量了半天这不是很大的空间，这才入座。

这也是陆压在人间待了一段时间，才能接受这种待遇。飞得慢，空间还小，这就像宇航员眼中的自行车似的。

陆压又小声问了段佳泽一遍：“任意门是什么？长什么样子？”

也不知这是什么法器，三界之中，有些地方除了圣人之外，也不是谁想去就能去的。

他知道人间界有很多传说，是后来衍生的，他们都不知道，这任意门又是什么，倒是让他有点好奇。

这估计是人族想象的，但他还真没见过门形状的法器——人族有些对其他界的想象真的很好笑，看看嘲笑一下人族解闷也好。

“你要看长什么样子啊？”段佳泽看了陆压一眼，调了下前面的屏幕，但是这个好像和他以前坐的飞机有点不同，于是把空姐给叫来了。

空姐看到陆压和段佳泽，即便平时不时能遇到明星，此刻也觉眼前一亮，尤其是这位挑染了金红色头发的帅哥，气质高冷，难得一见。她柔声询问他们需要什么。

段佳泽指了指陆压，头也不抬地道：“想问下您这里头有哆啦A梦吗？有的话帮他调一下。”

空姐：“？？”

段佳泽没听到声音，抬头看着空姐，以为她没听清，又重复了一遍道：“哆啦A梦。”

空姐：“啊……有的，您要看哆啦A梦是吗？”

这句话是对着那位高冷帅哥说的了。

陆压云淡风轻地道：“嗯，我想看看任意门。”

空姐：“好！”

162

陆压看哆啦A梦的行为，非但让空姐对他的第一印象破灭，旁边不时偷瞄她的女乘客也有些犹豫了。看着那么正常帅气，怎么还看动画片呢。

看完一集后，陆压觉出点味儿来了，又不好意思指责段佳泽介绍小孩子看的东西给自己，他面无表情地关了动画片。

而旁边的女乘客在心中斗争半天，最终还是决定搭讪一下。虽然有点幼稚，但是真的很帅，错过这次就没机会了。

女乘客微微侧身：“那个，你喜欢哆啦A梦啊？我也……”

陆压恰好趁此机会剖白，冷漠道：“第一次看，觉得很难看。”

女乘客：“……”

女乘客郁闷地转回头去，认为他这是在找借口拒绝搭讪，而且非常不留情。

陆压发现段佳泽还在偷笑，恶狠狠地瞪了他一眼。

两个多小时行程转瞬结束，一行人下了飞机，被接机的年会工作人员接到了酒店。在酒店大堂时，段佳泽就看到了洛城野生动物园的刘培远刘园长。

“小段！”刘培远也看到段佳泽了，大老远就喊了他一声，大步走过来握住段佳泽的手：“哎呀，好久不见了啊！”

他原本和其他人站在一起说话，神色还是淡淡的，这时候见了段佳泽，就满脸带笑，打心底透着热情。这还不都是因为当初洛城主办年会，他们的北极狼因为偷盗事故逃出来，险些出人命，就因为突然看上了段佳泽。

打那以后，刘培远就和段佳泽熟了起来，真心实意感谢他。那北极狼还在刘培远的授意下送到了灵囿，也算是他的一番心意。

“小黄没有来吗？”刘培远扫了一眼段佳泽身后的人，他和黄芪没见过面，却也通过别的方式联系过，这会儿问了一句：“咱们可得好好聊天，真是好久没见了，你也不来洛城玩一玩。来来，走。”

说着，刘培远还从段佳泽手里扯过行李箱，往陆压那儿一塞，随口道：“把行李给你们园长拿去吧，我带他先溜达一下。”

刘培远显然是要给段佳泽介绍些熟人了，但是他这一举动却让灵囿的人有点窒息。

小苏严重怀疑刘园长面部识别困难，陆哥往那一站，长腿大高个儿，气场无比强大，看着哪里像段佳泽的跟班了？

她默默往前几步，接过行李箱：“嘿嘿，我来。”

陆压却手按在行李箱上：“你来什么，你想和他住吗？”

小苏：“……”

小苏一时语塞：“我……我……”

她觉得很冤，而且很不懂陆哥。这位到底是怎么想的，难道您觉得刘园长那个语气是看出来你和园长的暧昧关系了吗？

陆压愿意这么脑补，小苏也没有办法，于是看着园长被拉走，陆哥帮园长把行李拿去房间了。

刘培远把段佳泽带去和自己的朋友见面了，有几个虽然没见过，但这个行业说小不小，说大不小，多少都耳闻过。

大家都打趣段佳泽，今年灵囿发展得也很好啊。前两年灵囿都在不停地扩张，今年没那么夸张，但也有昆虫园、繁育中心等建成或正在建中。

这些人里有春城动物园的领导，刘培远特意和段佳泽说：“你多和春城的人请教一下，你们东海气候也好，很多地方可以学习一下春城的经验。”

段佳泽忙不迭点头。

春城四季如春，春城动物园在景观上更是十分出名，种了许多名花异草，园内绿化面积很大，每年单是冲着赏花来的游客就很多。

春城动物园所在的地方，自古以来就是当地人观光赏景的好去处，除此之外，园内还有一些古迹，让春城动物园更多了几分历史沉淀的气息。

而春城动物园的宣传，也会侧重于此，打出了招牌。

“我在网上看过灵囿的照片和视频，你们的设计师也了不得啊。”春城动物园的人说道，有几分是客气，也有几分是真心实意的。

灵囿的绿化以竹子为主，辅以其他高大树木，种的全是牧草，花也就是昆虫园多，绿化面积也不少，但和春城是两种风格，清幽出尘。

灵囿大部分展馆都是希望工程附赠的，后来又有室火星君加入设计，当然差不了。目前也是新兴的赏景之处，很多摄影师过来取景，但热门程度肯定还是不如春城这样的老牌动物园。

一群同行在一起聊了聊各自的发展，段佳泽也表达了很期待去春城动物园参观，看看这里独有的动物。

说起这个，便有人提起当初刘培远他们那场惊险的经历，大家又笑了一通。

哪个动物园没点事故啊，大动物园人多动物多，就更容易出事了。不过，大部分时候都是游客、饲养员遇险，人数也不会多，上次则是一堆动物园的专家、领导。

“我们那儿，犀牛突然攻击饲养员……”

“游客让老虎给咬了，幸好保住性命了。”

这就更显得段佳泽他们那次走运，大家毫发无伤。

“对了，你们园的猴子怎么样了？”有人问起来。

春城的人郁闷地道：“还是那样，没回来，也没走。”

段佳泽好奇地问：“你们猴子怎么了？”

春城在灵长类动物方面很权威，是协会里的领军单位，人工繁育白眉长臂猿、灰叶猴、滇金丝猴等，颇有成果。提起他们的猴子，段佳泽当然会好奇。

不过这和什么金丝猴、灰叶猴没关系，对方摸了摸脑袋，气馁地道：“就是……我们园有群猕猴，前段时间，猴王带着几只猴子越狱了。”他说着就捂住了半边脸，觉得很丢人：“它们倒是没走远，就在附近，估计猴王还在领导猴群，它……它晚上还经常回猴山。”

段佳泽：“……”

春城动物园在郊外，段佳泽听到前面的时候，还以为猴子在山林里自由撒欢去了，没想到这猴子晚上还会回去。

这就暴露了一个更严重的问题，动物园的人都知道它经常回来了，却始终没办法加强保护，把它拦在里头或干脆不让它进来。

听上去，春城动物园的建筑设计师应该要崩溃了吧。段佳泽也不知道春城的猴山怎么设计的，但人家那么大动物园肯定差不了。这猴子逃就逃了，还老回来，这不是扎人心吗。

大家都深表同情，还出起了主意。

段佳泽想到了在灵囿里到处乱走，还把猕猴带出来的“金丝猴”大爷，深感自己还是幸运的。

段佳泽和人聊了半天才回去，他之前就报过名单了，和陆压是同一个房间。两人住一个房间本来就正常，人家也没多想，给他们俩放在一个双人间里。

段佳泽进屋一看，俩床已经被陆压拼一块儿了。

陆压正在看电视，头也不抬地道：“聊什么聊了那么久？”

“说春城动物园有猴子越狱了。”段佳泽随口道：“而且那猴子忒聪明，逃出去还能回来，出入自如啊，不愧是猴王。”

“你喜欢吗？”陆压挑眉：“既然逃了，我们捉回去吧。”

段佳泽：“倒没有喜欢到那个地步。”

段佳泽洗漱完后就坐在床上温习自己的报告PPT，明天他就要发言了，再熟悉一下内容。这PPT封底图片就是陆压的身姿，也是陆压最满意的一点。

第二天，段佳泽做了自己的报告，以灵囿近两年的营销方案为例，总结、阐述期间的要点，举了很多生动的例子。结束后，获得了全场雷鸣般的掌声。

段佳泽松了口气，微微一笑下了台。

坐回去之后，段佳泽小声问：“我表现得怎么样？”

陆压矜持地道：“不错。”

小苏探身道：“园长很棒！讲得真好！”

徐新也赞道：“深入浅出。”

段佳泽一乐，自觉还是有点紧张，现场发挥只能说中规中矩，不过他提前做好的 PPT 很清楚，所以整体也挺好的。在台上时就可以看到，下边各位大佬的表情都不错。

休息期间，原本刘培远要叫上段佳泽一起去逛动物园，但是段佳泽看了看陆压的脸色，就不好意思地小声道：“咱们园里见吧，我们园里的几位同志也要看看……”

刘培远一看，灵囿还有三人，其中有个和段佳泽差不多大的清秀女孩，他会意地嘿嘿一笑：“也是，反正回来还可以会上探讨，年轻人不喜欢一大群人一起逛，那就分头走吧，记得把证件带上。”

段佳泽点头。

刘培远还嫌不够，拍了拍段佳泽的背笑道：“小子不错，好好约会去吧。”

“嘿嘿，不好意思了。”段佳泽汗颜，转身招呼另外三人一起走了。

他们都带了年会的证件，进春城动物园倒是不必花钱。进去没几步，小苏就自觉地说：“园长，我听说那边有茶花，这里就不看了，我直接过去。”

徐新是已婚人士了，怎么会搞不懂气氛，这会儿也识趣地道：“我和小苏结伴吧，小苏一个女孩子，哈哈。”

两个电灯泡说完不等段佳泽答应就跑了，唯恐慢一步段佳泽要和他们客气。

段佳泽摇摇头：“我们也走吧。”

游客有来看动物的，也有来赏花的，或者两者兼具，这儿花木与动物展区都是穿插着来，互相映衬。

两人漫步到孔雀园，春城动物园的绿孔雀养殖也比较有名，这里生活着几十只纯种的绿孔雀，当然，还有更多蓝孔雀，也有一些白色的孔雀。

这些孔雀都是散养的，在园内自由活动，布景也是按照孔雀的生活习惯，游客在其中自如穿梭，融入自然。

这些孔雀本来非常悠闲，拖着尾巴走来走去。从小生活在这里，它们早已习惯了游客往来，人类就像它们生活环境中天然存在的一部分。

然而陆压一来，便恶劣地释放出一丝丝气息。

于是他走到哪里，哪里的孔雀就迈步往旁边跑，避之不及。如同退潮一般，齐刷刷溜了。陆压和段佳泽身周方圆几百米，一根鸟毛也没有——除了陆压自己身上的毛。

有些游客觉得奇怪，然而左右看，愣是没发现问题的源头。

陆压甚是得意："孔雀就这点胆子。"

段佳泽总觉得他在指桑骂槐，不知道孔宣有没有打喷嚏："你够了啊，我们是来观光的，你把孔雀都赶走了我看什么。"

孔雀有什么好看的？

陆压不屑地扯了扯嘴角，但是既然段佳泽有要求，他肯定会应的，反正又不是要看孔宣。当即从兜里掏出一些也不知什么时候准备的鸟食往地上撒。

原本拼命逃跑的孔雀们一下子被吸引了，在原地踟蹰一下，又各种观察陆压，还假装四处看风景，最后小心翼翼地往这边靠近。

也许它们觉得自己的表现不明显，但在段佳泽的眼中，这群孔雀就是各自成一条直线冲着陆压这边来了。

人为财死，鸟为食亡呀。幸好他们不是坏人，不然这些孔雀一只都跑不了。

段佳泽盯着陆压的动作看了半天，半晌后叹息道："本来我应该警告你，不要随便自行给动物喂食的。鉴于你也是鸟，我就不说了……"

陆压："……"

段佳泽和陆压走到猴山附近的时候，就听到一片喧嚣声，也不知发生了什么事，好多游客都在围观。

走近了一看，竟是有只猴子在猴山之外的区域蹿上跳下，饲养员们则用各种工具阻挡、驱赶。

游客们全都在看热闹、拍照，兴奋得不得了。猴子越狱，可不是哪天都能看到的。

上次动物园猴子逃出去之后，园区也通报了，并称会整改。但是，游客们即便看过，也没有关注后续结果，不知道整改完那些猴子也没抓回去，甚至晚上还会偷偷回来，至今没有归案。

否则，他们对今天这一幕大概就不会太奇怪了。

动物园的工作人员不得不排成排，维持秩序，不让这些兴奋的游客再上前。

段佳泽挤到前面主要是看看他们的防护措施，他看了一下，春城动物园的防护措施其实做得已经很不错，甚至有一道四米多长的横沟，然而这都被猴子给逃出来了。

他好奇地挤到前面问一个工作人员："您好，这猴子是早就翻出来的那几只，还是新跑出去的？”

那工作人员本来不想回答，但是一眼瞥见了段佳泽胸口挂的证件，原来是来开会的同行单位领导，而且言谈间对这件事也熟知的样子，就小声解释道：“那个就是猴王，昨晚又回来了，不知怎么待到了白天，被饲养员发现了，当时又往外跑了……”

而且是众目睽睽之下。

段佳泽才知道，那就是越狱的策划者——猴王。仔细观察，体型果然较其他猴子要大一些，而且身手矫健。

因为这儿各种景观树木、山石多，猴王在期间穿梭，上下攀爬，灵活得令人难以置信。它自如地逃避工作人员的抓捕，让他们看起来狼狈不堪。

而游客们俨然将此当作一场追逐大戏，还分作了两派，有人为猴王加油，有人为工作人员鼓劲。

“上啊！堵住那边！”

“快跑快跑，荡下来！”

虽说他们是人类，但无论站在哪一边都得承认，猴王到底是猴王，身手太好了，地形更占了优势，那么多人围堵它一个都抓不到。

段佳泽站在那儿围观了一会儿，隔着好一段距离，竟是不经意间和树上的猴子对视了一眼。

其实他也不确定是不是对视上了，直到猴王呆了一下后，猛地几步窜下树，竟是突然调转了一个方向，不往深林去，反而冲向人群。

工作人员猝不及防，没想到它突然有这样的举动，赶紧呼喝着提醒同事，并同样转向，往这边追过来。

人群内响起尖叫声，好多游客赶紧往后退了。

这猴子的战斗力大家都看在眼里，虽然还有人给它鼓劲，但真要他们和它亲密相处，还是算了吧，谁知道会发生什么，猴子的杀伤力也不弱。

别人齐齐往后一退，就显出来段佳泽和陆压了，他们俩仍站在原地。

段佳泽有种强烈的预感，猴子是冲着他们来的，眼看猴子越跑越近，忍不住低声道：“我去。”

果然，这猴子躲闪数下，往前一蹿，一手抱住段佳泽的小腿，一手抱住陆压的小腿，回头去看那些人，龇牙咧嘴地吱吱乱叫一通。

段佳泽：“……”

他都想往自己身上闻一闻了，他这次没有什么药水，别告诉他是因为身上沾了袁洪的毛或者味道啊。还是说那么巧，顽皮猴王只是要到人群里耍耍威风？

未及多想，那些追捕猴王的人还以为段佳泽是游客，连忙高呼让他不要动。

这都跑到面前来了，段佳泽和他们领导才见过面，只好一弯腰，把猴子捉了起来。他好歹也养了群猴子，知道该往哪下手。

内行人一看手法，就知道这是懂行的。那些人原本想大喊住手，怕他被猴子咬或者抓挠，但是一见这动作，饲养员顿时放心不少。

段佳泽把猴王给抓住了，走了几步，和同样往这边小跑过来的春城动物园工作人员碰头，说道："巧了，哈哈，我是东洲省灵囿动物园的，撞我手上了。"

猴王："……"

这些人也看到了段佳泽的参会证件，全都忍俊不禁。

他们追了半天，这狡猾的猴王冲到人群里捣乱，竟是一下撞到同行身上，当下就被拿住了，可不是巧了！

段佳泽把猴王交给春城动物园的工作人员，他也不知道这次春城动物园有没有搞清楚猴王是怎么逃出去的，以及如何应对，估计这次抓住也是白搭。

"谢谢，太谢谢您了！"

段佳泽和一干工作人员握了手，连说不客气。

好多游客也看到了这一幕，站得近的知道好像都是一伙的，站得远的还说这小伙子不错啊，竟然把猴王给抓住了，会不会给他免票呢。

待到段佳泽走回陆压身边时，就听到陆压问："你知道那猴子为什么过来吗？"

段佳泽不解："为什么？"

陆压语气中带了一丝好笑："此处风水极好，这猴子机缘之下已开了灵智。先时我散过一丝气息，尚有残余，它以为你我是前辈妖怪，便前来求助。"

段佳泽："……"

陆压："谁知道，你其实是动物园园长。"

段佳泽："……"

段佳泽第一个念头是，原来开了灵智，难怪那么聪明，然后倍感尴尬。

寻常动物见到陆压后多是畏惧，这猴子有了智慧，虽然更清楚陆压很强大，但是和人类一比，陆压及身上有陆压气息的段佳泽，怎么看都有可能给它一些庇护吧。

再说无依无靠修行那么难，能够抱到这两条大腿也很好啊，于是猴王就乐颠颠地跑过来了。

但是它大概万万没想到，自己抱了个动物园园长的腿，段佳泽又没用兽心通，哪知道它吱吱叫的内容，顺手就抓起来送回同行那儿了。

段佳泽往那边一看，果不其然，现在猴王在笼子里仍在用一言难尽的眼神看着自己。

段佳泽捂着眼睛说："我真不知道……"

陆压说："反正你也不认识它，我们走吧。"

段佳泽："你这算是安慰吗？"

怎么说得他这么不是人啊，段佳泽安慰自己："它肯定还能逃出去……而且现在外面环境那么差，它只是开了灵智，动物园也还不错啦。哎，要不，我回头让袁洪星君来指点一下它？"

段佳泽越想越觉得这是个好办法，比跑回去放了猴王好多了，授人以鱼不如授人以渔。

两人离开了还处于热闹中的猴山，走到山茶园时便偶遇了刘培远一行，还有小苏、徐新，看上去他们好像撞到一处了。

大家远远挥了挥手，他们大概还不知道猴山发生的事情，段佳泽也没打算主动说。

待走到近处，刘培远嘿嘿笑道："小段啊，你跑哪去了？刚我还问呢，怎么小段把女朋友丢下了，这里人挤人的，你倒是一点不担心。"

陆压："？？"

段佳泽一时没反应过来："啊？"

陆压本以为段佳泽的性向连这些人也知道了，之前刘培远指的都是自己，甚至段佳泽本人也是这么以为的，还挺不好意思呢。没想到刘培远那么不八卦，数息后陆压的眼神就变了。

刘培远转头道："是吧，小苏？"

陆压："……"

小苏，又是小苏，这是人类的偏见。

段佳泽："……"

好累，到底要出几次柜。

小苏："……"

压力山大，虽然这里只有我一个女性，但在场有男朋友的绝对不是我……

163

这一次华夏动物园协会的年会热点第一，绝对不是哪个动物园又出了事故，或者有了技术上的创新，而是东洲省灵囿动物园的小段和他那位同性密友。

段佳泽不说，大部分人都以为陆压是他的下属呢，还有人想，长得这么优秀为什么要干这一行呢。

在东海市的小圈子，段佳泽的性向已经不是秘密了，但是那都远在千里之外。

唯一和大家扯得上关系的东海市动物园的人，可是他们哪好意思八卦，这不明摆着告诉别人是他们说的吗，同在东海，灵囿与管着他们的部门那儿还有很深的关系。

协会大部分会员单位的领导不像段佳泽这样，既做老板又做园长。对于他的随心所欲，大家也只能背后八卦几句，甚至不乏羡慕。

对男性来说当然不是羡慕他有个那么帅的男朋友，而是羡慕他想干什么干什么，没人能管。

最先知道的几个人里，刘培远只愣了几秒钟，当时就非常含蓄地表达了自己的支持。并不是他思想有多开放，而是他早就认定了段佳泽的人品。

等到年会结束，众人纷纷返程时，段佳泽在业内的标签，除了灵囿老板、疑似富二代之外，又多了一个。

离开之前，这次年会的主办方春城动物园的人还特意来和段佳泽道了谢。他们从员工口中知道，那只逃跑的猴王撞到了一个动协会员单位领导身上，被捉起来了，真是大快人心。

细问一下特点，就知道是段佳泽了，于是感谢了一下他的仗义出手。也幸好猴子抱着的是段佳泽，换了哪个游客，不知道会怎样。

其实这也不算什么，更何况段佳泽还为猴王尴尬呢，连连摆手。饶是如此，也被硬塞了几盒春城特产。

段佳泽惦记着春城动物园的猴王，于是一回去，便抽空去找袁洪。

但是动物园这么大，他转悠了一下也没看到袁洪，便问了一下路过的黄芪。恰好黄芪看到了，给段佳泽指了路。

“段园长回来了。”袁洪正挂在树上，看到段佳泽的身影，百无聊赖地说道。

段佳泽手揣兜里，抬头看去：“是啊，想同你说件事。我在春城的动物园里遇到一只猴王，好像还挺有天赋的，想请你指点一下它。毕竟这方面你是行家，能帮忙吗？”

袁洪的身体往外一翻，段佳泽险些以为他要掉下来，不过他已经一脚反钩住树干，脑袋垂下来道：“我？我可没有什么做猴王的经验！你找别人去吧！”

段佳泽说道：“不是啊，我是说修炼。”

袁洪顿了一下，腰一用力又翻回去了，坐在树上道：“修炼？那是个猴妖？”

“也不能这样说，半个吧。”段佳泽摊手道：“它从猴山逃出去，恰好被我抓到了，后来我给塞回去了，才知道它已开了灵智，挺难得的。这也是我想让你指点一下它的原因，怪不好意思的。”

一向爽快的袁洪不知为什么，犹豫了两秒才道：“好。”

段佳泽：“谢谢啊，回头我让人发个定位过来。”

段佳泽正要走，袁洪忽然一下从树上翻了下来，愤懑不平地道；“你这个人……”

段佳泽一头雾水，不懂他怎么突然不开心了：“我怎么了？你如果不愿意教也可以的。”

袁洪打量段佳泽半晌，最后冷冷道：“没什么。”

他一个跟斗从树上翻了下来，往别处去了。

段佳泽在后面说：“你去猴山啊？别老把猴子带出来！”

袁洪：“……”

袁洪已经答应了，段佳泽也搞不懂这些派遣动物的想法，他要搞懂一只三足金乌就够费劲了，于是转身回去。

路上又遇到黄芪，他没回办公室，蹲在路边办公。

段佳泽过去坐在他旁边。

黄芪："我看到袁洪星君气冲冲地走了，园长你把他怎么了？"

段佳泽把刚才的对话复述了一遍，然后无辜地道："你听得出来问题吗？"

以黄芪的老油条程度，仔细琢磨了一下，也不觉得哪里有问题，说道："可能是我们人族和他们思维方式不一样吧。"

段佳泽深以为然。

过了会儿，黄芪又小声道："我怕袁星君生气，其实我早就想说了，他好像孙悟空啊……"

段佳泽心想，还用你说。

他拍了拍黄芪的肩膀："但他绝对不是啊。早就和你说了，这些家伙很难分辨的，千万不能被迷惑了。"

他是吃过亏的，后来还提醒过黄芪，但是黄芪自己没吃过苦头，总还有点胡思乱想。

黄芪说道："嗯嗯，也是，他们人设太像了。其实袁星君成名还在先，只是大圣威名更甚，不知道他心中会不会介意……"

"我觉得在这方面他还挺大度的，以前说给皮影戏里的猴子编个孙悟空传人的名头，他都没生气。"段佳泽想起来这件事，说道。

黄芪连连点头："难怪这些年袁星君也没闹，他们人性格还是不大一样。"

段佳泽晒着太阳，不自觉傻乐了一下："不然我这动物园也不够他闹的啊。"

段佳泽回来后没有多久，就被市里找去聊天了。到了现场一看，之前来找过他们的娱乐公司富二代孟总监也赫然在列。

"嘿，你啊……"段佳泽没想到孟总监这么快卷土重来了。

这一次孟总监也不知道受谁指点，干脆换了个路线，一看就知道今天他被找来和孟总监脱不了干系。

孟总监热情地和段佳泽握手道："段园长，又见面了，怎么没看到你男朋友？"

段佳泽；"……"

他和这人真的不熟啊，上来就问候男朋友什么意思。

孟总监回去后闷了好些天，左思右想还是舍不得孔宣以及他的同事们，而且他去打听了一下，才知道段佳泽还有个男朋友，长得也特别帅，在直播里出过镜的。

这更让孟总监嫉妒了，这个动物园园长集邮集得还真彻底啊。

段佳泽干巴巴地道："又见面了，您在这儿是？"

他这是明知故问，一旁有关部门的领导热情地道："孟总监来找我们合作的呀，他看了以前在东海制作的那一期真人秀，尤其是你们动物园那一段，觉得节目效果特别好。这次就是想策划一个以动物园为主的节目，把明星邀请到动物园来当实习饲养员。"

段佳泽："……"

他看了看领导，欲言又止。

之前孟总监就有过这个提议，这点子又不新鲜，但孟总监是想要求他的员工们出镜，段佳泽一口回绝了。

即便现在他找到东海市政府，段佳泽还是那个态度，但他没有立刻回绝，免得领导脸上也难看，人家还没说完呢。

孟总监看段佳泽这么沉得住气，自己反倒急了，赶紧道："段园长，你可不要误会，我已经放弃挖你墙角了。不过呢，我上次去了灵囿之后，真觉得那儿很适合拍摄，我回去还看了东海市那期真人秀和《千里莺啼》，大有启发。我想策划一个节目，邀请几个大明星，还有我们公司要捧的新人，一起做个动物园的秀。"

他心里是这么盘算的，以之前的成功经验来看，这个节目只要策划好了，大有搞头。他和他家老头说了，老头还说他总算会干人事了。

在节目制作期间呢，他还可以趁机和孔宣他们接触一下，看看这些人到底想要什么。他和段佳泽说不挖墙角了？那话还能信啊，他三岁就会撒谎了！

段佳泽听后淡淡道："我刚刚从动物园协会的年会回来，今年还是在强调禁止动物表演的事情。"

"没有，我们不搞这个，这玩意儿上电视也容易挨喷啊。相反，我们要突出自然环保，我可是要放在大平台播出的，没点正能量怎么行？"孟总监一本正经地道，还真像那么回事。

他解释了一下，说当饲养员就真的当饲养员，搞什么动物表演，让大象的便便喷到明星身上才比较有看头。

段佳泽打量了孟总监几眼，心想亏了今天没把谛听带来。不过，他也不怕孟总监玩什么花招，这玩意儿肯定要签个很详细的合同，私下里这人想打派遣动物的主意……还是看看自己祖上到底积了多少德够糟践的吧。

“那有详细方案了吗？”段佳泽淡定地问道。

孟总监看段佳泽软化了，自觉计划成功一大步，将一份让人做出来的厚厚的方案给段佳泽看，进一步证明自己的诚意。

段佳泽看了一下，他们动物园主要就是提供场地配合拍摄，而且写明了，与专业相关的事情一定以动物园的意见为主，条件确实很优厚。

孟总监家里公司挺大的，连领导都听过，这会儿也很热切地看着段佳泽，不时劝他几句。

“大体上我觉得没什么问题，回头我请我们副园长、律师和贵司沟通具体事项吧。”段佳泽说道：“另外，这个节目我们动物园的所有收入，都捐给市环保局，支持他们工作。”

领导听了也不觉太意外，灵囿现在不缺钱了，本身节目还能带来更多的游客收入。捐给环保局也好说，这环境问题和动物保护不是息息相关吗。

孟总监看段佳泽答应，在心中欧耶了一声，表面上笑出八颗牙，心中暗道：妈的，这要一个都挖不走，我也不干了！

段佳泽回去后在中高层里宣布了这个消息，大家兴致都很高，当作是灵囿的又一次大好宣传机会，纷纷猜测起来，孟总监会请到哪个大明星，有多大名气等。

这也是灵囿和东海市的一大进步，以前是东海市出资赞助节目组才能上真人秀，现在是孟总监（虽然别有用心）花钱找他们。

没选什么一线二线大城市的大动物园，而是在灵囿，说明灵囿越来越红，东海越来越发达啦。以前剧组来的时候，他们连机场也没有呢。

段佳泽找了几个员工，组成一个工作小组，主要负责和孟总监那边对接。

目前节目暂定名为《大动物》，对方一边在接触嘉宾——他们知道肖荣退圈后也在这里，还想把肖荣以前的老对头白世乔邀请过来，看有没有机会搞事情，一边派人来灵囿，先行考察、策划。

孟总监也是无聊，或者说别有用心，不在公司待着，借这个机会住到灵囿来，美其名曰要亲力亲为，参加前期工作。他的员工们都以为他是做给老头子看的，半点没怀疑。

孟总监也是深知秘密不该告诉太多人，否则一定会走漏，被段佳泽察觉就尴尬了。

这么一来，倒是让这位娇生惯养的富二代有意外之喜。

除了这几天见到更多想让他挖走当角的人之外，他觉得自己下榻的灵囿度假酒店还挺不错，本以为东海市住宿条件会很一般是，没想到这个动物园的酒店令他有了新看法。

像他这种习惯昼夜颠倒，到处乱嗨的人，在这里住了几天，竟是睡眠质量竟然奇好无比，躺在床上玩游戏，不知不觉就睡着了，一觉到天明。

而且，孟总监还做了几个美梦，梦中，他站在最前面，身后跟着元宣、白医生等人，一群媒体和粉丝在后面疯狂追，他爸爸则站在前方，对他露出赞叹的笑容，他的那些狐朋狗友也矮了好多，纷纷仰望着他。

一觉醒来，孟总监嘴角都带着满足的微笑。

这份好心情一直伴随孟总监爬起来吃早餐——说到吃的，没错，节目里拍的效果居然不是演出来的，还真他妈好吃！！

睡得好，吃得好，胖了五斤的孟总监要去参与工作了。

节目既然暂定名为《大动物》，顾名思义，会有很多大型动物出场，这也正是灵囿的特色之一，虽然不是全部，但也会是主打的。

节目组要考察决定，让明星们去做哪些动物的饲养员，甚至他们自己还要亲身上阵体验一下。

孟总监晃悠到一处时，饲养员正在指导工作人员给硕大的蟒蛇投食，看得他不寒而栗：“噫，就不能找点好看些的动物。”

饲养员看了他一眼，骄傲地道：“难道我们白娘子和小青不漂亮吗？”

“白娘子，小青？”孟总监看了一眼，这颜色倒是对上了。

他也就是抱怨几声，因为自己有点怕蛇这种动物，但是让别人在节目里饲养，他可没意见。

看了几眼就不太感兴趣地转移地点了，另外一处，有一组工作人员，正在投喂世界上最大的飞禽，安迪斯兀鹫。

这个可带劲儿多了，虽然可怕，但不阴森，大鸟一看就威风凛凛的。

而且他们刚好赶上了动物园的日常直播，小苏也在现场监督，他们换了新的镜头。

孟总监和小苏搭上了话，小苏知道他是节目组的老板，也没有半点防备，十分热情地给他介绍动物的情况，她是主管宣传的，知道的当然多。

“对了，你们动物园的帅哥美女真的太多了，我最早来，还想过挖他们当明星呢。”孟总监故意自己把这件事给说了出来，非常坦荡。

小苏哈哈大笑：“对啊，都是园长的亲朋好友。现在我们园里的人，最大的乐趣就是新员工来的时候，故意带他们去食堂，往园长那一桌走，然后打赌他们会呆几秒钟。”

自从元宣来了，这个记录就大幅度提升了……

孟总监眼神闪烁，他就怀疑段佳泽和那些人关系都很好，甚至隐隐有能帮他们做主的感觉，原来是这样啊，都是亲朋好友么。

“哈哈哈，是吗，我也看到不少人，但是和名字对不上。小九是喜欢穿黑色衣服的那个吗？”孟总监问道。说完他便觉得，那只安第斯兀鹫往这边看了一下，不过也不甚在意。

“对啊，那个是小九哥，他比较孤僻啦。”小苏说道：“都是独来独往的。”她说得很含蓄，其实从某些细节来看，小九更像是被人排挤，连狗都排挤他——真的，哮天还老吠他。

小苏又聊了一些园里的趣事，关于那些复杂的亲戚关系，还有他们平时面对这些颜值出众的人，是怎么个反应。

但小苏也不是口无遮拦，什么都说，比如孟总监问到园长的男朋友，她就坚决维护陆哥的高冷形象。

孟总监仔细听着，不时插言问几句，有时还会故意往动物上带，自觉一副只是对动物园感兴趣的样子，绝对天衣无缝。

“孟总，下回聊，我先去忙啦。”小苏和孟总监打了个招呼，跑掉了。

节目组的人已经到一旁去讨论了，现场没有什么人，游客似乎都去看晒太阳的大熊猫了。孟总监面对铁丝网，双手插兜冷酷地站着，在脑海中过了一遍小苏那些话，猛一抬头。

眼前是一只巨大的安第斯兀鹫，它的眼神犀利无比，孟总监冷冷淡淡地看着它的雄姿，愈发心生豪情，酷酷地道：“元宣、白医生、小卫、小九……你们一定会成为我的人！”

小九：“……”

“妈的智障！”小九在休息室内破口大骂。

什么叫一定会成为他的人？这个人族是失心疯了吗，他九头虫虽然现在只剩一颗头了，但也是日过龙的一号人物！

“那个人族可能脑子真的不是很好，”有苏也掰着手指说道：“昨天他逛到我这里的时候，跟我许愿哦，说希望找到白素贞跌一跤，忘了自己从医的愿望，跟他去拍戏。”

白素贞：“今天早上他特意来我们展馆，说我长得不好看。”

众人：“……”

“不用理他就行了。”段佳泽一边吃东西一边无所谓地道。

陆压也是一副放空的状态，正在扒拉段佳泽的头发，段佳泽刚才说好像看到自己有根头发发黄，他说肯定是和自己待久了。

段佳泽是当着那么多人的面，不好说出口，你们三足金乌的基因再强也不至于能把对象搞到变异吧，他肯定就是操心操的！

陆压事不关己，孟总监还没见过他，而且见了也不会挖角挖到别人男朋友身上，那也太高难度了。

有苏看陆压悠闲的样子，便道：“哎呀，我听说他们这个行业都好乱的哦，他会不会贿赂园长，做些不正当交易啊。”

陆压当时眼神就犀利了起来，而且他想到《千里莺啼》剧组的蒙绮绮了。

“有苏少说点。”段佳泽淡定地道：“我也不相信姓孟的人品，但是我对我男朋友的监督力很信任，而且我向来很自觉。”

陆压环视一周，大家的表情让他很满意，但是也不能就这样算了。他一副还稍有不足的样子说道：“以后出差还是少带女员工。”

看都被误会多少次了。

众人：“……”

段佳泽嘴角一抽，陆压都自己跟着去了，还叽叽歪歪那么多，他强忍住翻白眼的冲动道：“那我下次在身上挂个牌子怎么样？上面就写，‘已出柜，恋爱中’。”

陆压低下了头。

段佳泽心想，这人总算还知道羞愧。

陆压忽而抬头，叹道：“可惜扶桑木用光了。”

段佳泽：“……”

164

作为曾经和肖荣相比的当红偶像，在肖荣退出娱乐圈之后，白世乔更加如鱼得水。肖荣和他路线相似，年龄相仿，演技还比他好一些，没了肖荣，就没了竞争。

而且自从拍了《关山月》后，白世乔在演技上也开窍了，进步很大，现在不会再有导演抱怨“这个小鲜肉演得还不如灵囿动物园的天鹅”。

虽然事业蒸蒸日上，但是白世乔并不觉得自己逃避了肖荣的阴影。

正因为肖荣离开了，而且离开得那么果断，去动物园搞什么设计。每次白世乔有什么进展，网上就会冒出这样的声音：如果肖荣还在……如果是肖荣来演这个角色……

随着日子久了，更是有很多讨厌白世乔的人干脆这样说：白世乔就是肖荣的替代品，要不是肖荣退圈了，哪能有白世乔的今天。

反正一句话，肖荣走了以后，白世乔对他的怨念反而更加大了。

最近，白世乔收到一个筹备中的真人秀邀请，请他去做常驻嘉宾，配置相当高，是某大公司少东家亲自策划的。白世乔不是最大的咖，他的经纪人强烈建议他参加这个节目。

当白世乔看到拍摄地点后，就持怀疑态度对经纪人说：“你是因为肖荣在这里，才叫我去的吧？”

经纪人嘿嘿笑了几声，在他耳旁说道：“我特意和那边确认过了，肖荣拒绝出现在节目里。但是，他们想用这个噱头炒一炒。”

白世乔脸上的肌肉抽搐了一下，他很讨厌自己的名字和肖荣摆在一起，但是目前来说，大众喜欢看。经纪人也常常劝白世乔，反正肖荣又不在了，炒出来的曝光率、好处还不是白世乔一个人的。

所以，白世乔只能不情不愿地应下了这个工作，到时候，他还得假装特别开心地去参加录制，说不定还会在那里见到肖荣。

也不知道肖荣现在怎么样了，白世乔心中暗暗期待，离开了这个圈子的肖荣，最好变得和普通人一样。

一架飞机把白世乔带到了东海市，和他一班飞机的还有节目组请的另一个嘉宾，是一位影后级女演员。孟少东家为了做这个节目，确实拼了，除了他们两个之外，还有两位当红明星，以及一个新人。

除了新人之外，其他几个都属于话题人物，活跃于各大媒体上，养活了一干记者。可以想象，节目绝对不缺炒作话题。

白世乔上网时也看到了，就因为这个配置，有人戏称《大动物》为《大戏精》，差点把他给气死了。

影后叫费妍，比白世乔大了七八岁，白世乔叫她费姐，镜头记录下白世乔对前辈恭敬的样子。两人之前虽未合作过，但也在各种场合多次遇到，只是不太熟稔。

费妍在镜头前大大咧咧地道："小白，你为什么接这个节目？是不是因为老朋友？"

她还眨了眨一只眼睛，白世乔却差点僵了，敢怒不敢言，打太极含糊了过去。心中却是暗道，得，还真他妈是《大戏精》。

一行人到了灵囿，按照节目组的安排，要等所有嘉宾到齐之后，才开始录制，先抽签决定各自去哪个展馆做饲养员，隔一段时间还会有组合任务、集体任务——不过这都是有剧本的。

经过节目组的测评，他们最后选择了白象、帝企鹅、狮子、海龟、暴风雪蟒等作为主要动物。

这里面看上去最危险的是狮子，不过狮子只要吃饱了，其实不会随便攻击人，甚至能和食草动物和谐相处。不像老虎，会暴起伤人，大象也有伤人的可能性。

白世乔早就知道了，自己会负责那条白变异的缅甸蟒，他怀疑是因为他也姓白。

还有两个嘉宾要下午才到，节目组请白世乔和费妍吃了一顿饭，孟总监也出席了，他们这才知道孟总监这段时间一直住在这里。白世乔心想，看来孟总监真的很重视这个节目。

不过上菜之后白世乔就知道自己理解错误了，孟总监根本没和他们寒暄几句，就愉快地吃喝起来。说是重视节目，白世乔觉得他会不会是因为喜欢这里的饭菜啊……

费妍为了保持身材没有多吃，但神色之间也流露出了欣赏。

等人到齐了，开始录制之前，节目组又介绍，他们吃睡也要在灵囿的食堂、宿舍，有明星两两成对住一个房间，白世乔则要和一个灵囿的饲养员住。

他们分开拍摄了一段，去熟悉各自负责的动物。

白世乔看着饲养员介绍蟒蛇的习性，还进去示范打扫笼舍，努力在镜头前保持风度，摸着玻璃窗道："呵呵，我相信它不会伤害我的，大家都姓白，五百年前是一家。"

饲养员把白素贞扛了出来，让白世乔摸一下。摄像头也对准了白素贞身上，近距离拍摄她又白又像是有柔光效果一般的鳞片。

白世乔摸摸白素贞道："哈哈，挺舒服的……夏天抱着应该很凉快。"

蟒蛇猛地抬了抬身体，速度快得白世乔都没反应过来，只能庆幸蟒蛇并不打算攻击他，只是不愉快地吐了吐蛇信而已。

白世乔吓得跳开几步远，摄影师都在憋笑了。

刚刚还在说大话呢，一吓就怂了，这打脸来得还真是快啊，效果十足。

今天白世乔做的大部分工作还是打下手，因为要照顾的是蟒蛇，肯定要有一个前后期对比才好。所以白世乔的反应，一半是演的，一半是真情流露。

只有这么近地接触到大蟒蛇之后，才会感觉到它的可怕之处。

结束工作后，白世乔对着镜头说："我觉得，作为一个新人，我的表现还不错！"

为了避开人群围观，今天他们是在闭馆之后拍摄的。刚刚结束，白世乔正打算去休息，就看到一个熟悉的人走了过来，和饲养员熟稔地打了个招呼，然后钻进笼舍里，把一条绿树蟒给抱了出来。

这个人正是久未露面的肖荣。他穿着便装，动作熟练利落，将蟒蛇往身上一缠，还亲昵地摸了摸脑袋。那绿树蟒张大嘴，看着可怖，实际上后续动作却是和肖荣撒娇。

至于肖荣本人，白世乔怎么觉得，他看起来和退圈那会儿状态没什么区别，甚至更好了。

这两年白世乔还打了针，镜头前看不出，但他心里清楚不如以前了。白世乔暗自恨恨地看着肖荣，心想这家伙虽然退圈了，但是肯定也在保养！

节目组的人早就来这里准备了，也知道肖荣在这里，都不奇怪，只有白世乔和他的助理神色古怪地看着肖荣。这家伙不是做设计的吗？为什么还养上蟒蛇了？

饲养员笑呵呵地道："肖哥，带小青去体检吗？"

小青很多工作肖荣都会参与，饲养员都习惯了。

"啊……对啊。"肖荣说完，这才看向白世乔，似笑非笑地道："好久不见，祝你们拍摄顺利。”

白世乔也僵硬地道：“谢谢。”

他心里很不服气，为什么自己不自觉显得那么弱气呢。

网友们说什么白世乔都不服气，但是面对面气势输了才让他难受。更何况，也不知道是不是节目组故意安排，让他来照顾蟒蛇，这个肖荣居然和蟒蛇玩得那么好，和他刚才的表现形成了鲜明对比。

坑爹节目组，戏精节目组，为了收视率不折手段。白世乔在心底连孟总监一起骂上了，要不是已经签了合同，又不敢得罪姓孟的，他真想一走了之。

肖荣虽然已经不混娱乐圈了，但是当初和白世乔确实竞争过，多少有点火花。后来他赶着去修仙，就放下这茬了。这会儿他看白世乔表情，坏坏一笑，故意在小青身上多摸了几下。

小青慢悠悠地把脑袋搁在肖荣肩上，蛇信一探，在肖荣耳朵上舔了舔，仿佛在暗示什么。

肖荣：“……”

肖荣一抖，不敢再炫耀，赶紧跑了。

白世乔这里录制得心中直翻白眼，费妍那边却是气氛相当好。

费妍负责的是帝企鹅，她是嘉宾里最大牌的，而奇迹也是动物园的吉祥物，地位非常搭配。费妍已经做好心理准备了，来之前她查过，帝企鹅有时候不是很讲卫生。

但是这里的帝企鹅比她想象中要聪明可爱，饲养员大夸他们的企鹅时，费妍还以为是吹牛。可爱是可爱，聪明就不一定了吧。她也看过一些节目，下意识觉得是剪辑和引导出来的效果。

费妍穿上防护服和饲养员一起进去的时候，奇迹刚好从水里一跃出来，嘴里衔着一条鱼，一弯腰吐在费妍面前的地上。这让费妍喜出望外，这是什么意思？

费妍惊喜地道：“啊，这是送给姐姐的吗？”

她的脸颊微红，上前要把鱼捡过来。她个头比较娇小，比奇迹也高不了多少，不过奇迹看起来很友善，所以她也不怕。

这时候一群大概在费妍小腿高的半大企鹅冲了过来，个头不大数量多，差点把费妍撞得一个踉跄。它们越过费妍，争抢起那条鱼，你一口我一口就吃光了。

石化的费妍："……"

费妍仿佛若无其事地往后挪了几步，问道："它们认得自己的名字吗？"

"有几只可以，比如奇迹，它是肯定知道自己名字的。"饲养员说道："它是由人工孵育、饲养长大的，而且非常聪明，你可以试着叫它的名字。"

费妍柔声喊了奇迹一声。

奇迹果然抬起头看过来，有所反应。

而那些半大的小企鹅吃完了鱼，还在围着奇迹，伸着脖子大张嘴巴，好像在讨要东西吃一样。

费妍："哇，奇迹是这里的'幼儿园老师'吗？"

饲养员纠结道："可以这么说吧。"

接下来，他还要介绍一些关于帝企鹅的生活习性和生存现况，按照台本上的内容，还介绍了他们新落成的繁育中心。

经过一段时间的修建、装修，灵囿的帝企鹅繁育中心已经落成了，不是特别大，就挨着极地馆。

"这个我知道，我关注了你们的官方账号。"费妍不知道是真的早就关注，还是做了功课而已，笑眯眯地道，"我可以去看看繁育中心吗？"

这个是台本上安排好的，接下来，饲养员要带费妍去参观一下他们的繁育中心。

"这里模拟了南极的环境，包括阳光、湿度等。"摄影师在介绍声中，拍了一圈繁育中心的内部样貌，最后落在趴在玻璃窗前的费妍身上，顺便把玻璃窗内的小企鹅也拍进去了。

繁育中心的工作人员正在喂小企鹅吃鱼浆，毛茸茸的幼年企鹅长着一身柔软的绒毛，看上去就像个玩偶一般。

费妍羡慕地道："天啊，我也好想进去。"

饲养员露出微笑："等你修炼到一定等级后，我们就会允许你进去试一试了。"

费妍一副很有干劲的样子："为了它们，我也要努力啊！"

饲养员："那么就先从清理帝企鹅的粪便开始吧。"

帝企鹅长得可爱，但是帝企鹅的粪便就不那么可爱了，尤其是那么多帝企鹅的粪便。动物园的成年帝企鹅们通常有个固定的排泄地点，这么多帝企鹅会“生产”出大量红褐色、棕褐色的粪便。

帝企鹅馆内有人工造雪、人工造冰，费妍举了举工具：“拼了，为了成为一个合格的饲养员，加入奶企鹅的行列，我一定要加油！”

连雪带粪一起清理干净，虽然剪到节目里估计只有几十秒，但是费妍花了很长时间才干完活儿。中途累了，就坐着看看奇迹，回回血。

到了后期，还有另外一个男明星干完自己的活儿，过来帮忙了。

饲养员发现，他们大太子对影后态度特别不错，不知道是因为影后长得漂亮，还是因为她帮大家清理了粪便之后身上也都是帝企鹅的味道了……

饲养员比较认同是后一个原因，但是大概大众会往第一个原因脑补吧。

费妍离开的时候，奇迹还跟到了门口，把脖子伸得老长。

费妍赶紧伸手去碰奇迹的脑袋，奇迹一歪头，差点把她的手套叼走，费妍赶紧把手缩回来：“哈哈，真调皮。我去换衣服啦，回头见，奇迹。”

这一段就差不多了，费妍去把衣服换了下来，这时候时间已经很晚了，后面再拍一拍她很累的样子就可以了。

费妍换好衣服一出来，就和一只硕大的吉祥物碰了满怀。

她惊喜地抱住这只可爱吉祥物：“Hello，你好。”

费妍抱着吉祥物又亲又摸，展示够了亲密，还亲昵地道：“你也是奇迹对不对？”

奇迹猛点头。

摄影师也拍到了这一幕，一旁的编导一瞬间有点迷糊，他们好像没有安排这一出啊。但是她也没有喊停，她觉得这个突然出现的吉祥物应该是喜欢费妍的灵囿工作人员，趁这个机会和偶像亲近一下。

这对他们的拍摄没有什么影响，甚至还很不错，所以编导最后选择了住嘴默默看发展。

费妍一厢情愿地以为这是节目组安排的，和奇迹亲亲抱抱好一会儿才发现它好像没有接下来的动作了。

起码持续十分钟，一直没有什么任务发布，也没有格外的动作了，好像就是来和她玩的一样，让费妍有点焦急，她可赶着回去休息呢，现在身上一股企鹅味。

半晌，费妍就试探着问：“那我可以回房间了吧？”

编导：“你早就可以回了，这个企鹅不是我们安排的。”

费妍："……"

吉祥物无辜地原地晃了晃身体，若无其事地往外走了。

费妍："……"

在这迷之半路杀出个帝企鹅之后，费妍终于得以回去，继续正常流程的"今天铲了好多帝企鹅便便，好辛苦，原来饲养员这么不容易"等自白。

第二天，整个节目组都知道这件事了。

灵囿的工作人员，不知道是谁，狡猾得很，穿上帝企鹅的套装冲出来和影后亲密无间地抱了十分钟，影后以为是节目组的安排，就一直在和他玩。

最后，节目组说出来，这只帝企鹅一副无辜的样子跑掉了，留影后一个人呆了半晌。

这事儿传得动物园的人都知道了，这么多明星过来，灵囿有规定不能打扰人家的工作，还得帮忙疏通围观的游客。

那些明星晚上拍摄的时候，大部分人更是最多只能场外围观一下。倘若有机会合影，也不可能和这帝企鹅一样合个十分钟，甚至上手抱抱。

所以说这帝企鹅到底是谁啊，太精了吧！

居然套个玩偶装，直接过去扑影后，还成功了。搞得大家都无比羡慕嫉妒，玩偶装很多啊，怎么他们没有想到这个好办法呢……

段佳泽吃饭的时候还听小苏说："园长，你说我伪装成帝企鹅，去抱人可能性大吗，他们现在会不会有防备了？"

"你们够了啊，回头人家报警把你抓起来。"段佳泽好笑地道："正常合影不行吗？"

"想亲亲抱抱啊。"小苏委屈地说。

小苏走了之后段佳泽就搭着陆压的肩膀叹气："喜欢女明星？和大姐姐玩？这点到底像谁啊，咱俩都不喜欢女的啊。"

陆压："……"

陆压可不认为这算喜欢，他琢磨了一下，想到了在人间学到的知识："应该只是追星而已。"

段佳泽哈哈一笑："我还追日呢。"

陆压："……"

《大戏精》……不，《大动物》的拍摄很多是选在清早或者晚上，但有些也无法避免是在白天，看明星的比看动物的还要多。

他们录制过程中的一些照片，也流传到了网上。

同时也有一些小道消息称，不知道为什么，老孟家费了老大的劲儿才说服动物园合作。而且动物园会把收益全都捐去做环保，这倒是契合主题了。

这件事情倒没有引起太大讨论，也就是东海市本地人或者灵囿的粉丝关注一下，猜测会不会是节目组要求一些违反动物园原则的事情，这才磨了很久？至于捐钱，那当然是好事啊。

而目前广为流传的明星照片，有明星蹲在狮子旁边，战战兢兢双手比V的，颠覆了以往硬汉形象，引起一片哀号；有影后和帝企鹅合影，居然和帝企鹅差不多高的，由于帝企鹅身高详细数据一直对外公布，再度引发娱乐圈明星身高大讨论；还有白世乔和蟒蛇合影，网友纷纷猜疑角落露出的半片衣服会不会是肖荣……

未播先红，孟总监的爸爸把他夸了一顿。本来还觉得他跑到东海去，那么长时间不着家，也不知道在瞎忙些什么。但是现在看来，还是在做事的嘛。

接到老头子的电话，孟总监脑海一片空白，他做了什么事？

孟总监就最开始提供了一个点子，而且是没什么创意可言的点子，后面都交给别人去完善了。所有事情都有底下的人去执行，他每天就吃吃美食，逛逛动物园，以求偶遇挖角对象。

然而，令孟总监悲伤的是，迄今为止，他已经胖了十三斤了，小九看到他还是只有一个字：

"滚。"

为什么，他到底哪里暴露或者得罪小九了？

165

孟总监思考很久后觉得，这些人可能是不太了解娱乐圈和他们家，甚至是他本身的实力，这些人老是一副不屑的样子，让他很苦恼。

你们好多都没工作，在段佳泽单位蹭住，或者拿三四千的工资，凭什么不理我啊？

《大动物》未播先红，带给了孟总监更多信心，他觉得有必要让这些人感受到身边鲜活的例子，他是怎么把人捧红的。

《大动物》录了四期的素材后就开始剪辑了，他们要边录边播。本身节目就很有爆点，节目组和各个嘉宾又都是群众口中的“戏精”，在网上发了很多新闻，导致第一期的收视率就很高。

孟总监作为少东家，给自己选的班底都是最好的，做出来的节目质量还真不错，第一期播完后竟是好评如潮。

尤其是他们塞进去的那个自己公司的新人，原来只演过几支广告，还有两个男三号。

这次在《大动物》里，他负责饲养的是海龟，那海龟的戏也挺多的，男新人是个话痨，没事就对着海龟说话，海龟还会回应，为此闹出了不少笑话。

比如，海龟要轮班去触摸池执勤：“下班”之后，海龟就非常人性化地往那儿一趴，男新人颠颠儿过去“我给您按摩”。按完之后海龟掉个头，他就赶紧扑上去：“好的，加钟是吗？”

这种一点都不尴尬的自嗨性格，竟也有挺多人喜欢，一夜之间微博就涨了几十万粉丝。

至于其他嘉宾就更不用说了，他们本来就是人气很高的话题人物，只是新人属于一夜成名，看起来很突出，其实其他嘉宾那儿议论度更高。

白世乔和蟒蛇的互动，竟显得有点怂怂的，他的粉丝认为特别可爱，反差萌；讨厌他的人则觉得他不像男人，平时就爱装，这时候露馅了。

费妍那一段最受好评，被截出来在网上传播得很广。

费妍照顾的是帝企鹅，相比其他嘉宾的动物来说，非常可爱，让人怀疑是不是有黑幕。不过，她一上去也没享受到什么好的待遇。

先是把帝企鹅吐的鱼误认为是给自己的，闹了个笑话，然后更搞笑，被派去铲屎。

屏幕上，费妍扛着工具自嘲：“大家都是铲屎官，你们看看，别人铲的猫屎、狗屎都是一坨坨的，我这里是一片片的。”

铲完屎后，还有一个穿着企鹅玩偶装的人冲了出来，冲费妍摇头摆手，费妍也很亲热地和它抱抱，不过渐渐地，费妍的笑容没了。字幕显示，十分钟后，编导声音从画外传来，观众这才知道，这根本就不是他们安排的企鹅。

帝企鹅知道自己暴露，也迅速溜走，费妍站在原地一脸懵逼。

这个迷之闯入者和费妍的表情特别有笑点，走红之后还有节目组和动物园的员工出来八卦，详细说了下这段，表示至今都没人知道那只帝企鹅是谁，还有人想模仿，结果被阻止了。

“我他妈要笑死了哈哈哈哈，费妍尬笑了十分钟！”

“以前一直讨厌费妍，觉得她特别装，今天感觉有点转路人粉了……”

“费妍真的很有看点，还故意刺白世乔，戏真的很多。”

“《大戏精》好看！我感觉要继续追了，动物那么可爱，科普起来也不烦，连讨厌的嘉宾画风都变得搞笑了。那个新人也不错，一点都不尴尬，有点想粉啦！”

“帝企鹅最搞笑了好吗？编导说这不是我们安排，然后他还一摇一摆地跑掉，我笑得肚子都痛了。”

孟总监一边吃藕夹，一边用平板电脑放节目视频给小九看。他开了弹幕，一条条弹幕把屏幕占得满满的，而且几乎都是正面的。

孟总监觉得特别得意，才播了第一期《大动物》就红红火火了，连他们家老头的朋友都打电话夸赞，让老头更加开心。现在圈子里好多人都说，要对孟总监刮目相看了。

其实这已经完成了孟总监最早的目标，一开始他就是想让老头吓一跳，现在已经完成得很好了。但是，孟总监对自己的挖角计划怨念更深了。

他都做出一个红节目了，这些人居然还是没有被他打动丝毫！

这么想着，孟总监吃得更大口了，含含糊糊地道：“这个姓柳的新人，微博粉丝涨了几十万，还上了热搜。怎么样？”

画面上这时候播到了费妍和帝企鹅抱抱，然后帝企鹅溜之大吉。

小九面无表情地道：“滚。”

孟总监把最后一口藕夹咽完，还舔了舔嘴巴，不开心地道：“你到底是什么意思吧，老子够他妈有诚意了吧？没招你没惹你还老给脸色看，当老子没脾气是吧？！”

孟总监怎么说也是个纨绔子弟，之前勉强装精英装了那么久，这时候终于忍不住黑脸了。

小九脸色也变了，孟总监脾气大，他脾气还更大呢，当时就一拍桌子大声道：“你是谁老子？傻子还差不多，别以为你那些话没人知道。告诉你，我绝对不可能做你的人！”

小九扬长而去。

孟总监呆在原地，沐浴着听了小九刚才那句话后，看过来的群众们那奇怪的眼神：“妈的！”

动物园内节目组的拍摄没有影响段佳泽的日常工作，最近他正在钻研一项工作。灵囿暂时是不必再扩大面积了，他们追求在现有的基础上完善、加强自身。

如何在有限的面积里，玩出更大的花样呢?

在动物园员工的建议下，段佳泽想挑战混养动物。

普通动物园一般都是各种动物分开饲养，而一些大型动物园，条件允许，空间足够，则会尝试混养动物。

场地不是很大的动物园如果混养动物，可能会导致动物压力过大，产生一些血腥的后果。

灵囿动物园显然没有这个担忧，物种混养能够增加游客观赏的乐趣，对动物来说也是另一种丰容。

不过在混养动物选择上，也是很有讲究的，否则那就不是混养动物，成了养蛊。这需要专家来指导进行，段佳泽想拿一两个场馆做个尝试。毕竟，这样的展出也更符合“野生动物园”中“野生”两个字。

在此之前，他们也有非常简单的混养，那就是在散养区的草食动物区有几种温顺的草食动物是共享空间的。

在国内，以北方地区的动物园尝试混养居多，东洲省内都没有动物园混养动物。段佳泽希望能尝试出一些不同的、有趣的搭配，就在动物园协会里求助，弄了些资料来学习。

除此之外，就是在笼养区搭设一些空中通道。上次动物园协会开年会，段佳泽听别人的讲座时，看到国外一些动物园搭设了这样的通道，使得动物能够在马路上的透明通道内活动，人们一抬头，就可以看到上空的动物，非常震撼。

这样的通道还有别的变化形式，比如猴子们的通道可以是绳索，它们喜欢荡绳索。

就像海洋馆的海底隧道一样，陆生动物也可以三百六十度展示。

这种方式将动物园的土地更大化地利用了起来，还增强了观赏趣味性，也不是什么大工程。段佳泽对此非常感兴趣，回来之后就四处打听有相关经验的建筑公司。

虽说他们有室火星君朱烽，但是段佳泽怕朱烽不太懂现代材料，这个通道当然要特别安全。

起初也是想尝试一下，看看游客反响，段佳泽让人在猛兽区的展馆外修了一条空中隧道，以有机玻璃为材质，直接连接到圈舍中。

这东西修起来时间也不用很久，起初人们都不知道这是要做什么，还以为是给游客站在里面观光用的。直到一段时间后，才有人猜到这隧道是给动物的。

这条空中隧道从室内连接出来，横跨马路，在对面的树丛间绕了一个弯，距离地面也就两人多高。

隧道落成之后，很多东海市的家长都被孩子要求去灵囿动物园看看。

对于现在的东海市民来说，周末去灵囿附近是再经常不过的事了，爬海角山，逛动物园，游同心村……家长们还以为自己的孩子是不是接到了什么家庭作业。

动物园在小孩子之中比较有话题性，当有几个小孩去了动物园，回来说他们发现灵囿多了一个空中隧道的时候，同学们就都感兴趣起来，一传十十传百，个个都回去拉家长。

于是在隧道开始运作后的第一个周末，游客数量又有了一个小幅增长，都是来看空中隧道的。

这个隧道目前仅供乐乐使用。

乐乐也是灵囿的元老了，它一直住在自己的圈舍里，没有去散养区，自从欢欢阿姨去世后，它又是单个居住了。

这个通道修成之后，先是进行了一次测试，饲养员从外部将通往隧道的隔门打开。

乐乐望着那个方形的大口子，好奇地探了探脑袋。接着，它还真的钻进去了，经过一段缓坡之后，它也从上方离开了场馆范围。脑袋一伸，看到了外面的世界。

动物园的动物知道“玻璃”是什么，但乐乐还是犹豫了一下才迈步。它可以看到，下面站着好些人类，而且玻璃的左右就是树冠！

第一天，乐乐没有在外面待很久，只是探索了一下新地界，就原路返回了。不过这也证明了，乐乐对这个隧道没有任何不适，而且从之后的表现来看，它还挺喜欢这里的！

空中隧道也并非每时每刻都开放，通常饲养员会根据天气来做决定，因为这也相当于室外活动场了。

每次隧道开放的时候，平时懒懒散散的雄狮就会换个地方，从睡觉之处爬起来，钻进隧道里，然后到室外玩一玩。

周末的游客特别多，从各个渠道知道这条隧道的游客们早就等在外面了——灵囿并没有着重宣传这条隧道，因为现在还只是实验而已。不过，游客们对此显然很感兴趣。

几乎是一片欢呼声中，乐乐一步踏了出来，并且昂首吼了一声。

站在隧道正下方的游客都吸了口气，这么近的距离，头顶就是一头怒吼的雄狮，而且这个角度还特别新鲜，可以看到乐乐起伏的腹部。

乐乐对游客们很不陌生了，它甚至有点享受这样的万众瞩目一般，走到大路中间的位置，竟是就地一躺，晒着太阳打起盹来。

它的身体紧紧贴在玻璃上，形成一个平面，尾巴不时扫一扫。

而且乐乐翻了个身，侧躺着，脸也挤在了玻璃上，下面的人看得一清二楚。

“卧槽，为什么要换姿势，刚刚那个姿势多好啊，可以看到爪垫！”有游客抱怨了一声，刚才乐乐趴着，可以清晰地看到它肉嘟嘟的爪垫印在有机玻璃上。

“现在这样也很好笑好吗？脸都歪了……”

隧道下面的人们抬着头，还有让孩子坐在自己肩头，一起抬头看的。

不知不觉，一个女孩看得太入迷，头仰得太靠后，竟是一个不稳，往后栽倒。

幸好这个时候人多，身后的男生一伸手就抱住了这女孩，两人都闹了个大红脸。旁边的游客们发出善意的笑声，还有人怂恿他们认识一下。

两人对视一眼，还真的加了微信，这也算有缘，都来这里肯定是喜欢动物的，已经有了第一个共同爱好。

乐乐独享这“大猫隧道”，非常喜爱这里的宽阔视野，它最喜欢在马路中央上空的地方睡觉、晒太阳，还喜欢走到对面，在树木掩映间享受不一样的感觉，通风孔带来了好闻的草木味道。

这种观赏方式受到了绝大多数游客的好评，小部分游客则是糊里糊涂走到隧道下面的时候，被头顶咆哮的雄狮吓了一跳，他们还不知道这里多了条隧道呢！

乐乐估计也不知道，人族在它正下方拍了它很多奇怪的照片，如果说爪垫还称得上可爱的话，那么它舌头不小心露出来，贴在玻璃上的样子就确实很诡异了。

游客们强烈呼唤：

“我靠，这个角度我能看一整天，求更多隧道开放时间……”

“能不能给别的动物也修隧道？乐乐还是太懒了，想看活泼的动物。”

“想象一下纵横交错的空中隧道，里面有各种动物，再装饰上花花草草，我觉得肯定特别美！”

“卧槽，我想到如果给粽宝修一个，我会晕倒。”

“前面的不要走啊！想看粽宝和黑旋风在隧道里打滚！”

“不能呼吸，如果能从下面看到粽宝的肚皮和爪爪……看到粽宝趴在我头上……”

“同求，修了我就不走了，从此住在灵囿！躺着看滚滚！”

反响极其热烈，网上的评论就不说了，现实里都有很多游客填写意见卡，他们非常喜欢这种特别的展出方式。

看到风评这么好，段佳泽也考虑要多修几条动物隧道了。不过呼声最高的熊猫隧道，还是要再考虑一下，毕竟熊猫身价太高了，目前还没有哪个地方有熊猫隧道，需要慎而重之，确定这种丰容方式不会对熊猫有任何影响。

除了乐乐之外，老虎花虫也可以参加，再试一试猴子们的绳索隧道。这样立体的参观方式，确实可以让游客更加浸入。

同时，段佳泽学习了一段时间动物混养，也有了一点想法。

他请教过省城的畜牧师，以东海的地理环境来说，还是适合混养的。灵囿此前混养的动物都是没有什么攻击性的草食动物，食物充沛，它们之间没有任何矛盾。或者一些同属混养，也没问题。

这一次呢，段佳泽试着采用了跨度更大的混养，比如将斑马和鸵鸟养在一起，梅花鹿和马一起住，效果倒也不错。

段佳泽看着资料道："唔，我看说北极狐和貉也可以养在一起……"

有苏惊恐地抬头："我不要和貉子住啊，园长，我宁愿和小九住。"

小九："嗯？"

"别开玩笑了，小九和秃鹫混养还差不多，你和小九一起住，到时候把它们给欺负惨了，让专家们怎么想？"段佳泽觉得他们动物园已经够让各界专家操心了，他也就是一说，有苏还是算了吧，把她和谁混养在一起也让人不安心啊。

小九更是郁闷，什么叫宁愿啊……

有苏："那我和熊一起也行。"

熊思谦说道："那还行，咱俩可以聊聊天下大事。"

有苏面无表情地道："我说的是熊猫。"

熊思谦："……"

潘旋风无辜地抬头："谁喊我？"

熊思谦要恨死潘旋风了，自从潘旋风出现了之后，他这个熊就越来越不值钱了一般，连九尾狐也向着这人间界的黑白熊。

段佳泽还在琢磨鸟类混养的事情，最早他们就一个鸟棚，所有的鸟各自装在笼子里，挂在鸟棚。后来的禽鸟馆倒是混养了，但是一点都不科学，有钱之后就拆分了。

现在呢，则是考虑以科学的方式，把一些鸟类组合起来养。甚至，是和别的动物养在一起。

"小九呢，确实是可以考虑和别的鸟养在一起，一直有游客反映，觉得小九很孤单。"段佳泽说道。

这安第斯兀鹫都稀少成什么样了，国内也没几只，而且这鸟太凶残了，一只占据着一个院子。

小九一听，触动心弦，摸了摸自己的脖子："是有点孤单。"

段佳泽："……"

段佳泽："哦，那你以前可以九个头互相聊天吗？"

小九："那倒没有。"

段佳泽继续低头写写画画："我看看有什么猛禽可以和你混养的。"

一提到猛禽，小九的眼神就不由自主往孔宣、陆压等人身上瞟过去，不管人类怎么划分，在他看来，这几位就是猛禽。

陆压却是冷眼看了回去，还不依不饶地道："单头虫看甚？"

孔宣也不屑笑道："耻与尔同笼。"

小九："……"

段佳泽讪讪道："当然不可能把你们养在一起的，真养在一起，我的展馆还保得住吗？"

有苏忽而嫣然一笑："说起来，九头虫这名字是不是该改一改了？"

小九："…………"

"不要再扎小九的心了，"段佳泽低头道："到时候我先布置一下展馆，再和其他普通猛禽混养……唉，从你们上界的角度来看，孔雀是不是和凤凰、大鹏可以混养的？"

都是亲戚嘛，孔雀是元凤之子，和大鹏又是兄弟，虽说段佳泽看孔宣和陵光也不是很亲热的样子。

孔宣露出难以言喻的神情，他们上边根本就没有动物园，何来混养，就算洞府也不可能混住，他淡淡道："我和兄弟都是独居的，你问问道君，三足金乌不是十只生活在一起吗。"

陆压独享一个展馆，他觉得孔宣之流都是嫉妒："本尊只和段佳泽混养。"

段佳泽："…………"

原本非常没有存在感的谛听忽然咳嗽了几声，见有人看向自己，又喝了杯茶，尴尬笑道："我是在想，狮子可以和老虎混养。"

"是可以，但是我怕弄出狮虎兽来。"段佳泽一听，连忙说道。雄狮和雌虎结合生下来的，就是狮虎兽，一般都是动物园产物，这种杂交后代免疫力不强，生命也不是很长，生殖能力更是低弱。

虽说狮虎兽很能吸引游客，但是考虑到这种杂交并不稳定，产生的后代身体又弱，段佳泽还是不太看好。

谛听脸色又扭曲了一下，说道："你们这么讲究这个吗？园长，我劝你们看开一点……"

"那是你们其他界啊，动物园要将讲科学的，"段佳泽解释，还有点好笑地道："而且，我本人看得挺开的了，我男朋友是三足金乌啊。"

陆压就爱听这句话，嘴角当时就翘上去一点。

谛听一副要聋了的样子，低下头来，不知道又听到了什么乱七八糟的东西，也是可怜。

166

最近《大动物》节目组，甚至灵囿动物园，都在流传一个说法：

孟总监千里迢迢，抛弃其他一线城市的大动物园不选，而到灵囿动物园来进行摄制，其实是想借公事的机会，追求这里的一个大帅哥！

没错，传说中不学无术、热爱泡女明星的孟总监，已经开始寻找新的刺激了！

这个说法私底下传开后，不少人都恍悟。就说孟总监怎么突然浪子回头了，原来本意还是不纯啊，只是走运节目真的爆了。不然，这就是一个富二代为了性福乱花钱做节目的反面例子了。

相比起别的理由，这一条更符合孟总监向来在大家心目中的形象。这个圈子玩得多开啊，何况是孟总监这样的身份，他突然转性的事情，竟然丝毫没有成为疑点。

大多数人对此深信不疑，因为除了按孟总监过往事迹推断之外，当时现场可不只一个两个人，还有剧组成员呢，连对方的身份都能说出来。

听说，孟总监的魔爪想要伸向的是灵囿园长的朋友，那个被昵称为“小九”的帅哥。当时，小九怒而拍桌，指责孟总监要对自己巧取豪夺，惊了一干围观群众。

言外之意，孟总监一直贼心不死呀。

一时之间，原本每天在动物园浪来浪去，不怎么管事的孟总监，成了目光的焦点。这么一看，还有人发现，孟总监好像胖了不少。

都说为伊消得人憔悴，搁在孟总监身上，大概是情场失意，以美食排遣心情吧。

这一点越看越觉得有点像电影里大多数失恋女性会干的事。

孟总监是最郁闷的，他当然知道现在有些风言风语，但是以他一贯的风格，解释就等于掩饰，快把他给气死了。

都是那个小九，说的那叫什么话！搞得大家都误会他了！

孟总监也是有脾气的，那天他本来就怒了，现在更不想理小九了。

不过他不理小九，八卦故事也能继续发展。

动物园的员工们因为这个八卦议论了好久，小九虽然是园长的朋友，和陆哥好像也早就认识，但是他的性向到底如何呢？

有人忍不住偷偷去和小九打听，因为只剩一个头了，小九的脾气已经收敛很多，面对人家隐晦的问题，他也没什么好隐瞒的：“我结过婚！”

众人心想，太惨了！孟总监恋上有妇之夫，难怪那么苦，这算不算报应啊！

另外，《大动物》的录制也一如既往成功。

经过一段时间的学习，费妍终于获得了进入孵育室的权限，她被允许跟着灵囿动物园帝企鹅繁育中心的育幼专家一起进入孵育室，身后跟着的摄影师也全副武装，消毒完毕。

这个新近修建成的帝企鹅孵育中心设备先进，工作人员都富有经验，保持了百分之九十以上的成活率。费妍一开始没什么感觉，直到被科普了帝企鹅的正常成活率，这才一脸不可思议地道：“你们是怎么办到的？”

育幼专家表示：“这里二十四小时都有人观察，所有的程序都非常精准，我们要完全模仿南极的温度、湿度变化。”

他先带费妍看了孵蛋器，里面放置了十枚帝企鹅蛋，上尖下圆，有一点点像不倒翁，又像它们长大后的体型，下半身比上半身壮得多。

育幼专家解释道：“新手企鹅父母可能会对孵蛋没有信心，或者其他种种原因，中途放弃孵化。这时候我们需要立刻把帝企鹅带到这里来继续孵化，不然超过一定时间就无法孵化了。”

帝企鹅孵蛋也是个体力活儿，而且工作人员不时会偷偷把蛋弄出来检查，如果发现孵化情况不佳，也会带走。费妍理解地点头。

“如果你早来一段时间，那么可能就……拍不清了。”育幼专家看了看费妍身后的摄影师，笑着说：“在光照上我们也要模仿南极，前段时间属于‘极夜’时间，不能有一丝光亮，现在则在‘极昼’。”

在这里费妍帮不上什么忙，接下来，她又去看了帝企鹅孕妇。现在，帝企鹅在生产、哺育期间会搬到孵育中心来，也可以说是来这里坐月子吧，工作人员方便记录、掌控它们的情况。

费妍帮助一起准备了孕妇餐，喂食的时候，那帝企鹅孕妇在她身上闻到了奇迹的味道，态度好得令专家都很惊讶。

“这段时间它一直待在这里，没有见过你，可能是这些天你一直和其他的帝企鹅混在一起，所以有些亲近吧。”专家若有所思地道。

摄影师则变换角度，抓紧拍帝企鹅妈妈伸长脖子，费妍则小心翼翼摸了它一下的样子，刚才专家的话也记录了下来，这段绝对是个好素材。

对于摄影师，帝企鹅妈妈就没有那么客气了，他靠得近一点就高声赶他走，摄影师赶紧离开一点。

费妍内心也有些波动，不只是因为这段播了可以好好炒作一下，她也真的因为被信任而觉得开心。摄影师和她一样每天和帝企鹅们待很久，但是没她这么被信任。

等出了这里，费妍忍不住道：“看来屎真的没白铲……”

说不定那里面，就有这母企鹅的丈夫或者其他亲戚的粑粑。

接下来，专家又带费妍去了她最想看的地方，那就是刚出生的幼年帝企鹅的育幼室。这批里最早孵化的帝企鹅已经十几天大了，育幼员正在用针筒喂鱼浆。

“好多奇迹啊！”费妍看着毛茸茸的小企鹅们，说了个双关语。

在人类看来，帝企鹅都长得差不多，这些都像是缩小版的奇迹，而它们每一个都是一个小“奇迹”。

她跟着育幼员学习如何喂食，从消毒工具开始做起，看喂食量，抽取一定量的食物，然后开始喂企鹅。它们仰着脑袋，嘴巴长得大大的，对于人类奶妈非常信任，清脆地叫着，渴求他们手中的食物。

费妍的动作还不太熟练，一点一点往小企鹅嘴里推鱼浆。

小企鹅的嘴巴还不时碰到费妍的手，她有点慌，赶紧把手抬高了一些，然后赶紧放回去，一手迅速在小企鹅身上摸了两下。

虽然戴着手套，但那种感觉还是非常明显的——丰厚、柔软，绒毛下是肥肥的肉。

费妍露出一个不可思议的神情，对着镜头非常感动地说：“太可爱，太舒服了，好想偷一只回家啊！”

带一只小企鹅回家是不可能了，不过走的时候育幼专家送了她一只小臂那么大的帝企鹅玩偶，作为今天的奖励。

费妍的主要任务还是在成年帝企鹅那边，小企鹅太脆弱了，不可能让她这个外行全程参加。

费妍依依不舍地离开繁育中心，虽说场馆内有一些更大一些的小企鹅，但是接触外界一段时间的它们正是最调皮的时候。

而且相比起费妍，它们更喜欢黏着奇迹，反倒是这里刚出生没多久的企鹅，谁手里有吃的就喜欢谁。

基于节目组的剧本，加上费妍本身也挺讨奇迹喜欢，她大部分时候都顺风顺水的。但是同样因为剧本设定，偶尔也会犯些小错，比如把温度给调错了。

幸好饲养员及时发现，然后就把费妍“发配”去了其他地方。

等费妍到了地方才发现，和自己一样的倒霉蛋还有新人嘉宾柳淳晟，他比费妍还早来一点，正一脸尴尬地坐在铺了报纸的地上。

“……你怎么来的？”费妍尴尬地问。

柳淳晟看到费妍，赶紧站起来，低着头非常不好意思地道：“我跟胖大海玩，玩嗨了想骑一下……”

胖大海就是柳淳晟负责的那只海龟的名字，非常活泼。

费妍：“……”

虽然心里知道这肯定是安排好的，但费妍还是配合地露出吃惊的神情：“你怎么可以骑海龟呢，你这么重！”

“胖大海很大的……”柳淳晟弱弱地说：“我以为没事。大家不要学我啊，这样不好的……妍姐，你怎么来了？”

费妍不好意思地道：“调错温度了。”

为了弥补自己犯下的错误，两人不得不来到这里，共同完成一项任务：给野猪洗澡。

野外生长的野猪也会定期洗澡，他们先在外面看了半天野猪的科普图片，全都担心得不得了。野猪多猛啊，费妍一个女性，柳淳晟也不是什么肌肉男……希望饲养员能传授一些厉害的技巧！

“好了，跟我来吧。”饲养员对两人说道。

他们赶紧跟上去，进了一个房间，原本做好了心理准备，要面对一头巨大狂野的野猪——毕竟这个节目叫《大动物》，目前他们面对的大部分动物都有够大的。

然而真正出现在他们面前的，却是一筐吉娃娃那么大的小野猪。

费妍立刻就捂住了嘴巴，不然她就要尖叫了。

虽然成年后的野猪看起来很不好惹，甚至有几分凶残，但是这几只小野猪极为可爱，底色是较浅的黄褐色，背上是一条条不规则的黑褐色条纹，就像瓜皮一样。

它们的身体还很袖珍，尾巴细细的垂在身后，眼睛大睫毛长，鼻子的颜色和家猪不一样，也是深色的。有的小猪躺着，长着白毛的肚子就露出来，一瞬间会让人误认成小狗。

这一出太出人意料了，饲养员招呼他们坐下来，告诉他们如何给小野猪洗澡。

其实这是小野猪们第一次接触水，它们还没断奶呢。饲养员从筐里把小野猪托出来，拍拍它们的屁股。小野猪用鼻子碰了碰水，然后竟然喝了起来。

费妍小心翼翼地在小野猪身上摸了摸，毛发比看上去要粗硬一些，这也很正常，小野猪竟然十分享受地趴了下来，直接趴进了一盆浅水里，肚皮都被打湿了。

它惬意地眯起大眼睛，费妍就掬水泼在它们背上。

饲养员解释道："它们的母亲生产时受伤了，一直在养伤，所以我们暂时负责哺育，包括教会它们和水接触。"

"原来是这样。"费妍说道："不过，我都不知道小时候的野猪长得这么可爱呢，又像小鹿又像小狗，而且还挺瘦的。"

现在的小野猪身形还很瘦，身上的肥肉都比不上费妍之前看到的小帝企鹅饱满。

相比起费妍的自如，柳淳晟就显得无措多了。他两只手就能完全握着小野猪的身体，它们在他手里显得太脆弱了，他有点不知道怎么下手，不敢施力太过，小野猪又比较活跃，搞得他满头是汗，加上被溅得一脸水，看上去，好像不比给大野猪洗澡轻松多少。

"有的人把猪当宠物养，甚至是野猪。不过，如果没有很大的院子，最后长到几百斤的猪会成为他们生命中无法承受的重量。"饲养员看着费妍喜爱小野猪的样子，说道。

费妍："……"

她确实刚刚闪过能不能弄一只小猪回家养的念头，这些小猪都特别聪明，还会跟在她身后走路。不过想想公猪长大后还会长出獠牙，就算了吧。

饲养员了然地道："很多人只是一时冲动购买的，最后悔不当初，而猪的下场也不好。实际上很多宠物都是这样，只不过近年来连猪也遭了殃。"

费妍唏嘘道："我以后估计不会随便养动物了，这些天看到了很多，要把动物养好多么辛苦。如果不能照顾好，还是算了。我看，我可能也就适合养个仙人掌。”

不过，眼前还是可以借此机会和它们玩一玩的，费妍把小猪往前一送，让它和柳淳晟手里的小猪碰了碰鼻子。

在高清镜头中，它们嫩嫩的鼻子碰在一起，长长的睫毛随着眼睛眨动忽闪，洗完澡后变得蓬松的黄褐色短毛颜色十分温暖。原本看节目时觉得野猪有什么好看，如果去动物园一定不会观看野猪的观众，估计也会改变看法……

而实际上，这一期播出的时候，因为开始出现了动物幼崽，收视率也攀升了。

《大动物》主打的是至少相对同类来说体型巨大的动物，人们喜欢看嘉宾养动物时发生的趣事，而动物幼崽也有不一样的温情、可爱之处。

灵囿帝企鹅繁育中心非常自豪地认领了他们的繁育室和小企鹅们，灵囿官博也介绍了小野猪。

费妍和柳淳晟虽然是犯了错去干活的，但是认错态度好，而且这一段的剪辑重点放在了科普上，所以也没有收到太多指责。

反倒是费妍意外讨小企鹅喜欢让人非常羡慕嫉妒恨，没想到给动物铲屎真的能融入它们!

“靠，真的要对费戏精转粉了。”

“一开始是想来看塑料姐妹花的……现在，我也不知道是我被戏精迷惑了，还是戏精们真的被动物感化了，居然感觉到了爱。”

“影后不愧是影后，这才是表演的精髓，连动物都被骗了！”

“楼上角度清奇。”

“很有感悟，我也想说一个故事，我有朋友养了猪，后来发现那猪有野猪血统，长了鬃毛出来。他家倒是有钱，有个大院子，不用丢了猪，但是猪喜欢趴在他身上睡觉，现在那猪已经五百斤了，听说还会长，你们感受一下……”

“啊啊啊真的不能随便乱养啊！”

一个节目再红火，也总有人不爱看。

比如，粽宝的粉丝们因为《大动物》里反正没有粽宝，也没有她们喜欢的嘉宾，她们的精神都放在了看粽宝的直播上。最近灵囿的大猫隧道大受好评，连其他地区的人也在催促他们当地的动物园，能不能跟上脚步也建一个。

粽宝的粉丝们强烈建议，也给粽宝建一个隧道。

经过灵囿的领导、专家们集体研讨，最后认为，熊猫室外隧道这个步子迈得还是有点大了。但是，基于对游客意愿的调查，倒是可以加一个室内的隧道。

熊猫馆的室内区域也很大，高度也够，可以在室内做一个小小的设计。

这个室内的空中隧道被做成了一节节的，连接处是绿色，室内墙边都有竹子，这个隧道一半就靠着墙，在竹叶的掩映之中。

虽然不在室外，也算满足了大家的愿望。

广大群众欢呼雀跃，苦苦等到隧道搭好。大家极其期待看到熊猫们爬进隧道里，光是想想那场景就很搞笑。

但是让人失望的是，黑旋风和粽宝对隧道好像兴趣缺缺，黑旋风更乐于在平地抠脚，而只要黑旋风在地上，粽宝就会待在它旁边玩。

这可太让人扼腕了，专门为了看熊猫隧道来的小萝莉们等了半天，等到熊猫出去室外活动了，也没等到抬头看熊，当时就哭得抽噎起来："它，它们为什么不上去，呜哇——"

粉丝们互相安慰，没事，熊猫那么喜欢攀爬，它们只是还不太熟悉这个装置。灵囿都没觉得浪费，拆了这隧道呢。

果不其然，不久之后就迎来了转机。

粽宝爪贱，偷吃了黑旋风一口剥好的竹子，黑旋风一转头就看不到竹子了，立马气势汹汹向粽宝冲过去。

粽宝转头就溜，但是整个空间也就那么大，退无可退，它一蹿，爬上了通往隧道的楼梯，然后钻了进去。外头的游客立刻欢呼一声，终于上来了！

黑旋风紧跟其后，杀进了隧道。

姜还是老的辣，粽宝才爬出去几步，就被后来的黑旋风压在了身下。

为了珍贵的熊猫，这个隧道可是比乐乐那个牢固，它们都趴下也没造成任何动摇。倒是两个胖墩墩的身体堆在一起，从下方看的一清二楚。

顿时快门声连成一片——粽宝的脸都变形了。

黑旋风爪子在粽宝头上拍了好几下，才气呼呼地把它搡开，粽宝四脚张开趴在隧道里，从下面看就像整个熊拍平了一般。它委屈地晃了下脑袋，才慢悠悠地站起来。

黑旋风转身离开，粽宝只好继续往前，它走到了墙边的位置，这里被竹子包围。紫竹长在室内做装饰，依然那么美味。粽宝隔着玻璃用熊掌碰那些竹子，还试图咬那些从通风孔插进来的竹叶。

龇牙咧嘴的粽宝没注意到，气呼呼的黑旋风往回走，因为太过气愤，它没有打楼梯下去。

楼梯旁边还有个滑梯，黑旋风大哥往前一扑，就从滑梯下去了。但是因为生气，一下子用力过猛，它滑下去后势头不减，直接溜出去五米远，全靠身体够沉重，才慢慢止住势头。

而外面的游客已经笑疯了，粽宝听到声音才茫然地把脸从玻璃上撤回来，转身去看。

黑旋风已经慢悠悠站起来了，他恶狠狠地瞪了粽宝一眼，都怪粽宝！

粽宝以为黑旋风还在怪它抢了竹子，更加不敢下去了，索性一屁股坐在隧道里。

“快拍啊！粽宝的屁股！”

“这个屁股的形状太完美了，感动。”

“我看看，刚才黑旋风扑粽宝拍到没有……”

“我要给粽宝的屁股打 call！”

一个大大的圆屁股，后面还有一个小一些的圆形，是它的尾巴，这个尾巴也特别让人疯狂。

粽宝作为一只明星熊猫，对人类的眼光早就不在意了，自顾自做它的事情，努力用爪子把竹叶抠进来，然后用嘴咬。

虽然室内有足够的竹子，但是不知道为什么，这样抠进来的好像更加美味。只是它不知道自己现在的表情丰富过头，甚至有点滑稽了。

粽宝在隧道上坐了大概二十分钟，才慢悠悠地下去，给大家留下了足够多的素材。

当天朋友圈就流传起了一张图片，是一群游客在疯狂拍熊猫屁股，配文：丧心病狂！为了屁股而疯狂的男男女女们！

167

段佳泽手上捏着一份文件，他沉默地又翻看了几遍，抬头问黄芪：“这个你已经看完了？”

黄芪点头：“当然，不然怎么到你这儿来。”

段佳泽：“不是……这个……好吧……”

他一脸犹豫，最后还是签了名。这是一份关于商品部开发新周边的文件，里面附有设计图和效果图，是桌垫、茶杯垫和鼠标垫。

像这类商品灵囿已经生产过很多了，各种动物形态的都有，卖得不算最好，但也不差。

而这一次，商品部要求首次制作的量较以往大不少，他们也给出了原因，根据对市场的分析，认为这次的商品会取得很好的销量。

这些周边的形态，就是粽宝的屁股。

没错，商品部的设计师们把印在玻璃上的粽宝屁股（加一点尾巴）图案，拿来做周边了。最大的桌垫，号称完全是一比一按照真熊屁股面积制作，鼠标垫稍小一些，算是中号，茶杯垫最小。

形状是不规则的椭圆，大部分是白色，带了一点黑色的“腿根”，仔细看层次也不一样，边缘有绒毛感，中间也隐隐有缝，下端还有一个略小的圆形，是尾巴。

这个应该是画的，而且非常仿真，还画出了被玻璃压扁的那种感觉。

段佳泽看到满页的熊猫屁股时差点眼前一黑，没想到商品部比那些游客还要丧心病狂……不，他们应该就是看中了游客的丧心病狂吧。

黄芪看着段佳泽精神恍惚的样子，说道：“粽宝的屁股现在很有商业价值的，我也觉得应该会大卖。”

段佳泽：“我知道。”

最近粽宝的屁股实在太火了，游客蜂拥而来。尤其是被拍摄下来传到网上后，也引发了一轮调侃，很多人感慨，大熊猫就是大熊猫，连屁股也能上头条，闹出这么大动静。

游客痴迷粽宝屁股的事情都红出圈了，还有人联系上以前粽宝大发熊威的事情，说这就是那只超持久男熊猫的屁股啦。那形状也非常深入人心，现在拿出去问一下，说不定粽宝的屁股比它本人还要有知名度。

黄芪：“对了，餐厅也在研究，是不是可以做点屁股点心。”

段佳泽：“……”

作为动物园的餐厅，佳佳也一直在致力于开发和动物有关的菜品，这也是除了洛迦等贵价系列之外最受欢迎的。

黄芪："像什么海豹棉花糖、猫爪饼都很受欢迎，他们在考虑要不要做这个。"

段佳泽扶着额头道："随便他们吧。"

段佳泽俨然已经放弃治疗，而新周边公开全网预售之后，宣传博也被转发了很多次。商品名字就叫"粽宝ＰＰ／熊猫屁股桌垫／鼠标垫／杯垫。"

"哈哈哈哈哈哈哈，灵囿的周边部门简直魔性！"

"宣传词简直笑死我了：绝无仅有的桌垫！一比一全还原粽宝ＰＰ，纤毫毕现！"

"卧槽！干得漂亮！"

"这也行？官方牛逼，好好好我买还不行吗？"

"一个一米九的壮汉朋友问我，买了这个会影响他的威严吗？"

"已下单，然后发现我宿舍根本没书桌，我决定为了ＰＰ桌垫去买个桌子……"

样品生产出来后，照例送了一份到段佳泽办公室。

段佳泽这里有不少周边，一些比较实用的他也会摆出来，而且他是提倡大家使用园内周边的，员工购买一般都有内部优惠。

看着这一套周边，段佳泽犹豫了一下，心说我的扶桑木桌子，就没必要放桌垫了吧。他把桌垫收了起来，只留了鼠标垫用。

陆压跑来找段佳泽的时候，也发现了段佳泽的摆设有所变化。陆压的观察力那么敏锐，又喜欢没事找存在感，但是他盯着鼠标垫看了一会儿，也没确定这到底是什么。

陆压是一个虽然使用手机，但从来不上社交网络，对其他人类也不关注的家伙，他显然并不知道最近粽宝的屁股有多火。

段佳泽咳嗽一声："坐啊。"

陆压把段佳泽的鼠标拨开，将鼠标垫拎起来，左看右看，才有点难以置信地问："这是……？"

段佳泽："……"

段佳泽干巴巴地道："惊喜吧，我们人类不但喜欢猫爪、鹿角、鸟翅膀，连熊屁股也不放过。"

陆压："……"

段佳泽已经抢在他前面把话说完了，陆压一时间有点语塞。

虽说已经是管理层了，但看到这么夸张的事，陆压也有点不是滋味。他还是把段佳泽的鼠标垫给没收了，因为就算人类有些迷之喜好，也不代表段佳泽可以无视道君的地位，在桌上放别的动物的屁股周边——那可是屁股！

一般人对于粽宝ＰＰ，不喜欢顶多也就是一笑而过，而熊思谦则是极其恼火。

他看到这东西上架销售的时候，才知道有这么回事，当时便翻了一个很大的白眼。那两只黑白熊向来有着他不理解的人气，没想到现在它们还如此不要脸，用这个来吸引游客……反正熊思谦自问是做不出来的！

怎么说，他也是堂堂观音道场的护山大神，他绝对不会为了（单方面）争抢人气而出卖自己的身体。

熊思谦既不屑又嫉妒，他还拿了一个鼠标垫，和老乡小青半抱怨半嘲讽地道："人族也是越来越不像话了，什么都能放在商店里卖。虽说他们是黑白的，但也是熊，你知道吧？在咱们审美里面，这是非常不合格的！"

小青瞄了一眼，不是很在意地道："我咋知道嘛，你鉴赏一下？"

熊思谦："哼，这个不是一比一大小的，你要看那个桌垫。后头有一点点的腿，腿太细咯！这个形状也不够好！这好像是那小黑白熊的，我早就说嘛，年纪太小了，一个小娃娃而已，身体很一般！"

小青疑惑地道："你早就关注过粽宝的屁股了？"

熊思谦："我没有。"

小青非常认真地看着熊思谦："你没有吗？"

熊思谦："……"

熊思谦恨不得把自己说错话的舌头给吞了，他闷闷地坐直身体，不吭声了。

"这也没什么，大家都在关注粽宝那地方。"小青说道："肖荣的堂妹还让他帮忙用内部价代购一套呢，人族好像很喜欢这个。"

"我知道，我知道。"熊思谦心想，真是可惜了，道君自做了管理层后不在乎这些了，九尾狐又特别狗腿，他觉得就算输也是输给这二者比较好。

"你看看你这个样子，像什么话？跟个猪头一样！"

孟总监坐在电脑前，屏幕上是他家老头的脸，老头扶着眼镜，正斥责孟总监。

孟总监的绯闻已经传到首都圈子去了，节目组那么多人，不要多少天，该知道的人就都知道了。孟老总一听儿子去东海原来实际目的这么不纯，差点气死。

这也太打脸了，这段时间他那么得意儿子出息了，谁知道给他玩这么一出。

孟老总给儿子拨了个视频，发现他还胖了不少，看上去果然是受了情伤，和八卦里非常符合，于是大骂儿子没用。

“说真的，你乱搞就算了，你还搞不上。搞不上也就算了，你还把自己整成这个样子。”

孟夫人在一旁，扶着椅背弯下腰来：“怎么说话的，什么猪头呀，我看宝宝蛮好的嘛。宝宝你站起来给爸爸看一下。”

孟总监无奈地站起来，转了一圈。

孟夫人顿时也沉默了，她这么一目测，感觉儿子胖了得有二十斤啊，确实有点过分了。

“你赶紧从东海回来，再这样下去真的要变猪了。”孟老总骂道。

“我不回！”孟总监很气：“你们不要听信传言，我根本不是来追人的，我就是来挖墙角的，让人给传得不像话了。我还没有做完工作，我不回去！”

孟老总：“……”

连一向溺爱孩子的孟夫人都看不下去了：“你几时这么热爱工作了？”

孟总监：“……”

知子莫若父，孟总监这个话，压根没人信。

“反正我不回！”他啪一下就把电脑给关上了，躺在床上想了半天，更加愤愤不平，这要是没挖到一个人，岂不是彻底亏了。

但是到底怎么才能突破这些人的防线呢，好困难啊……唉，先下去吃碗五谷粥吧，肚子有点饿了。

孟总监拉拉有点紧绷的衬衫，下楼去佳佳餐厅了。

现在还不到酒店餐厅营业的时间，要吃东西，只能去动物园里的佳佳餐厅。

路上，孟总监看到了正在打水漂的精卫，顿时停住了脚步。小卫姑娘白天不常在园里出现，他虽然有点饿，但还是赶紧放弃了去吃东西的计划，走到精卫旁边。

其实以前孟总监对精卫的攻势不是特别凶猛，毕竟精卫年纪还小，他估摸着家里人很难同意。但是现在他已经管不了那么多了，挖一个是一个。

“这不是小卫吗，今天不用上课？”孟总监坐下来，和蔼地道。虽然一坐下来，他的肚子上的扣子就开了，看来真的得换尺码了……

精卫看也没看孟总监一眼，说道："今天海边办活动，有很多游客。"

"怎么，你也想去吗？"孟总监误会了他的意思，热情地说道："要不我载你去？"

精卫面无表情地道："不想去。"

说着，石头扔出去，打起一连串的水花。

"打得真好，我有个朋友的弟弟，也特别会打水漂，长得也很帅，是不是长得好看的人打水漂都厉害啊？"孟总监努力和精卫拉近关系。

精卫这才看了孟总监一眼："你朋友的弟弟也溺过水？"

孟总监怔了一下："这我就不知道了。"

精卫那一后脑勺的彩色头发让她看起来很是特立独行，孟总监自觉和她有代沟，无法理解她的逻辑，又换了个话题道："你一个人在这里上学，想不想家里？你爸爸是做什么的？"

精卫懒懒道："还好，我爸是种田的。"

种田的啊，孟总监心思顿时活络了："种田很辛苦啊，你有没有想过给家里减轻负担。"

精卫："我家没负担。"

孟总监干笑道："令尊不是务农吗？"

精卫莫名其妙看他一眼："是啊，但是我爸的地比东海还大。"

孟总监："……"

精卫把石头扔干净了，拍拍手站起来走了。

孟总监有种无处出气的感觉，决定等会儿多吃两碗粥。

孟总监跑到餐厅，却见段佳泽也在，而且身旁就是精卫。他一路上都没看到前面有精卫的影子，心想毕竟是年轻人，跑得就是快。

只见精卫回头看了他一眼，和段佳泽说了几句话，然后就离开了。

孟总监顿时有点心虚，他今天比较急躁，说话的时候也不太注意……虽然段佳泽估计早就知道他别有用心，只不过大家现在合作正在进行中，段佳泽也不好翻脸。

"段园长。"孟总监还是挤出笑脸和段佳泽打了个招呼。

段佳泽也不咸不淡地回了一声，说道："孟总，你想找小卫做兼职啊？"

孟总监：“……”

孟总监支支吾吾道：“随便聊聊，关心一下小卫。”他又有点疑惑，试探道：“我看小卫平时都不带换衣服的，没想到家境还不错？”

虽说小卫的气质确实很不错，说是家境好也不让人意外，但细想还是有些小漏洞呀。即使孟总监不是什么细心的人，也注意到了这一点。有没有可能，小卫那么说只是为了怼他？

“你放心，小卫的出身在‘人’里面，绝对好得不能更好了。”段佳泽意味深长地道。

孟总监：“？？”

都是炎黄子孙，小卫的辈分就是大家的祖宗。段佳泽让孟总监坐下来，然后诚恳地道：“咱们开诚布公地说，你想挖走的这些人，要么有自己的目标、理想，要么家里根本不缺钱，你基本上是不可能打动他们的。”

孟总监呆坐了好一会儿，其实他也发现了，这些人都无欲无求，但他就是很不甘心。

段佳泽不解地说：“按理说你也该明白，怎么就这么有毅力呢，难不成你真的对小九……”

孟总监：“……”

孟总监：“我不是！我没有！”

他绝望地走了，但也没忘记端上粥。

段佳泽看着孟总监的背影乐了一下，他当然知道是怎么回事，胡说八道激一下孟总监罢了。

孟总监回去后想了很久，决定给自己最后一个机会——如果这些人真的如段佳泽所说，竟然全都不差钱，或者有自己的志向，那他就认倒霉了！

于是他挨个打听人家的身家，有理想的，像是白素贞行医，水青立志做快递员（也不知道这是什么鬼理想）……

善财，自己跟人合作做艺术品，放在酒店天天有人想买。

灵感，自称被人养着，每天展示一下身体就可以了，现在是出来度假——这人对自己的职业好像还挺自豪，孟总监很费解。

陵光，自称是某处公务员，而且家里也很有钱，估计就是因为这样，挂个名字不上班都没事。

一圈问下来，孟总监都绝望了。

最后他遇到了小青，小青是白医生的弟弟，所以孟总监根本不抱希望。

“我啊，我家没什么钱，我和姐姐都是闲散人士，还被打压过。”小青说道。

孟总监：“哦，那你以后没有别的想法了吗？就这样，还是和你姐姐一样行医？”

小青：“我不想行医，顶多帮我姐熬个药。我暂时还没有什么想干的事。”

孟总监一瞬间燃起一点希望，问道：“那你之前怎么老拒绝我？你到底想不想干这一行？”

如果是小青的话，他觉得捧成一线绝对不成问题，就算小青什么技能都没有，培训一下，靠脸也能刷到之前白世乔那个程度了。

小青瞥了孟总监一眼：“干什么。”

孟总监：“明星啊！”

小青嘟囔道：“我早就干了……”

孟总监没听清楚。“你说什么？”他凑近了一点，抱着最后一丝希望，期待地道：“咱俩去我房间细聊一下？其实我以前也对人生很没规划，不过你不觉得，成为当红明星非常……”

孟总监那不熟练的鸡汤还没灌完，身后已经响起一把声音：“不用了。”

回头一看，却是肖荣。

孟总监当然不会不认识肖荣，肖荣以前公司的老板还是他从小认识的长辈呢。这位退圈的经历也挺传奇的，正是当红的时候却急流勇退了。

肖荣和小青对视一眼，小青就默契地走到他身边了，肖荣顺手牵着小青，然后说道：“小青忙着谈恋爱，就不进什么演艺圈了。”

孟总监：“……”

在完全呆掉的孟总监面前，两人手牵手走了。

这个距离还能听到小青开玩笑：“你急什么。你是当红过，你当然不在意了。”

孟总监有点头晕地扶着墙，忽然觉得悲从中来。

孟总监带着多出来的二十斤肉，黯然离开了东海市，留下来继续拍摄《大动物》的节目组成员都在揣测，他应该是被家里下了最后通牒。

还有传闻说孟总监家里安排了相亲，好让他忘了在东海的遭遇。

从首都传回来的八卦看，孟总监回去后很长一段时间没有露面，可能是因为不妥协或者直不回来，被家里人关起来了。

实际上孟总监是被关起来了，但他是被关起来健身。不过这就是后话了。

而千里之外的东海市，段佳泽仍然在用心琢磨动物混养的事情。

动物混养不可能一蹴而就，对于新琢磨出来的一些组合，段佳泽还在进行小规模实验。同时，动物隧道也搭建了更多，包括给猴子们使用的吊索隧道。

对于游客来说，看着猴子们排着队一只接一只荡着绳子从头顶经过，也是一种有趣的遭遇。加上动物园的景观设计，更加身临其境了，好像真的身处森林一般。

这个时候，段佳泽接到了一个支线任务，他看了半天后，还给陆压展示了一下。

任务内容：同为熊族，大熊猫饱受欢迎，黑熊却无人问津！园内黑熊长期心理压力之下，心态失衡，请适当辅导调节！

陆压看完，嘲笑了一声，很是不屑："至于吗？"

段佳泽看了他半晌："我觉得你有点好了伤疤忘了疼，当初是谁连狗都嫉妒？"

陆压："……"

陆压暴躁地质问起来："那你觉得你当初做得对吗？！"

段佳泽："……"

段佳泽找到熊思谦，非常温和地插入话题："最近，咱们的粽宝ＰＰ系列周边，卖得还是不错的……"

熊思谦用京剧腔道："从未听说——又与本熊何干——"

段佳泽："……"

仔细一打量，别说，从面部表情还真看不出任何端倪。要不是熊思谦以前的表现，加上ＡＰＰ把他老底给掀了，段佳泽说不定真会信了。

熊思谦手捧着平板电脑，上面正在放国际新闻。他仍用京腔道："我每日里观天下变化，些许小事，怎——咦？"

他话还未说完，只见段佳泽低头摁手机，一看手机他忽然心中一紧，想到了什么，惊疑不定地道："这，这上头莫不是……"

居然自己猜出来了？段佳泽一愣，他还想着无形之中把矛盾化解呢。

看段佳泽的神情就知道答案了，打脸来得太快，熊思谦想到自己刚才说的话，熊脸一红，恨不得找条缝钻进去，用袖子遮住脸哀叹一声：“哎呀呀——”

168

熊思谦拒绝合作。

他本来就不好意思了，知道希望工程的系统把自己给卖了之后，就更是如此。这玩意儿真是谁都坑啊，太不给熊面子了。

熊思谦接近两米高，段佳泽难不成还能去押他，要真让陆压来动手的话，估计熊思谦的心理问题更严重了。段佳泽只好放慢步子，等待机会。

熊思谦却有些精神紧张了，同时也更多抱怨起黑旋风，情绪外露，好像在做铺垫一般。

大家都在休息室的时候，熊思谦看到灵感居然也在用粽宝的 PP 茶杯垫，他有些难以置信地指着那个，不懂灵感怎么也用上了。

灵感笑着问：“怎么了，老熊？”

这个是他随手在商品部拿的，他就是条鱼，才不管熊猫的 PP 可爱还是变态呢。

“有辱斯文，这简直是有辱斯文！”熊思谦指着茶杯垫不满地嚷道，他一转头，随便拉了个人问：“你说，用这种形状的茶杯垫是不是有辱斯文？“

被拉住的袁洪一回头，把衣袖从熊思谦手里扯出来，面无表情地道：“我觉得偷人东西才有辱斯文。”

熊思谦：“……”

熊思谦一下闹了个大红脸，也不好意思再和袁洪分辩了，他埋头嘀咕：“那都是以前的事了，我都给大士守山多年……”

即便作为朋友，灵感也忍不住大乐，他们这几位打落迦山来的，哪个没干过几件坏事。老熊当年偷人袈裟，算是他们中最不光彩的了。

熊思谦蔫了吧唧的，半晌后重提精神，还想再说话，这回一抬头却发现自己对面坐着谛听，两人对视一眼，谛听的耳朵微微动了一下。

熊思谦：“……”

谛听：“……”

熊思谦：“……”

熊思谦绝望地推门出去，这儿没法待了。

然而外面的世界更绝望，黑旋风和粽宝好像又在追追打打，游客们自四面八方互相通知，蜂拥到熊猫馆去：“看熊猫啦！”

熊思谦愈发落寞，他原叫黑风大王，黑旋风处处抢他风头，连带小熊都比他待遇好，屁股都火遍天下，最过分的是有次他听到路过的游人说：“大熊猫拉的屎都好清新可爱哦！居然是茶绿色呢！”

这产生心理问题能怪他吗？

两只半岁不到的小黑熊坐在笼子里，好奇地看着外面的人类，它们的脸略尖，皮毛还算亮滑，胸口都有一道月牙形的白毛。

它们是来自洛城野生动物园的龙凤胎小黑熊大米和小米，母熊多多则在另一个笼子里。

在动物园长大的大米和小米有独特的技能，它们对着段佳泽摆出作揖的姿势。一般以往这样做，就会有游客忍不住给它们东西吃，要是饲养员没有及时发现，就能吃上几口。

段佳泽当然不会随便喂食，他观察了一下两只小黑熊的健康情况，然后让人把黑熊带到生活区域，准备和熊思谦合养。

这三只黑熊是来自洛城野生动物园的“交换生”，段佳泽把它们弄来，正是为了一个计划：力捧熊思谦。

熊思谦拒绝谈心，段佳泽只好寻找别的契机。他想，如果游客能关注黑熊一点，熊思谦心态应该会好很多吧。

不过，普通熊和熊猫比可爱，本来就是超高难度了，何况是熊思谦本体是一只糙糙的大黑熊，基本上大家都把他当猛兽参观，参观态度也比看熊猫时冷淡得多。

所以，段佳泽才找了外援，人类对于幼崽总是喜爱一些。熊思谦也许还能想明白，人类都是单纯的颜控，且有自己的审美。

除此之外，段佳泽还安排小苏那边，让人提高对黑熊的宣传力度。

于是，在一大两小三只黑熊被放进熊思谦的活动区域，和它只有一网之隔后，就有编辑跑去拍摄黑熊了。这个时候它们还没有碰面，饲养员得确保它们不会互相攻击。

编辑知道，主要是要宣传黑风，带上大米和小米只是为了提高关注度，所以有点着急。

幸好因为熊思谦对这几只普通黑熊没有什么攻击性，母熊在熊思谦的气息下也不敢挑衅，饲养员觉得情况还不错，提早撤了隔离网。

母熊多多驱赶着两只小熊，要带它们到一个远离熊思谦的地方。

然而熊思谦远远看到了两只小黑熊，心中却是一动。他其实许久没有和同类接触过了，更别提幼熊。试想一下，熊猫幼崽好像也是最受欢迎的，粽宝刚来的那段时间随便动两下都有游客尖叫，现在还好一些了。

熊思谦很不屑，他觉得粽宝长相很一般，看到小米和小米后，熊思谦不禁有个想法，他走向了多多母子。

多多看到熊思谦往这边来，有些惊慌，它的速度不够快，尤其是带着两只莽撞的小熊。

熊思谦很快走到了多多面前，它直接绕过了多多。这时饲养员也在紧张观察，他们不知道黑风要做什么，只是多多好像没有反应，他们暂时只好观察。

熊思谦一张嘴咬住了大米的后颈，叼着它转身，含糊地低吼一声，表示：借一下你的熊崽子。

大米被叼起来后四肢便僵着，一动不动，这是它的本能。面对陌生熊大叔把自己带离母亲的行为，它有点不安，发出低叫声呼唤母亲，可惜并未得到母亲的回应。

多多根本不敢动，呆在原地舔了舔一脸茫然，还想跟上哥哥的小米，阻止了它的步伐。

饲养员们开始讨论："这什么情况啊？"

"我靠，它们俩是不是认识，母熊怎么随便让黑风把孩子带走？"

"这俩还在交流，黑风也没有要伤害大米的迹象，难不成已经产生友谊了，真是不可思议！"

被派过来宣传的编辑可不管那么多，他全程都在拍摄，跟着黑风的动作，脑中已经在构思文案了。

不可思议的还在后面，熊思谦把大米叼回自己常待的地方后，把它放在地上，就开始拨弄它的脑袋、爪子。

大米害怕得一翻身，蜷缩在地上，脑袋也缩在胸口。

熊思谦把它给拨回来，它又一滚，翻了回去。熊思谦没办法，一爪子拿起一根紫竹笋，递到了大米怀中。

大米来了后还没吃过东西呢，它嗅到一股诱人至极的清香，立刻忘却了所有烦恼，小爪子捧着竹笋，开始全神贯注地咬外皮。在洛野的时候，它的主餐可不是这个，也绝对没有这么好吃。

或者说，在大米短短几个月的人生里，还从来没有闻到过这么诱人的味道。

熊思谦趁机好好打量了一下大米，看看脸型，再看看爪子，露出来的牙齿、耳朵、屁股、尾巴……甚至是胸口白白的月牙。

然后熊思谦完全确定了：没错，他们黑熊的幼崽也熊猫幼崽标志多了！人类真是没眼光，大米过来时一点也不像粽宝来时动静那么大！

在外面看的人也惊了，黑风这是做什么，居然喂大米吃的还拨弄大米玩，它难道是想抚养大米？

通常母熊会抚养孩子两三年，直到它们有独立生活的能力。但是公熊跑去抢别人家的孩子抚养，这可真是闻所未闻，不攻击就算好的了！

熊思谦在观察完大米后，进一步确定了心中的想法，忿忿不平地继续诅咒了黑白熊们一番，就把大米给送回去了。

看着熊思谦离开，多多把大米全身上下清理了一遍，确保它没有受伤。

大米却是颇有些乐不思蜀，熊思谦待的地方是这片区域最好的位置，而且，这位熊大叔还给它吃了紫竹笋。大米才半岁不到，也许无法清晰地知道那个东西对自己有好处，但美味是毋庸置疑的。

它情绪非常高涨，咬着母亲的爪子，还试图把母亲往熊思谦那个方向拽。

小米也过来趴在大米身上，嗅着哥哥身上残余的熊思谦的味道，好奇地看着它，不知道为什么离开一趟，原本害怕的哥哥就突然这么开心了。它看到大米被熊大叔带走，母亲不让自己跟上，且非常焦躁，还跟着担心了呢。

大米只能模糊地表达熊思谦那里有东西特别好吃，但是要让母亲放它过去，还是不可能的。

这一天，有一些步行于此的游客发现新来了母熊和黑熊宝宝。

但是多多身处陌生的环境，又经过了熊思谦那件事，对大米和小米比较保护，把它们放在了遮挡物后面。游客也没法看仔细，即使喜欢幼崽，也只能惋惜地离开。

到了夜晚，多多抱着大米和小米在树洞里睡觉。今天饲养员给他们喂了些玉米，多多觉得比以前的好吃一些，所以吃了很多，这会儿睡起来也格外香，梦里都是玉米的香味。

然而先吃了紫竹笋的大米却不那么认为，半夜里，它悄悄离开了母亲的怀抱，循着记忆向一个地方走去。没走几步，脚下一重，回头一看，却是小米抱住了它的腿。

大米拱了小米几下，索性把它也带走了，兄妹俩一起大胆地从母亲身边离开。

黑夜对两只小熊来说不成什么问题，黑熊的视力本来就差，但是听觉和嗅觉极其灵敏，大米带着妹妹来到了熊思谦待的地方。

现在是下班时间，而且是半夜，熊思谦所在的地方有一头看似正在沉睡的大黑熊，其实这只是熊思谦留下来的替身，所以对于两只小熊来到身边一点反应也没有。

大米在这位好心的邻居大叔身上蹭了蹭，但是大叔没理它，于是大米很不客气地自己在熊思谦地盘上寻摸起来，被它找到了一些熊思谦白天没吃完的竹笋。

大米扒拉了一根，就开始啃起来，还对小米叫了一声，示意它也吃。

小米闻到味道也忍不住了，它咬开一根竹笋，竹笋的外壳被剥开，里面的清香就更加浓郁了。小米一口咬在嫩嫩的笋尖，整个熊都美极了，咔咔几口吃完这根笋，又扒起了剩下的。

虽然剩得不多，但是小熊们胃口也不大，很快把竹笋一扫而光，肚子也饱了。吃饱喝足的大米身体一歪，就倒在“熊思谦”肚子上，这温暖的触感和母亲没什么区别，它脑袋往里一钻，就心大地睡起觉来。

小米犹豫了一下，也跌跌撞撞爬到了熊思谦身上，埋首打盹。

第二天早晨，饲养员们就看到了这样惊人的一幕。母熊多多着急地到处寻找孩子的踪迹，而另一边，大米和小米都安然依偎着黑风睡觉，不知道的人还以为黑风才是它们的母亲。

饲养员赶紧把手机掏出来拍了几张照片，就在下一刻，黑风醒了过来，原地呆了半天，才把两只小熊从身上推下去。

黑风暴躁地拍了一下树干，大米和小米才一步三回头地离开，去找多多了，也让饲养员松了口气。他们就怕多多找不到孩子发怒，或是找到了，发现孩子在黑风那里，和黑风起什么冲突。

饲养员把早上拍到的图片发给了宣传部门的编辑，编辑也制作了宣传文案发到网上，内容是新来的可爱小黑熊迷之热爱隔壁黑风叔叔，甚至半夜都要偷偷离家出走到黑风叔叔那里睡觉，搞得妈妈急死了。

在富有渲染力的宣传文图攻势下，不少人都捧场地转发了。

黑熊在动物园的人气向来一般，看在故事这么有趣的份上，大家才讨论了起来。

“哎哟喂，这是看上了叔叔家的竹笋吗？”

“黑风那么大，对新邻居家的孩子居然还挺温柔，还主动把竹笋给小熊吃呢。”

“然后吃了就再也甩不掉了……”

“熊妈：我孩儿在哪儿，发生了什么？”

还有人疑问，这大黑熊是不是自己之前去灵囿，看到的抠脚的那只。

如果被熊思谦看到了，他一定会暴躁地大喊，最爱抠脚的明明是黑旋风！他就抠了几下，发现人类并不买账后就没玩儿了！他是斯文人！

编辑也趁热打铁，多发了一些这些天给黑风拍的写真，附上周边购买链接，销量倒也增加了不少。

段佳泽也过来看过情况，觉得还不错。

只是下一刻，另一个编辑发的粽宝从秋千上栽下来，脸朝下砸在刚好躺在下头的黑旋风肚子上的照片，分分钟转发超过了黑风微博的两倍。

园长亲自下命令力捧，编辑也花了大工夫，还专门有人跟拍，然而还是比不上人家粽宝随便一跤。

这编辑开玩笑道：“黑风算不算强推之耻啊……”

段佳泽：“……”

段佳泽警告道：“这种话不准在黑风面前说。”

本来人家就够受打击了，要是听到这话，还不得疯啊。

编辑一缩脖子：“难道它听得懂吗？”

小苏也神色一正，说道：“你以为呢，很多动物都特别有灵性，你说它坏话它都知道呢，没看过类似的动物报复人类的新闻吗？指不定就给你记上一笔，那天遇上就往你身上砸石头。”

这编辑吐了吐舌头：“不敢了不敢了。”

熊思谦也发现了，最近来看他的人好像越来越多……不对，与其说是来看他，不如说是来看那两只小黑熊跟他要。

在大米和小米的心里，熊思谦的形象非常好。它们的竹笋是限量供应的，和其他食物一起搭配作为它们的每日伙食，而且出于丰容设计，还需要它们自己去觅食。

但是隔壁熊大叔的竹笋好像吃不完一样，它们非常热衷于从母亲身边溜开，到熊思谦这里找竹笋吃。

多多拦过几次，后来有一次它找到了附近，看到大米和大米在吃熊思谦的竹笋，就没再拦过了。它也明白那是好东西，如果熊仔能多吃一点，当然是好事啦。

熊思谦本来不想让两个小崽子来打扰自己的，但是当他知道很多游客闻风而来后，就没那么做了。

大米和小米在原来的动物园学会了作揖，虽然这里的游客没法给它们投喂，只会报以掌声和拍照声。

熊思谦愈发觉得人类肤浅，同时也舒坦了不少，他就说黑熊长得也很好看嘛！

熊思谦甚至觉得，如果它们略施手段，也不是不可能把游客都抢过来呀……他以前没成功，那是文人气节还在。不是比不过，是不屑，没错，像那些黑白熊，这么多年以来兽性都转化成了以向人类卖萌为生。

这么一想，熊思谦的心情就好了很多。

段佳泽又趁机给他辅导了一下："其实，黑旋风和粽宝全靠你养着呢，紫竹和杨枝甘露，还不都是你带下来的？他们对你其实也是感恩的心，你就不要计较那么多了。这人间界的审美有什么可称道的，你是观音大士钦点的，谁还能比观音大士审美好？"

段佳泽这几年口才也是越来越好了，熊思谦听得连连点头。之前他是钻牛角尖了，现在心态已经没那么不平衡了，再经段佳泽一劝说，顿时好多了。

为了让熊思谦以后不要继续犯病——毕竟大熊猫那么火，谁知道那天他又不爽了——段佳泽又给他出主意："其实吧，大熊猫营销方面比你们黑熊要好，你也是拿笔杆子的人，真有什么想法，不如用你的文字做武器。"

熊思谦顿时心思活络了，说得没错啊，这人类的宣传手段确实要肯定。艺术作品有多大的感染力，他自己这个戏曲爱好者再清楚不过了。大熊猫在那么多作品里现身过，人气能不高吗。

于是熊思谦又有了一个目标："园长，我决定了，我要写一部戏，就是……"

"叮"的一声，任务完成的通知来了，段佳泽低头一看手机，立刻转身："我还有事，就不听你说了，你去找小青吧。"

熊思谦："……"

熊思谦有点伤心地说："小青整天忙着和肖荣卿卿我我啊，哪里顾得上我。园长，你就这么不关心我吗？"

"是这样的，"段佳泽回身扶着门："我也准备去和陆压卿卿我我了，要不你给他说一声等等？"

熊思谦："……"

眼看熊思谦没了声息，段佳泽把门关上："那再见啦。"

熊思谦这个任务完成之后，送的是一些花的种子，段佳泽直接交给他本人了。熊思谦那里不有一窝蜜蜂吗，种花刚好酿蜜用。

多种一些，也可以放动物园和酒店里美化环境，不过这就需要朱烽来指点一下了。灵囿整体风格是他定下来的，乱种一气难保不会毁了这种美感。

同时，《大动物》差不多也进行到了最后两期的拍摄，节目组还设计让嘉宾们伪装成真的饲养员，戴上口罩、帽子，当着游客们的面去照顾动物，且完成一些指定的与游客互动的任务，在这个过程中不能被发现。

到这时候，《大动物》也播放过半，热度很高了。不少游客冲着节目特意来动物园，希望与明星嘉宾偶遇，这任务的难度可想而知。

虽然今年还没过完，但是《大动物》基本已经提前锁定了今年的真人秀收视冠军，因此，孟总监和他爸都飞到了东海来，准备到时候摆庆功宴，给嘉宾、节目组员工发红包。

一段时间不见，孟总监瘦了一点。段佳泽若无其事地接待他们父子，节目组那边还在拍摄，孟总监他们定了宴会厅，段佳泽带他们看了一圈，就先去宴会厅了。

不过在动物园里走着走着，段佳泽就听到一阵叫唤，这种叫唤声在动物园还是挺常见的，起初他没有往心里去。

直到孟老总擦擦眼睛，大声说："小段，那是什么？"

段佳泽扭头看去，只见一只体型庞大之活物在陆上迅速爬动，从海洋馆的方向出来直奔这里，一路上横冲直撞。一个小女孩站在路中间玩，一不留神就被此物撞了个正着。

小女孩往后一倒，恰好躺在此物背上，手抓着其背大哭，竟是被它驮着一起跑了，小女孩的父母也不知哪儿去了。

段佳泽差点一口血喷出来：“我的海龟！”

胖大海怎么跑出来了，《大动物》的嘉宾在搞什么鬼哦？他们有一只帝企鹅越狱还不够出名吗！

169

动物逃逸的情况在大多数动物园都出现过，动物也是很聪明的，最近发生的如春城动物园的猴子们，灵囿也不是第一次了。但是，刚好被节目拍下来就不多见了。

人家都是黑熊、猴子、骆驼什么溜出来，灵囿倒好，上次帝企鹅跑出来，这次是海龟。

不多时还可以看到，后头《大动物》的嘉宾柳淳晟也奔跑着追出来，身后还有摄影师在跟拍，可见全程都被记录下来了。

胖大海体型硕大，背上驮了个小女孩依然健步如飞，四足虽然扁平，但行动间丝毫不见迟缓，比陆龟也差不了多少。

有刚刚才往这边看的人，见到这一幕，还发愣呢：“什么鬼，乌龟绑架小孩？”

那小女孩怕摔倒，手不敢松开，眼睛闭着号啕大哭，看得段佳泽愈发急躁。

孟总监父子也有点尴尬，虽说还不知道事情具体过程，但是看眼下的情形，应该和节目组嘉宾脱不了干系。

胖大海是朝着他们这个方向跑过来的，孟总监问段佳泽：“这怎么办，咋抓起来啊，快把你们保安都叫来吧。”

其实海洋馆的人肯定已经在紧急应对了，只是一时之间人肯定赶不过来，这海龟跑得忒快。

段佳泽直接往前走，一捞袖子，大喝一声：“胖大海！”

孟总监和父亲对视一眼，这是要自己抓？开动物园的果然不简单！

胖大海脚步顿了一下，认出段佳泽来，后有追兵前有堵截，它当机立断，掉头往左边跑。

左边就是水禽湖了，段佳泽一看，脚步也加快了。

小女孩仍闭眼抓着龟壳，段佳泽怕胖大海待会儿往水里一跳，把这女孩也带下去了。但是他和胖大海离着一段距离，在心中预估了一下，索性一吹口哨。

吉光的跑道正是环绕水禽湖，它闻声便扬蹄狂奔。

果然，胖大海到了岸边时段佳泽离它还有十几步，柳淳晟等人就更远了，但是吉光轻而易举就追至岸边，在胖大海投身进湖的同时，一低头咬住了小女孩的后领。

小女孩整个吊在半空，几秒后段佳泽就跑到了近前，从吉光口下接过小女孩，抱在怀中。

小女孩只感觉领子一紧，身体一轻，当时哭声就拔高了一些。但是紧接着她就到了一个温暖的怀抱中，睁开眼睛一看，大乌龟已经不见了，一个卷头发的叔叔正抱着自己。

她脸带泪痕，呆了两秒，把头埋段佳泽脖子里了。

段佳泽觉得脖子一湿，估计什么眼泪鼻涕都糊上来了："唉。"

吉光非常好心地凑上去，用舌头舔了下小女孩的头发，小女孩看了一眼，不太领情，又往段佳泽怀里缩了缩。

围观的游客们也都松了口气，感觉看了一场难得的大戏，还有人以为段佳泽是这小女孩的爸爸呢。

柳淳晟后来一步，在岸边喘着气，探头一看，胖大海已经游出去老远了，只隐约看得到一抹身影。他又转头呼出一口气："没事吧？"

顺便敬佩地看了一眼旁边的白马，这马还真是聪明，要没它就得下水连人带龟一起捞了。

段佳泽示意摄影师不要拍自己，又说道："胖大海怎么跑出来了，这下头是淡水，你赶紧把它捞上来吧。"

柳淳晟顿时愁眉苦脸，去找饲养员借船捞海龟，估计又得吃一番苦。更糟糕的是，已经有人认出他来了，任务算是失败了，而且认出的人很多，失败程度估计是嘉宾里最高的。

一旁的编导则给段佳泽解释之前发生的事情，本来柳淳晟的任务进展得还可以，他还领着胖大海去触摸池值班。

但是因为有个小孩不小心，把巧克力冰淇淋整个倒在胖大海背上了，没啥经验的柳淳晟也是为了不污染水池和地上，就领胖大海去别的地方冲澡。

如果是普通饲养员，肯定会做一些措施。柳淳晟太天真了，他觉得胖大海一直都很听话，就和遛狗似的带着胖大海去了。

结果，胖大海嗨起来了，路过外出通道时，直接一个拐弯往外冲刺。

柳淳晟还在那儿掏钥匙呢，编导提醒他海龟跑了他才发现，急得摔了一跤，口罩都掉了。

后来的事情段佳泽他们都看到了，本来要没那小女孩，还算好解决，柳淳晟估计就是追上去一个猛扑，把胖大海给制住。

这个时候，小女孩的父母才赶到，把小女孩接过去，不停道谢。

他们俩刚才是带着女儿在商店买周边的，两人一个没注意，孩子就自己跑出去了，等他们俩找了一圈，发现女儿在外面时，刚好胖大海就冲了过来，把女孩给带走了。

这对父母当时可吓惨了，女孩的母亲眼泪止不住地流，说怎么海龟还做这种事啊。

段佳泽拿纸巾擦了擦脖子："不用谢，应该的。以后要看好孩子，这里人太多了，别让孩子离开身边。"

基于他是这里的园长，这还真是应该的。

这个时候柳淳晟已经把船弄来了，他学习做饲养员这段时间，也没人教他怎么捞海龟，只能硬着头皮问水禽湖的工作人员要了些捞鱼的工具。

岸边还围了很多游客，给柳淳晟加油助威，搞得他压力更大了。

段佳泽也没继续看下去，带着孟总监父子去酒店了。

孟老总自己平时也好养马，刚才吉光的表现可把他惊着了，和主人的默契程度就不说了，那个身体条件，跑动起来的状态，一看就是良驹。

"小段真不错啊，不但其他动物养得好，马也养得好。"孟老总打算和段佳泽侃侃马经了。

段佳泽很无奈，心说不然让吉光自己来和你聊聊，我真的不懂这个啊。他打了个哈哈道："误会了，我还真没那么多才多艺，这马是朋友养的，因为我这儿场地大，就搁这儿了。"

他这么一说，孟老总才放弃要和他聊马经的想法。

段佳泽领着他们走到酒店，恰好遇到白素贞和小九正在大堂，白素贞拉着小九："你就给我一点不成吗？"

白素贞的语气还挺好的，小九被排挤惯了，神色很不自然："哼……说给就给，你当我是什么？"

孟老总一看这二人，眼前一亮。他的经验比儿子更老到，连孟总监都看得出来这些人的材质，他当然更看得出来。而且当时孟总监为了让父母相信，还把偷拍的照片、白素贞的写真给他们看过，孟老总认了出来。

真人比照片上更光彩，他当时便赞了一声："这就是白医生，还有拒绝你的那个小九吧？"

孟总监："嗯。"

他听到"拒绝"这两个字就怪不自然的，虽说老头已经相信他了，但这个措辞还是让他不爽。

"是的。"段佳泽看了孟老总一眼，大方地给他介绍了一下。

好在孟老总比他儿子想得开了，也没有那种目标，只是平淡地点点头。

段佳泽很少看到这两个人在一起，尤其看上去还是白素贞有求于小九，于是小声问了一下他们这是怎么了。

白素贞说道："我制药呢，想问九头虫要几斤血。"

"几斤……"段佳泽吃了一惊，也就这些家伙能几斤几斤地放血了："那你们自己协商吧。"

小九松了口气，他就怕段佳泽要管呢，给了丢人，不给容易受伤。而且他发现孟总监一直幽幽地看着这边，有些不爽地道："消停一段时间，这人怎么又犯病了？"

段佳泽："消停？你知道他这些天没住在这儿吗？"

孟总监："……"

小九："……不知道。"

孟总监："……"

孟总监早就被打击得千疮百孔了，他恨恨地低骂了一句："大爷的……"

段佳泽干笑着把他们带走，免得孟总监和小九又吵起来："小九每天宅着，也不爱和人说话，所以消息比较闭塞。"

说小九不爱和人说话，不如说是人家不愿意和孟总监说话。

孟总监酸溜溜地道："现在想想，这种人确实不适合加入娱乐圈，得给我们家拉多少仇恨啊。"

孟老总看了看失败的儿子，笑而不语。

晚上节目组结束录制，在灵囿酒店摆了庆功宴，结清了所有款项，段佳泽也正式把钱都捐给了环保部门。

孟老总通过这段时间《大动物》的表现和今天在灵囿实地观察，觉得以后大家可以保持长期合作关系。

他和段佳泽聊了一下，知道段佳泽以前就是学环工的，捐钱也是因为关心东海高速发展下的环境问题，便当即地表示自己也很关系这些问题，这段时间打扰大家了，他私人捐了一笔钱，也用在环保方面。

就算这是想借此搞好关系，段佳泽也认了。

过了几天，有关部门的领导还特意和段佳泽、孟老总见面，感谢他们的捐赠，保证会把款项用在实处。

这次会面，白海波也跟着他们领导一起来了，和段佳泽打了个招呼。

段佳泽对外称白海波是师兄，虽然他们只是同专业，压根不是一个学校毕业的。白海波还告诉段佳泽一个好消息，在他的暗中帮助下，水生所又找到三条白鱀豚，现在已经安排和原来“投奔”他们那几条相亲了。

孟老总一看白海波，长得也很帅气，心中又想起孟总监跟他提起的，这个段园长简直就有集邮癖，养着一群颜值高的男男女女……

这么一想，孟老总看段佳泽的眼神就不由得带上了几分可惜。

段佳泽莫名其妙，总觉得孟老总看自己的眼神越来越怪了，有点像他儿子。

孟老总拉着段佳泽道：“小段啊，真是可惜了……”

段佳泽一听这个开场白，就心里叹气了：“孟总，之前我和令郎就解释得很清楚了，他们真的不愿意做明星。”

“我知道，人各有志嘛。不过，我可惜的不是他们。”孟老总看着段佳泽，惋惜地道：“我是可惜你啊，小段，你说你这个挖掘人、交朋友的本事，要是来我们公司多好！”

段佳泽：“……”

孟老总眼睛一亮：“你说，你要是把动物园交给副手经营，来我们公司跟我干怎么样，我每年给你这个数。”

孟老总伸出手指了比了一下，他是真心诚意的，他觉得段佳泽搞营销也挺不错的，又能认识到那么多长得好看的人。

“不了，谢谢。”段佳泽忍痛道：“我还是比较喜欢开动物园。”

“可惜了，唉，不过人各有志啦，开动物园也不错。”孟老总洒脱地道。

段佳泽："嗯，对对。"

《大动物》收视率一路上扬，到了收官集时更是达到了一个顶峰，许多人都特意蹲守在电视机、电脑前看直播。

从预告来看，最后一期节目组又暗示了一下肖荣，白世乔脸色大变，柳淳晟发生了意外，等等。

不过，等播出之后大家才失望地发现，节目组又在故意炒作，白世乔脸色大变不是别人提到肖荣，而是完成任务的时候摔了个狗吃屎。

肖荣也根本不可能出现，就是有个饲养员提到肖荣经常来这儿罢了，剩下的只能大家自己脑补。不过即便是这样，也让各路媒体、网友想问问白世乔，你和肖荣镜头之外是不是会面了？

对一些不追星的人来说，最精彩的则是柳淳晟出意外那个桥段。小部分经常上网的人倒是已经从一些游客爆料中知道了过程，但也没有摄像机记录得那么全。

柳淳晟在照顾海龟的时候，不慎把海龟放跑了，看到这里时大家还乐不可支，觉得非常符合柳淳晟一贯的形象定位。

柳淳晟摔了一跤，急急忙忙去追海龟。

结果这海龟神了，跑得飞快，撞倒一个小女孩，小女孩还扒在海龟背上不敢下来了。

这一看就知道不是节目组能安排出来的，这种意外事件让人顿时更加揪心，担心起后面的发展。

海龟带着小女孩往前跑，摄影机隐约拍到远方有个男人迎着海龟跑去，海龟吓得立刻转了个方向。字幕也特意标注了这是动物园的园长：原来海龟遇到了动物园园长……

观众都乐，这海龟还认识顶头上司呢，赶紧溜。

可以看到，那位园长一看海龟在外面出现，也很惊讶地去追，并且一吹口哨，召来了一匹大白马。大白马叼着小女孩的后领，使她免于落水。

镜头中园长的身影要么比较小，看不太清，要么就没拍到脸，只有声音。但是这一手也足以让观众津津乐道了，接下来柳淳晟满池捞海龟，更是让人好笑。

"这海龟真的是和柳淳晟一样，搞笑死了，遇到园长时呆了一下赶紧转头。"

"园长养的马才牛逼呢，还知道救人。"

“哎，以前救人的鸟是不是也是这个动物园的？还有那个帝企鹅越狱……”

“好像是的，看来这都是有历史渊源的啊！”

作为孟总监公司力捧的新人，柳淳晟大概是这个节目的最大赢家了。其他嘉宾或多或少都有些基础，只有他之前是个小透明，节目播完后，知名度就跟坐了火箭似的往上涨。

同样得益于《大动物》的高收视率，灵囿也进一步打开了全国市场，名气愈发大了。在此前的节目中，灵囿只算是配角，而和《大动物》关联后则深得多了。

在《大动物》里出镜的动物们，也人气高升，除了奇迹这样早就人气不俗的，胖大海和它的临时饲养员一样，一炮而红。

这些嘉宾离开的时候都一副感触非常深的样子，无论镜头前镜头外都表示，以后一定会回来看自己养的动物——除了白世乔。

虽说根据剧本白世乔最后和白素贞也有了些默契，但那根本就是演技加剪辑，不说对蟒蛇的心理阴影，单是肖荣经常和蟒蛇玩就够让他膈应了。

后来段佳泽他们还讨论过这些嘉宾，白素贞说白世乔一直在演戏，镜头外特别不愿意和蟒蛇接触。

段佳泽却是深有同感：“可以理解，我一开始也特别怕你们……”

那个触感，段佳泽一想起来还有点头皮发麻，难怪有次他做梦梦到自己是长虫都吓了一跳。接触久了也许能接受，但是要爱上，估计有点难。

这时他的手机响了一下，拿起来一看，是凌霄希望工程APP的通知，有个新的派遣动物已经在途中。

“一个啊。”段佳泽看到这么正常且单一的数字，也没有怎么在意，随手把手机塞回了兜里。

第八卷

园长的真身

听说我不是人?

170

过了两日，段佳泽去看熊思谦种花，他发现这些花都还没发芽。

熊思谦在动物园承包的土地上辟了一处专门种花，待日后再移植到别处。

因为是希望工程送的花种，段佳泽还挺好奇长出来会是什么样，有没有人间界没有的奇花异草：“这花要种多久，所以你也没用杨枝甘露？”

熊思谦解释道：“因为现在动物越来越多，须得保持它们的饮水量，有时食材不够了，也得临时催生。这花也不急，就不浪费了。”

“说得倒是。”段佳泽点头，虽说熊思谦等人陆续带了不少杨枝甘露下来，但毕竟有数，也不能太大手大脚了。

这时段佳泽接到电话，说有新人来，他便和熊思谦打了声招呼，回去了。

因为在地里，距离有点远，段佳泽走到园区后看到黄芪坐在观光车上，就拦车让他带自己一程，但还是用了一些时间，下车后他便匆忙往里走，心说会不会让人等急了。

黄芪知道有新派遣动物来，心中也好奇，请示段佳泽后，就跟着他一起去了。

会客室的门是虚掩着的，段佳泽在门上敲了两下，推门进去。

大约是等久了，来人并未坐在沙发上，而是站在窗边眺望，这是名高挑纤瘦的女子，一身白色长裙，黑发如瀑流泻，披散在肩背。

听到动静，她便回过身来，露出一张清丽绝俗的面庞，眉眼之间十分柔和，甚至可以说带着几分慈悲。

那纤纤玉手中还托着一只白玉瓶子，瓶中插着几根翠绿的柳枝。光自窗外照进来，她便浑身好似蒙着一层宝光，更显端庄。

黄芪看到这个形象，当时就腿一软，脑袋发晕：“观、观音娘娘……”

既然孔雀大明王菩萨能下来，那观世音下来好像也不是不可能。黄芪虽然没有宗教信仰，但这时也产生了“我是不是该跪下”的念头。

段佳泽：“……”

段佳泽比黄芪要镇定一点，毕竟有过很多次经验了，还补习过常识，知道不大可能是观音。

他嘴角抽了抽，说道：“那个，你们落迦山的人会不会有点过了，善财装了一整桶杨枝甘露，您就直接把玉净瓶也带来了？”

女子微微一笑，还扫了黄芪一眼，似有解释的意思，答道：“谁叫我做的正是这份活计呢，到哪处也不敢懈怠了。”

看这神色，一派自然，不愧是洛迦山的员工。

黄芪：“……”

他就是傻子也明白了，这不是菩萨，而是菩萨的胁侍之一，龙女。这下他可算体会到了园长的心累。

龙女看到两个人，也不能确定哪个才是园长，说道：“不知善财是否提起过，我叫宝珠——不知哪位是管事的？”

观音有两大胁侍，一个是善财，一个就是龙女。当年善财还没被收服的时候，龙女只管帮观音娘娘捧珠，现在看来可能和她本名就叫宝珠有点关系。

后来善财来了，龙女就去做更稳当的活儿了，给观音捧玉净瓶，那里头全是杨枝甘露。

段佳泽也有点欣慰，看了黄芪一眼，感觉后继有人，自我介绍道：“我是这里的园长，段佳泽。”

端庄沉稳的龙女一听，眉眼带笑，上前几步伸手要抱段佳泽。

段佳泽和黄芪都给吓傻了，一个赶紧拦，一个往后退，一时间有点兵荒马乱。

龙女学了什么人间界的新潮见面礼他们不知道，但是被陆压知道会出人命的！

宝珠微微诧异地看着段佳泽他们这么大反应，还低头看了下自己的手：没有脏东西啊。

段佳泽：“我们人间界比较保守……”

他说着，伸出手去，表示握握手就行了。

宝珠释然，伸手和段佳泽一握。

“那我带您去和大家见见面吧，”段佳泽说着，看了看宝珠手里的玉净瓶：“这个是不是收起来比较好？”

据说龙女自幼就有佛缘，八岁时听菩萨讲经就有所觉悟，相由心生，她看上去就十分端庄祥和，甚至有些慈悲。手里再端个玉净瓶，难怪黄芪会错认。

东海市虽然不是佛教徒聚集地，也保不齐大家被吓到。

再者说，玉净瓶也不是寻常物件，内里有杨枝甘露，而且本身也是一件厉害法宝。观音曾经吓唬大圣爷，说这里头能装下一海之水，常人端都端不起来。

宝珠倒是从善如流，半个字都没多说，微微颔首，便将玉净瓶收了起来。

马上就是吃饭时间了，当着宝珠的面，段佳泽打电话给食堂，让安排菜到包间，今天他们在包间吃。

段佳泽又貌似关心地问宝珠是不是下来度假的，他心中其实有些怀疑。

目前下来的，要么真的犯了事，要么就是趁机旅游。宝珠不太可能犯事，手中还捧着玉净瓶呢，但要说她是来度假的，好像也有点不太可能。

宝珠又不是善财，被迫待在观音旁边，她还能整天琢磨着往下跑?

要段佳泽来说，宝珠会不会是特意下来办事的，比如孔宣跑了的事情有人知道了？

宝珠毫无防备地道："非也，娘娘闭关，一时半会儿不会出来，听善财他们说有这个机会，我便下来……办点私事，"她看了段佳泽一眼，对于具体事宜就不好透露的样子："只是准备得时间长，下来得比善财要晚。"

段佳泽了然："所以你也是偷偷下来的？"

他心底想，那倒是，趁着观音不留神，你们这一个两个全都下来了，落迦山上估计都要没人了吧。看门的，观赏用的，两个童子……全都下来了。

宝珠一笑："可以这么说吧。"

段佳泽放心了，既然宝珠也是偷着下来的，那应该不至于一看到孔宣就正义凛然地举报，至少有回旋余地。当然，目前还是要谨慎一点，暂时别让孔宣和她见面。

黄芪在旁激动又好奇，寸步不离，听宝珠和段佳泽聊天。

宝珠好像对人间界的生活非常感兴趣，一直在问段佳泽这里的生活情况，而且动不动就想伸手去碰段佳泽，拍个肩摸个头什么的，让段佳泽很是尴尬。

段佳泽觉得，以宝珠的年纪和修行方向，估计看他们都像需要慈悲对待的小孩吧。

一会儿就是晚餐时间了，他们把宝珠带到了食堂的包间里，其他派遣动物已接到通知了，除了孔宣，都陆续进了包间。

善财一进门，看到宝珠便是一乐："宝珠姐姐，你怎么也来了？"

宝珠年长于善财，她好脾气地给善财解释："我来办些事，顺便看看，你们有没有惹什么麻烦。"

熊思谦和灵感就跟在后面，看到宝珠，都略缩了缩脖子，又有些好奇宝珠怎么也下来了。

宝珠和灵感说着话，袁洪走了进来，看到宝珠便挑了挑眉，好似不知道她怎么会在此处。

段佳泽随口介绍："这是观音大士的胁侍，龙女宝珠。这是四废星君袁洪，你们是不是早就见过？"

袁洪立刻摇头："没见过！"

宝珠却挑了挑眉，看了袁洪半晌才似笑非笑地道："那就没见过吧。"

袁洪："？？"

段佳泽心里想，怎么话里有话，这两人难道曾经有什么过节吗？

这都是神仙打架的事情，段佳泽早从鲲鹏那会儿就知道不要随便掺和了，因此疑惑留在心里，权当没听到。

宝珠出身龙族，又跟在观音身旁，算是人脉很广，这派遣动物里但凡有个正经工作的，她都见过。

大家一开始也有点拘谨，毕竟宝珠和他们认识归认识，但玩不到一块儿。和善财灵感他们不一样，她就跟学习委员似的。

不过看在她也是走后门下来，而且和善财说笑自然的份上，大家慢慢也就放松了，就像是想通学习委员也有想逃课的时候。

灵囿食堂的包间因为在酒店开起来之前就经常接待些合作方、检查领导什么的，装修得还不错，甚至还有电视，这会儿也打开了。

也不知道是什么电视剧，里头的人一见面就和外国人一样，一口一个亲爱的就抱上了，抱得还非常结实。

段佳泽情不自禁就往宝珠那边看去，不想宝珠也看到这段，侧头看过来，两人对视一眼，段佳泽甚是尴尬，干巴巴地道："呵呵……艺术夸张。"

这时陆压姗姗来迟，随手关门，在段佳泽身旁留的座位坐下，十分自然地一手揽住了段佳泽。

段佳泽：“……”

再看宝珠，一脸惊讶，也不知道具体是惊讶段佳泽骗人的部分，还是陆压道君突然热情的部分……

陆压扫了一眼宝珠，波澜不惊，甚至自然而然带了几分恶意：“来了个长虫？”

宝珠肃容问好：“陆压道君。”

她在陆压面前也是个晚辈，虽说水火不容，而且大家都知道陆压讨厌水族，但还是没失了礼仪。只是一面说着，她一面又看了段佳泽好几眼。

段佳泽被她纯洁的眼神看得臊得慌，默默把脸扭开。

吃饭时人多，好不热闹，饭毕，因为陆压不乐意段佳泽和宝珠多来往，黄芪主动请缨，把宝珠送到给她安排的房间去。

宝珠看了段佳泽一眼，也只能答应。

宝珠走了之后，段佳泽拉着善财嘱咐一番，让他有空去探探宝珠的口风。动物园就这么大，不能老让孔宣和她岔开吧，太麻烦了。

回了房间之后，段佳泽又对陆压说：“我看宝珠这人还是很不错的，你不要因为种族偏见，就挤兑人家，搞什么霸凌。”

陆压哼了一声：“改不了，习惯了！”

段佳泽：“……”

段佳泽：“看到水族就怼习惯了怎么的，这样可不行，太不利于团结了。哎，你们上面都没有这方面的课吗？要团结各教各族的力量，才能一起把三界建设好啊！”

“……”陆压好像隐隐翻了个白眼。

段佳泽推了推他：“你别装死，快答应我。”

陆压也不知是真的习惯成自然，难改，还是单纯想吊一下段佳泽，反正一直哼哼唧唧没松口。

这时段佳泽房门被人敲响了，他赶紧跳下床，一边问“哪位”一边走去开门。

门外的人也没说话，段佳泽把门打开了，外面站着的竟是宝珠。

他这房间卧室和客厅就是一体的，一开门什么都一览无遗，宝珠一眼就能看到陆压大大咧咧靠在床上，顿时瞠目结舌。

段佳泽："……"

段佳泽硬着头皮道："有什么事吗？"

这种事肯定瞒不了人，但在这种情况下曝光确实挺尴尬的。段佳泽也就罢了，宝珠受到的冲击估计比较大，先前陆压和段佳泽那亲密的样子，她都没有异样的神色，搞不好以为他们只是朋友。

宝珠一脸发愣，完全忘了自己要说什么一般。

倒是陆压反应最快，脸色一沉，说道："大晚上你来敲段佳泽的门？"

宝珠："……"

段佳泽："……"

"阿、阿弥陀佛……"宝珠有点精神恍惚地道："我只是走错了，抱歉。"

段佳泽看着宝珠脚步虚浮地走开，觉得有点抱歉。

关门转过身来，陆压还在不悦地道："你看，这些水族。"

这让他怎么放过？

因为善财还在和宝珠聊天，试探她的口风，加上宝珠说自己有点私事，段佳泽就暂时没有给她安排工作。

这几天灵囿所在片区的动物园协会会员单位要组织开展管理工作会，段佳泽就让黄芪领着宝珠熟悉情况，自己跑到外地去参加会议了。

会议在东海市省城举办的，除了一些常规的会议交流之外，就是参观省城的动物园。

会上，有认识的人还和段佳泽说："小段，记不记得之前你帮春城动物园抓的那猴王？"

"嗯？"段佳泽一愣："记得啊，怎么了？"

别人可能不知道，他不但帮忙抓了，后来还让袁洪去指点一下那猴王，不过袁洪也没说具体情况。

对方非常有兴致地道："你不知道啊？看来春城的人不太好意思告诉你嘛。那猴王回去没多久又逃了，他们还加强了防护呢。猴王照样是晚上回去，白天离开。而且，猴王这次更过分了，它不知道怎么还学会了和马交流，把动物园的马也放出来骑着跑。有不知道的人看了，以为春城动物园不响应号召，还在搞马戏表演呢。"

段佳泽："……"

段佳泽尴尬地道："我不知道，这……"

他一时词穷，不知袁洪都干了些什么，让他去教修仙，连骑马都教上了。

段佳泽在省城逗留了三天，方才坐高铁回去。

结果一下车，段佳泽就惊讶了，他看到了好多光头正在门口列队，其中不乏一些熟面孔。

和尚，这都是和尚。段佳泽一下认出来了，虽然这些人都穿着常服。

他看到其中一个认识的和尚，法名好像叫宗严，就上前拉着那人问："法师，你们怎么来了？"

宗严回身看到段佳泽，赶紧行礼："段园长，我们正想联系您呢。"

"联系我？临水观的人知道你们来了吗？"段佳泽问道。

宗严脸色涨红："所以我们是以私人身份来的。"

那就是没经过临水观同意了，而且竟然还让他们进来了。段佳泽正疑惑间，宗严又补充了一句："而且宝珠居士答应了！"

和宝珠有关？段佳泽叫他细细说来，还打了个电话给黄芪。

经过两边的解释，段佳泽才拼凑出一个完整的真相。

灵囿动物园一直长期有佛门子弟在这里做义工修行，虽说这几年没人有幸得到那位前辈的指点，但是紫竹和莲池带来的作用也是很明显的，来灵囿的名额依然是各大寺庙弟子极为向往的。

这几天，黄芪带宝珠熟悉了一下动物园，宝珠就和他们会面了。

与其他或是来度假享受或是没啥助人为乐精神的派遣动物不同，宝珠一看到这些人间界的弟子，就关切地观察起他们的功课。

观察完了，宝珠还发扬了一个非常优良的传统，坐下来给他们讲经了。

宝珠讲了《观音心经》，《观音心经》一共也就二百六十个字，但是非常经典，包含了般若经的精要之处，是最基础的，但也是最深奥的。

能够来灵囿做义工的弟子，在他们寺院都是佼佼者，对《观音心经》的熟悉自然不必提。但是宝珠讲经，让他们如至佛国，有了前所未有的深刻领悟，惊为天人。

这些弟子都欣喜若狂，没想那么多，就觉得前辈终于被大家打动了。

宝珠心态比较平和，并没有嫌弃他们修为不行，反而和蔼地表示接下来还要给大家讲一讲《法华经》。

《法华经》也是佛门非常重要的经典经书，和尚们见识过宝珠的水平，自然欣喜若狂。

这还是他们不知道，宝珠是听过四大菩萨之一，象征大智慧的文殊菩萨讲过《法华经》的，她当初就是听这部经领悟佛法的。

和尚们赶紧传讯回师门，大和尚们也都坐不住了，不管当初怎么约定的，赶紧往东海市赶。一边赶一边再联系各自的关系，成功抵达灵囿，准备到了再说。

不过这个期间，也有胆大的和尚去问宝珠，能不能带其他人来听经。

《法华经》的精义就是人人皆可成佛，宝珠怎么会不许呢，再说，给人讲经也是功德一场。他们得了宝珠的话，就更加放心了，把话带给临水观，临水观的人自然没话说。

段佳泽没想到是这么一回事，哭笑不得，但是面对宗严等人忐忑的样子，他也不可能把人都赶走，好歹人家给他做了那么久的义工。

段佳泽思考再三，说道："你们打酒店进吧，分批，不要太引人注目，我给你们安排一个会议厅。"

宗严欣喜若狂，给段佳泽鞠了几个躬。

段佳泽闪身避开了，又给周心棠打了个电话，好叫他不要太担心，他估摸着宝珠讲完经，就把这些人送走。

周心棠那里确实正担心着呢，他正在犹豫要不要联系段佳泽，段佳泽就来电话给他宽心了。

大和尚们开会期间，段佳泽去看了一次。

宝珠没有用任何扩音设备，就在台上讲经，然而声音清清楚楚传到每个人耳中……或者说脑中。段佳泽虽然对此没有任何研究，也觉得十分舒服。

再看那些有基础的和尚，就更是入迷了，一个个表情极其专注，甚至有老和尚入起定来。宝珠讲的内容，他们纵然只能领悟百分之一，也大有裨益了。

宝珠是日夜讲经，中间不断，她做得到，和尚们却没有这个体力，几乎吃睡都在会议室了，饭菜都是灵囿食堂送进来的，因为座位不够，很多人还是盘膝坐在地上。他们抓紧每分每秒听课，就恨自己肉体凡胎，不能心无旁骛地听经。

宝珠讲了几个昼夜，方才停止，受了和尚们的大礼，淡定离开会议厅。

段佳泽这时正在外面，虽然知道宝珠身体扛得住，但仍是以一个人类的习惯说道："辛苦了吧，去休息休息。"

"没事。"宝珠说着，忽而看了看四周，说道："借一步说话，如何？"

段佳泽有点犹豫，他也不知道宝珠想说什么，为什么还要借一步说话，被陆压知道了还不得疯啊。

宝珠看段佳泽不说话，拉着他衣袖便走。

"别别，待会儿断袖了……"段佳泽没法，跟着宝珠到了一个僻静角落。

段佳泽总觉得陆压随时都会抵达战场一般，不自然地道："什么事？快说吧。"

宝珠拉着段佳泽的手，段佳泽抽都抽不出去，她双手虽然看着纤长，却有劲得很。

段佳泽："我跟你说，陆压真的会打人的。"

宝珠嫣然一笑："那也得让我把话说完，你难道不想知道，这凌霄希望工程，为何会把你给绑定了吗？"

段佳泽骇然，惊疑不定地看着宝珠："难道不是BUG吗？"

当初他被这流氓系统强行绑定，后来根据他和陆压的推测，这希望工程名义上服务三界，但因为人间界辟出去已久，实质上从未出现过人类用户。

绑定上他估计是出了什么BUG，也导致了一连串后果，大神们不得不来做派遣动物——上头根本就没有动物园这种行业啊！还使得两界强行重新连通上，有人趁机下来度假，等等。

段佳泽一直都这么认为，没多想什么了，反正以天庭的效率，他也不可能改变命运。但是现在宝珠的话，让他浑如被雷劈了，宝珠言外之意是还有内情啊。

宝珠点点头，看着段佳泽的眼神十分柔和，说道："当然不是，凌霄希望工程之所以会绑定你，都是我父亲去申请的！"

段佳泽更加蒙了："什么意思？"

"我还是从头说起吧，"宝珠想想，说道："洪荒伊始，龙汉初劫，龙、凤、麒麟三族大战，死伤无数。我们龙族也不知有多少前辈，化为劫灰。其中一对前辈，诞下龙蛋后不久便战死，未能来得及将其孵化。龙蛋只余一丝生息，幸得女娲圣人指点，被封存在东海，等待未来机缘出现。

"又经历了两次量劫，世事变迁，就连龙族也更替数次。圣人将人间界辟出，龙族搬迁时，竟是把蛋给忘了，然而此时人间界已不能随意连通上界。

于是，待到机缘出现之时，我父母奉命投了人胎，又将那枚蛋中的精魄也移到人胎之中。不过，因为他们寿数有限，没能等到孩子长大，魂魄就回去了。

“根据此时天庭的规定，他们为这孩子申请了凌霄希望工程，待到其成功创业，就可以名正言顺调到仙界来。

“本来，按照这孩子的血统，属于东海一脉，应当继承领海，在这一带做个龙王。然而沧海桑田，昔年的水域成了人族城市，这孩子还没就业，就已经失业。于是在申请的时候，职业一项上只好系统随机了。

“也正因为他是东海一脉，我父母当时为他起名叫‘佳泽’。”

宝珠将前尘往事娓娓道来，愈发温柔的眼神也在提示为什么她一开始就对段佳泽那么亲近，因为按这么算，他们虽然没有血缘关系，也胜似血亲。

段佳泽不傻，宝珠说了几句话，他就隐隐察觉那个孩子就是自己了。但到底还是有点不敢相信，直到宝珠最后说出他的名字，他才猛然惊醒一般。

“我不是人？”段佳泽听到自己的声音都有些飘忽，他想到自己从小就很亲水，养起水族也格外容易，起初他还觉得是奇怪的天赋。

南柯蚁让他做的梦里面，他以为自己是蛇，现在看来，是小龙才对。还有当初看祭祀龙王的皮影戏时，段佳泽也老觉得心潮澎湃。

种种细节浮现，再加上凌霄希望工程这个可疑的BUG，也是最大的证据，都一一为宝珠的话佐证，令段佳泽不得不相信：自己不是人！

“没错，”宝珠笃定地道：“因你肉身的确是人族，转移的法门又是圣人所赐，灵囿内这么多大能，也只有谛听和孙悟空知晓罢了。盖因他们一个是天生的神通，一个是火眼金睛，所以看得出你本是龙族……”

段佳泽原本还在惊异自己的身份，此时却是眼睛睁大，急忙打断：“什么孙悟空？”

宝珠本是要继续说些细节，被段佳泽一打岔，便解释道：“斗战胜佛啊，你知道斗战胜佛是谁吗？他假借袁洪身份下界，袁洪半路被打晕，恰好来到我们落迦山道场求助……”

宝珠正说着，忽听一声响。

回头一看，原是袁洪和陆压站在几十米开外，袁洪手伸着，地上是碎碟子和桃子，显然几十米的距离不妨碍他听到谈话内容。

一旁的陆压更是脸色极其难看，手指都在微微发抖，指着段佳泽难以接受地道：“你是龙族？！”

段佳泽也如遭晴天霹雳，盯着“袁洪”，几乎和陆压同时发出一声悲鸣：“你是孙悟空？！”

孙悟空：“……”

段佳泽：“……”

171

陆压本是听“袁洪”说看到龙女硬拉着段佳泽走，有些狐疑，便去看看。“袁洪”拿着一盘桃子，还临时变道，想同他一起去看热闹。

现在热闹是有了，还很大，但是两人心情都好不了。

陆压又惊又怒，尤其是听到段佳泽光顾着揪猴子的身份，更是险些道心不稳，气急败坏地道：“岂有此理！你净想着孙悟空了？”

段佳泽：“……”

段佳泽忙摆手：“我不是那个意思！”

陆压想起月老的话，还有自己对水族的鄙夷，只觉几乎要喷血。

他活到今时今日，少有现在这样羞愤难当之感，过往在灵囿的一言一语，都成了自相矛盾。他对水族的讨厌，即便赶不上对段佳泽的喜欢，也根深蒂固了，现在乍然得知段佳泽的真身，实在难以接受。

陆压脑海中闪过许多纷乱的想法，情不自禁往后退。

段佳泽赶紧上前拉着陆压，陆压有一点想躲，却因为身体对段佳泽的诚实接纳没有躲开。

这件事来得太突然，段佳泽也丝毫没有准备。他根本没有想过自己和陆压之间还有这份阻碍，一时也有点嘴拙，临时组织语言：“这个，是这么个道理……”

一见两人闹起来，孙悟空暗自窃喜，偷偷转身，想悄无声息地离开。

段佳泽瞥见了，下意识号叫一声：“不准走！”

他一伸手又拉住了孙悟空的衣服：“你也不准走！你还没说清楚！”

陆压不可思议地看着段佳泽，没想到他这个时候还有心情管孙悟空，当下扬手把段佳泽甩开，化作金色流光，不知道遁往哪里去了。

段佳泽：“……”

段佳泽觉得自己要矛盾死了，一个是他童年偶像，一个是他男朋友，刚刚他就是看孙悟空要溜情急之下的反应，不是说真的重视孙悟空赛过了陆压。

现在可怎么办呢。

始作俑者宝珠十分无辜地道："佳泽，你看起来好像很困扰的样子。陆压道君遁法精妙，非圣人追赶不上，若有什么疑惑，先问过斗战胜佛吧。"

段佳泽放心不下陆压那边，又觉得宝珠说得有道理，不然芝麻西瓜都丢了。

孙悟空有点牙痒痒，又蔫蔫的："竟让袁洪那厮醒早了……"

以孙悟空的身份，就和孔宣一样，是不能随便下来的。但是他没孔宣那么绝，而是把原本要下来的袁洪弄倒了，自己李代桃僵。到了下面，为了不暴露身份，他还（自己觉得）收敛了不少脾气，看到段佳泽的龙魂也没说什么。

可惜他才逍遥了没多久，这就到头了。

段佳泽看着孙悟空，神情十分复杂："你这个大骗子！"

他想到孙悟空其实有很多破绽，但是他愣是先入为主，一点都没怀疑，甚至还劝其他怀疑的人。

主要也是因为之前他认错了好几次了，大失颜面，加上不认识袁洪，竟是深信不疑。看到什么疑点，心里也自动帮孙悟空掰回去了。

孙悟空心情同样低落，这时却也忍不住，嚷道："你还说，俺老觉得你早知道了，还天天吓俺老孙！让人看马、教猴的！"

段佳泽："怪我咯？"

宝珠插话道："星君也只说了几句话便晕过去了，现今在休养，因菩萨未出关，我也还未报给菩萨知道。"

孙悟空和他们落迦山的关系是很不错的，而且事涉两教人员，所以菩萨没有开口，宝珠不会自己报到天庭去。也就是说，暂时不会有人来抓违规下凡人员。

孙悟空一听自己还没暴露，顿时松了口气："你早说啊！"

天上一日，地下一年，他还有得逍遥呢，说不定观音晚出来一会儿，段园长任务都做完了。

段佳泽也是一呆，盯着孙悟空细思，这么说来，大圣爷还能在这里待着。他急也急完了，粉丝心态又冒头了。这可是孙悟空啊，是不是该立刻把待遇提到全园最高？够尊敬吗？

孙悟空看段佳泽盯着自己，却是毛骨悚然，想到这人的事迹，退了一步道："你不会想举报我吧？"

段佳泽："…………"

段佳泽赶忙道："怎么会。"他犹豫一会儿，又期期艾艾地道："那回头你可以给我签名吗？"

他说完又觉得有点羞耻，他就没追过星，也没有想过真的能遇到童年偶像，哪考虑过见到了本人要怎么做。

这会儿他倒是期望起来了，要是孙悟空有官方周边就好了，不然，就算拿西游记给签名也怪怪的啊！

孙悟空听段佳泽不会举报自己，松了口气，不甚在意地随口答应："签多少份都可以！"

因为身份已经败露，孙悟空也没必要再装着袁洪的样子了。他一抹脸，发色没变，五官却是变化了一番，从原先清秀俊俏变得稍微更有棱角，也更张扬了，这下和气质完全符合了。

他眨了眨眼睛，有一瞬间眼睛变成了金色，但是很快就变回去了。

段佳泽心里又有点小小的激动，这应该就是火眼金睛，他回想一下，说道："难怪谛听心思越来越沉重的样子。"

知道得越多，就越沉重啊。一开始谛听也不知道段佳泽的身份，因为他是靠听人心来分辨的，因为段佳泽都不知道自己的身份，谛听当然无从得知。

直到后来孙悟空来了，谛听才辗转知道，但是他更加不敢说了，否则就会像宝珠这样，一下暴露两个马甲。但是谛听估计也猜想到了未来真相揭露是何种情形，因此愈发沉重。

说到这里，又要提起段佳泽的真身了。

他摸了摸自己的脸和手，还是有点不真实的感觉。龙？他连蛇都怕，做梦看到自己还吓了一跳！

宝珠还想和段佳泽再聊一聊他们龙族的事情，她这次正是为了段佳泽的事情下来，本就该让他知道真相。尤其是她父母知道很多大能偷着下来，担心段佳泽被欺负。

这是龙族的私事，所以即便善财等人和宝珠同僚多载，也不知内情，哪个上古种族没点隐秘呢。段佳泽前二十多年都是做人，她得好好和段佳泽说说。

"回头再说吧，反正我都这样了。"段佳泽觉得这个不急，他还有更要紧的事，刚才就坐立不安："我先去找陆压。"

宝珠犹豫道："水火不容，倘若道君无法接受，你也莫要太过伤心"

上次发现段佳泽和陆压的关系时，宝珠大惊之后就觉得很悬了，种族和性别本不是问题，但三界之中谁不知道陆压道君对水族的态度。

段佳泽打断她的话音：“不会的。”

宝珠对陆压哪有段佳泽这样的信心，她看着段佳泽离开，仍带着几分担忧。

段佳泽把整个灵囿翻来覆去搜索了三遍，还去监控室看了半天，愣是没有发现陆压的踪迹，无论是人形还是鸟形。

段佳泽怕陆压用了什么隐身的术法，还在他的房间和展馆喊了半天，也不见有人应，反而把员工给招来了。员工奇怪地看着他，心说展馆就这么大，陆压藏起来还能看不到吗，园长喊什么。

这一整天，陆压竟是一直没出现。

段佳泽料想他是暂时还不能接受自己的身份，心情也不大好，就给陆压留了条。

直到晚上陆压也没出现，这可是很少见的。

诚如宝珠所说，陆压的遁术天下无双，圣人之下无人能及，他溜了谁也找不到。但是以前陆压要是生段佳泽的气，段佳泽绝对不可能找不到他。

看来这次陆压受到的打击真的很大，他以前也就生气个五到十分钟吧。

与此同时，孙悟空的身份也因为他模样变回去曝光了，当时就把善财、熊思谦、小九等人吓得魂飞魄散。包括孔宣也有点惊讶——因为宝珠也是偷着下来办私事，还有段佳泽的面子，所以确定了她不会往外说，孔宣也就露面了。

想想，大家正在休息室里悠闲地聊天、看电视、打牌，孙悟空突然走进来，灵感一口茶水喷出来；善往后一跳，把椅子绊倒；熊思谦脸色一白，身形都矮了不少；小九立刻捂住了自己仅剩的脑袋……

其他仙妖也都脸色变了变。

孙悟空曾是大妖，闹过天宫，最后上了西方。在白素贞等人看来，这是位牛逼的前辈，对朱烽等人来说，则是有心理阴影。

孙悟空大大咧咧地坐在沙发上，终于可以正大光明地欺压小九等人了，他将一根棒子从耳中掏出来，变得老长去戳善财的脑门。

善财“哎哟”一声，这才回过神来，躲在宝珠身后：“怎么是你，你怎么来了！”

宝珠解释道："斗战胜佛早就下来了，只是先前借的袁洪星君名号。"

众人："……"

小九捂着自己脑袋的手颤抖了一下，总算知道自己当初那颗脑袋丢得其实不算冤了。

其他人更是迅速回想自己有没有讲过孙悟空的坏话——主要是善财，他好像编排过孙悟空很多次。

也有人知道孙悟空是段佳泽的偶像，现在看去，他竟是没什么激动的样子："看来园长比我们早知道啊。"

"也就早了一点。"段佳泽心不在焉地道，知道偶像也跑不了之后，他还是比较挂念陆压。

"我要回去告诉肖荣。"小青想到了自己的男朋友，和段佳泽差不多，作为华夏人，肖荣对孙悟空也很崇拜，他又问段佳泽："园长，你知道的时候是不是很震惊？我记得你很敬仰大圣。"

段佳泽心想，震惊了也就三秒，没惊完就被陆压急死了。

也是因为陆压的事情，段佳泽都没心情和朋友们说一下自己的身份，不知道和孙悟空的马甲比起来哪个更让他们震惊……

到了睡前，陆压还是没回来，段佳泽抱着被子发了半天呆，最后郁闷地自己睡了。

第二天，陆压果然没去上班，段佳泽皱着眉去了极地馆，他问奇迹："你干爹昨天到现在，有没有来找过你？"

奇迹摇了摇脑袋，圆眼睛里也散发着不理解，还有一丝不安。因为这个问题太新鲜了，它出生以来，就没有段佳泽问它找陆压的，一般是它问段佳泽，干爹去哪儿了。

段佳泽见状，赶紧做无事状："没什么，我和你干爹玩儿呢，回头你要是见到他，就咬住他不让走，然后找别的鸟给我报信。"

他想奇迹越来越聪明，都会往深里想了，也不想让孩子担心。

奇迹乖乖点头，真以为段佳泽和陆压在玩。

对于灵囿的员工们来说，陆哥不见人影不算什么，陆哥好像有点宅，没什么事的话，尤其是有园长陪着，不出房门也是可以的。而且他们动物园现在人那么多，也没人能一一关注到。

但陆压鸟只有一只，它已经好几天没有出现在展馆了，也不在园长身边，以前从未发生过。

大家对此很担心，问段佳泽陆压鸟是不是走失了，需不需要打印寻鸟启事。

段佳泽心里都想打印个寻男朋友启事了，面上却勉强笑着表示，鸟没丢，只是放出去野几天。

再说前几日那些来自全国各地的和尚，到灵囿来听经，宝珠讲了一场《法华经》。其中一些和尚当时便入定了，还有些当下便探讨了起来，因此并未立刻离开。

待到入定的僧人陆续醒来，他们这才满怀感激地告辞灵囿。

段佳泽去送了一程，和尚们全都要求当面辞别宝珠，他们对宝珠的崇敬现在已经不言而喻。

段佳泽只得打电话，让人把宝珠叫来。

这时候孙悟空摇摇晃晃地经过，还抬手和段佳泽打了个招呼，段佳泽也含笑应了一声，敏锐地发现和尚们看他的眼神不大对。

“怎么了？”段佳泽问。

一个小和尚可怜兮兮地道：“没什么，只是那位施主这两天对我们……多有批评……”

他的用词算是非常含蓄了，这两天这位施主偶然路过他们探讨佛法的现场，就会嘲讽笑话他们，就算是出家人，也有点火气了。各位师叔、师伯心态平和一些，这个小和尚是跟着师父来见世面的，就没能忍住。

另一个年轻和尚也说道：“这位师弟说得不对，批评也是要有根据的，那位先生只是一昧胡说。我等修为虽然微末，但自问这几日受宝珠法师教导，也有些长进了。”

段佳泽：“……”

他想说这个真的帮不了你们……

以前孙悟空还用袁洪那个外表时，就经常鄙视园里的和尚义工。那时候段佳泽还以为他是作为道门神仙笑话对家的弟子，现在则是没得说了。

宝珠姐姐是观音菩萨的胁侍，其实不仅仅是端个瓶子，干点杂活，还要协助菩萨弘扬佛法。日后，积累够经验了，她自己也可以修成菩萨位——这才不辜负她的家世和天赋。

像观音和势至，也是阿弥陀佛的左右胁侍，文殊和普贤则是释迦佛的胁侍菩萨。

不过，别说宝珠还没有修成菩萨，就算立时修成了，人家大圣爷已经是佛了……

看着小和尚们有点郁闷的样子，段佳泽眼神很复杂：你们这是被佛鄙视了修为，你们知道吗？

段佳泽不说话，老和尚们则是训诫晚辈："你们如此，不是证实了那位先生批评得没错？"

小和尚们赶紧低下头反省。

段佳泽打了个圆场，待到宝珠过来，和尚们一一给宝珠行礼辞别，这才上了大巴车离开。

"如何，陆压道君还未现身吗？"宝珠问段佳泽。

段佳泽脸色不大好看："嗯。"

宝珠这几天都给段佳泽留了空间，此时她抿嘴道："陆压道君心高气傲。"

段佳泽没说话，知道宝珠不看好他们。他本来是信心满满的，但是陆压几天不出现，他此时也没法像上次那样笃定地反驳宝珠了。

难道他真的想错了吗？他是作为人类长大的，对种族之分确实没有陆压他们感受深刻。况且，陆压这次被打脸打得这么狠……

宝珠转移了话题，说道："我们龙族就业方向很多，具体还是要看修为。各教之中都去得，有入佛教的，也有在天庭受封。你走的天庭路子上去，日后应当就是在那儿了。"

她将龙族的情形解释了一番，混得好的各种受封，混得不好做人脚力也有。段佳泽在下头开的是动物园，上去不可能还干这个。

宝珠的意思是，要段佳泽早做准备，想好工作方向。段佳泽也算是烈士遗孤了，养父母混得也很好，他们肯定会帮他活动的。不过也仅限于此了，成事要靠自己。

"上面就业形势也这么困难啊？"段佳泽听宝珠说太挫的龙只能去给人拉车，注意力也被转移了。

"主要是你的领海已经没了，很多东西传承不到，就不能做一些龙族常规的工作。"宝珠说道。

段佳泽："……"

提起这个他就无语，他说他怎么从小就热衷环保呢。其实东海市相比别的城市，污染并不严重，他却总觉得不够。

龙和自己的水域是息息相关的，他整个地盘都没水了，难怪老不由自主地着急呢！

按宝珠的说法，段佳泽在龙族里出身挺好，年纪小辈分却够（在蛋里待了太久），本来可以朝着龙王这个方向发展的，行个云布个雨。

结果就因为在蛋里憋太久，没出生就失业了，也算是龙族里比较倒霉的。

两人正说着，段佳泽忽然看到远处有个熟悉的身影一闪而过，他精神一振，抬手示意宝珠暂停：“等等，不说了，我好像看到陆压了。”

段佳泽跑到竹林旁，气喘吁吁地抬头一看，陆压已不知哪去了。

他左右张望一下，怎么想都不觉得自己刚才看错了，低头想了一会儿，语含威胁地道：“陆压，你出不出来，刚才宝珠姐姐告诉我，上面有很多小龙女等着……”

一阵热风袭来，陆压把段佳泽给掼得背靠着一丛紫竹，眉眼含煞地盯着他，恨恨吐出几个字：“你说什么？”

段佳泽看他终于现身了，这才松了口气，口中继续道：“等着叫我叔叔，听说我远亲很多，辈分还虚高，基本上没有适龄同辈人。”

陆压这才知道被骗了，他一手把段佳泽甩开，仍是生气的样子。

段佳泽咳嗽几声：“咳咳，我肉身还是人啊，你能不能轻拿轻放。”

陆压愤愤地看着段佳泽，又无言反驳。

以段佳泽对陆压的了解，之前看到陆压的身影应该不是错觉，这家伙可能憋不住了，默默站出来的意思就是：现在可以来哄我了。

这里四下无人，他便上手抱着陆压：“你不知道，我也不知道我是什么，这事儿咱俩都没问题，是不是？”

陆压手抓着一根竹子，动了一下，却（故意）没能挣脱，面容冷峻如寒冰。

段佳泽问他：“我现在也就算半个水族吧，至少我不会在你床上掉鳞片。”

陆压：“迟早会的。”

等回去之后，龙族肯定会帮他重塑肉身。

“那把鳞片收集起来，给你做点东西，就像压绒枕一样，怎么样？”段佳泽抱得更紧了，非常好脾气地问道。

陆压嘴唇动了一下，本来想骂人的，但是没能敌过内心的真实渴望，导致表情有点古怪：“看你质量吧。”

段佳泽差不多要挂在陆压身上了，非常亲昵。

陆压立刻矜持地推段佳泽——看上去因为知道段佳泽的真身，原本好了很多的毛病又加重了——淡淡道："哼，真是龙性本淫。"

段佳泽："……"

172

宝珠手中拿着玉净瓶，往一个大水缸里倒水。瓶子还不到两个巴掌高，但是里面流淌出来的水慢慢把整个大水缸装满了。

宝珠一提腕，把玉净瓶竖了起来，将杨枝插回去，说道："还要再来一缸吗？"

段佳泽正往里头看，这时赶紧道："不必了，不必了，这就够了。"

一旁的黄芪连连咋舌，他也不知道园长怎么把龙女搞定的，灵感之类的带杨枝甘露下来是为了自己活得舒坦一些，龙女可不像贪图享乐的。

今日园长让黄芪亲自弄一个大水缸来，他还觉得奇怪呢，然后才知道是装杨枝甘露用的，所以不能让别人来。

"园长，陆哥是不是威胁过人家了？"黄芪小声问段佳泽。

段佳泽："没有啊。"

"我也觉得不像……"黄芪心说如果受了威胁不至于这样啊，还主动问要不要再来一缸。那就真的是园长太有亲和力了，和龙女一见如故。

黄芪把水缸带去给熊思谦，由他保存管理。

宝珠则对段佳泽道："再来一些吧，我看你每日喝水也不多。"

这杨枝甘露虽然难得，但积攒了多少年月，玉净瓶里不知几多。段佳泽原来还说善财最夸张，但端瓶子这位才让他见识了什么叫富裕。

段佳泽说："姐姐，你应该看哪个非水生动物喝水都不多吧。"

宝珠："……"

段佳泽有点无奈："我现在还是人族啊，用不着那些。"

他要是种族特性那么明显，陆压他们也不会一直没发现他的身份了。事实上他只是在冥冥之中和水族有种亲近感，那些水族也下意识地喜欢他，这种联系是非常微妙的，但真把段佳泽绑死了丢水里，他这身体也得呛水。

宝珠放弃地点点头，她这些天一直在给段佳泽讲些龙族的历史。因为是私自下来的，作为落迦山的胁侍童女——比较负责任的那种，她不会在这里待太久。

趁这段时间，宝珠就专门给段佳泽上课，有些事情只有本族人知道，就算其他人知道段佳泽是龙族也没用。这样，日后段佳泽回去也不至于两眼一抹黑。

至于宝珠父母交给她的另外一个任务，不要让人欺负段佳泽，似乎完全不用担心。段佳泽开动物园以来，有陆压罩着，就没有派遣动物能欺负他。

段佳泽还准备了一个小本子，专门记知识点。龙族的历史太悠久了，他听宝珠细细讲来，都觉得很是纷杂，有些记不住。

“对了，宝珠姐姐，我是条什么颜色的龙？”段佳泽问道。

也就是他这个情况，才会连这都需要问。

“虽说你未能孵化，不过按照血脉，应当是金色。”宝珠答道。

“金色，那和陆压是一个色系啊。”段佳泽对这个颜色还挺满意的，之前他南柯一梦，也梦到过自己的身体，但并不分明，毕竟真身压根没孵化出来过。

宝珠思考了一下，说道：“找个地方，我将真身变化出来，给你看一看吧。”

她看段佳泽对龙身仍然不是很有认同感，而且据说以前连蛇都怕，便有此想法。

段佳泽犹豫了一下，应道：“好吧。”

段佳泽收拾一下，领着宝珠出去。要看龙，当然得在水里。出门后，宝珠就非常自然地挎着段佳泽的胳膊。这个对他们来说是很正常的，尤其段佳泽在宝珠眼里很小，她时时拉着才比较好保护。

员工们基本都知道，段佳泽家里没什么亲戚了，他每年春节都在单位过。看到宝珠和段佳泽这么亲密，就让人有点疑惑了。

普通人有个闺密也正常，但是陆哥的嫉妒心很不普通呀……

段佳泽哪知道那么多，他开车带宝珠去海边，却发现今天这里有很多摄影爱好者，带着相机的，操控航拍机的，不知道水下有没有，多半也有。

宝珠本来想去远些的海域，段佳泽想了好半天，却是放弃了。他看到这些人才想起来，万一还有别的高科技侦测手段，虽说肯定抓不到宝珠，但是给专家们添麻烦的事已经做得够多了。

“还有个地方很安全，就是不够大，你得缩缩身，好在我看个意思也就够了。”段佳泽迎着宝珠好奇的神色，说道：“我们有个海洋馆。”

宝珠无语了一下，竟是点头道：“也行。”

晚上海洋馆是没有人的，到了夜里，段佳泽就把宝珠带进去，只开了小灯。蓝莹莹的光照着水，里面鱼影穿梭，好似也察觉到了会有不一样的事情发生。

他们站在玻璃墙前，这是馆内最大的一个“水族箱”，整层楼的高度全都是有机玻璃。

宝珠把手贴在玻璃上，朝段佳泽笑了一下，下一秒，里头的鱼好似疯了一样，拼命向四周散开，宝珠的身影也消失了。

随即，玻璃之后出现了一条十几米长的赤龙，团身水中，身上的鳞片鲜红有光泽，还有四只鹰一般的爪子，形貌威严。不过赤龙的眼神是十分温柔的，望着外面。

段佳泽就站在玻璃前，可以看到其他水族全都缩在下方的角落，尽量压缩自己的空间。即使宝珠没有刻意释放气息，它们也因为血脉传承的记忆而惶惶不安。

段佳泽仰天看着这条赤龙，浑身都要起鸡皮疙瘩了。

虽说龙和蛇有些相似，但是段佳泽看到宝珠并没有那种阴冷的感觉，反而有些亲近。和在画上、电脑特效里看到的“龙”不一样，真实的龙只是缓缓游动，也像随时要搅起风云波涛，压迫感十足。

宝珠在水里微微张口，话语就清晰地传到段佳泽耳边：“可惜不能上天，你们人类也能拍到是吧？”

“对……”段佳泽看着宝珠道：“这个，和你本人看起来真不一样。”

宝珠的道体人形是非常温和端庄的，和眼前威严的赤龙截然不同。她闻言一笑，也变了回来。而那些水族还久久没能平静，仍然缩在角落里。

“你的真身会更加不一样。”宝珠说道：“上古之龙体型更大。”

段佳泽不禁喃喃道：“那我一片鳞片该有多大啊……”

宝珠：“？？”

两人在海洋馆蹲了半天，聊了些别的，最后竟然跑题，讨论起了养水族的事情。

因为段佳泽现在是开动物园的，宝珠在传授他如何更好地理解水族，之前段佳泽一直是靠本能，隔了一层纱一般，现在宝珠一点拨就有种豁然开朗的感觉。

出去的时候，还遇到巡夜的保安了。

保安看到他们俩从海洋馆里出来，打了个招呼，表情却有点不解。大晚上的，自个儿默默跑到海洋馆里面，好像也没开大灯，怎么有点怪怪的。

“我看看情况。”段佳泽严肃地说，仿佛真是来观察水族情况，把保安给唬住了。

段佳泽回去的时候，陆压正躺在床上闭目养神。

陆压眼都没睁开，说道：“没有被自己同类吓哭吗？”

“怎么会，之前我想的不太对，龙和蛇虽然像，但是完全不一样，宝珠姐姐不吓的。”段佳泽换了睡衣，站在床边道：“对了，你怎么在这儿啊？”

陆压这下可算睁开眼了，有点不爽地道：“我不在这儿在哪？”

段佳泽似笑非笑地看着他：“我记得你有房间的啊。”

陆压那个房间早就长期不住人，几乎落灰了，只是象征性地被称为陆压的房间，大部分时间他都在段佳泽的房里。

陆压的眼神好像在说段佳泽是不是变傻了。

段佳泽心平气和地道：“毕竟龙性本淫，水中泰迪，我怕自己晚上龙性大发，骚扰道君，那就太不好意思了。”

他那几个“龙”字咬得特别重，就是为了报复昨天陆压说他那句话。之前为了哄陆压，当时也就忍了，现在果断怼了回去。

陆压：“……”

陆压勉强道：“看在我们的关系上，便算了。”

“这不行，就算是夫妻，也得有节制啊。”段佳泽说道：“以后分房睡吧，你有需求咱们再商量，没事，我会迁就你的。我一定忍住，不会天天找你淫的。”

陆压：“……”

陆压脸黑了，要是真分房睡，那就是他天天去找段佳泽了。

段佳泽爽了，倒了杯水喝：“哈哈哈，可以下来了吗？”

陆压一拍床，好在这是扶桑木做的，没让他拍碎了：“是不是龙女教的你这么说的！”

“和宝珠姐姐半点关系也没有，”段佳泽说道：“我就是很羞愧，我们龙族怎么是这样的呢？唉！”

陆压：“……”

陆压又不傻，他含糊道："还、还好了，你现在不是龙身。"

"可是昨天我对道君动手动脚了啊，一定还是有影响吧。"段佳泽无辜地道。

陆压一下拧身，背对段佳泽躺在床上，一方面是表达坚决不走的意思，一方面则是生气，段佳泽挤兑得也太明显了。

段佳泽无声大笑了几声，爬到床上说道："你说你老老实实承认不就行了，我是龙你得多性福啊。"

陆压："……"

陆压竟觉得有些无言以对，而他明明是讨厌水族的，段佳泽这样一说，好似又成了一件大好事。

"我今天还和宝珠姐姐请教了呢，她说我的本身会比普通龙族还要大，我一想，那我的鳞片该有多大呀。"段佳泽转移到正题上了。

陆压虽然是背对他，但是耳朵一下竖了起来，本来想继续生气的，可段佳泽的话太诱人了，他磨磨蹭蹭应道："嗯？"

段佳泽："龙族掉鳞片也不多，几百几千年可能也凑不出个鳞甲衣。"

虽然陆压脸都没露，但段佳泽还是可以察觉到陆压情绪明显一低。

没办法，段佳泽打光棍的年头没有陆压那么长，陆压攒的鸦羽都能把全家装备一遍了。

"我看，可以做个武器，你不是用刀剑吗，到时炼成兵刃也不错。而且我还是金色的哦，和你很配。"段佳泽说道。

陆压这才开心一点，习惯性想嫌弃一下，又考虑到刚刚差点被赶回去，所以比较收敛地道："行吧。"

"哈哈，现在觉得奇迹是我们俩儿子真是太合适了。"段佳泽说道："又是鸟又能下水，以后你就去骗人家，它是我们亲生的。"

陆压不知不觉就转过身体来了，他也想到这一点了："看来这便是注定的。"

虽说和水族在一起让人很不满，但要是段佳泽的话，也可以吧。

"嗯……"段佳泽看着陆压："那现在……"

两人对视两秒，陆压扑了过来，只是嘴里不敢再提什么"龙性本淫"的事情了。

在段佳泽的介绍下，宝珠也认识了奇迹。一开始宝珠听段佳泽说这是他和陆压的儿子，还吓了一跳，因为当时奇迹刚从水池里冒出来，浑身又是火行的灵气。

待段佳泽说清楚是养子之后，宝珠这才释然："我看它也在修行，日后是要随你一道回去的了？可有想过日后的计划吗，要不要送点东西，也进落迦山来，我可以照看，日后还能接我的工作。落迦山环境相对单纯一点，天庭二代太多了。"

段佳泽以后肯定是在天庭工作，陆压也是挂职在那儿。西方那边落迦山却是独立的道场，人员构成确实简单一些。

宝珠也没有想过奇迹有没有那个天赋，陆压可是差点成佛了，能将无形智慧化为杀人刀、活人剑，他儿子还能差？

段佳泽却是宝珠的话有点疑惑："等等，送东西？"

"对啊，"宝珠说道："你不会以为当年我听经发悟，就立刻做上菩萨胁侍了吧？我父王给我准备了一些宝物，送给释迦佛，于是我才得道，而后跟随菩萨修行。"

段佳泽："……是吗？"

他看向陆压，陆压也点了点头，证实宝珠的话。

陆压早年也在西方混过，他不在乎地道："以前西边儿穷，办事都有条件，这规矩也没有避讳过，写在经书上的。"

"是这样？我不太了解。"段佳泽感觉大长见识："送东西倒是没什么，但是我觉得离得有些远了。"

其实段佳泽觉得落迦山风气也一般，看看善财、灵感他们吧，到时候小胖子去哪里找活儿干，往那一坐每天就和灵感等人闲聊玩耍。

天庭二代是多，不过正宗的二代不就是陆压吗……

再说了，接宝珠的位置？

小胖子跟在菩萨旁边端瓶子或者捧珠子？总觉得那画面太美不忍看！

宝珠没想到那层，就觉得是教育观念不一样："若是心疼，要留在身边，你那里单位未定，不过道君有编制，可以道君的名义带去。"

段佳泽连连点头，再看陆压还是半点不在乎的样子。

陆压心里头对这些规矩也是很没概念的，不是因为天庭最开始是他们家的，而是他长时间无组织无纪律，在他的概念里就没有正规手续的概念。

对于自己的职业，段佳泽也思考了一会儿。虽说还有那么久，但宝珠都提出来了，他也要好好想想，免得让宝珠担心。他这里动物园的事干完了，希望工程就可以提供下一步的支持，但是天庭没法开动物园。

陆压出馊主意，说到时候找上面讨个和他相称的封号、职位，也就是官方承认他们俩一对儿。

段佳泽当时要是喝水能把水都喷出来："封，封什么封……你是不是不记得你前两天还在嚷嚷水族最讨厌了？"

陆压："……"

陆压微微有些不好意思："那是其他水族。"

段佳泽无语道："这要是传出去，你颜面何存？"

这话太熟悉了，正是陆压最喜欢念叨的，他只好装作没听过这话："那总不能不传出去。"

"也没必要这么昭告天下吧，"段佳泽说道："你这个鸟性，有点太高调了。"

陆压："……"

段佳泽琢磨了一下："你说你们上头也不稀罕怪兽、神兽，那我做什么好啊……太烦了。"

他又不想做很无聊的公务员工作，而且做公务员据说还得再考个试，开创新的事业一时又不知道干什么，毕竟对上头也不了解。

"稀罕啊，普通神兽不稀罕，但是天上地下只有我一只三足金乌了，很珍稀。"陆压说道："你做繁育中心吧……"

段佳泽："……"

晚上，段佳泽吃完饭坐在休息室里，还在看神话传说，试图从里面得到一点灵感。

他要真办三足金乌繁育中心，他就是个傻子。

青鸟凑过来看："园长，你在看什么？要来新动物了吗？"

她看到上头的图画是只九尾狐，说道："九尾狐我们已经有了呀。"

"不是，我是在想仙界什么职业需求最大，或者有创业空间。"段佳泽说道。

水青睁大眼睛："其实我在人间界待了这段时间，就觉得仙界需要一个正经的运输行业。我们青鸟忠诚，力气也不小，信差和快递员不就是一线之差吗？”

“但是你们商业没那么发达吧。”段佳泽道，他知道水青有多热爱工作，只可惜他们那行在天上真的是夕阳产业。

水青天真地关注着自己的工作，有苏却是眉毛微微一皱，说道：“园长关注这个做什么？”

她早就觉得有点奇怪了，这些天园长一直和龙女混在一起。她本来以为是为了杨枝甘露，但是现在段佳泽说到上头的职业，她便敏锐地察觉到两者之间可能有什么关系。

段佳泽扫了一眼，发现人还挺齐的，想着是时候把自己的身份给大家说一下了。也不知道大家会不会不满，毕竟他也是“动物”了，却可以做园长。

“咳咳，麻烦都安静一点，趁这个机会，我和大家说件事。”段佳泽站起来道。

原本干其他的事派遣动物们都停下手头的事，好奇地看着段佳泽，不知道他一本正经要说些什么。

段佳泽有点羞涩地一笑，说道：“嗯……就是，那个，其实我是龙族。”

他说完了，全场寂静，有些人还左右看看其他人的反应，一脸疑惑，仿佛不理解段佳泽说的话一样。当然，也有例外，比如谛听、孙悟空这样早就知道真相的人，他们都一脸漠然。

段佳泽没想到反应这么冷淡，颇觉没面子：“是东海金龙，我也才知道没几天，哈哈。”

他一干笑完，就听到其他人也随之哄堂大笑起来，仿佛被他的话突然引燃了。

段佳泽：“……？？”

熊思谦嗓门大，笑得尤其夸张，眼泪都要出来了。

小青也拍着腿道：“园长，你真是太无聊了，你觉得谁会被骗到啊！”

段佳泽身上又没有半点龙族气息，看上去完全就是普通人族，就连原本有些狐疑的有苏，也眉目舒展，嘴角上扬。

段佳泽无语凝噎：“我没有……”

“今天是不是人族的什么愚人节？”陵光也笑容可掬：“但是段园长你这个一点也骗不到人，倒是有些幽默。园长，你若是龙族，那陆压道君应该是假冒的吧，谁敢假冒陆压道君？”

陵光甚至对鲲鹏说了一句：“你信他是龙吗？”

鲲鹏手里抱着猫，也面无表情地摇了摇头。

段佳泽：“……”

段佳泽左右看了一下，宝珠不在，陆压也不在，有些着急地说：“等等，真的不是开玩笑，你们听我说，谛听可以作证。”

“谛听也一起玩儿？”小青好笑地摇了摇头：“园长，你就得了吧，我们又不是第一天认识道君。三界里打听一下，陆压道君和水族在一起？敢问水族——”

包括灵感等水族在内的众人，一齐开口接道：“何德何能啊！”

段佳泽：“……”

173

“你们，你们就编排陆压吧！”段佳泽看这些人嘻嘻哈哈的，非常无奈，最后只憋出来这句话。

“园长，你千万不要告密呀！”大家觉得段佳泽这么善良，肯定不会告密的。但他们实在是忍不住了，觉得很好玩，而且也表示坚决不相信，段佳泽会是水族之首。

一直到段佳泽要离开的时候，都没人相信他的话，就连谛听出来说话，大家也只当谛听在配合段佳泽。段佳泽可是园长啊，他要玩谛听还能不配合？

毕竟这个玩笑实在太无稽了，任何一个认识陆压的人都不可能随便相信的。他们要是随便上当，还不得被嘲笑死啊。

段佳泽很郁闷，这些人要是觉得他不像龙族，他也就认了。他们觉得陆压不可能找个龙族，他该不要脸地论证一下陆压有多喜欢他，喜欢到忘了原则吗？

临出门的时候，白素贞还含笑捏了一下段佳泽的手腕：“小金龙，你也是打蛇化龙的吗？一年蜕一次皮？”

蛇修行下去可以化蛟，蛟蛇继续修行又有机会化龙，白素贞这么调侃，也是在提醒一下段佳泽看蛇时的模样。

龙还能怕蛇？

段佳泽："不是。不过据说你们脚下踩的这片，都是我的地盘。"

海角山就是当年海岸线的一点，打海角山下往东，包括整个东海市，原来都是一片汪洋。

白素贞又笑了笑，顺着他"玩笑"道："那你不是亏了，每年还交租金。"

段佳泽："可不是吗。"

白素贞完全是看段佳泽说笑的样子，她手中拿着一本杂志，这时放开段佳泽竖起杂志，口中说道："是呢，雷峰塔合该我去收门票的。"

段佳泽开门出去了，口中念叨："那都后来建的。"

第二天，段佳泽起晚了，在食堂拿了两个葱卷，非常没形象地一边上楼一边吃。

上到办公室楼层，就听到小青在和黄芪说："对，昨晚说自己是小金龙。"

段佳泽怒而插言："我没说小金龙，我说东海金龙！"

还小金龙，怎么擅自把他扭曲得那么俏皮呢。

黄芪迷糊了，陆压的形象对他来说没那么根深蒂固，所以他这会儿竟是半信半疑的，就像当初对"袁洪"也有点怀疑一样。

这时候他看着段佳泽，一头雾水："到底什么啊……园长，说好的咱俩都是饱受惊吓的人族呢？"

段佳泽刚想说话，小青已经哈哈大笑道："也就你还会被骗到，你想，道君和水族之首，怎么可能？"

黄芪一想，好像也有点道理："但是园长何必拿这种没人信的事来开玩笑呢？"

他还是有点怀疑，且怀疑得很有道理。

只见小青挥了挥手："谁知道，反正不可信，也看不出来。你见过怕蛇的龙吗？"

黄芪一时语塞，也觉得有道理。

段佳泽："……"

段佳泽："你们都走吧，不信算了。"

他继续开始吃葱卷，觉得没法和小青说了。

"哦哦，我们来有事的。"黄芪赶紧道："就是说今年办年会的事情，行政那边申请，是不是好好操办一下？"

段佳泽想到最开始他们那简陋的年会，现在扩张得规模还挺大的，各方面人手也足了，不至于像以前一样，因为节假日客流量更大，反而没时间好生准备。

“可以，我批一笔钱，今年热闹一点，反正场地也是现成的。”段佳泽说道，他们自家有酒店呢。

“嗯，还有他们说，既然是内部活动，也没有媒体，肖荣能上台吗？”黄芪的笑意又增加了，肖荣可一直还是内部风云人物，大家对于这样一位露面不是很多的前明星同事津津乐道。

“那你得问小青了啊，刚好他就在这儿。”段佳泽说道。

小青倒是颇为感兴趣，他挺喜欢这种人间热闹场面的：“我觉得挺好啊，我可以和肖荣一起做司仪。”

“司仪？”段佳泽觉得怪有意思的：“那你们商量吧。”

黄芪打趣道：“人家一对儿上去做司仪，园长你不考虑和陆哥一起表演一下吗？一般人家企业年会，老板都会出来展示一下亲和力的，唱个歌跳个舞，恶搞一下。”

段佳泽脑海中闪过一个画面，他和陆压在台上，他指着陆压说：“陆压没上过学，所以来灵囿当了动物。”然后陆压说：“去你的吧！”……顿时一个激灵，这画风实在古怪。

当然，现在段佳泽不知道，若干年后这个想象还是变成现实了。

“行了。回头再说。”段佳泽把最后两口葱卷吃完，不清不楚地嘟囔道：“我平时还不够亲和啊，到时候给你们来个龙飞凤舞……”

刚好他们龙也有，朱雀也有。

黄芪压根没听清段佳泽那句话，和小青一起走了。

最近灵囿动物园的动物混养颇有进展，小范围的实验一一取得了成功。

这其中段佳泽的技能功不可没，他能用“兽心通”更好地掌握动物的心理变化，确认这种适应不是一时半会儿的，长期混养之下也不会出现问题。

此前，灵囿动物园以种类、地域等作为分类，如美洲动物区、澳洲动物区，还有水禽湖、散养区的各个动物区域等，如此展示动物。这是最初希望工程协助规划出来的，最适合当时灵囿的发展路线。

现在整个发展路线掌握在段佳泽自己手里，他经过深思熟虑，又试验成功后，决心进行一个比较大的改变。

那就是大规模、立体式地混养动物，取消从前的分隔空间，在混养的基础上，增加层次，使得环境更贴近自然。

这就是一个改造展馆的大工程了，其间不能回避游客，一部分一部分地施工，估计需要很长一段时间。而且环境改造也得找更多专业人士一起设计，很少动物园舍得费这么大本钱。

诚然动物们是满足了，游客是否能接受这种参观方式，还未可知。

段佳泽果断下了这个决定，因为他在和动物的交流中，就认为这是更好的豢养法，野外动物本就是混着生存在一起的。

只要规避食物链上的死敌，这样的展出方式会让动物更加健康、有活力，游客也能更好地浸入参观。

于是段佳泽通过动协的关系，聘请了一批人，找了施工方，分批改建展馆。好在他们一直留有备用的展馆，不至于腾不出空间安置动物。

段佳泽看了效果图，挺好的，和以前的平面布置不一样，从地面到房顶都进行了设计，一个空间最多可以同时混养六到十种动物。一眼望过去，整个空间内部从上到下，就像真实的野外环境一样。

不只是禽类、兽类，海洋馆段佳泽也进行了再次设计，把鱼类也进行混养，不过这就方便得多，对段佳泽来说也容易得多。

最早段佳泽曾经把水族都养在一个缸里面，纯属仗着自己的天赋乱来，他那时对专业也一窍不通，后来也有少部分混养，却不是所有。现在则要正确地展示给游客看，于是段佳泽仔细分了类。

其实鱼类混养也和陆生动物的立体式混养一样，天然就需要分层，鱼类会各自分布在上中下层。一般人混养鱼类，也就是三四种，段佳泽却能把至少七种混养在一起。

这还是他考虑到了颜色不宜太过纷杂，游客分辨起来也挺麻烦。

比如，黑裙鱼、虎皮鱼、斑马鱼可以养在一起，红尾鲨、斗鱼、曼龙鱼也能养在一起。段佳泽基本上没遇到什么困难，就分好了类——他可是和宝珠请教过的，不可能完成不了。

接下来就是花了几个晚上，带着员工们把鱼类重新分缸、分区。

这天，段佳泽就抱着一个不大的鱼缸从海洋馆出来，里面装着几只色彩斑斓的热带鱼。这是个小型水景缸，里头摆着一小块沉木，种满了水草，除了鱼还有两只虾。

这是段佳泽整理完最后一个缸留下来的，准备带到办公室去养。他的办公室里还一直没什么活物呢，先前有员工问他要不要养几只，他才觉得也可以。

段佳泽挑鱼的时候，这些小鱼快疯了，争着往段佳泽那网兜里装。

员工看得目瞪口呆，他们海洋馆的鱼不知道多灵活，常人捞鱼都是一条一条往上捞，园长呢，他是把网兜放下去，提上来后一条一条往外丢多余的鱼……

段佳泽只打算放个小缸，所以要不了很多鱼，没有被选上的鱼失望极了，有幸待在这缸里的鱼则欢快地绕着四壁游动，隔着玻璃触碰段佳泽的手。

段佳泽低头看看，对它们笑了一下，这些鱼就更加兴奋了，恨不得跳出水面。

段佳泽走得很稳，因为缸里还有土，如果动静太大晃荡起来，水变得浑浊了要好几天才会重新澄清。因为他抱着这么一个还算精致的水景缸，所以看过来的人也挺多。

陆压不知道从哪里钻出来了，走在段佳泽身边，向他一伸手。

段佳泽笑了一下，把水缸放到陆压手上了。陆压拿得很稳，又不影响步伐，就是里头的鱼不是很开心，快速游到了沉木和水草下面，不见踪影了。

陆压冷哼了一声，觉得普通水族还是一如既往的不讨人喜欢。

他看了段佳泽的头发一眼，还说道："头发好像直了。"

一段时间过去，段佳泽的头发卷度又下降了，不过有陆压在，烫起来也方便。段佳泽正想说晚上把发型再弄一下，忽然想到什么，问道："以后我要是化龙了，龙须会不会是卷的啊？"

陆压也面露迟疑，他还真没想过这个，不过……

"卷就卷吧，又不难看。"

段佳泽试着想象了一条龙，两条长长的龙须打着卷儿……这辨识度也太高了。

他们正走着，迎面看到同样下班的几个派遣动物，是小青、熊思谦、灵感、善财儿人。他们是一个小圈子，勾肩搭背地也不知要去哪儿。

"园长。"

"陆压道君。"

大家七嘴八舌地打招呼，有人看到陆压手里拿着个水缸，还故意笑着问：

“道君养鱼啊。”

“胡说，这肯定是园长养的啊。”小青纠正。

段佳泽没说话，这事情显而易见。

小青看陆压好像心情不错的样子，又哈哈笑道：“我想起来前日园长还说，自己是水族之首、东海金龙，可会开玩笑了，道君您知道吗？”

陆压：“……”

段佳泽：“……”

小青还在笑，但是陆压的脸色已经一点点沉下去。

其他人本来也和小青一样，想到那天的事情便发笑，可是慢慢地他们就笑不出来了，随着陆压的脸色变化，他们更是想哭了。

看着陆压的表情，灵感甚至有点惊恐地道：“阿弥陀佛，园长，园长不会……真的是龙？”

陆压面寒如冰。

众人：“……”

虽然太阳还没完全落山，他们却感觉到一阵冷意。

情形实在有点尴尬，所有质疑过段佳泽的派遣动物，脸都被自己打肿了。知道真相后的他们是崩溃的，尤其是有苏，连她都没猜出来。

只是……园长怎么能是龙族呢？！

是龙族也就罢了，虽然蹊跷经过解释也说得过去，可他都是龙了还和陆压道君继续和谐美满地在一起！

这要是传到天上去，不知有多少人表情会比他们还夸张吧。

如此一来，大家内心对段佳泽更加佩服了。一介凡人能搞定陆压道君已经很厉害了，揭露了真实身份后还能如此，那简直就是圣人一般的存在了。

大概只有对黄芪来说，段佳泽是龙这件事本身比其产生的联想更让人惊讶了。

他简直不敢相信，这个动物园从头到尾就不是人类开的。那些大仙还信誓旦旦地说，园长不可能是水族！

看吧，当初他觉得袁洪是孙悟空，袁洪就是孙悟空。他觉得园长不像说笑，园长就真的是龙。

那些大仙到底怎么修炼的，还不如他一个凡人？

很长一段时间，大部分派遣动物都很尴尬，尤其在陆压面前，连笑都不敢，就怕陆压一个受刺激，拿他们撒气。

像有苏这样容易中枪的，更是如履薄冰。

孔宣倒是不怕，他知道段佳泽其实是龙族后，大笑了起码十分钟，笑得眼泪都快出来了，对段佳泽说："我就知道你不简单，难怪把金乌养成这样了，哈哈哈哈！可以，我服气，让我在这儿做绿孔雀我也服了！"

段佳泽："……"

陆压："……"

震惊的继续震惊，熊思谦那边却是成功培育了不少花苗，倒没有段佳泽想象中的什么奇花异草，都是人间也存在的品种，质量上肯定要好得多。

据熊思谦分辨，这些种子都是从各个仙人道场收来的。

在朱烽的指点之下，熊思谦把花移栽在灵囿各处，不是分散的，而是有选择性地集中在各个建筑物甚至动物隧道旁，显得多而不乱。

因为东海市气候好，灵囿风水又佳，花草被移植后不久，一些应季的花苞就悉数开放，花繁似锦，遇到晴天，就衬得灵囿宛如春日提前到来。

游客都非常喜欢这些花，还要求动物园多种一些，大片大片的岂不是更美更壮观？

但那就与朱烽的设计冲突了，好在同心村也是灵囿参与投资了的，段佳泽把花种送到同心村，叫他们在花田还有空地都栽种上，来年这里就是一处大好的赏花之地。

灵囿和同心村相邻，同心村种和灵囿自己种，可以说是一样的。

现在的同心村在灵囿动物园的带动下，不但每周都固定有许多市民来游玩，甚至吸引了周边县市的市民周末驾车来游玩。虽然不是特别大，却也是本市一处小有名气的景点了，完全达到了当初预期的目的。

同心村本来是贫困村，连老师都招不到，现在在旅游业的带动下，有人在这儿上班做工作人员，有人在政府帮助下开饭店、民宿，甚至摆个地摊，比以前境况好太多了，也多次受到了表扬。

另一方面，行政部也对年会有了个全盘方案，力劝段佳泽上台表演一番，要是能带上陆哥那就更好了。

段佳泽实在不是那么高调的人，让他自个儿上去都有些不愿意呢。

黄芪劝他："园长，你就上去唱个《龙的传人》吧……"

段佳泽勉强笑道："你才唱《龙的传人》呢，我是龙他本人。"

黄芪："……"

段佳泽："我唱歌又不是特别好，到时候表演点别的吧。"

到了年会那一天，灵囿极其热闹，除却少数需要坚守岗位的员工，大部分都来到了灵囿酒店的大宴会厅，将这里挤得人头攒动。

灵囿的员工们极其兴奋，因为来了之后他们才发现今天还有个大惊喜，主持人居然有肖荣！

肖荣和小青客串了一把司仪，稿子自然是早有人写好的，肖荣见的大场面多了，知名度又高，虽然不是专业主持人，但还挺镇得住场子。

行政部早就有了策划，各个部门都要表演节目，因为是动物园的年会，所以和动物也脱不了干系，尤其是那些一线部门。

比如一组表演者，还把鹦鹉带上台一起表演了。还有的竟别出心裁，直接拍摄了短片，现场播放出来，都是在动物圈舍或者散养区拍摄出来的，带着动物一起出场了，内含各种很有新意的 pose。

之后还有游戏环节，两位主持人也被推上去玩。因为游戏设置，最后两人都脸贴脸了。

一些不明真相的观众纷纷起哄，让他们俩舌吻。

其实大部分人根本不知道小青和肖荣的真实关系，就是喝多了笑闹而已。

小青一听，则沉思了起来："蛇吻啊……"

肖荣："不是那样！"

小青直接凑了上来。

台下员工们的尖叫声都快把屋顶掀起来了，因为嘈杂声过大，也没人听到小青得意扬扬地说："除了我还有谁能完成这个任务。"

等到段佳泽被请上去的时候，气氛已经非常热烈了。

"我给大家表演一个魔术，大变陆压。"段佳泽把道具柜子给推了出来，镇定地说道，其实他脸都在发热，陆续有员工来敬酒，他也喝了好几杯。

看到大 boss 要表演魔术，而且听上去陆哥还会协助，大家当然很热情，鼓起掌来。

段佳泽打开柜子给大家看，里面是一只陆压鸟，活蹦乱跳，谁都认识。

这时候很多人都是微醺了，猜不到接下来会是什么表演。

段佳泽关上柜子："接下来，我就要变啦。"

他毕竟不是专业人士，台词说得干巴巴的，一点感染力也没有，也没怎么吊观众胃口，一伸手，把柜门拉开了。

台下却是一片惊呼之声，柜子再次打开，陆压鸟不见了，站在里面的是一脸冷漠的陆哥!

叫好声四起，陆压鸟变陆压，这个名字梗玩得真不错。

小青不怀好意地说："这个魔术还不到五分钟，是不是有点不够？"

员工们纷纷反应过来，鼓掌起哄。

派遣动物们也乐了，刚刚那个节目，人族可能会新奇，对他们来说却一点看头也没有，太糊弄了。陆压变陆压，蒙谁呢？

听到很多人族在点歌，孔宣也不怀好意地叫："小龙人会唱吗？"

一片声音中，众人都觉得孔宣的声音格外突出，无法忽视。

段佳泽："……"

段佳泽感觉酒意上涌，思维也有点迟钝了，他非常难为情地环视一周："唱小龙人也太羞耻了吧。"

员工们大笑，儿歌确实挺幼稚的，园长还是有点放不开啊。

"如果非要唱的话，"段佳泽清了清嗓子："猴哥，猴哥，你真了不得——"

员工们继续大笑：这个难道就不羞耻了吗？

扶着柜子站那儿的陆压眼神却是瞬间变了，看向孙悟空。

孙悟空："……"

174

现场的调度人员也够机灵，及时找到伴奏放出来，段佳泽顿了一下，跟上伴奏唱得更欢了，浑然没有注意到身后气温在一点点变高。

段佳泽还挺开心地去找孙悟空，对上眼后却发现猴哥的脸色特别奇怪，好像还有点悲愤。

一晃神的工夫，段佳泽就被陆压一伸手，拽到柜子里去了。

"金箍棒啊永闪烁……"段佳泽一个踉跄，幸好背后是柜子，站稳了看着陆压。

台下的围观群众也没有反应过来，直到陆压也进了柜子，还伸手把柜子门给关上了。

众人一头雾水。

什么情况？

段佳泽已经唱到尾声，现场只剩伴奏声在回荡，大家起哄了一会儿“再来一首”，却迟迟不见园长和陆哥再出来。

肖荣和小青又走上台，肖荣敲了敲柜门，仍是没有回应。

小苏大概也是喝多了，扯着嗓子喊：“园长你快出柜啊——”

顿时哄堂大笑。

有人还推着小苏，挤眉弄眼地道：“什么鬼，老早不是出过了吗？”

现场俨然成了欢乐的海洋，趁着年会，赶紧调戏一下园长和园长男朋友。

小青却感觉到有点不对，看了看下边，冷不丁一伸手，把柜子门打开了。

柜中空空如也，别说人了，一根鸟毛也没有！

台下员工的笑声顿时渐渐消失了。

肖荣也扶着一边柜门，把这活动的衣柜转过来看了看，确实是什么也没有了，上，下，左，右，整个会场，任何方向也没有园长的踪影。他和小青对视一眼，正在想如何收场之时——

“噢噢噢！精彩！”

人类们热烈鼓掌，吹口哨，大喊魔术变得好。

肖荣干笑一下：“呃，谢谢园长给我们表演的精彩魔术。接下来进入最让人期待的环节——抽奖。”

一时间，大家的注意力更是被转移了，全然没有人在意衣柜里的人哪儿去了。

段佳泽手里还拿着话筒呢，人就从逼仄的衣柜中来到了房间里。

“我靠，我还没颁奖呢……”段佳泽愣愣道。

陆压大怒：“颁什么奖！你是不是还想给孙猴子颁奖！”

段佳泽：“……”

段佳泽的酒一下子给吓醒了，讪讪笑道：“没有，绝对没有。”

陆压生气得很，在房间里转悠了几圈，很是不满：“他到底做什么了，还有歌颂他的？”

段佳泽犹豫了一下：“电脑里有西游记全集，不然你补个番？”

陆压怒道：“我知道他做了什么！”

他只是很不理解，又不是真的什么都不知道。

说到孙悟空做了什么，陆压一转身瞪着段佳泽：“他还闹过东海，打杀过龙族呢。”

哎，对，就这段特别帅。

段佳泽没敢说出来，低着头道：“你冷静一点，我就是尊敬猴哥……”

陆压听到这称呼，却是沉思了一下，再抬起头来时表情冷静了一点：“不准管他叫猴哥了，你们什么关系啊就叫哥。”

段佳泽：“不是，全国人民都这么叫。叫哥不一定特别熟，我们还管首富叫爸爸呢。”

“我不管，你们人族太乱了。”陆压哪管这些，段佳泽叫他除了直呼其名，就是什么“道君”“陆哥”“哥”了，难不成他和孙悟空一个待遇？

段佳泽不说话了，给自己倒了两杯白开水喝，看看时间差不多了，说道：“那我回去颁奖了啊，你还把我们变回柜子里吧。”

“不去，要去你自己走着去。”陆压正不开心呢，往床上一坐，俨然是不愿意再出门了。

段佳泽呆坐着，又喝了一杯水，叹口气道：“那我真的自己回去了，老公？”

陆压靠在床头，一时没回过神来。

段佳泽揉揉眉心，站起来推门出去了。

陆压呆在原处，红晕一直蔓延到耳朵尖：“……”

“园长再不来，就让黄芪颁奖吧。”肖荣小声对小青说，抽奖已经是黄芪来抽的了，刚才公布了号码。这抽奖是个个都有的，不过大部分是一些日用品、食物，一、二、三等奖比较大。

两人正说着，就见宴会厅大门被推开，段佳泽走了进来。

两个主持人盯着门口看，下面有些人也回头了，顿时乐起来，吹着口哨道：“园长牛逼！”

段佳泽关好门往里面走，一路上掌声从稀稀拉拉到越来越响，他干笑着招手回应：“雕虫小技，雕虫小技哈。”

大家都看着园长和陆哥进了衣柜就消失了，再出现却是从门外，虽说这个魔术持续得好像有点久，但他们还是报以热烈反响。

段佳泽走上去，便听到肖荣疑惑地问："怎么就你自己，陆压呢？"

段佳泽："已经石化了。"

肖荣："？？"

第二天，灵囿动物园宣传部门的编辑大大方方把年会时园长变魔术的视频连同其他节目一起放到了官方网站上。

而且到了这时大家对这个节目还在津津乐道呢，不过他们一点也不好奇活人怎么变的，类似的魔术太多了，网上也不是没有解密。

大家比较关注的是中间那段园长特别搞笑地和陆哥一起缩回柜子里，他们甚至八卦起来园长进去后和陆哥做了什么，搞得后来出现得那么晚，肯定有不纯洁的事情！

无独有偶，派遣动物们对"魔术"的奥妙半点也不好奇，但是对柜子里以后的事情有点奇怪。

段佳泽唱完"猴哥"后，孙悟空就对同桌的人说："气死我了，关我什么事啊？"

本来大家庆祝得好好的，段佳泽突然开始唱赞美他的歌，脑残粉害死人！

他就是下来玩儿的，之前特意隐瞒身份，收敛了那么多，就是不想搞事情，现在这是要陆压道君那个小心眼恨上他了啊！不会把他也举报了吧？

然而第二天，陆压什么也没做，一如既往——不，好像比以前情绪还高涨一点。

尤其是在和孙悟空照面的时候，一点也没有大家想象中的憋着劲儿碰瓷的画面，甚至对孙悟空露出了一个带着得意的淡淡微笑。

孙悟空："？？？"

背地里讨论了半天，一头雾水的众人只能下一个结论了：园长牛逼！

最近灵囿动物园从欧洲引进了四只小爪水獭，按照管理条例先检疫隔离一个月。这几只小家伙，体长虽然不到半米，但是单只身价就是好几万，还不包括运输费用。

几只水獭远道而来，快到东海的时候产生了应激反应，情况不是很好。

员工都建议，是不是和出口商那边协商一下这件事情，因为按理说水獭身体很健康的话，可能不会有这么大应激反应，但不会这么大，有可能原本身体就不是很好。

段佳泽说先接回来看看吧，它们主要是因为路途遥远加上环境不一样，所以发生这种情况，还有机会救回来。

四只小爪水獭有两只都生病了，段佳泽在隔离场和它们见了面。小爪水獭是最小的水獭，引进了四只，两只一岁，两只两岁，生病的都是一岁的水獭。

它们身上的毛发是暗棕色，但是比较干。正常的水獭是很爱干净的，它们一看就很虚弱。

这些水獭刚刚抵达隔离场，比较麻烦的是，不好给水獭们称重打麻醉。

不打麻醉是不行的，他们本来试图直接打针，也费了半天工夫。别看水獭身形小巧，模样也算可爱，但就是这些小家伙，曾经有过攻击鳄鱼的记录，攻击起来是非常凶猛的。

此前还没抵达的时候，给它们做体检就费了好大一番工夫，小家伙抵抗激烈，还加重了病情。

所以现在只好迂回着来，先把催眠的药放在食物里，待它们吃了生效，再进去给它们打针。

现在还没有生效，生病的水獭还没吃东西，而健康的水獭则吃了几口就闻出了味道，不肯再吃，药效发挥不完全。

这个时候，段佳泽打算自己进去打针。

兽医拦了拦段佳泽："园长，现在进去不好吧？"

它们和灵囿的工作人员一点也不熟，暴起伤人非常正常，这药效还没起作用呢，谁知道它们还有多大潜能。

"没事，我就试试，顺便给它们换个水。你看两只病着，两只也有点晕了。"段佳泽说道。

看段佳泽非要自己进去换水，兽医也不好再阻拦了，觉得园长应该还是有分寸的。兽医心中还是有点奇怪，一般动物园的园长，不管之前是哪个岗位的，都只做些行政管理方面的工作，都不一定每天去笼舍边。

倒是他们这位园长，每天都要转悠，还经常自己出手干活，从饲养员到兽医的工作都干过。不过想想八卦传闻里，园长就是因为喜欢动物才自己投资开动物园的，也就释然了。各人有各人的爱好。

等人走了后，段佳泽才进去。这些水獭看到有人进来，都趴在地上，小眼睛警惕地看着段佳泽，尾巴也微微动弹。

段佳泽绕了一圈，把一个小水池里的水都放干净了，然后洗刷了一遍。

水獭对水质的要求非常高，这隔离场不是专业的水獭圈舍，段佳泽一看到就觉得应该换换水。他坐在地上把水池冲干净了，又加满水。

那些水獭就不远不近地盯着段佳泽的动作，可以微妙地感觉到，它们一点也没有放松。

现在放出来的水，水质肯定也是一般的，但段佳泽不急，没有去外面打水，他拿出个装风油精的瓶子，拧开往水池里倒了一滴。这里头的风油精早就用完了，现在装的是稀释后的杨枝甘露。

那一滴杨枝甘露进去，水便悄无声息地发生了改变。

水獭们灵敏地觉察到了不对，屁股撅起来一点。

段佳泽坚持不走开，但是水獭们忍不住了，连生病中的水獭也挣扎着爬过来。段佳泽坐在这头，它们就在小水池的另一边，用爪子捞水。

段佳泽非常平和地看着它们，它们也终于确定了段佳泽没有威胁，一头扎进了水池。

四只水獭在不大的水池里翻了几圈，最后惬意地仰漂在池面上。它们的皮毛颜色看上去有一点像老鼠，长得可比老鼠可爱多了，身体线条流畅圆润，脸颊圆圆鼓鼓，眼睛圆溜溜的，两只耳朵也是圆形的，再加上一个粉红色的鼻子。肚皮朝上时可以看到，腹部的毛发颜色相较背部浅很多。

段佳泽试着伸手水獭的肚子上摸了一下，这只水獭也没有反抗，不知道是加了杨枝甘露的水让它太沉醉，还是药效已经发挥了。

段佳泽给水獭用了治疗术法，每只都用了，这不但让受伤水獭的伤好了许多，连药效也没了，肉眼可见精神了很多。

不过它们现在对段佳泽已经和善很多了，因为知道水是段佳泽带来的，加上段佳泽给治了伤。

水獭的前爪抓着段佳泽的手指，后爪也蹬在他的手臂上。

段佳泽拨弄了几下水獭的爪子，将一只水獭从水里抱了出来。

湿淋淋的皮毛上滴下来的水沾湿了一小块地面，段佳泽穿了外套进来，顺手把它放在自己膝盖上，然后把装针的盒子也打开了。

之前兽医还担心，给它们打针会不会再次产生应激反应，毕竟早就怀疑它们身上原来就有伤了。很多动物无法理解打针的意义，情绪会很激动。

段佳泽在水獭身上摸了几下，这只水獭还是躺在段佳泽膝盖上，段佳泽随手拿了一个球放在它怀里，水獭立刻就被转移了注意力，灵活地玩着这只橡皮球。

段佳泽趁机在它身上找了个位置，一针扎下去，推药，再抱出来，一气呵成，整个过程就几秒钟。

中间水獭身体抖了一下，把橡皮球给抓紧了，但是段佳泽的动作很快，打完针了水獭还有点蒙。

用了医治的术法，现在又打了针，肯定是性命无忧了。段佳泽把水獭放了回去，再换另一只抓上来，按照刚才的方法，趁水獭不注意又扎了一针。

到这个时候，第一只水獭才反应过来刚才被段佳泽扎了一下，冲着段佳泽叫，还用尾巴打水。

段佳泽把东西收好了，这次伸手再要去摸水獭时，人家就躲开了。不过，倒是没有要攻击他的意思。段佳泽一笑，把风油精瓶子又拿出来了："嗯？"

水獭们立刻神情一变，前爪作揖一般放在胸口，脑袋向上伸，一齐盯着段佳泽的手看。

段佳泽把水箱打开，在里面倒了一滴杨枝甘露，然后将水管拧开，里面立刻喷出了小股的水流，冲射在水池里。

十分钟前还有气无力的水獭全都向前冲，挤到水流前，扭来扭去地用身体接。

段佳泽控制水管左右晃动，带得水獭们也好好活动了一番，要么在水池里窜来窜去，要么干脆爬上来绕着段佳泽跑。

等到兽医回来，想问问园长打针成功没，就看到园长已经直接进入了活动环节。

兽医也小心翼翼进来了，水獭们光顾着玩，哪有心情理会他。段佳泽给他看，针管已经空了。

"还是园长有办法啊，打了针果然好多了，而且最近气候还是蛮适宜的，这就缓过来了。"兽医一看水獭这个状态，也觉得大有希望，顿时松了口气。

能救过来当然最好了，否则跨国和进口商扯皮也麻烦。

"对了，回头我写个条，你们跟熊老师申请，让他每天拨一缸水到这边，这里的水不行。"段佳泽说道。

兽医知道这位熊老师是个艺术家，平时摆弄一些花花草草，养个蜜蜂看个鱼之类的，还以为是他们园里的承包地有什么比较好的天然水源呢，那当然比他们这个水要合适了，于是点了点头："好哦。"

“行了，那我就回去了。再打针叫我来，我估计再打两针也差不多了。”段佳泽说着就站起来，这么坐久了，腿还有点麻呢。

水獭贴着段佳泽的小腿站起来，有点不舍得这个人类离开。

“哈哈，可以喂食了。”段佳泽说道。

之前生病的水獭没胃口，另外两只也只是吃了几口，因为里面的药味就没吃完了。

兽医把正常的粮食拿了过来，这都是自己养的鲢鱼鱼肉，早两年因为杨枝甘露的事情，灵囿就在承包地上搞养殖了。为了水獭的到来，特意提前放养了鱼。

水獭一闻到鲜美的鱼肉味，哪里还顾得上段佳泽，扑上去就美餐起来。

段佳泽也趁机出了圈舍，对兽医说道：“要是吃不完，剩下的不可以留到下一餐，现在它们肠胃还比较虚弱。”

“知道了。”兽医一笑，说道：“园长，你真是学环境工程的啊？”

“就别提这个了。”段佳泽有点无语地摇了摇头。

他学这个专业，除了种族影响，就是因为从小看到父母热衷于此。他这个肉身的父母，也就是宝珠父母托生下来的二位，在人间除了把他给养出来，就是到处搞环保。

而且因为他们俩在人间界也没什么牵挂，简直倾家荡产，导致后来才发现时间上有点差错，他们要走了，段佳泽还没自理能力，结果段佳泽穷了好多年……

现在段佳泽倒是明白了，他就是赚再多钱，专业学得再好，也不能把整个东海市买下来，然后让海水倒灌啊。

当然，段佳泽还是会继续捐钱的，虽说他的领海已经没了，但不能让水族的生存环境继续恶化了。

水獭们在隔离场待够了一个月，身体也完全恢复了，搬到了动物园给它们准备的新家。

这些对环境最为挑剔的动物，对自己的新家百分之二百地满意，一搬过去就开始自己筑巢。

这四只水獭都是要做繁殖用的，小爪水獭是一夫一妻制，两对水獭夫妻结合后，每对一胎又能生上几只，它们会组成一个大家庭。

对于游客来说，水獭筑巢也是非常令他们感兴趣的。

谁都知道水獭对居住环境的要求有多高。看到它们在灵囿的散养区一角毫无抵触就接受了新居住地，并积极筑巢，一些灵囿的忠实粉丝竟然也有种与有荣焉的感觉。

很多人都喜欢灵囿，或者说喜欢灵囿、海角山、同心村这一带的自然环境，住在这里都觉得舒服很多，看到比人类更敏锐的水獭也承认了这里，他们还挺开心的。

前段时间有消息传出来，说灵囿引进的水獭可能水土不服，有生命危险的时候，大家还有些担心呢。在灵囿，动物都以非常健康的状态出现，也非常享受待在这儿。

后来据说水獭在原来的动物园身体就不太好，反倒是过来之后虽说先是旧病复发，经过治疗很快完全康复了。

而饲养员们，当然也觉得有他们布置丰容环境的一份功劳，感觉付出的努力被认同了。不是只有水质好就够了，这些水獭居住地的每一根树枝其实都是他们布置的！

段佳泽在和白海波通视频电话，那一头的白海波讲话牙齿都在打架。

白海波："园长，你你你……你那位姐姐是龙……"

段佳泽好奇地道："你怎么知道的？"

白海波一听还真是，差点晕过去："我还以为那些鱼看错了。"

海洋馆的鱼好多都是白海波"招聘"来的，前几天有鱼请了探亲假，段佳泽还特意把鱼给货运出去。段佳泽虽然叮嘱它们不要外传，却没注意白海波一直是自己人的身份，所以有的鱼把自己看到龙的事情告诉白海波了。

小鱼也真是忍不住了，它们和龙在一个缸里待过！

白海波听说有龙，本来以为是弄错了，是不是什么蛟之类的，于是打了个视频电话给段佳泽，段佳泽却是一点没有要遮掩的意思。

白海波也是水生的啊，他精神恍惚了一会儿，喃喃道："龙族的踪影在江河湖海消失已久了，怎么会……她是回来重新统治大海的吗？"

白海波没有亲眼见到宝珠，他绞尽脑汁也想不出来，到底是个什么情况，那是大龙还是小龙，真龙还是化龙？

当然，他完全没想过宝珠和段佳泽有什么亲戚关系，段佳泽不还叫有苏姐吗，那就是一个称呼。

“不是，你别想那么多了，她就出来晃一下，回头又走了。”段佳泽说道：“对了，你现在还在水生所吗？”

“对啊，这边白鱀豚相亲成功，我得看看。”白海波回过神来，说道。

“加油哦，你早点回来，能赶上我就介绍你和她认识。”段佳泽说道。

白海波虽然活了上千年，还真没机会见过龙族的风姿，那些刚刚开灵智的小水族也就罢了，初生牛犊不怕虎，他却是有些惶恐，犹豫道：“那我要不要去定做个礼服？”

“还有这规矩吗？我也不知道。”段佳泽愣了一下，宝珠还没说到这么细呢：“我觉得算了吧，反正你又不是没见过龙。”

白海波：“？？”

白海波吓死了，他什么时候见过龙啊，还是说其实灵囿那些大佬里有哪位其实也是龙？很有可能啊，那些大佬的根脚他一个也看不出来，谁知道里头有没有龙。

还待再问，段园长已经放下手机，不知道干什么去了。

“干什么呢？”段佳泽看陆压进了办公室，问道：“你又没上班啊。”

陆压听他开口就是上班不上班的，十分扫兴，冷冷看了他一会儿才回答：“没什么游客。”

今天有点冷，这个点也确实人不多。段佳泽“哦”了一声。

陆压坐下来，有点不满意地道：“我来了你都不打招呼。”

段佳泽：“打了吧，我点了点头，还问你干什么。”

不然是要多礼貌，鞠躬还是敬礼？

陆压看着他：“……”

段佳泽睁大一点眼睛看他：“嗯？”

陆压还是不说话：“……”

段佳泽想了一会儿：“哦。”

白海波还在电话那头焦急地呼喊：“园长，园长你去哪儿了？你说一下啊，到底哪位是龙族？！”

“等等，你回东海再说。”段佳泽伸手放在挂断上：“有事哈，我老公要撒娇了。”

陆压：“……”

175

段佳泽摁断了视频后，往办公椅上一坐，看着陆压，一副“请开始你的撒娇”的样子。

陆压快气死了：“胡言乱语，本尊什么时候要……了！”

他都不想说那两个字，段佳泽太过分了。

段佳泽看着陆压：“没有吗？反正刚才那种行为在我们人间界就算。”

陆压拒不承认，沉着脸道：“方才本尊只是教训了你一下，你还同外人胡说。”

段佳泽差点没笑出声来，低头把笔记本翻开，一边看今天的待做事项一边憋笑道：“你说什么就是什么吧。”

这个回应太平静了，陆压反而憋闷，恶狠狠看了段佳泽半天他也没反应，让陆压又想找茬了。

这时段佳泽却忽然抬头道：“你不觉得你这样做很过分吗？”

陆压愣了一下，什么意思？

段佳泽重复了一遍：“你不觉得你这样做很过分吗？就之前指责我。”

陆压的脸色顿时不太好看了，他向来是喜怒形于色的，反正也不屑于遮掩。脾气差这个事情三界之人都知道，在段佳泽面前，更多了几分无理取闹。

现在段佳泽指出来，语气还有些严肃，他脸色顿时沉下去了，心里却是有些茫然，不知道该怎么回应，甚至有点矛盾……

段佳泽毫无所察，用钢笔哒哒敲着桌面，说道：“你稍微一暗示，我就喊得很贴心了吧，倒是你好像一直连名带姓地喊我啊。”

陆压：“……”

段佳泽理直气壮地道：“所以，你觉得你过不过分？怎么就紧着你开心啊？”

陆压脸上有一瞬间出现了茫然之色，被段佳泽绕进去，脾气都发不出来了，半晌才动了动嘴唇：“佳佳？”

段佳泽低头继续翻笔记本：“嗯，差不多。”

陆压：“……”

陆压这时才反应过来前一句话的意思，恼怒地把旁边桌上的空茶杯重放了一下，发出“嘭”的一声响：“我才没有开心！”

春天，正是白鱀豚交配的时候，在它们还没有大规模消失之前，这个季节它们会游到干净的水域交配，它们对水质的要求非常高。第二年的春天，妊娠期结束，生下孩子，每胎一仔。

现在水生所住着，来自两个种群的几条白鱀豚，其中一对已经性成熟了。在早已经宣布功能性灭绝的现在，它们的相亲无疑十分引人注目，比起大熊猫更甚。

白海波不知道从哪里搞到一个专家的身份，居然光明正大进了水生所，虽然人们没有意识到，但是白海波的确在有意无意地点拨他们，为白鱀豚营造更好的生活环境。

而且，水生所的人真的很幸运，大多数人把当初这几条白鱀豚的主动求助称之为奇迹，后来更是幸运地捕捞到了另一个种群的白鱀豚。

不过，只有少数像段佳泽这样的人知道，如果不是有白海波在，这些在野外环境成长的白鱀豚来到人工饲养环境，绝对会产生激烈的抵抗，就以前人工捕捞白鱀豚的案例来看，绝食是寻常事。

多亏了白海波晓之以情，动之以理，并从旁协助改善它们的生活环境，否则绝对不可能这么顺利，还让它们相上亲了。不过，这对白鱀豚种群来说也是好的，野外环境下它们很难繁衍了。

两条白鱀豚的相亲过程是全球直播的，段佳泽后来在直播软件上关注了一下，还看到摄影机带到了白海波的身影，在众多专家之中出现，一脸严肃。

就因为有白海波，段佳泽都看不下去了，把软件给关了。白海波出现老让他觉得怪怪的，他们看也就罢了，白海波自己就是白鱀豚，在那里看现场，为了科研也很怪……

直播结束后段佳泽看了一下新闻总结，据说两条年青白鱀豚相亲成功，现在还无法确定是否成功受孕，但是大概率成功了。如果，也最好没有什么意外，那么明年的春天就会迎来一只新的小白鱀豚了。

这对水生所还真是一个新的挑战，好在他们有白海波，虽然他们也不知道这一点。

交配季过去之后，白海波回了东海，他犹豫着，战战兢兢去了灵囿。

最近白鱀豚相亲的事情新闻上搞得沸沸扬扬，白海波去了后先没见到段佳泽，倒是有其他派遣动物和他打招呼。

比较关注外界新闻的小青就喊住他问："你最近在水生所搞婚姻介绍哦？搞完啦？"

白海波："……"

白海波满脸黑线了，但是想想婚姻介绍好像也对，点头道："是，是啊，搞完了。"

他又偷偷打量小青，小青的坐姿非常符合他的本体，没骨头一样窝在沙发里。以前白海波没有注意，现在却想，园长说的那个龙族，会是这位前辈吗？

小青丝毫没察觉，顺口夸白海波干得不错。他对白鱀豚繁衍没有什么深入了解，不过这个事迹上新闻的数量好像比他们灵囿动物园还要多，于是夸了一句。

旁边的有苏却是托着下巴道："嗯，多生点，回头弄一对到我们动物园来。"

要说，还是有苏关心动物园发展。

白海波喏喏应了，等到白鱀豚能进动物园，那还不知道多少年以后的事情呢。不过真要进那倒是好事了，白海波就特别想留在这儿。

白海波不住打量那些派遣动物，总觉得这个姿态也像，那个气质也像。

上次园长说到一半就秀恩爱去了，搞得他又是被闪瞎又是被好奇心折磨，想了好一段时间也不敢确定到底谁是龙族。

不过现在面对面看到了，白海波倒是有了点想法。

就那个抱着猫的小男孩，不是经常出现，外面人族都管他叫小鹏的。白海波当然不会以外表年龄确定人的长幼，他看到鲲鹏喂猫吃海鱼了。

白海波自以为是"偷偷"看，其实谁发现不了他啊。

"走了。"鲲鹏一松手，薛定谔就窜下他的膝头向外走。

白海波正在门口的位置，薛定谔走到他面前便蹲了一蹲，被主人养得十分娇惯的它一点也没有要拐弯的意思，反而等着白海波让路。

"哦哦……"白海波一个晃神，赶紧闪开："前辈请。"

鲲鹏走在薛定谔后面，一前一后出了门，一脸漠然，仿佛白海波没存在一般。

正是因为鲲鹏这个阴沉冷淡的样子，之前白海波就没有和他说过话，现在心中更是有点确定了，搞不好就是他。

"白海波来了啊，"段佳泽匆匆进来，对白海波招了招手："走，到我办公室去聊。”

“园长。”白海波赶紧跟上去：“打扰你了？”

“没有，你来得正好。我们正在清理河道，重新规整一下，你可以提点意见。”段佳泽说道。

“好的。”白海波有点小心翼翼，又有些迫不及待：“那个，园长，小鹏的身份很不一般对吧……”

段佳泽看他一眼：“哎，对啊。”

白海波倒抽一口冷气：“真的是他？他就是龙族？我的天，此前我也见过数次，竟然连个招呼也没打过，也没有察觉！”

“什么？你说什么呢，他不是龙族。”段佳泽奇怪地道：“他怎么会是，他顶多也就是半个水族。”

“不是啊……”听到自己猜错了，白海波还有点松了口气，毕竟他之前对鲲鹏非常忽略：“和我一样也是水生哺乳动物吗？”

因为白海波也是活了挺多年的妖，在灵囿也有职位，况且白海波都知道宝珠的存在了，所以段佳泽告诉了他部分真相：“不是，他是个鲲鹏。”

白海波左脚踩右脚，狼狈地踉跄了几步，情不自禁道：“我……我靠。”

段佳泽还没告诉他这是天地间第一只鲲鹏，做过妖师的那位呢。

饶是如此，白海波也吓得不轻，他本来以为会听到一个比较平凡的答案，谁知道和龙族比起来惊吓也没有小太多，这个根脚也了不得啊。即便在大妖横行的时代，鲲鹏也很牛逼了。

但是白海波想想自己当初遭遇天劫时的情形，那些大佬里有人是这样的根脚，似乎也不奇怪了，甚至更说得过去。

段佳泽推开办公室的门，桌上的水族箱里，漂亮的观赏鱼跃了出来，划出几道漂亮的弧线，游动得更加欢快起来，不再是慢悠悠地吞吐着。

白海波还以为是在欢迎自己，对它们招了招手，然后心不在焉地坐下来。小鹏是鲲鹏，那到底谁才是龙族呢？

“我打个电话给宝珠姐，让你见识一下龙族……哎，你别这个表情，”段佳泽看白海波脸色发青：“你不是叶公好龙吧？”

“不是。”白海波赶紧摇头。

段佳泽又道：“至于另外一个龙族是谁呢，我就不能告诉你了，情形比较复杂，你要是自己能猜到就罢了，但也不细聊。”

白海波早就知道这里有很多秘密，但是段佳泽话讲一半，让他有些欲哭无泪：“您要是别告诉我，我和龙族早接触过就好了……”

这时宝珠也过来了，段佳泽立刻站起来，给他介绍：“宝珠姐姐，这是我们特聘的招聘总监，专门从江河湖海里帮忙招募水族过来上班，帮了很大的忙。”

白海波一看到宝珠，就有些腿软，不只因为宝珠散发出龙族的威压，还因为她修佛法多年，影响到了白海波。

宝珠态度十分亲和，问及白海波是哪方水域出生的。她自己虽然没有掌管过一方水域，但是对天下水系都很熟悉，也知道是谁家的龙在管。

白海波出生的时候，三界已经拆分一小段时间，他从未亲眼见过龙族。但是真正和宝珠面对面的时候，白海波才体会到那些前辈口中的龙威。

自开天辟地，万物出现在洪荒大地起，龙族统御水族，历经多个无量量劫，相较于那些岁月，他们离开的时日只是转瞬而已。

宝珠因为去了佛门，比较平和，饶是如此也令白海波有臣服之感，诚惶诚恐回答宝珠的提问。

“我过些日子便要离开了，佳泽弟弟这边你继续多费心了。”宝珠非常客气地道，其实大多数龙族吩咐起其他水族，是没有这么客气的。

白海波也赶紧摇头，就是不说，他办事也不敢不尽心啊。

宝珠没说几句又要走了，这段时间她不只是给段佳泽补课，有时候那些来做义工的和尚也会问她问题，她都和善回答了，所以极其受爱戴。

段佳泽听派遣动物说起过，因为各大寺庙上次讲经后，还是只有少数人能以义工的名义留在这里，他们边建了个微信群。在里头讨论一些艰涩的佛法或者修炼问题，集中选出来，拿去问宝珠，免得效率太低，也打扰了宝珠法师。

段佳泽都不知道派遣动物怎么知道的，还有心情去偷看别人聊微信。不过这倒是让他想起些什么，其实临水观帮了他们很多啊，好像只有邵无星受了点好处，看来回头可以和陵光聊一下。

这么想着，段佳泽把宝珠送到门口，宝珠还捏了捏段佳泽的手臂，让他多穿点衣服。

一回头，段佳泽就看到白海波愣愣地盯着自己，心想这家伙脑子转过弯来啦?

“啊……园长您和那位殿下关系真好，还能姐弟相称！”白海波就没有那么好的心态，毕竟他是白鱀豚，而且园长和那些朋友向来是哥姐地喊。

唉，所以说，不知道那些人里到底谁才是另外一位殿下！

段佳泽：“……”

可以理解，段佳泽安慰自己，陆压都看不出来他的真身呢。

最近，网络上一张照片红了，而且迅速被各大媒体转载。

是一个宴会厅内，肖荣和另一个人的亲密照。旁边那人和肖荣一样，是男性。

而且单看侧面就知道，肯定是个帅哥，身上穿着墨绿色的长袖毛衣和牛仔裤。

这是灵囿动物园年会时，肖荣和小青“蛇吻”被员工拍到的照片。当时其实很多人拍到了，也不乏发到朋友圈的。不过当时那会儿没有引起什么大波澜，因为都说明了这是年会游戏，一系列图片里还有很多其他人和场景。

但是过了一段时间，又被莫名其妙的人翻出来，单选出这一张只有两个人的，还配上了造谣的文字，称退圈后肖荣私下出柜了，一时间被很多不明真相的群众围观，且当真了。

当然，有脑子的人都看得出来，那照片里后头有气球、彩带等装饰，两人手上还拿着麦克风。

退圈好长一段时间，肖荣热度虽然不如以往，但知名度还在，且成为一些粉丝心中的白月光，这个新闻当然爆炸了。

当初就有很多媒体八卦肖荣是弯的，说他和这个男星那个老板有关系，都是捕风捉影的造谣。这次有照片，他们更是旧事重提，提及肖荣当年的绯闻。

肖荣的粉丝都气死了，举报了那个散播照片的博主。因为最早的来源是可以找到的，这明明就是年会游戏。

灵囿的员工也出来辟谣了，说这是年会的时候大家在玩游戏，另一位主人公也是同事，并不是什么出柜男友。

这个时候已经闹得很大了，辟谣也阻拦不了记者们想要搞事情的心。哪怕是抓着肖荣，再问问他这方面的问题也好啊，现在观众肯定想看。

肖荣早就没经纪人了，自己也低调，大家都联系不上他。想采访，只能去动物园堵，看能不能找到人。

一时间东海小城再次挤满了全国各地的娱乐记者，肖荣不想露面，他们在灵囿也堵不到人。不知道是谁说的，这些人又跑到临水观去了，觉得肖荣又躲在那儿。

邵无星都想翻白眼了，但是人家买门票进来，他们又不能赶，只能让弟子多盯着。

饶是如此，也有记者不知道用了什么办法，险些混到后院去，被道士们给赶了出去。临水观前面做世俗生意，后头不开放的区域，可是修行用的。

这时候，肖荣正在纠结地啃着衣袖。

段佳泽说："有什么好烦的，我看你没个五年八年，大家还忘不了。反正也不是第一次了，你就躲着呗，又找不到你。"

肖荣长叹一口气："躲得了一时，躲不了一世，总会被问到这个问题的。我真不想退圈了还要为形象撒谎。"

这个可以理解，段佳泽说道："那你就冲出去开发布会吧，反正小青都跟你回过家了，你们家人不都接受他了吗？"

肖荣一想到这个，又有点冒冷汗，上一次小青见他们家亲戚的时候，在人家后头吐舌头，蛇信都碰到人头发了。亲戚是毫无察觉啦，把肖荣吓得够呛。

"不不不……"肖荣有点憋气地道："我要是，我要是公开出柜，那些记者不就得逞了！我一出道他们就把脏水往我身上泼，说我是同性恋！"

段佳泽："……"

肖荣："……"

肖荣意识到这句话的不对之处，他捂着脸道："那时候不是啊！可是，也没有出柜出半截的，人家不会信的！"

段佳泽同情地看着他："那你怎么办？"

"这样好了，"小青说："你就说我是女的，我可以穿女装。"

肖荣惨叫一声："要是被发现我就变态了！"

肖荣抱着头继续纠结，段佳泽也不忍心再说什么了，反正他们动物园和道观不一样，他也不怕被拍，就当作宣传好了。

因为老有剧组、节目组过来，加上其他新闻媒体，灵囿的员工面对媒体工作者态度也很自然，公事公办就是了。派遣动物们更不用担心。

如此，肖荣埋头一段时间后，终于含幽带怨地登上许久没有登录的微博，发了一条声明，说明有的新闻是谣言，但自己确实性向与众不同。

肖荣发了微博后，直接把人家服务器弄崩溃了。谁也没想到，肖荣会直接出柜啊，就算他真是弯的，按照大家的想法，也是装死。但是想想，不愧是退圈了的人，毫无顾忌。

这下子娱乐记者们才是真的沸腾起来了，疯狂采访肖荣以前的圈内好友，到处请人发表看法，报道粉丝反应，猜测以往绯闻真假……

肖荣早知道肯定有人要说“我早就说肖荣是弯的”，他干脆不看网络大战，免得把自己气吐血——这事儿压根解释不清楚，继续闷头龟缩，反正过些天，又会有其他新闻取代。

段佳泽就可怜了，他小小躺了个枪，本来媒体疯媒体的，他们继续做生意。谁知道莫名其妙有人说，肖荣对象就是他现在的老板，灵囿那个园长。

是这么联系上的：肖荣出柜了，有动物园同行出来说貌似灵囿园长也是弯的，男朋友还很帅。

那肖荣就很帅啊……

而且肖荣退圈后还是到灵囿工作。

肖荣那微博写得又不是特别详细，还有人辟谣说照片是玩游戏，那对象是不是另有其人，就是园长呢？

不明真相的群众还真有误会的，知道陆压存在的大众毕竟是少数，甚至有人组队去灵囿官博下面刷祝福，表示新时代了我们理解你们。

连段佳泽以前的同学都发来一连串的问号……

段佳泽看得一头冷汗，不知道多少次庆幸，幸好陆压不上网。

便是这样，段佳泽也赶紧把微信头像改成以前大合影里面，自己和陆压的截图，然后回复同学：“没有，没有，我男朋友比肖荣帅一些的！”

同学：“……”

“我靠，肖荣自己全国出柜，为什么我又躺枪，我都他妈出柜多少次了。”段佳泽有点郁闷，但也算是一回生二回熟了：“早说我一开始就在官网发声明了，还省得麻烦。”

段佳泽从事的行业和大学专业完全沾不上边，所以他以前的同学对他在本行业出柜的事情知之甚少。当初刚开业时，有同学来帮过忙，不过也不是常驻，后来也就是过来玩一玩，吃点东西。

这几年下来，很多同学都到了成家的年纪，有的孩子都有了。段佳泽的大学同学还惦记着他那个漂亮得堪称祸水的女朋友呢，后来段佳泽那个意思却是没在一起了，大家还觉得惋惜呢。

私底下都讨论，段佳泽的“女朋友”长得那么漂亮，留不住也不奇怪。

结果这次因为闹太大，直接导致他同学都看到八卦了，一问之下，段佳泽竟是连头像都改了。

段佳泽虽然只和几个同学这么表达了，但是很快消息就传遍了同学圈，如果微信能记录他的头像被点开的次数，这几天数据肯定在飙升。

本来就心情复杂的同学们点开头像后，心情就更加复杂了……

你说说，前女友漂亮也就罢了，怎么交个男朋友也那么帅？！

就算弯了，质量也碾压大家……搞得想劝的、说闲话的，全都无话可说了。

同学表示：“佳佳……还是你境界高。”

段佳泽也不懂这什么意思，发了个抱拳的表情。

另外，比较值得庆幸的就是，总算没让段佳泽真去官网发声明——不然真的很羞耻——知情人的八卦也被传开了。其中包括一些员工的小号，这是黄芪暗示的。

“园长男朋友另有其人！”

“园长男朋友比肖荣要帅啦。”

“不要不信哦，反正我个人觉得，你卷男朋友更帅，气质还特别好。”

“悄悄透露一下，大家可以去以前的直播回放看，园长男朋友露过面的。注意：红色。”

以前陆压露面，因为颜值高，还在灵囿粉丝里引起过小小的轰动呢。那个小提示一出来，老粉丝立刻就能猜到了。

“我靠，那个基友还真是基友啊！所以名字和宠物同名真的是在秀恩爱？那就没错了！”

路人可能是看个热闹，辟谣就辟谣了呗，顶多不关注了。但是灵囿的粉丝都高潮了，当初有网友刷这两人很配，还被说过别老刷男男 CP，现在回头一看，简直太打脸了。

至于大家觉得肖荣和陆压谁更帅，那就各人有各人的标准了。

那两对小爪水獭在灵囿安家落户后没多久，就迎来了交配季。如果是一般的水獭，换了环境后可能还没适应过来呢，它们虽然刚刚来到这里，却已经准备要孩子了。水獭一年四季都能交.配，但是它们也会有意识地选择更好的时间段，比如春夏怀孕会更多。它们确定灵囿环境很好，适合要孩子，这就开始了。

就连灵囿的饲养员、兽医们也有点没反应过来，没想到它们刚搬过来养好身体没多久，就要繁衍了。不过，这两对确实是要做繁衍用的。

小爪水獭的发情期只有短短三天，第二天饲养员才意识到这是什么情况，赶紧做好准备。

不久后就检测出来，两只母的小爪水獭都成功受孕，于是赶紧调整食谱，给孕妇更好的营养。

其中那只年轻的母水獭是第一次怀孕，作为一个新手妈妈很紧张，比老练的孕妇更加警惕，运动量越来越小，最后根本不出窝了。

而且，饲养员也无法靠太近，否则母水獭就会凶猛地攻击他。

在它们临产之前，段佳泽特意晒了一捆草，这是灵囿自己种的牧草，晒干后也很柔软，松而不散。

那只第一次做妈妈的母水獭肚子鼓得比同类更大，兽医也怀疑它可能怀了四只以上的幼崽，对于新手妈妈来说有点难。

段佳泽也有点担心，抱着那捆干草去水獭的生活区域。饲养员看到园长进去都抹了把汗，但是园长给那些水獭治过病，它们好像还记得。

母水獭刚吃饱，正躺在岩石上休息，看到段佳泽出现后，它们上半身抬起来，警惕地看着段佳泽，不过情绪还算稳定。

段佳泽把干草解开，放在离岩石不远的地方。

年长的母水獭犹豫一下，就爬了过来，把被晒得充满阳光气息的柔软干草叼到自己的巢穴里去，它产仔正需要这个。

新手妈妈看着同类的动作，在原地呆了一会儿，也过来叼干草，运送完之后，立刻又休息了。

段佳泽摸了摸水獭的脖子，水獭便翻了个身，爪子抵着段佳泽的手。它们隆起的腹部露了出来，段佳泽试探着把手放到水獭的肚皮上，它们有点不安地动了动，但是没有躲开。

段佳泽检查了一下年轻母水獭的肚子，暗道：“可能五个幼崽都不止吧……”

他在别的动物园也亲眼见过怀孕的水獭，那只水獭后来生了三只幼崽，段佳泽上手一摸，就觉得这大了太多。

母水獭现在还听不懂段佳泽在说什么，但在他轻柔的抚摸下，轻轻松开了爪子，露出温驯的神态。

“你可得加油啊。”段佳泽双手抱起这只母水獭，把它捧到巢穴外面去了，母水獭钻进去，趴在舒适的干草上睡起觉来，要不了多久，睡在这上面的就是它头胎的孩子了。

后来几天，它们连太阳也不出来晒了，成日待在巢穴中，这时候已经接近临产期了。

年轻母水獭先开始生产，产箱所在的区域被封闭禁止参观，兽医待命在旁，段佳泽也去看了看。

因为怀孕期间吃得好，环境也好，母水獭生得比较顺利，一只接一只，竟是一共生了六只幼崽！

段佳泽吃了一惊，水獭幼崽每隔三四个小时就要喂食，第一胎就生了六只，才大超过平均数字，普遍只会生两只，所以抚养起来可能比较难，幸好他们的兽医团队可以帮忙。

六只仔水獭身上有稀松的胎毛，小小的乳白色身体看起来幼嫩极了，趴在干草堆上，眼睛还未能睁开。

段佳泽亲自进去，给六只幼崽称重，全都只有四十多克左右，体重偏轻。好在只要营养补充足够，它们生长速度是很快的。

兽医在旁边听段佳泽报数记录数字，不时看一眼看着趴在那儿，偶尔舔一舔幼崽的母水獭，心中十分温暖。母水獭就像有主的狗狗一样，只是注视着段佳泽给幼崽称重，并没有丝毫要攻击他们的意思。

段佳泽早就准备了一些稀释的杨枝甘露，这次是装在水壶里，他拧开盖子到了一点在手心，送到母水獭嘴边。

母水獭立刻低头舔起来，不知不觉中力气恢复了很多。

母水獭的前爪抱着段佳泽的手，将他手心的水喝干净之后，脑袋一低，这位新手妈妈竟然是直接把头搁在段佳泽掌心开始睡觉了，连孩子都没顾上。

段佳泽愕然片刻，想要把手抽回来，母水獭的后爪也贴上来了，环着段佳泽的手臂，这回竟是整个挂在他手上。

兽医："它还没喂奶呢！"

"嘘，它没经验。"段佳泽把母水獭的身体挪了一下，然后把幼崽小心拎到它肚皮下，闭着眼睛的幼崽就自己找到了乳头。

与此同时，站在稍远一些地方的小苏也调了下镜头，把母水獭抱着段佳泽的手臂，睡在他掌心的画面拍摄下来。母水獭极其信任身边的人类，安心地睡在他手中，连幼崽都交给他了。

段佳泽轮流给幼崽换位置，叫它们吃了一遍母乳，又叫兽医去拿点棉絮来，自己则乘机用兽医事先拿来备用的小奶瓶，装了些杨枝甘露。说是小奶瓶，其实样子更像眼药水瓶，大小对小水獭来说刚好。

段佳泽把奶瓶放到幼崽嘴里，给它们每只吃了一口。

小水獭的动作像极了妈妈，吃到杨枝甘露后比吃到母乳还要开心，伸出一点点大的爪子抱着段佳泽的手指，不肯松开。

不过它们的力气还没有妈妈大，爪子立刻就被段佳泽拨开了，眼睛尚未睁开，口鼻却是噘起，朝着段佳泽的方向爬。

段佳泽哭笑不得，这么多只他可对付不了，赶紧叫饲养员来。

段佳泽一直托着母水獭，直到它睡完一觉，起来照顾自己的孩子，这才放松下来，捏了捏它圆圆的耳朵："好了，做个好妈妈吧。"

母水獭黑而圆的眼睛盯着段佳泽，在他手心又蹭了一下。

对于第一次生孩子的母水獭来说，六只小水獭确实给它很大的压力，好在有饲养员从旁帮忙，并提供充足的营养。

因为哺乳期的照料，虽说不是从小养到大的，但母水獭们也和饲养员关系突飞猛进，小水獭就更不用说了。其实水獭和人类的关系，还是很容易变好的。

等到段佳泽第二次去看的时候，母水獭已经可以任由饲养员把小水獭从身边拿走去称重了。

小水獭的皮毛长齐，从乳白色变成了烟灰色，皮毛油光水滑，叫起来声音稚嫩，拖长了尾音的"啊"，嘴巴还是粉红色的。

因为有六只幼崽，母水獭的乳汁不能把每只幼崽都喂饱，所以饲养员还调配了乳汁，这会儿正在给小水獭喂呢。倒提着奶瓶，小水獭就会抱着奶瓶，张嘴吮吸，就像那天吃杨枝甘露一样。

不过一次也没办法把所有的小水獭都喂到，暂时没有吃的小水獭爬来爬去，衔着兄弟姐妹的尾巴含一含，也当作充饥了。

“我来喂喂看。”段佳泽看着觉得有意思，接过了奶瓶。

小水獭出生没多久，脑袋和身体的比例差不多是一比三到一比二，显得头很大，像Q版似的。而且从头到脚都圆滚滚的，闭着眼睛咬奶嘴，嘴巴一动一动地吮着。

饲养员在旁边说：“园长，我觉得你特别喜欢，而且特别在行养幼崽呢。”

段佳泽也满脸温柔地回头道：“是啊，长大了得卖多少钱啊。”

饲养员的表情一瞬间变得惊恐了，侧头看着段佳泽。

段佳泽看她见了鬼似的，顿时乐了出来：“别这么看我啊，开个玩笑，幼崽就代表新生的希望啊。”

动物出生到幼年一段时期很脆弱，从母亲难产到孩子夭折、被弃养，都是有危险的。一开始灵囿是草台班子，没有一个专业人士，养帝企鹅蛋都是段佳泽亲自来的，后来他也经常搭把手。

不过养久了，当然也会有些感触。

饲养员松了口气：“哦，那还行，最近游客老问，什么时候能见到小水獭呢。”

小苏那边把母水獭生产后的样子，还有一些饲养员照顾幼崽的照片放在官博上，引起很多游客的关注，觉得水獭还挺亲人，小水獭更是长得有一点点像海豹，尤其小时候，怪可爱的。

能够如此安心地在这里筑巢产仔，也进一步证明了他们的环境布置得很不错。

“等到母水獭肯带出去吧，它得教孩子游泳。”段佳泽说道，他们天天想见就能见到小水獭，当然不急。

段佳泽还想看看另一只母水獭，它也生了两只小水獭，它比较有经验，又只生了两只幼崽，从容多了。不过，这时段佳泽接到小青的电话，和他说时间到了。

“好，我现在就来。”段佳泽告别一声，去把衣服换了。

一转眼几个月过去，宝珠姐姐已经该回去了，菩萨在闭关，她不能离太久。

宝珠早就和段佳泽说过归期，他约定好今天送一送她。

最舍不得宝珠的，除了段佳泽大概就是那些和尚了，他们听说宝珠要走，还以为是到处修行，也不知道何年何日才能再见。

宝珠法师不但修为精深，对待他们每一个人更是十分耐心谦和，已经赢得了大家打心底的敬爱。

一个和尚还十分伤心地说："法师，不然我把手机给您吧，这样以后还能联系……"

要是可以的话，能发微信讨教就更好了。

宝珠哑然失笑，却是很和气地解释："我要去的地方，没有信号的，算了吧。"

和尚们一想，这肯定是要去最偏僻的地方弘法，更加肃然起敬了。

对宝珠和其他派遣动物来说，几十年也只是转瞬，倒没有必要专门饯别。这会儿段佳泽和惜别，除了段佳泽有些不舍，也是故意出现在和尚们面前，免得他们觉得奇怪。

"好了，各位，我送姐姐出去了。"段佳泽招呼一声，叫宝珠上了车。

"姐，你在这儿也没怎么出去玩，临走前，我带你去广场转一圈吧，你看买点什么纪念品也好。"段佳泽说道。

宝珠要走，其实从哪里走都可以。

宝珠笑道："你只带我再去东海边看看就行了。"

"没事，海边也有购物街。"段佳泽笑了两声，带宝珠穿过城市，到了东海边上。

海边有块大石头，上面刻着"东海"，宝珠踩了上去。

"佳泽，姐姐要回去，最后再同你说一句。虽说你领海已不见了，人间也不再信奉你，但是，你得有这个气魄。"宝珠居高临下，漫指着眼前的一片，说道："你既在人间界，凡东海、东海畔的生灵，你还是得管束、照顾，好叫这里越来越繁荣。"

段佳泽手挡着太阳光，满口应道："可以可以！"

"哎，那边的美女，下来啊，别摔着了！"远处一个声音响起。

段佳泽回头一看，是个穿着制服的男子，赶紧应道："好好，不好意思啊！"

他一伸手去扶宝珠，说道："姐，下来吧，城管来了，这里好像不能爬。"

宝珠："……"

宝珠搭着段佳泽的手从石头上跳下来，叹了口气。

段佳泽也有点不好意思："哎呀，我还是不习惯觉得这都我家的。"

宝珠也知道段佳泽毕竟以人身活了二十多年，上课也才上了几个月，对人身的认同感还是更高一些，所以叹完气也没说什么了，只是拍拍段佳泽的肩："记得，你要有责任感。"

段佳泽顿感压力略大："我，我努力，不过我觉得我们市领导干得不错，没什么要补缺的……"

虽然他一直幻想自己可以干别的更有前途，但梦想真没大到这个地步。

宝珠："……"

段佳泽："非人类方面我们这儿还有个人间界比较牛逼的道观，他们每天派人巡逻，偶尔我们能帮上忙。"

宝珠失笑摇头："算了，就当我没说吧，你还小。"

虽然是龙，但也还是小龙。

"我带你逛逛吧。"段佳泽一听，也高兴地岔开了话题。

这附近很繁华，而且近水，逛了两圈后，段佳泽就看到了之前说的临水观道士。那道士在人群里和段佳泽对视一眼，立刻认出段佳泽来，缩了缩脖子，蹭过来行礼："段园长。"

"唉，小道长。"段佳泽也不知道这小道士的名字，就只叫道长，他想起什么，说道："巧了，我正想找你们。"

年轻道士睁大眼睛，露出一点惶恐，不知道怎么应对。

"我也该走了。"宝珠微微一笑道。

段佳泽看宝珠一眼："那我再送一送宝珠姐吧。"

这里是繁华地带，所以两人默契地往海边走去，小道士不知所措地左右看看，因为刚刚说找他们有事，赶紧跟在段佳泽后面。

海边有很多人在玩，他们走到稍高一点的地方，段佳泽让道士停在稍远一点的地方，和宝珠走到了岸边。

"姐姐走了，待你功德圆满，回去之后，再去看你。"宝珠和段佳泽说了两句话，非常潇洒地跳下水了。

游客众多，谁也不会发现这个美女跳下水后再也没有上来。

段佳泽目送宝珠下水后，也转身走回去了。

走到道士身边的时候，他还在探着脖子看，大概在想那位女士怎么还没上来。

“别看了，她不会上来了。”段佳泽扒拉年轻道士一下，带他往后走了。

道士：“……”

“你们道观有微信群吗？”段佳泽问。

道士弱弱点头：“有的，好几个。”

段佳泽之前就想，也该回报一下临水观的道长们，他们真的帮了挺多忙。所以他确实和派遣动物们商量过这件事，不过这些人可没有宝珠那么好说话。

上课可以，但是也不能太没门槛，否则显得多廉价，多没面子啊。而且，这个也算是两教之间行事区别。

这种事讲究一个缘分，所以段佳泽对道士说：“来，你在你们大群里面发个消息，就说组团去灵囿看表演，问谁去。去的人，现在……不，下午两点集合吧。”

道士的表情顿时非常复杂：“表演？”

虽说周主任没有公布，但是去灵囿总能看到佛门的人，这就够让他们普通弟子猜测的了。

段佳泽点头：“对，看表演，地点在灵囿酒店的海角厅。”

道士都不敢问段佳泽为什么不直接找主任，他把手机掏了出来，输入段佳泽说的内容，但他没有立刻发送，而是弱弱地问：“能问问，是什么表演吗？”

“什么表演？”段佳泽愣了一下：“你就说歌舞吧，免费的！”

道士便把消息发送了出去。

群里人多，一会儿就有很多人发问号出来了。

大家都知道，不要随便去他们一起卖联票的友好单位，就算要看免费表演，也不该去这儿啊。这位师弟难道失了智，这说的是什么话？

道士默默打字：灵囿的段园长邀请的，让我在这里征集……

一连串的问号顿时变成了一连串的省略号，仔细看，连周心棠也回复了一个“……”。

半晌，周心棠才在里面发消息：既然是段园长邀请，那没事的都自愿去看吧。

过一会儿，又补了一句：或者别都去了。

段佳泽在旁边全都看到了，他无所谓地道：“你上我车吧，我把你先载过去。”

到了下午，临水观一共来了三十多人，相对他们的总人数来说真的不多。段佳泽也没修炼过，所以并不知道这些人都是什么修为。不过无所谓了，对今天的老师来说都不入眼。

这三十多人里头还有个熟人，江无水。

江胖子估计被嘱咐过来看着，他是在场辈分最大的，这时热情又不失礼貌地笑着和段佳泽打招呼："段园长，多谢您的邀请啊，不过观众还没来齐？"

说是没来齐，其实偌大的厅内只有他们临水观的道士，而这时已经到了约定好的时间。

"因为我只请了你们，今天也不是来看表演的，而是来上课的。"段佳泽严肃地道。

江无水一时呆住了，不知道段佳泽这是什么意思。上课，他们要上什么课？

段佳泽喊了一声，陆压便从门外转进来，顺手将大门也关上了。他今天请的是陆压，也不好请别人，虽说陆压不是最好的老师，但不请他他会不服气的，谁修为还能有他高？至少第一堂课，得是陆压来上。

陆压出身玄门，又在佛门打过转，不但厉害，还是全才。给男朋友帮忙，责无旁贷，手里还像模像样地拿着教案。

陆居士？

江无水一看到陆压，却是腿一软，眼前一黑，差点又因为胖与惊吓的双重压力跪下。

段佳泽："这就是今天的讲课老师，他要给你们上一趟修行课。"

不明真相的江无水捂着心口，脸色煞白。

天啊，陆居士上课，这是什么概念？

或者说，他们到底做错了什么，要把他们全都度化到佛门？！

177

活人剑启人智慧，杀人刀湮灭灵性，陆压以无形智慧化有形兵刃，既可打杀，也可发挥本源的作用。当年道门的小天才罗无周找上灵囿，正是被陆压一剑度化，回去后哭着喊着要当和尚……

正是有了这次教训，周心棠对灵囿极为忌惮。江无水是亲眼见证过当年那一幕的，算是知道得最清楚的人之一。

所以，现在江无水也是表情最难看的人。

当年为了不引起恐慌，周心棠没有把这件事告诉其他弟子，这些弟子现在顶多是有些疑惑，不知道为什么有人要给他们上课，也不知道江无水这是怎么了。

虽然不知道原因，但江无水的恐惧太明显了，导致其他道士也有点骚动。

段佳泽还记得上次江无水跪了的事情，所以上前虚托着他的手臂，把他引到位置上坐下：“你好好休息一下，专心听课啊。”

江无水有些悲愤地道：“段园长，您非要这样做吗？”

段佳泽点头：“我也是为了你们好。”

江无水看着这么多师侄甚至侄孙，有心来个宁为玉碎不为瓦全，又不是特别下得了决心。说实话，现在年代已经不一样了，至少江无水还不能为了信仰献出生命。

所以，江无水只是绝望地看了段佳泽一眼。这是段园长的主意，而且他这么做了还要说是为了大家好……

江无水坐在第一排，此时，他回头看了一眼疑惑间的晚辈们，黯然说道：“无论如何……大家同门一场！”

道士们更害怕了，这到底什么意思啊！

段佳泽看江无水这样子，就知道他想歪了，于是对陆压使了个眼色，意思是可以开始了。

于是，在众人惊惶不定的时候，陆压把教案一翻开，然后说道：“大道无形，生育天地；大道无情，运行日月……”

陆压说的是《清静经》，他是玄门路子，不过并非三教弟子，但是也算同出一源。当年道祖开课，陆压的父亲就是道祖的记名弟子，和三清分数同门。而且陆压说他在天庭挂职时和太上老君聊过，给这些人族讲这篇经足够了。

段佳泽不修行，所以没有这些道士的体验。他们都是入了门的，陆压一开口，所有人便心情随之一静，只觉声音仿佛从天上来，又落在了灵台之间。

修为不同，能听懂的部分也不同，人人都在无意识间收敛了神情。

原本一脸悲愤的江无水尤其明显，他表情渐渐松弛，眼神却有种紧绷感，陷入了玄之又玄的微妙心境，听陆压讲课。

段佳泽在旁边看了一会儿，就和看奇迹上课一样无聊，他便有些想离开，还不如去看看水獭奶孩子。

段佳泽才走了两步呢，陆压就用严厉的眼神看着他。

段佳泽："……"

怎么，不能走啊？

段佳泽用口型道：我去工作。

陆压用眼神威胁段佳泽，不准他走，还扬了扬手里的教案。

段佳泽泄气地坐下来，他是听不懂，陆压还让他留下来。他也知道，陆压肯定不是给他启蒙修行的意思，那个是龙族的事，陆压这分明是要段佳泽好好看一下自己的英姿……

没办法，段佳泽只能坐在第一排，玩手机也不能玩，就捧着下巴看陆压。

陆压显然有些得意，就差没飞起来了。

一堂课讲了三个小时，陆压可不像宝珠那样废寝忘食，将教案一放："下课。"

道士们这才如梦初醒。

方才他们全都沉浸在陆压所讲的内容中，无暇顾及其他，一直到现在，江无水慢慢回神，才回神愕然：这什么情况？陆居士刚才给他们讲了《清静经》？！

一个佛门居士，在这儿给一群道士讲《清静经》，还讲得几个弟子直接入定了！

不不……现在江无水也不能确定该怎么称呼这位高人了。

陆压哪管江无水在震惊些什么，他问段佳泽："讲得怎么样？"

按理说，就算要问，也得问听课的人吧，但是陆压偏偏来问段佳泽。

段佳泽干笑点头："很帅的。"

陆压心满意足。

其他道士："……"

摄于陆压的威严，江无水都不敢说话，但又实在憋不住，半晌冲着段佳泽问："园长，这，这到底是怎么一回事啊？"

江无水特别词穷，如果换了其他人遇到他这样的情况，脑子可能都没法运转了。

"就是这么一回事啊，以后每周这个时间你们过来上课。"段佳泽手扶着江无水的肩膀，一边把他们都引出去，一边道："其实也没什么，现在谁还没第二专业呢？来，你们自己回去哈。"

江无水：“……”

江无水被段佳泽给推了出去，其他道士也被一个接一个请出来，然后门被关上了，徒留一头雾水的临水观道士们。

其他道士一头雾水是为什么动物园里有个这么牛逼的前辈，江无水想的就更多一点了。

陆压佛家的修行，从杀人刀活人剑就能看出来，而他对道门的研究，方才也展露了一二。江无水简直无法相信，有人能同时将二者都修行到这种惊人的程度。

江无水扶着师侄们的手才能站稳，嘴巴徒劳地张了一会儿，才道：“那到底哪一门是第二专业啊？！”

周心棠有点焦急地走来走去，不时问一句：“几点了，人还没回来？”

对于门下弟子们被叫到灵囿去，周心棠总觉得有点不安。这不只是他冥冥中的预感在提示他，而且从逻辑上也有点不对。

段园长人还是很不错的，知道他们拘束，所以一般不会主动搞这种活动。这一次，却是逮了个弟子，让在群里发公告，甚至有点暗示：不许不来人。

周心棠摸不准段佳泽到底要做什么，所以就更加不安了。

人是吃完中饭离开的，现在已经好几个小时过去了，中途一点音讯也没有，而周心棠分明让他们遇事，无论好事坏事最好用手机回报一声。

“主任，我觉得应该没事，段园长心地很善良。”邵无星宽慰周心棠。

“唉……我知道，今早段园长还给我的朋友圈点赞了，应该不会翻脸。”周心棠叹口气，说道：“但是，我总觉得会有什么变化……”

刚说完，手机便响了起来，是江无水打过来的。

周心棠连忙接了，邵无星嘴上安慰周心棠，实际上也忍不住上前几步，想听一下说了什么。

音量挺大的，邵无星隐隐约约也能听到一些声音。

“主任，我们现在在回来的路上了。”江无水的声音很焦急，没头没脑地道：“根本不是什么表演！段园长把陆前辈叫来给我们上了几个小时的课！现场便有几个师侄入定了！”

当时周心棠便退了一步，要不是邵无星扶着，他几乎一屁股坐在地上。

陆压给他带来的心理阴影，实在太大了。

“什，什么……”周心棠声音发紧，其实他听清楚了，但是他不敢相信啊！“善良”的段园长做出如此令人发指的事情！

江无水听到那边动静，想来主任和他之前的反应是一样的，但是在小辈们面前，他不好说得太直白，便含糊地安慰：“主任您别急，陆前辈给我们讲的是《清静经》……”

邵无星听得不分明，看着周心棠追问了一句：“什么经？”

绝对是他听错了吧，应该是什么《法华经》之类的吧。

周心棠举着手机，也愣愣地看着邵无星低喃道：“《清静经》……”

邵无星：“？？？”

母水獭衔着小水獭的后颈从巢穴中出来，它们柔软的爪子第一次踏上了外面的土地。

段佳泽和饲养员蹲在外面欢迎它们，饲养员甚至喂它们吃了些小虾。已经断奶的小水獭可以食用其他食物了，母水獭推着它们，让它们跟自己一起爬行。

小水獭的爬行速度还很慢，它们好奇的眼睛看着外面的世界，无一不是新鲜的。

饲养员没有用食物引诱，母水獭就把孩子们带到了水池边。

等待已久的游客发出了低呼声，官博上说这几天母水獭应该就会带孩子出来“见见世面”了，想看小水獭的人都来蹲守，现在终于等到了。

六只小水獭，要管理起来可得费不少力气，好在年轻的妈妈已经有了些许经验，加上它们移动的速度还比较慢，勉强能管住。

一只小水獭趁母亲没有注意，往游客的方向移动，引来了许多友善的目光。

饲养员赶紧捏着它的后颈，把它给拎回母亲身边。

母水獭自岩石上一蹿，就跳下了水池。

在水下潜游了一会儿之后，它才露出头来，脚下踩水保持这个姿势，对孩子们发出叫声。

这个声音是在呼唤它的孩子们也下水来，不过这是小水獭第一次看见水池，它们中的大多数都有些犹豫，只有一只胆大包天的小水獭，往前几步，鲁莽地一头扎进水里。

游客们知道，他们撞上了母水獭第一次教孩子游泳。

母水獭把跳入水里的小水獭衔到背上，让它半浸入水里，然后又继续呼唤其他的小水獭。

但是另外五只小水獭没有那个胆子，不但没往前，反而退了几步。

母水獭翻了个身，让小水獭趴在它胸口上，声音开始有些急躁了，它试图让其他小水獭明白，它们和自己这个大胆的兄弟一样，天生就是游泳健将，下水不会有事的。

饲养员和段佳泽找了个地方坐下来，他们觉得这还有得磨呢，小水獭不是那么快就能学会游泳的。

不过他们显然低估了新手妈妈的暴躁程度，这只母水獭带着那只大胆的小水獭游了几圈后，把它叼回陆地上，让它休息，然后就找其他小水獭算账去了。

不知道是不是吃的东西更好，智商也提高了的缘故，母水獭显得有点狡黠。它围着小水獭们转了几圈，像在打量它们。

小水獭对此毫无所差，它们正沉浸在玩闹中——从外边的快门声来看，游客也真沉浸在观看它们玩闹。

“啊啊啊你看，它咬尾巴了！”

“那只躺下来打滚了，可爱可爱可爱……”

“趴在妈妈胸口的也好可爱……啊，为什么上来了？”

“妈妈过来了，是不是要教育宝宝？”

游客们猜想得不错，母水獭开始推孩子们，让它们下水。

但是几只小水獭死死扒着地面，啊啊乱叫，就是不肯下水，母水獭拿它们无可奈何。

为了丰容，动物们的食物都是饲养员放置，甚至藏匿在居住地各个角落的。母水獭辨别了一下，从一个角落找出来一片青菜叶子。

小水獭们看到食物，纷纷跟上母亲的脚步，随她来到了水边的岩石上。

母水獭把青菜叶子放在那儿，六只小水獭就各自站在一角，埋头专心地啃起来。

饲养员咽了口口水：“我怎么觉得，有点不对呢。”

母水獭突然放弃了教育，开始喂孩子了，还是说他想太多了？

下一秒，沉浸在美味青菜中的小水獭就被母水獭一屁股扛飞，从岩石上掉进了浅水中，扑腾起来。

紧接着，下饺子一样，其他小水獭也被母水獭给丢下去了。

饲养员吃惊道：“我靠，还会偷袭！我怎么突然想到了当年教我学游泳的我爸爸？”

他有点紧张，这位新手妈妈实在太凶猛了，让他担心幼崽会有什么危险。要知道，因为母亲没经验而夭折的动物幼崽可绝不在少数。

“天底下家长大概都是一样的。”段佳泽憋笑道。

游客们也都呆住了，这水獭也太……该说聪明还是暴躁？孩子不肯学游泳，就把它们骗到水边，然后趁它们在吃东西，把它们都推下水？

因为是浅水区，小水獭们顶多呛几口水。

新手妈妈可没有那么多耐心，一只一只劝说、诱惑它们下水，然后再教导……这所有加起来，还不得花费它半个月的时间？

机智的母水獭把它们都弄下去了，自己也从岩石的斜坡利落地滑下去，开始教它们如何在水中活动。

小水獭们被骗了后，湿润的眼睛茫然地看看四周，十分可爱。

母水獭丝毫没有欺骗的罪恶感，反而有些得意。

小水獭的体力一般，在活动够了之后，母水獭再一只一只把它们叼上来。

因为从小和饲养员接触，小水獭们对人类比较亲热，虽然筋疲力尽，但它们还是往那个方向爬了爬，沐浴在人类的目光中，惬意地平躺，把肚皮露出来。

段佳泽走过去，蹲下来在小水獭肚皮上挠了挠，小水獭扭动一下，用爪子抱紧段佳泽的手。

“啊！”游客们发出了羡慕的声音，这手感看上去也太好了吧！

段佳泽顺着肚子摸上去，在脖子那儿停留一会儿，又捏了捏半圆形的耳朵，给它们做了个小小的按摩。然后将小水獭托起来，对着游客们的方向。

这个动作让人更加愤愤不平了：“这是饲养员吗？太讨厌了！明知道我们摸不到！”

“唉，这个好像是他们园长……”

“……”

“……我靠，当园长就是为了这个是吗？”

还有人冲段佳泽喊：“帅哥，能举高一点吗？”

段佳泽想想也没什么问题，就慢慢把手举高了，结果也不知道是哪个游客，拿手机开始放《狮子王》中的小狮子被举起来时的配乐。

段佳泽："……"

人群安静了一会儿，也发出了一阵爆笑。

段佳泽无语了，把小水獭放下来之后，又摸了几下母水獭，母水獭正在和段佳泽撒娇，想吃点好东西。

"园长，售票处打电话过来，说临水观的周主任来了。"一个工作人员跑过来，对段佳泽说。

他还解释了一下，其实并不是人人都认识周主任，而且周主任是穿便装来的。本来门口的人还想要他买票，但是这位把自己的证件拿了出来。

人家一看，道士没什么，但这是临水观的观主。虽说园里没有明文规定，但是他们两个单位联合卖票呢，哪能收周主任的门票？于是，就把周心棠放进来，顺便打电话通知园长。

辗转了一下电话才接到这边来，段佳泽一听老头亲自跑过来了，边往外走。

母水獭还没要到吃的呢，它被段佳泽治过伤，后来生孩子的时候段佳泽也在跟前守着，知道段佳泽那里有好东西，抱着段佳泽的腿。

段佳泽一瘸一拐走了两下，伸手把母水獭撕下来。

饲养员也赶紧上前，双手拦腰抱住母水獭，段佳泽离开，它还在扭动，挥舞自己的爪子。小水獭们则挤在母水獭身下，可怜地看着他。

外边游客全都在嘀咕：怎么看着那么像孩子他爸要抛妻弃子呢？

等段佳泽回办公室，周心棠已经在这儿等了好一会儿。

一见到段佳泽，他就站起来，语气看似平静，实则蕴含着激动："段园长。"

段佳泽和周心棠一握手："您请坐。"

已经有人给周心棠倒过茶了，段佳泽去给鱼喂了点鱼食，然后轻松地道："您怎么来了？"

周心棠又站起来了："段园长！您，我真的不知道该说什么了……我是来道谢的！"

他的修为高一些，理解也更深，听江无水他们回来一说，就极为惊骇。这么一位道门大能就在东海市境内，他却以为那位只是个佛门居士！

作为道门人，周心棠更愿意认为陆压主修的是道法。当然，对方的另外一个"专业"水平也真的太吓人了！

周心棠在临水观已经惊讶够了，不管陆前辈到底是怎么做到的，反正周心棠想通了，他那个境界他们是理解不了……最后全部都化作了激动、感动。

“另外，还有一件事就是……”周心棠非常不好意思地道，“不知道，这堂课还收不收学生？”

他希冀地看着段佳泽，知道这件事段园长应该做得了主——而且叫他去和陆压讨这个人情，他还真不敢。

“我的想法本来是你们所有人都来啦，但是……”段佳泽抱歉地道：“老师觉得没来成的既是没有这个机缘，我看，顶多再加个周主任你过来吧。”

周心堂又是失望又是开心，作为观主，他失望于其他弟子没能得到段佳泽的指点，但个人来说，他已经足够幸运了。

周心棠非常庆幸自己几年前做的决定，他选择了对灵囿不打扰、不拒绝，用脚趾头想都知道，这么世俗的报答方案，肯定是段园长安排的。

段佳泽看周心棠的神情，就提前道：“千万别客气了，您也一把年纪了，每次给我鞠躬道谢，我都浑身不自在。”

周心棠失笑：“您说笑了。”

段佳泽还是听了好几句周心棠的诚心感谢，他也代替陆压道：“其实只要你们修炼好，就是对他最好的感谢了。”

这句当然是客气话，陆压才不管人间修行者有没有长进呢。

段佳泽也有点庆幸，周心棠没有探究陆压两个专业的问题，省得他编瞎话也费脑细胞，可见周心棠深知占了便宜就不要废话那么多。

段佳泽把周心棠给送了出去，转头便看到陆压，吓得退了一步。

陆压：“小道士想蹭课啊？”

段佳泽：“嗯。”

陆压抱臂哼了一声。

段佳泽拉着他一边走一边说：“陆老师，你这么厉害啊，应该没问题吧？陆老师……”

一旁本来匆匆忙忙路过的小苏，手里抱着相机，恰好听到了这句话，猛然一侧头。

段佳泽：“……”

小苏的眼神非常有倾诉感：“园长……”

你们到底在玩些什么 play 啊……

段佳泽：“……”

178

段佳泽知道小苏是有分寸的人，所以其他人看他和陆压眼神奇怪，应该只是日常调侃。

但，小苏本人的眼神倒是真的有点飘忽，让段佳泽坐立不安。

那天他和陆压说上课的时候，喊了几声陆老师，被小苏给听到了，他还想和小苏解释一下，被陆压拽走了。

段佳泽看小苏一眼，自语道："我觉得她还在想老师的事情……"

陆压不觉得这有什么问题，而且他问段佳泽，段佳泽又不肯说："老师到底怎么了？鲲鹏都可以叫鲲鹏老师，我怎么不能？"

段佳泽："唉。"

段佳泽长叹一声，这里面微妙的区别，他怎么和陆压说得清呢。

小苏经过他们的时候，眼神闪烁。

段佳泽终于忍不住了，叫住她："小苏你坐一下，我们聊两句。"

小苏磨磨蹭蹭坐下来："园长啊……"

段佳泽对小苏微笑一下，心里犹豫该怎么开口。

陆压发呆了一会儿，跟没看到小苏一眼，忽然对段佳泽说："是不是有个东西叫教鞭？"

段佳泽："……"

段佳泽看到小苏的眼神愈发惊恐了。

陆压觉得，临水观的人简直太驽钝了，需要威慑一下，但是把杀人刀祭出来，好像又过了点，也不太合适。倒是人间界好像有个叫教鞭的东西，有点适合。

小苏赶紧站起来说道："园长我还有事。"

陆压瞥了小苏一眼，随口说道："现在不是下班时间吗？"

小苏恭敬地道："我爱加班。"

段佳泽："……"

虽然陆哥毫无顾忌，但是小苏不敢听下去了，园长脸都红了，YY诚可贵，工资价更高啊。

段佳泽看着小苏忙不迭走远，对陆压说："你是不是故意的？谁给你看什么东西了？”

陆压疑惑地道：“什么东西？”不过他还是很聪明的，顿了一会儿，反问道：“老师还有什么含义？”

反正都这样了，一不做，二不休，不能白白……

段佳泽看着门外小苏差不多消失在夜色中的身影，缓缓说道：“教你点新知识。”

陆压：“？？”

灵囿野生动物园科普馆的皮影戏作为本地的非物质文化遗产，在动物园和东海市文化部门的宣传之下，已经成为多数游客，尤其是带着孩子的游客来这里必看的节目之一。

幕布上光影晃动，伴随着轻快的音乐，故事里的小猴子取得了最终胜利，和自己的小伙伴们回归了快乐的生活。

小观众们热情地鼓掌，老皮影艺人和徒弟一起出来谢幕，活泼的孩子们围上去，对他们手里的皮影非常稀奇。

无论多少次，对于这些喜爱自己手艺的孩子，老艺人总是报以同样热情的笑容。

小孩们跑起来一跳一跳的，但也有例外，一个六岁的小男孩就走得很慢，手还被母亲拉着。相对于同龄人，他显得有些消瘦，刘海之下的眼睛又黑又大，看着皮影，仿佛闪烁着光芒。

“来，小彤。”郑芸看到儿子的同龄人跃动的身姿，心中微微一痛，但脸上还是没有显露出异样，牵引着孩子迈上一层台阶。

刘老先生手里拿着小猴子和金箍棒的皮影，他也看到了慢腾腾过来的小彤，察觉这孩子可能生病了，于是主动说道：“小朋友，你喜欢小猴子吗？”

小彤腼腆地道：“我喜欢……孙悟空，但是小猴子也很可爱。”

“哈哈哈，那这算是爱屋及乌了？”刘老先生笑了起来。

小彤还不懂的爱屋及乌是什么意思，茫然地看着刘老先生。

刘老先生蹲下来，招手让小彤走近一点，教他操纵皮影。小彤尤其喜欢那个还能伸缩的金箍棒，方才在刘老先生手下，它被舞得要飞起来一般。他的小手抓着摆弄起来，还走到幕布后面尝试起来。

“爷爷，是这样吗？”

刘老先生鼓励道："没错，你做得真棒！"

郑芸感激地看着刘老先生："麻烦您了。"

"没事，孩子是不是生病了？如果不舒服，还是在家休息吧，病好了再来，东海的天气总是这么好的。"刘老先生关心地说，通过对话他也听得出来，这是外地游客。

郑芸神情黯淡，摇了摇头。

刘老先生一愣，随即说了句"不好意思"，便不再追问了。

郑芸不是不想等小彤好了后再来，但是小彤罹患绝症，目前只能采取保守治疗，减轻痛苦罢了。

小彤的爸爸因为孩子的病，已经和她离婚了，郑芸带着孩子搬到东海来住，是因为这里气候宜人。小彤早就想到灵囿动物园来玩，他们搬过来才半个月，郑芸便找了个好天气，带孩子来满足愿望了。

刘老先生的徒弟收拾好东西，他们该回去了，小彤也恋恋不舍地把皮影还回去。

"动物园还有很多好玩的地方，小朋友，你可以去金丝猴馆看看，小猴子就是金丝猴。"刘老先生离开之前，对小彤说道。

"谢谢爷爷。"小彤仰头道："我去问问小猴子，能不能介绍我和齐天大圣认识。"

刘老先生被童言逗乐了："好啊，你去问问。"

"那咱们去金丝猴馆？"郑芸把小彤抱了起来，给他喂了几口水。

小彤刚才玩了一会儿，也有些气喘，趴在母亲肩头道："好啊。"

郑芸抱着小彤等园内的观光车，从这里到金丝猴馆还是有一段距离的，小彤体力不好，郑芸也无法全程抱着孩子。

坐在车上，郑芸听到旁边两个女生在讨论。

"真的要去拜拜吗？感觉很迷信呢！"

"很灵的好吗？我现在每次考试前，都要去拜一下白狐。"

"那你还愿吗？"

"还的啊，但是这边不让买饲料喂，我就去周边店买白狐玩偶，现在家里好几个了。"

"哈哈哈哈，真有你的。"

郑芸大约知道她们说的是动物园那只北极狐，说起来这只北极狐在网络上也有挺高的知名度，郑芸在查看动物园攻略时也看到过。

不过，比起动物园里的传说，郑芸觉得自己前几天去临水观烧的香可能会更管用。

观光车在动物园内穿梭，很快就到了金丝猴馆，作为国家一级保护动物，它独享一个展馆。

因为这里人有点多，郑芸抱着小彤进去。

一到了场馆里面，小彤就推着母亲的肩膀，要求下来自己看。

郑芸弯腰把他放下去，母子俩没有挤到最前面，而是站在后头一个台阶上往内看，那只珍贵的金丝猴不见踪影。

不只是小彤，很多小孩都会问，金丝猴去哪儿了？

这样专业的展馆，当然会给动物设计躲避游人视线的角落，游客并不能随心所欲，想看就看到动物。这样的设计固然会有一些游客不满，但理智的人都知道，从长远考虑，这才是对动物身心健康有益的。

所以郑芸给小彤解释："小猴子可能在休息，就像有时候你不想在妈妈身边，要自己一个人玩游戏。如果妈妈每一秒钟都盯着你，你会不会不开心？"

"不会。"小彤拧了下身体，回答道。

郑芸失笑，在小彤脸颊上亲了一下："我们等一等小猴子吧，现在去看一下纪念品。"

金丝猴馆有个单独的小铺子，里头所有的商品都是猴子造型的。小彤还看到这里有金箍棒卖，立刻抬头看着母亲。

"家里不是有五六根了吗？怎么走到哪里都要买金箍棒呀。"郑芸有些无奈地道，但还是又买了一根新的玩具金箍棒。

塑料的"金箍棒"非常轻，小彤拿着它，爱不释手："妈妈，我要去厕所。"

"好的，等一下，妈妈找个叔叔陪你去。"郑芸用目光搜寻起男性工作人员。

"妈妈，我自己会！"小彤不是很开心地道，他觉得自己完全可以单独上厕所。

郑芸只犹豫了一下，看到男厕没什么人出入，就说道："那你去吧，妈妈在门口等你。"

小彤拿着金箍棒往里走，连上厕所也不愿意撒手，让郑芸有点无奈。

小彤自己上了厕所，从隔间出来，还洗了手，擦干净，才重新拿起金箍棒。这时候他听到“吱吱”的猴子叫声，原本要往外走的脚步停了，走到窗口往外看。

灵囿的绿化面积很大，窗外就是浓密的竹林，小彤居然看到一只猴子抱着竹子出现在外头，低头“吱吱”叫着，证明刚才的声音真的不是小彤听错了。

竹子下面还有个金棕色头发的哥哥，仰头道：“快点下来，回去了，不然园长又要说我了！”

猴子又“吱吱”叫了几声。

棕发青年怒道：“大胆，居然敢和俺耍赖！”

小彤立刻把窗户给推开，踮脚道：“哥哥，你听得懂它说话吗？”

棕发青年转头看了小彤一眼，没好气地道：“当然听得懂！”

“骗人吧，你如果听得懂，你就是美猴王了。”小彤扁了扁嘴，说道。

棕发青年怪酷酷地看了小彤一眼：“瞎说什么大实话。”

小彤大笑了起来，觉得这个哥哥真有意思：“你不够帅的，孙悟空有金箍棒，有火眼金睛，有铠甲，有须须……还有，猴子都听孙悟空话的！你让它下来它都不下来！”

棕发青年：“须须是什么？”

小彤比画了一下：“就是两根长须须啊，在头顶。”

他手一抬起来，手里的金箍棒也就露出来了。

棕发青年撇了撇嘴：“哦，你有金箍棒。”

“这是我买的，而且我只有这个，我也没有须须。”小彤脸红地说道。

上头的猴子感觉没人注意到自己，偷偷用手去抓旁边的竹子，但是棕发青年很快抬起头来大吼一声：“下来！”

这小猴子，没听人家小孩都说了，猴子要听美猴王的。

猕猴一个不稳，就松手掉了下来。棕发青年一个箭步往前，伸手准确接住了猴子，往下一送，猴子就稳当落地。

小彤都看呆了：“好厉害啊，比皮影里的小猴子还要厉害。”

“这就叫厉害了？看着。”棕发青年扬扬得意，伸手从小彤手里拿过塑料金箍棒，单手舞了起来。棒子在他手里灵活地旋转，风车一般，抡得只剩残影了。

小彤还是第一次在现实里看到有人可以做到这样，他嘴巴都张大了。

看到小孩的表情，棕发青年就更加嘚瑟了，一棒挥出去，塑料金箍棒敲在竹子上，顿时折成两截，吓得猴子都吱吱叫了两声，在地上直蹦。

本来眼冒星星的小彤愣了一秒钟之后，也嘴巴一咧，发出了哭腔："我的金箍棒——"

"等等！别哭！"棕发青年一把把他的嘴巴给捂住了："你别哭，我给你说个秘密。"

这时候有人进来，看到棕发青年隔着窗户捂小孩嘴巴，怪异地看着他。

棕发青年看都没看他一眼，说道："其实我真的是孙悟空。"

小孩的眼泪都掉下来，不信。

上厕所的人说："喂，孙悟空？这是你小孩吗？"

"不是！"棕发青年理直气壮地吼了回去。

那上厕所的人吓得退了一步："我去……小朋友，你父母呢？"

他想上前解救这个疑似被吓哭的小孩，但是那凶巴巴的棕发青年居然一伸手，把小孩整个捞出去了，他当机立断，回头扯着嗓子喊："来人啊——"

棕发青年抱着小孩蹲下来，却看小彤剧烈咳嗽起来，他手忙脚乱地道："我没用力啊，你怎么？"

猴子跳过来，好奇地看着咳嗽的小孩，爪子伸出去拍了拍他的背。

小彤被猴子一拍，眼中露出些好奇，不过咳嗽还没停，一边咳一边说："骗子，孙悟空是最厉害的，才不穿衬衣呢。"

棕发青年哑然，低头看了看自己这身白衬衫："嘿，你这小孩……俺没事天天披挂上啊？算了。"

再待下去这小孩家长要来了，回头举报他到管理处，园长又要唧唧歪歪了。他把小孩放回窗台上，手摸过断掉的塑料金箍棒，金箍棒顿时完好如初，又塞进小孩手里。

小彤的眼睛瞪大了："咳咳！你……"

棕发青年不知从哪掏出个桃子，徒手掰下一块，怼进小孩嘴里，刚好把他后面的话给堵住了，然后叼着这个桃子，拽上猕猴跑人了。

郑芸和工作人员、报信的热心游客一起冲到展馆后面的厕所窗外时，这里已经空无一人。小彤坐在窗台上，手里还拿着他的塑料金箍棒，嘴巴鼓鼓的，不知道含了什么。

厕所内也有工作人员冲进去，四下看了，里头也没其他人。

郑芸一下把小彤抱下来："小彤，没事吧？"

小彤想说话，但是嘴里有块桃子，非常甜的桃子。他几口嚼碎了咽下去，这才开口说话："妈妈，我遇到孙悟空了。"

郑芸这才注意到这个细节："你在吃什么呢？"

"孙悟空给我的桃子。"小彤说完，那个报信的游客也说道："哦，那个男的就是跟你儿子说自己是孙悟空，然后带他走。"

那就是了，就和用棒棒糖哄人一样，郑芸后怕不已。她也是第一次来，不知道这里的厕所有那么大窗户，而且不管怎么样，实在不该让小彤一个人进来。

"您好，这边有监控吗？那个，那个人很可能是人贩子啊，说不定会引诱其他儿童。"郑芸对工作人员说道。

"不是，妈妈，他是孙悟空。"小彤又插话，他一直很想和妈妈聊孙悟空，可是妈妈一副没空的样子。他把自己的金箍棒举起来："大圣还把我的金箍棒变好了。"

没有人把小彤的话当真，这不过是童言罢了，何况郑芸一向知道儿子喜欢孙悟空，她忙着和工作人员交涉，只应付了小彤一句"妈妈知道了"。

"实在不好意思，我带您去休息，我们也会请这位先生配合看一下监控的。"工作人员态度很积极，立刻请他们去休息室稍坐，并承诺会查看。

郑芸把小彤抱好，跟着工作人员走。

小彤只觉得吃完桃子后，肚子饱饱的，还暖暖的，一改以前走不了多久就困倦的状态。但是他还太小，无法把自己的感受准确地说出来，只能非常简单的，根据自己现在的需求说道："妈妈，我想下来走。"

郑芸把小彤放下来，口中说道："妈妈正要说你，下次有陌生人和你搭话，爸爸妈妈不在身边，千万不可以理会。那都是坏人，会把你带走……"

小彤茫然道："可是他不是别人，是孙悟空啊。"

郑芸蹲下来，严肃地说："那不是孙悟空……等等，你是不是有点热？"

她发现一转眼工夫，小彤的脸颊透出了些血色，和平时白得纸一般有点不一样。

"不热呀。"小彤眨眨眼睛："但是我想去看猴子。"

"不行，我们先跟着这位叔叔，去休息一下。"郑芸严肃地道："来。"

小彤低着头道："可是再休息，动物园就关门了。"

工作人员在旁边道："小朋友，你们明天还可以来，我们会赠送免费票给你的。"

郑芸心中有点苦涩，明天她还要带小彤去医院："……没事，听到了吗？咱们还能再来一次。"

小彤抬头道："是明天吗？我还要来找孙悟空。"

"不是明天，明天咱们还有事，但是医生说小彤表现好，后天或者大后天还可以来。"郑芸不愿意打破小孩子的幻想，但现在显然有坏人利用这一点，所以她也只好认真说道："然后呢，妈妈要和你认真说一下孙悟空的问题哦……"

孙悟空已经把小孩忘之脑后了，啃着桃子把猕猴偷偷送了回去，不理会它哀求的声音，说道："小崽子太调皮，下次不带你出来了。"

他一边啃桃子，一边往派遣动物休息室走。

孙悟空吃桃子的速度很快，不一会儿就剩下一个桃核了，这时他刚好推开休息室的门，把桃核砸在熊思谦脑门上。

"哎哟！"熊思谦捂着脑门，敢怒不敢言，幽怨地看了孙悟空一眼，低头把桃核捡起来收好，这个还可以拿去种的。

孙悟空一跳，重重躺进沙发里，脚也放上来，顺脚把原本坐在另一头打盹的灵感踹下去。

灵感清醒过来，看了孙悟空一眼，迅速爬到另一张沙发上，和小九坐一块儿了——自从孙悟空身份暴露，小九就没以前被孤立得那么严重了，有时候灵感他们也愿意理他。

孙悟空这才发现，青鸟、精卫、九尾狐她们在玩游戏，一个人在白板上画画，另外两个人就猜她画的是什么，善财在一旁帮他们计分。

现在轮到精卫画画，她已经落后很多了，思索了好一会儿，在白板上画了一个圆形，中间画了个桃心。

有苏："呃，这个应该是……是……"

精卫唰唰唰，迅速在圆形上方画了两根蛐蛐儿触须一般的曲线。

水青和有苏几乎是同时喊出来："孙悟空！"

孙悟空："？？？"

孙悟空很不满意："什么意思啊，你在旁边画根金箍棒不就行了？！"

“画棒子谁知道是什么，那还有可能是袁洪呢，毕竟四废星君和你可像了。”有苏阴阳怪气地说：“但加上这两根须须就不一样了。”

孙悟空有点急了：“这是我的凤翅紫金冠！凤翅！”

水清打圆场道：“入乡随俗啦，反正人间界也都这么叫。”

孙悟空想到那小孩的话，只觉得现在好多人族太不像话了，不甘心地道：“段园长就知道这是凤翅紫金冠……”

有苏干笑道：“别说了，园长现在都不敢当道君面粉你了。”

孙悟空：“……”

179

烈日当空，游客们或是戴着帽子，或是撑着伞，在这个难得的休息日里跑来参观动物园，与他人摩肩接踵。他们迫不及待要找个有空调的展馆，然后钻进去。

这时候，一个长得雌雄莫辨的长发男人什么防晒工具也没有，大步在人群中穿梭的姿态就显得有点引人注目了。

他个子高挑，之所以能从那雌雄莫辨的外形上看出是个“他”，完全得益于他身上男性化的穿着，衬衫和牛仔裤。这衬衫还是长袖的，看着都让人觉得热。

他皮肤非常白皙，这就更让人羡慕了，难怪也不需要防晒。一路带风地走过去时，不少游客都忍不住驻足观赏他的脸。

这人边大步走，眼神边在人群中穿梭，不一会儿就找到了目标，斜里紧走几步，一把抓住一个长发女生的手腕：“喂！”

女生猝不及防，一回头看到他的脸，更是陷入了短暂的震惊。

很快，女生看了两眼他抓着自己的手，脸上还不由自主出现了一点红晕，叫旁人更加怀疑他们有什么情感纠葛了。

真正有情感关系的那位，女生的正牌男朋友很快不满了：“你谁啊，干什么？”

这个男人倏然间把目光投向女生的男友，另一手抓住他的手腕：“你也别想跑！你们俩！”

这对小情侣蒙了，因为这个姿势，这男人离着他们很近，导致他们俩都有点紧张了："什、什么意思？"

他们想把手抽出来，但是男人的手就像铁钳一样，他们的手锁死了，一点都动弹不了。

男人漂亮的脸上现出一丝怒色，用和自己长相完全不符合的粗鲁口吻骂道："有娘生没娘教是不是？管理员都说不让喂食，不让喂食了，你俩刚才在湖边投喂个什么劲儿呢？躲着都要投食，八辈子没有喂过鱼吗？投完还把垃圾丢下去！"

这一连串的指责还有周围人的目光都让情侣二人又惊又羞，还有点生气，不知道这人为什么这样较真。女生刚想说什么，男生已经说道："你认错人了吧，湖边你怎么没逮到，还能追到这儿来。"

"还敢狡辩，要不要去调监控？"男人黑着脸道。

他气势太足了，不知道的还以为要吃人，这会儿更让人确信他只是长得有点中性了。男生退了半步，磕磕巴巴地道："就、就算是又怎么样，喂就喂了，又没喂给你……喂死鱼了吗？喂死了我们赔啊。"

"算了，不好意思啊。"女生拉了一下男朋友，想到那里有监控，哪里好意思那么理直气壮，旁边好多人都露出了微妙的表情。

这不是什么大事，兴许之前还会有人觉得男人小题大做，但是被这对情侣一嚷嚷，又让人觉得他们实在没素质了。

男人阴沉地扫了他们两人一眼，不知为什么让人想起冰冷、充满水腥味的水下环境，大热天怪瘆人的："放在以前，非把你们给……"

后面的话声音太小，听不见了，但是想也知道不是什么好话。

这人以前不会是混黑道的吧？男生这时候才有点后怕，僵硬地看着他。

男人一甩他的手，恶狠狠地瞪了他们两眼："但是我记住你们了！给我等着！"

说完，这个男人又大步走开了，一丝若隐若现的莲花香味留了下来。

情侣二人低头看看，他们的手腕上赫然有了被抓出来的瘀青，可见这人力气之大。旁人看到没有打起来，也就不再关注了，慢慢散去，唯有男生还在嘀咕："到底什么人啊……怪里怪气。"

刚才一时间真是被唬住了，这时候才想起来，这人好像也没有工作牌，没穿工作服，不像这里的员工啊。这是一个……从湖边追到这里的正义路人？

女生的脸还有点臊红，晃晃手里的海洋馆门票道："走了，进去啦。"

灵感甩了一下手，还是非常气愤，决定去酒店大吃一顿。

他在水底下游得好好的，又看到混蛋游客丢零食下来了，明明旁边的牌子上写着“禁止投喂”，还有义工不时巡查，这些人愣是逮着空隙丢饼干下来。一边扔，还一边笑：“这些鱼好胖哦！”

胖吗？胖吗？！

鱼的身材怎么能和人族比呢，灵感的道体就很匀称啊，菩萨赏鱼时也从来没说过他胖。

还有那些食物，灵感自己肯定不会吃，其他鱼被约束，加上本身伙食好，也基本不会吃。但是总有一些调皮的小鱼，好奇心比较重，忍不住尝试一下那些不健康的食物。

这也就算了，因为有义工过来，那两人把剩下的半包饼干连同包装袋一起丢了下来，虽然灵感大王躲开了，但是砸到另外一条鱼了！

灵感当时就找了个地方上岸，去找那两个人族算账了。

他本来想当场殴打他们一顿的，但是看到他们手上拿的是海洋馆的票就作罢了……

灵感走得就够快了，和慢悠悠逛动物园的游客不在同一个世界，但是还有人比他更急。一个老道士正拔足狂奔，旋风一样刮过灵感身边。

这道士其实是穿着便装的，但是他一头长发，在头顶绑成一个髻，一看就知道是道士。

灵感对道士是没有好感的，怎么说他也是跟着菩萨混的。他也是无聊，随手抓住这道士：“喂，你跑什么呢？”

周心棠正在急速狂奔，突然被人拎住，腿都无意识地继续摆动了两下，震惊地看着灵感。他感觉这人有点眼熟，是不是段园长的朋友之一：“你……我……我赶着上课。”

灵感这才想起来，好像是有这么回事，园长说要开课教道士，因为和他沾不上边，所以他也没多加关注。等等，这个上课老师好像是陆压道君啊。

要是被道君知道他拦着人上课，岂不是很惨？好在灵感脑子转得快，一瞬间就严肃地道：“两点差三分了，到那边也迟到了，你这像什么话？”

周心棠确定自己没记错人，面色白了一下，解释道：“不是……因为今日观中有急事，耽误了一会儿，我尽量赶了。”

灵感心想还好记得上课时间，他哼哼唧唧地教育道：“尔等何其有幸，能来上课，不管是什么理由，迟到就是不对，有些机缘，错过就没有了！”

周心棠被他唬了一跳，随即发现他好像没有要取消自己资格的意思，犹豫一下，赶紧道：“那您能放开我了吗？要迟到了！”

本来还有希望赶上的，被这人一拦，现在是彻底没希望了。

灵感一撒手，摆摆手：“你走吧，去认错。”

周心棠：“……”

周心棠莫名其妙被拎住教训了一顿，也没工夫再想其他了，赶紧朝着上课场所继续狂奔。

两点零三分钟的时候，周心棠总算赶上了，老头也一把年纪了，确实不容易，扶着门气喘吁吁。

段佳泽早就被江无水告知，周心棠处理观中事务，正在尽量赶过来。现在看他这样子，也吓到了：“周主任，你赶紧坐下来休息一下吧，嘴都白了。怎么这么辛苦，不是坐车来的吗？”

“在……在进来那儿抛锚了。”周心棠擦了把汗，随即对上陆压严厉的目光，坐立不安。

陆压冷冷道：“插班，还迟到。”

周心棠冷汗唰唰往下流，虽然在外他是主任，在场的道士都要对他恭恭敬敬，但是在陆前辈面前，他也就是个小学生啊。

“好了，江无水提前说过了，周主任有急事。我看也不算迟到，才一会儿嘛。”段佳泽打圆场道。

“实在是不好意思，”周心棠赶紧解释：“有位女士，还有一大帮记者，来我们这里还愿，还非要采访……我被缠住了，脱身不得啊。”

段佳泽开玩笑道：“那你们业务不错啊。”

周心棠有点哭笑不得，有心把事情详细说一下，好给自己分辩一二：“那女士的儿子得了绝症，前些天来上过香，后来去医院一查，居然好转，奔着痊愈去了。她特别激动地来还愿，捐钱，好像因为把事情发到网络上，就跟来了一帮记者。这些记者拉着打听是神灵的作用，还是我们的业务。您说，我要说这是三清显灵，他们还能采访三清不成？”

段佳泽：“……”

段佳泽同情地看着周心棠，那些记者他是知道的，前段时间还因为肖荣的事情围攻过灵囿呢，到处采访工作人员，包括他这个园长，简直无孔不入。

周心棠也休息过了，段佳泽就让陆压继续上课了，本来他也没讲几句。

陆压不是很开心地讲课，尤其讲到一半，段佳泽还接了个电话："喂？什么？"

海洋馆的员工在那边汇报："有两名游客掉海浪池里了，在呼救。"

段佳泽："开什么玩笑，海浪池才到成人膝盖！"

员工："我们也是这么说的啊！他们俩好像梦游一样，坐那儿抱着海龟不肯走，都被海龟咬了。但是我们找不到白医生，园长，怎么办啊？"

"围观的游客多吗？赶紧打120，先把人请出去，然后送救护车。"段佳泽一边瞟陆压，一边在电话里指挥，在陆压略带威胁的眼神下，他也不敢说去看一下。

那边喏喏应了，段佳泽把电话给挂了，也有点奇怪怎么会找不到白素贞，白素贞最近的工作重心可都在看病上了，反正暴风雪蟒偶尔动弹一下也够唬人了。

不过这件事段佳泽也没放在心上，他们每天接待那么多游客，奇葩也不是一个两个。

等下课了，段佳泽和陆压一起去海洋馆的时候，在这儿梦游的游客早就不见了，据说上车了还在喊"好大的鱼"。

员工都有点郁闷："这是偷偷跑出来的病人吗……"

"好大的鱼？参观了鲲鹏？"段佳泽只随口问了两句，就和陆压往里头走，到极地区去看奇迹了。

这个时候已经快到下班时间了，他们在玻璃幕墙外坐了一会儿，等游客都离开了再进去。

隔着一个水池，奇迹就发现他们的身影了，从缓坡上一直滑到水里，砸出一个水花。透过玻璃可以看到它在池底矫健的身姿，抄近路游到了水池这一头再爬上来，奇迹站在幕墙对面，仰头大叫了一声。

游客们都欢笑起来，以为自己交好运了，这只最大的企鹅，灵囿动物园的吉祥物可不是时刻待在玻璃幕墙附近的，很多时间他们只能隔着一段距离看它活动。

现在，它的脸几乎都要怼到玻璃上来了。

尖嘴离着玻璃越来越近:“笃”一下碰上玻璃,然后它脸一歪,上半身前倾,把半边脸贴在了玻璃上。

游客几乎要尖叫了，聚在这一块区域，疯狂拍照。

奇迹的脸颊贴着坚硬的玻璃，成了一块平面，眼睛却是转了好几下，穿过人群落在段佳泽身上。

段佳泽看到那诡异的姿态，被逗乐了，举起手来招了一下。

游客们正看得起劲呢，却已经到闭馆时间了，工作人员过来请他们出去，现场一片惋惜之声。

难得这么近距离看奇迹，却只有短短几分钟，太可惜了。

待到游人都被清空，段佳泽才去换防护服，而奇迹就一屁股坐在幕墙那一边等他，背靠着玻璃，这个坐姿让它看起来像座小山包一般。

陆压是向来不会穿什么防护服的，两人走了进去。

其实他们完全可以让陆压把奇迹带去房间，反正奇迹也可以在常温下活动。但是总这样见面,肯定会让其他员工疑惑的,以为他们再也不喜欢奇迹了,都不去看奇迹。

段佳泽进去之后，奇迹就啪嗒啪嗒跑了过来，扎进段佳泽怀里，手舞足蹈地表示，它最近修炼又进步了，现在“点火”准备时间已经缩短了很多。

陆压把手按在奇迹脑门上，查探了一下它的灵力，然后满意地道：“对这个年纪来说，还不错。”

奇迹忽然嘎嘎叫了几声，段佳泽在兽心通的作用下，知道它什么意思：白老师告诉我，爸爸是水族?

陆压和段佳泽对视了一眼。

这个问题，他们还没有和奇迹说过呢，但是白素贞也不知道，估计顺嘴就说了。

因为这个事情过程有点复杂，所以他们打算等奇迹再成熟一点时告诉它，不然从头解释下来，奇迹还不一定理解得了。

但是既然奇迹已经知道了，两人交换眼神后，段佳泽也就点了点头：“是的。”

奇迹原地转了好几个圈，翅膀往后划拉，一副在思考人生的样子。

段佳泽好笑地道：“这是怎么了？”

奇迹一抬头：难怪我游泳游得那么好!

段佳泽："嗯……"

他有点想说，儿子你是忘了旁边那一大群游泳同样很好的同类了吗？它们可不是我儿子。

奇迹原本是不喜欢下水的，修行都修的火行，这时却有些兴奋，原地又转了两圈：那我也要学水行。

或许是爱屋及乌，也或许是奇迹的一片孝心，感觉自己不能冷落爸爸，反正它有了这么一个主意。

段佳泽和陆压都笑出来了，所以说有点不好解释啊，段佳泽玩笑道："学什么，我自己还不会呢，你跟灵感学？"

陆压也说道："水行，不行。"

陆压这个语气，他那"不行"说的不是"不能"，而是"不够格"的意思，有点不屑在里头。

段佳泽对自己的龙族身份认同感虽然还没有人族强，但是好歹宝珠姐姐也给他上了几个月历史课，听到陆压自然而然这么说，段佳泽就有点不开心了："水是生命之源。"

陆压脱口而出："那战斗起来也不顶用。"

段佳泽不是很开心地道："这个问题我们不是已经聊过了吗？求同存异。"

其实从严格意义上说之前他们聊的不是水火的战斗力，而是种族问题，但是追根溯源也差不多。

"所以你的意思是，也要让奇迹学个'第二专业'了？"陆压反问道，这个词还是他从段佳泽那里学来的。

段佳泽无所谓地道："我本来没想过的，但是如果奇迹有这个意愿，那以后增加一个专业有何不可呢？"

奇迹仰着脑袋，觉得它爸爸和干爹好像在吵架，有点可怕。

"没事啊，儿子，我们就探讨一下教育问题。"段佳泽听到奇迹的心声，低头摸了摸它的尖嘴巴："放心，你想学什么爸爸都支持你，不只是水行，你想学打雷，学剪窗花，当冰火魔鹅，都可以。"

奇迹：？？

它不是很懂冰火魔鹅是什么意思。

陆压也不懂，但是他大概理解段佳泽话的含义。其实陆压挺想撒气的，比如直接大喊不准学，无理就无理，反正他一贯如此。

可是陆压又有点犹豫，因为涉及种族、水火的问题，如果生气那起码要生两天以上吧？前两天段佳泽才教了他新知识还没有融会贯通……

陆压就这么犹豫了一会儿，最佳生气时机已经错过了。

段佳泽看到陆压沉默，反倒有些不好意思了。他心想，陆压毕竟那么多年习惯了，可能也是脱口而出，这种事情哪能一天两天就改变想法。倒是他刚才说话会不会有点太生硬，陆压都不说话了。

唉，这种事还是要慢慢来。

段佳泽可不想跟什么共工、祝融一样闹起来，这里是没有不周山啦，但是旁边有个海角山。

这么想着，段佳泽就上前用一只手抱了陆压一下："太阳真火是很厉害，不过东海万里波涛即便都是凡水，你也不能烧干了吧？"

他都已经失业了，再把他们家祖坟给晒干了？

陆压看段佳泽一眼，暗里有种松了口气的感觉，哼唧一声，脑袋往旁边一扭，又慢慢点了点头。

奇迹：现在是怎么样？如果要我站边，那我站爸爸啊。

段佳泽看了一眼呆在那儿，心理活动倒是挺丰富的奇迹，把它给拽过来，夹在自己和陆压中间："你还知道站边啊，可以嘛。"

奇迹不好意思地把脑袋抵在段佳泽身上。

"你啊，先把基础打好，第二专业的事情以后再想，免得贪多嚼不烂。但是，我们肯定尊重你的意愿。"段佳泽说道。

陆压一听又觉得，佳佳还是不错啊，他当年就没这种教育，上课非常原始粗糙。这样看起来，那……那水行还是可以接受的。反正我老婆就很好，我儿子肯定也很好……

休息室，派遣动物们难得坐在一起看电视。

播到广告，一条公益广告，配音是低沉的男声：水，生命之源，万物之灵……

所有人齐刷刷看向陆压。

其实他们也拿不定，以道君之气度，会不会纠结这个小细节呢。

陆压抬起头来扫视了一圈，和他对视的都默默地若无其事地把目光挪回去了，一副什么都没做的样子，心道陆压脾气有所好转啊，不愧是有男朋友的人，以前单身那么多年，看什么都炸……

陆压却没放过他们，冷冰冰地道："看什么看，我们家佳佳是水族，我随便他吹。善财的三味真火，朱雀的南明离火……就这么忍了？"

说罢，还嗤笑了一声。

善财："……"

陵光："……"

莫名其妙躺枪的火行大佬们无语之余，也不禁在心中暗道：我 ×，怕老婆也说得那么清新脱俗，还反手甩锅给我们？我们就没那么小气好吗？！

180

刘本源是临水观的一个普通小道士，但是从上个月起，他有点不普通了。因为有一天，一位师兄在微信群里招人去灵囿动物园"看表演"，他其实是不太想去的，但是发消息那位师兄经常和他一起巡逻，所以他就非常仗义地挺身而出了。

最后去灵囿的一共也就三十多人，后来的事情大家都知道了，他们这三十多人占大便宜了，连主任都要走后门才能插进来。

其中大部分都是像刘本源这样的年纪不大的弟子，天赋也不是特别突出，绝不像罗无周那样，从小就极其被看重。

但是从他们去上课之后，地位就水涨船高了。原因很明显，上过陆前辈的课，他们就算天赋一般，也会大有进步，受益无穷。

讲经是一件很玄之又玄的事情，出了陆前辈的嘴，到了他们的耳朵里，每个人理解的程度都不一样。转述的效果，肯定也没有直接听课那么好。要知道每次听陆前辈讲课，他们都会进入一个奇妙的境界，身旁的环境都被改变了一般。

刘本源感觉自己非常幸运，这就是机缘啊！抓住了，命运就会改变了！

又到了上课的时间，提前一个半小时，吃完饭的"提高班"（他们偷偷给起的名）弟子们就在道观前坪集合了，包括管委会主任、观主周心棠一起，上了一辆大巴车。

确认每个弟子都到了，就一起去灵囿，免得有人迟到——顺便一说，目前唯一有迟到经历的就是观主本人了，大家可都积极得很。

大大方方走进了灵囿，刘本源更是有点感慨。

几年前，他还是那个普通的小弟子，在街上巡逻，遇到了一个乡下妖怪，追着那妖怪来了灵囿。他就站在大门口，徘徊了好一会儿都没敢进来。

又是几个小时的课程，中间段园长一直在旁作陪。不过大家都看得出来，段园长对此一点兴趣都没有，没打盹就算好的了，大部分时候就是托腮看着陆前辈的脸发呆。

谁都不敢说自己是陆前辈的弟子啦，不过私底下，他们这些人会偷偷管段园长叫师娘……咳咳，连主任都不知道，要知道了非大骂他们不可。

上完课之后，也没有人敢问问题，自己默默感悟。段园长会允许他们在这里多留一些时候，每逢这一天，段园长都不会把宴会厅租借出去。毕竟有的弟子听完课会入定，不好惊扰。

今天又有一位师叔入定了，看来是有所领悟，他们其他人就三三两两讨论，或者独自思考，晚点再一起坐大巴回去。

刘本源有点尿急，上课时不觉得，下了课就察觉出来了，赶紧去找厕所。

他蓄了一头半长的头发，扎在头顶，在男厕所的时候把人给吓一跳，人家还以为是个丸子头的女生。来这里，他们都是没穿道服的。

刘本源把衬衫袖子挽了挽，走出门去，转过一道弯，却见一个光头穿着红马甲，坐在台阶上，手边还有个喇叭。这是个义工啊。

刘本源和光头对视一眼，刘本源盯着他的光头看，他也盯着刘本源的丸子头看。

电光石火间，刘本源知道这人的身份了，相信对方也从他的发型看出来了。

半晌，两人相视客气地笑了笑。

怎么说，大家也都是修行者，而且他们临水观还是地主呢。刘本源一想，顿时自觉仿佛又高大了几分，淡定地点点头，向旁走去。

这和尚却是叫住刘本源："这位……师兄，请问食堂怎么走，您知道吗？"

刘本源诧异地看着和尚："你不知道？"

和尚羞愧地摇头："我来了没多久，而且是路痴，刚刚给人带路到厕所，自己反倒忘了方向。"

刘本源之前因为来参加摄影，去过食堂，虽然就一次但也记住了，给和尚指了个路。

和尚十分感谢，两人还有一段同路。

不说话也太尴尬了，刘本源就随口问道："你哪里人？"

"西山的，"和尚答道，又说："师兄是来……修行的？"

道士们来往于动物园，他们同住在这里，怎么会不知道呢。大家也私下讨论过，这些人是来干什么的，最后推测出，一定是有位前辈在指点他们，不然怎么会进步飞快。

和尚倒没有别的意思，就是觉得很神奇，打听一下。

一直以来，和尚们和道士一样，以为这里的大佬是修佛的。单就他们知道的，陆居士、白居士，还有宝珠法师，都是佛门前辈。

道士们突然到这里来修行，这可让他们有点奇怪了。

刘本源一听，飞快看了他一眼，说道："是啊。"

和尚好奇地道："不知是哪位道门前辈大驾光临了？"

他们既然来这儿上课，内部当然讨论过相关话题，刘本源也被嘱咐过，这时听到和尚问，便说道："和你们一样啊。"

其实他们也是猜测，和尚多半也被指点过，主任也说看这些人有所进步，只是没有亲眼谁指点罢了。但是大家都觉得，可能也是陆压前辈。

和尚一惊："法师怎会教你们？"

他没敢直呼宝珠的名字，刘本源还以为说的就是陆压呢，立刻说道："本来就是我们道门前辈，佛学只是他的第二专业罢了。"

和尚："……"

和尚根本不信，觉得他在耍人。

"不信算了，这是园长告诉我们的。"刘本源说道："你看前辈那个样子，不像修道者吗？"

其实园长也没说到底哪个是陆前辈的第二专业，但是他们觉得那个高冷劲儿非常像他们道门的风格，刘本源也就摆出态度来。

和尚觉得很可笑："哪里像，分明是位大法师！"

宝珠法师眉目常含慈悲，为人和善，几乎有求必应，哪里像修道的了啊？

两人争了两句，一个说性格非常修道者，一个说看眼神就知道学佛的，气氛都有点僵了。

"呵呵……到了，再见。"和尚一看岔路口到了，索性结束话题，免得再说就要吵起来了。

"哦，再见。"刘本源也道别，心想和尚还能不服输，不过换了是谁，发现陆前辈能使杀人刀活人剑，也不会轻易让给别派啊。

刘本源拐了弯，向旁走去。

大概几百米之后，迎面走来一个中年男人，手里拿着一大串钥匙和一叠文件。

两人打了个照面，都是一愣。

虽说时隔几年，但刘本源还记得，这分明就是自己几年前在火车站遇到的那个狐狸精，后来逃进灵囿，就没有出来过了。

胡大为也吓了一跳，这不是他的恩人吗！

想当年，要不是这个小道士追着他，他不一定会急得逃进灵囿，然后在这里获得一份好工作。

现在的胡大为，随着动物园的动物越来越多，已经不用白班供人参观，晚上从笼子里爬出来上夜班了，他在后勤方面干得还不错。

“小道长，好久不见啊。”胡大为热情地拉住了刘本源的手。

刘本源僵硬地笑了一下，想起是有师长说灵囿有狐狸精，之前他还不确定，现在看来胡大为也走大运了，没被弄死，而是留在这儿了。

既然已经跟着前辈们了，那肯定是做个好妖怪了，所以刘本源很快也调整好表情：“胡……胡先生啊。”

“小道长是来耍的吗？”胡大为自来熟地搭着刘本源：“真是世事无常啊，谁能想到咱们再见面会是这样呢，对吧？”

刘本源心想看来他并不知道上课的事情啊，说道：“差不多……胡先生这几年过得如何啊？你的修为，好像进步了不少。”

以前胡大为是浑身妖气，一下就被他找到的乡下狐狸精，现在可不一般了。

“还不错，多亏了我们老大，陆老大的指点。”胡大为一脸恭敬，即使只是提到陆压的称呼而已。

刘本源：“？？？”

刘本源不懂了，说道：“是我想的那个陆前辈吗？”

胡大为瞥他一眼：“灵囿只有一个姓陆的。”

刘本源迟疑地道：“他……指点你？”

“怎么？我也是有做大妖潜质的，听说我们祖上还有九尾狐的血脉呢。”胡大为挺起胸膛，当初刚来的时候他不懂事，园长是把他交给陆前辈教育了几天。

虽说胡大为不知道陆前辈的根脚，但是，陆前辈提起妖族的口气可是亲昵得很！也的确稍微提点过他两句呢，不多，而且带着嫌弃，但是足够他骄傲了！

刘本源：“……”

刘本源看来看去，也没看出来胡大为有丝毫修习道门功法的痕迹。

所以陆前辈到底是有多——多才多艺啊？和尚教得了，道士教得了，妖怪也教得了？

东海市的文化节在海角公园搭台开办，露天场地，提前观察了很久确定不会下雨。灵囿这边，除了刘老先生师徒父子会登台表演回龙皮影戏之外，熊思谦老师也要去过一过戏瘾。市里这次可下本了，从省京剧院把副院长韩凤声给请来了。

韩凤声和熊思谦也算老相识了，之前在动物园吃饭时，相见恨晚，主要是韩凤声特别推崇熊思谦，他们俩还清唱合过一段，只是没有正式搭过。

韩凤声对此挺期待的，当初他就有邀请熊思谦的想法。这次答应邀约，不能说里面没有熊思谦的缘故。

此前，熊思谦的名声还是小范围流传，这次宣传打出去，有一些本地的戏迷甚至周边城市，准备赶过来看韩副院现场的戏迷，都有些疑惑：这家伙是谁啊？

看上去年纪也不小，怎么从没听过这号人物啊。

在网上查，也查不出个所以然，不知道是不是连师承和单位也没有。当然，也有少数人有幸和看过熊思谦视频的人聊上了，知道是一位民间高手。

到了文化节那天，段佳泽还特意去捧场了，怎么说熊思谦也是他们动物园的人。

韩凤声和熊思谦的合作是压轴节目，虽说韩凤声是花大价钱请来的，还有熊思谦这个“本地”演员，但毕竟是东海的文化节，所以他们压轴。

大轴则是回龙皮影戏，经过宣传，现在很多东海人都知道这么一门艺术的存在了。

段佳泽抽空去后台看了一眼，韩凤声久经江湖，熊思谦就更不用说了，他们俩早就画好了妆，一个反串旦角，一个老生，就剩须还没带上，两人正坐在后台和琴师聊天。

段佳泽觉得自己也是白担心一场，他们两个今晚要唱一折《四郎探母》，这一出比较出名，对于不怎么听戏的观众来说接受度也高一点。

本地和周边的戏迷都来了，段佳泽也没过去打招呼，回了观众席。

等到韩凤声上台时，台下远道而来的戏迷总算是精神一振，还没开嗓就有叫好声。熊思谦这边气势就弱多了，还是一些市领导带头鼓掌，认识他的人并不多。

但是熊思谦开唱之后，就让戏迷兴奋了，即便普通人也听得出这人嗓子有多好，何况他们这些爱好者，听出来的名堂就更多了。

尤其有些票友，虽然不做专业演员，但是在这方面的研究也很深。好些第一次听熊思谦唱戏的人都觉得，这个熊思谦一定也是个水平很高的资深票友，民间高人。没想到啊，东海市有这样的人物，但是都没听说过。

熊思谦和韩凤声提前磨合过，不说天衣无缝，那也是发挥得极为出彩。

台下观众中有一个年轻戏迷，是特地和朋友一起从邻市坐了两小时汽车过来的，她听着听着，却是越越觉得似曾相识。

“好耳熟啊！”

旁边的朋友听了，转头道：“你说谁？这个‘杨延辉’吗？你以前听过他唱？”

她可是惊了，韩院唱得好那是理所当然，大家有心理准备。倒是扮杨延辉这一位，名不见经传，却好似自成一派。举手投足，都是大角大腕的风范，让人好不稀奇。

“我的意思是，我觉得我好像听过他唱，但是他唱得这么好，我以前要是听过，怎么会不记得他呢？”女孩一脸郁闷：“我连他叫什么都不记得了，外面海报写的什么来着？我要上网搜一下。”

她们属于看到演出信息，没在意其他人，直接赶过来的。不像有些人，事先就好奇地查过熊思谦的名字了——当然也没啥个人资料。

好在这位朋友还记得海报上的名字，提醒道：“熊思谦。说起来我也很好奇，这到底上哪找来的牛人啊！和韩院一比，也不差许多了！”这还是粉丝说得比较含蓄。

“等等，我先看完。”女孩舍不得挪眼，待到熊思谦和韩凤声谢幕了，这才拿出手机搜了搜。

先搜的熊思谦，没搜出来，女孩灵机一动，又加上韩凤声搜了一下，可惜，还是什么也没有。女孩手一滑，点在相关搜索的韩凤声单人名字上，便进入了新的搜索页面。

这个新的搜索页面又有一个关联词组：韩凤声、鹦鹉。

女孩瞥见这两个字，猛然回神，几乎惊叫出声："是他！"

朋友被她突然一叫吓得抖了一下："他？查到了？什么人啊！"

女孩把手机举起来，指着那个词条道："就是鹦鹉啊！鹦鹉！"

朋友还没反应过来。

女孩说道："你忘了吗？之前我给你看过视频的，一只虎皮鹦鹉唱《武家坡》，一鸟分饰两角，那王宝钏一听就是学的韩院，薛平贵我们还讨论过，不知道是哪位演员。我就说，我怎么会感觉听过他唱戏，又不记得这个人呢！"

鹦鹉学唱，那是连特点带声音也一起学的，也亏得女孩记性好，或者说鹦鹉学得太好了，这会儿竟是想起来了。

朋友一合掌："靠，想起来了，'华升平，加水'那个啊！"

鹦鹉的名字他不记得了，但是经典台词倒是记得清楚。

女孩也笑出声来："对对，就是那个。人家叫段泰戈尔来着。"

朋友一脸感慨："这也太巧了，还被你给认了出来，那时候我们讨论了好久，是学的哪位大家，还以为是电视上学的呢，难怪找不出来。"

这时候，台上的节目已经进行到了最后的皮影表演，祭龙王一段。

观众席前排，段佳泽端坐观看，左边的孙爱平说道："待会儿完了，你跟我一起吃顿饭去！"

右边一位其他部门的朋友也说道："怎么这么巧，我也想约饭呢。小段，去我们那儿吃呗。"

台上皮影晃动，刘老先生正在念着祈求龙王的祭词。

段佳泽感觉背后都要冒汗了，心情非常激荡，半晌平复不下来："我，我都去！"

两人愕然："你怎么都去啊？"

他们可不在同一个地方吃饭，段佳泽还能分身不成？

段佳泽头疼地道："嗯，一个我明天再去。"

"那可得商量一下，谁先谁后。哎，小段，你有纸巾吗？"

话音刚落，段佳泽狂掏自己的口袋，摸出一包纸巾递给他。

这人顿了一下，才笑嘻嘻地道："你说这个小段，是不是打算把我排在后面，不好意思说啊，这么热情。”

段佳泽：“……”

段佳泽摸了摸自己的脸，他觉得自己现在无比有奉献精神，也不知道古老的东海龙族和人类到底有什么约定，不然就是他的职业本能在蠢蠢欲动，简直不要太想照顾人族。

虽然还没到失控的地步，但是的确非常冲动。这大概就是宝珠说的，他还太年轻，又只剩龙魂，某些时候有点混乱。

段佳泽心想幸好这时候陆压不在，不然……

和孙爱平他们约完了，段佳泽就借口去上厕所，远离舞台了，自己在旁边平复一下听到祭词的激动心情。

第二天，段佳泽习惯性地浏览了一下网络上的评论，这里面经常包含游客的意见、看法。

今天却是有相当一部分人提到“熊思谦”，段佳泽仔细看了一下，原来是有个博主自称昨晚来看了文化节，听到韩风声和熊思谦合唱，然后突然间灵光一闪，想到熊思谦的唱腔、声音，很像一只网红鹦鹉唱的戏。

尤其是，那鹦鹉学的本来就是韩风声和熊思谦对唱。下面还放上了视频对比，一听就知道，虽然不是同一出戏，但模仿的应该是同一对人！

当初段泰戈尔的戏可是在小圈子里也掀起过一阵讨论的，不过谁也没个定论鹦鹉学的薛平贵到底是谁。今天听到对比，可算是能肯定了。

还有人拿出一个佐证，这只鹦鹉所在的动物园解释过，它是从东海市灵囿动物园引进的，那就更没错了，熊思谦虽然没有在电视上演出过，但是他们在同一个地方，听过他唱戏不奇怪！

没想到，这样两个事件也串联了起来，让人莫名兴奋。熊思谦唱得也是真好，以前有他清唱的视频在小圈子流传过，这次扮上了，配上伴奏，和韩副院一起对唱，就更是显出能耐。

这些人艾特了灵囿动物园，还去艾特海角动物园。

“华升平，你们家鹦鹉的老师找到了！”

“原来段泰戈尔模仿的是这位老师，当初就觉得鹦鹉学得很有味道，果然本人唱起来更震撼，可惜只有视频，真想听听现场。”

“想听现场加一，但是这位熊先生好像并不是专业演员，唉。”

“只能听听网友录的视频了，请问这个节目有没有官方录像啊？音质好一点的那种。”

大家查到这是一个文化节上的节目，于是又一起涌到主办单位那里，打电话、发邮件地询问。这个还真有官录，在制作中，一听竟然有这么多人等着，他们也挺光荣，加班加点把视频剪完了放出来。

韩风声本来是不怎么关注网络的，但是这一次圈内很多人都看到了，告诉了他。他才后知后觉地知道，有只网红鹦鹉学了他和熊思谦，也觉得挺有趣。

很多戏迷都因为这件事熟悉了灵囿动物园和海角动物园两个地方，知道他们养了很多鹦鹉后，还有人提议：你们家的鹦鹉那么多才多艺，是不是可以专门搭个班唱戏了？连伴奏都能学，唱大戏也足够了！

灵囿直播时间，段佳泽做客直播间，有很多人在刷这个提议。

段佳泽索性把镜头对准那些鹦鹉：“哎，宝贝儿们，大家都说你们多才多艺哦，你们戏怎么样啊？”

这好几十只鹦鹉呢，七嘴八舌地开口，说的却都是同一句话：“华升平，加水——”

一看弹幕，突然间密密麻麻了，全都是笑疯了的网友，还以为段佳泽训练过呢。

段佳泽嘴角抽了一下，嗯，可以，戏很多。

181

因为从事相关工作，很多灵囿员工生活中也会养宠物，和动物生活在一起，或者说有些人本来就是喜爱动物，才会在这样的单位求职。

在这么多同事的耳濡目染之下，小苏最近也有些想养宠物，但是她还没考虑好养什么，就去找段佳泽讨主意。

段佳泽正在给他的鹦鹉儿子们听戏曲，网友们的提议让他有点好奇，难不成还真能模仿出来？

反正只是播放一下视频，也不影响什么。

听到小苏说想养宠物，段佳泽说道：“这还用想啊，四大天王好像和村里的狗狗看对眼了，等母狗生孩子了，你可以带一只回去。等不及的话，让哮天带你找下有没有被弃养的。”

“狗就算了，还得遛呢，我没那个体力。”小苏连连摆手。

段佳泽想了一下：“要不养猫？”

小苏别扭地道：“有没有……特别一点的。”

段佳泽失笑：“你这话很恐怖啊，搞得好像你要养保护动物。不然你转岗去做一线饲养员，什么都能养。”

小苏：“……”

这时，旁边的五彩金刚鹦鹉却是一伸脖子，开嗓了。

小苏来得晚不知道，段佳泽也就给它们听了半个小时戏，这只五彩金刚鹦鹉就已经极快地学会了，而且它还不是干唱。

因为不知道团队协作这件事，它自己模仿了过门，然后翅膀张开，一摇一摇地唱：“猛听得金鼓响画角声震，唤起我破天门壮志凌云，想当年桃花马上威风凛凛，敌血飞溅石榴裙——”

段佳泽看过去，刚想惊喜这么快就学会了，又有些奇怪它怎么动作幅度这么大。他忽然想起什么，把视频进度拉到鹦鹉学的那段。

果然，这家伙就是在学人家的动作，只是它就两只翅膀，一会儿双翅往上翻，一会儿一只翅膀挥来挥去，脑袋也一晃一晃的。

戏多，真的戏多，连动作都学上了。养鹦鹉这么久，段佳泽也有深刻体验，这种鸟天生就是戏精，还很有表现欲，总觉得某种程度上隐隐有点像道君……

小苏却是一拍脑门：“唉，我真是傻了，这不就是吗？”

“你想养鹦鹉啊？那绝大多数都是违法的。”段佳泽说道，就他这些鹦鹉儿子，不就是因为有人违法养殖，然后被收缴的。

“那还有少数合法的呢，我也没想着养这种大型鹦鹉。”小苏觉得还挺合适的，空间不大，又有现成的专家可以问。

小苏去挑了只鸡尾鹦鹉，这种鹦鹉有个大家更熟悉的名字：玄凤鹦鹉，脸颊有橙红色的“红晕”，头顶是淡黄色的羽冠。

不过，小苏也没过多了解，买回来才知道，并不是每种鹦鹉的说话能力都很强的。玄凤鹦鹉属于比较文静的鸟，说话能力也不是很强，会的词汇很少。

像小苏养的这只鸟，当时她看到的时候，它在模仿音乐声，老板也说它是会说话的，小苏感觉合眼缘就带回来了。但是带回家之后，才发现怎么逗都不说话。

“好在……观赏性还是很强的。”小苏安慰自己，她本来就是看外表合适才带回来的。

段佳泽也去看了一下，老板还送了些饲料，他让小苏换成蔬菜、水果。

小苏好歹也在动物园待了这么久，以她日常所见，园里的鹦鹉吃的都是蔬果，就算段佳泽不说，她也要换食物的。

一般鹦鹉从饲料换成蔬果总会有段适应时间，但是这只玄凤倒是很快就接受了，主要是……真的好吃啊！

小苏还把玄凤带出去遛了一下，给大家介绍自己的新伙伴："从今天起我也是有宠物的人了！"

鹦鹉能活上好几十年，玄凤也能活上二三十年，小苏还特意买了器具，询问如何在家里布置丰容。

有养鹦鹉的同事和小苏交流了一番："玄凤是说话不多，不过你可以带去和别的鸟交流一下，看看会不会有改善。比如园长的鸟，可厉害了，也许能学到一些。"

"嗯嗯。"小苏顿了一下："唉，就怕别的没学到，回来天天对我说'华升平加水'。"

同事们哄堂大笑，作为灵囿的员工，他们当然知道这个梗。

一些派遣动物也看到小苏的鸟了，小青就很友好地摸了一下这只玄凤，把玄凤给吓得够呛。

"起名字了吗？"有苏问。

小苏："想好啦，叫小凤凰。"

有苏不禁回头看了一下一旁的朱雀神君。

陵光："……"

陵光看着那只脸上有两团很滑稽的红色的鹦鹉，有点不可思议地道："小凤凰？它哪里像小凤凰了？"

人族看见孔雀华丽的羽毛，说它们是凤凰也就罢了，毕竟孔雀也真的有凤凰血脉，但是，怎么能睁着眼睛说瞎话呢，这只鸟和凤凰就沾不上边儿。

"啊？"小苏也有点茫然："不像吧，不过它品种是'玄凤鹦鹉'。"

陵光强调道："凤凰是百鸟之王！你觉得它是百鸟之王吗？有它那样子吗？"

小苏哑然失笑："凌哥，起名也没那么严格吧，你好像有点较真。那我们园里还有只哮天呢，它也没吃过月亮啊！"

众人："……"

陵光神情有点复杂，一脸欲言又止。

小苏看他那样子，也没多想，带着鸟走了。

在带到本园的鹦鹉那儿之前，小苏还和同样养鸟的同事一起去同好者聚集的地方交流。很多老大爷都养鸟，不过小苏的鸟和他们的鸟交流之后，也没多说什么话，倒是多学了些广场舞伴奏的调子。

还有人问小苏他们单位，小苏一说是灵囿动物园，老大爷就很惊奇地说："灵囿的啊，那你的鸟肯定很牛吧？"

他们这些养鸟爱好者哪能不知道呢，灵囿的鸟口条不能更好了，连虎皮鹦鹉都能滔滔不绝。

大爷们一听说小苏是灵囿的，都围上来，想听她的鸟怎么说的。

小苏非常惭愧："呵呵……我们家小凤凰还没怎么学。"

"这已经是成鸟了吧，不过玄凤是不大说话，我也养过，那都一个字一个字说。"一个老大爷摇摇头，说道。

既没学到，还被小小围观了一下，小苏用失望的眼神看着小凤凰。虽说小苏不以让小凤凰学什么东西为目标，也不禁有点尴尬了。

回去后小苏带着鸟一起去找段佳泽，才隔了没多久，这些鹦鹉已经把一折《穆桂英挂帅》学会了。

就是有点混乱，分工不太好，还容易抢戏，它们好像分得清谁是主角，该是穆桂英唱的时候，三五只一起冲出来开口，还打架。

尤其四下没有外人的话，它们就更是肆无忌惮了。

又一次抢着唱主角之后，那只绯红金刚鹦鹉一屁股把葵花鹦鹉顶开，大声教训："你丫也不看看清楚穆桂英穿的是什么色儿，红色懂吗？！你看看你那身孝袍，晦不晦气！"

葵花鹦鹉看着自己身上的白色羽毛，灰溜溜地走到后面去了。

段佳泽："……"

像这样的场景还不在少数，每一个戏都多得很。

小苏带着小凤凰过来后，就被鹦鹉们围观了。段佳泽这五十只鹦鹉儿子，基本上都是大型鹦鹉，以金刚鹦鹉为多，而玄凤鹦鹉是中型鹦鹉。

几十只鹦鹉一起围着小凤凰，盯着它看。

小苏刚把小凤凰捧出来放在栖架上呢，这会儿也觉得有点诡异：“它们不会打小凤凰吧？”

“不会的，它们一般只吵架，不打架。”段佳泽刚说完，那只葵花鹦鹉记仇地从后面踹了绯红金刚鹦鹉一脚，绯红站在桌上，差点一个狗吃屎。

小苏：“……”

段佳泽有点尴尬：“很少打架。”

葵花鹦鹉盯着小凤凰看了半天，它觉得这家伙长得和自己很像，只是自己脸上没有两团红色。

“它们好像还在熟悉……”小苏看了半天，说道：“认识一下，一回生二回熟。”

鹦鹉们对待这个新的小伙伴都有些谨慎，打量着它，围观着它，暂时没有上手。

小苏刚说完，她带回来那么久，老板声称会说话，但一直没有开过口的小凤凰，冷不丁一张口：“傻 ×！”

小苏呆了一下，几乎没反应过来这句话是小凤凰说的。

段佳泽也惊讶地睁大了一点眼睛，不得不说，刚才那两个字，还真是字正腔圆，他甚至听出了一点东海方言口音……

五十只鹦鹉却是被点燃了，从安静围观瞬间爆炸，一个个愤怒地对着小凤凰大骂。

“你二大爷！”

“×× 你个 ××！”

段佳泽从来不知道，他的鹦鹉儿子们会这么多骂人的词汇，居然还有外语。

在此之前，它们在他面前可都是文明的小鸟，因为他知道鹦鹉喜欢学舌，每次看到它们说些不好的话就会矫正过来。自己在它们面前说话，或者放节目也会注意一点。

现在看来，他好像也是个被蒙蔽的家长，一厢情愿地以为自己的孩子都特别乖……

段佳泽甚至想到了，段泰戈尔在园内的时候，毒不毒舌不提，反正没听过它骂脏话，倒是去了别的动物园，听说骂过它园长。现在看来，可能和他儿子们一样，早就会了，只是没在他面前显露过。

小凤凰一个词把它们隐藏的一面给勾出来了，词汇量爆炸。段佳泽甚至想，一两句也就罢了，但它们骂了五分钟都没有重复的，而且是五十只一起骂，简直把小凤凰骂得狗血喷头。

一开始这五十只同类都安静得很，一瞬间就变了，小凤凰被全面压制之余，也吓得不轻。

小苏目瞪口呆，都不知道说什么好了。

她把鹦鹉带过来，本来希望小凤凰和向它们学习，现在一看，这学习对象……还不如去公园学广场舞伴奏！

小苏赶紧把被吓到的小凤凰塞回笼子里，那些鹦鹉还不罢休，追上来抓着笼子骂。飞在空中用爪子一下一下抓笼子："出来啊，你有本事骂人你有本事出来啊！"

"园长，我、我还是先回去了。"小苏赶紧往外跑，她还怕这些鹦鹉拉在自己身上呢。

"……好，再见。"段佳泽干巴巴地告别。

小苏一出去，这些激动的鹦鹉才平和下来，一个个装作四处看风景，就是不看段佳泽。

段佳泽深吸一口气："你们真的是……让我大开眼界啊！"

鹦鹉："……"

段佳泽："连外语也会？ asshole？"

以它们大部分时间的表现，段佳泽真的以为它们的才艺都比较高雅。

"都给我站好了。"段佳泽大声说道。

它们原本三三两两停在办公室内各处，还有一只站在鱼缸上，这会儿都灰溜溜地飞到段佳泽面前的地面上，列起队来。

段佳泽教它们列队主要是因为这样一目了然，知道有没有少，一排十只，站五排。

动物园里人多嘴杂，跟谁学的肯定追溯不到了。但是以它们的智商，知道这是脏话，还学那么多……段佳泽把紫蓝金刚鹦鹉抱起来："你们这些小流氓，我和陆压可都不爱说脏话，你们平时是不是也骂游客啊？"

他一想到它们和游客对骂的场景，就觉得头疼。

小紫身体在段佳泽手上晃动，左一下右一下地蹭他："喝多了。"

"喝什么啊，喝杨枝甘露喝多了吧？"段佳泽把它拎起来："做哥哥的还这样，一点都没有起到表率作用，不知道怎么说你。你看看，你大哥说过脏话吗？”

鹦鹉都呆住了，开始怀疑起自己对人类语言的理解程度。那大哥想骂，它能骂得出来吗？

“以后要严格要求自己，不能随便骂脏话，尤其是一口气骂五分钟不喘气……你们真的很行啊。”段佳泽想想好像没有传出鹦鹉们和游客对骂的传闻，要有肯定被传到网上了，但也不能松懈。

段佳泽上网找了个给小孩儿学文明用语的音频，放给它们听：“如果别人先骂你们，你们也不能用脏话，尤其是鹦鹉，像小凤凰，它也不知道自己说的话什么意思，跟你们不同啊。要有人类骂人，你说他们没素质不行吗？你们不是挺能说的，刚才是谁还说三十一的羽毛像孝袍子？”

鹦鹉们低下了头，貌似知错了。

被段佳泽这么一教育，鹦鹉们果然更加注意了。

那之后说起话来，都特别绅士，一口一个“您”“请”“劳驾”“谢谢”的。

直播的时候，小苏也在一旁，它们唱了一小段《穆桂英挂帅》，唱完后，还说：“麻烦您给倒碗水。”

不明真相的网友还说呢，真有礼貌啊，越来越绅士了，之前还是嚷嚷着让人加水呢。

段佳泽和小苏都干笑，心说那是你没见过它们的脏口，这完全就是邪恶的一面被封印了起来！

想想小凤凰吧，被吓成什么样了，本来还会说个“傻 ×”，打那天回去后：“傻 ×”也没说过了。

因为段佳泽举过一个很不恰当的例子：“你们大哥什么时候骂过脏话。”

所以，当鹦鹉们难得地和奇迹见面之时，它们就围住大哥研究起来，大哥真的不说脏话吗？在帝企鹅的语言里，什么才是脏话呢？

它们甚至开始学起了帝企鹅的叫声，试图琢磨其中的规律。

不过，即便智商有所提高，要学习一门外语还是很难的。最后屋内一片鹅叫声，也没见谁琢磨出个所以然。

而且每只帝企鹅的叫声都是独一无二的，它们只是在模仿而已。

陆压也不知道它们的目的，歪在一旁无视了。

段佳泽一进门就听到震天响的鹅叫声，不知道的还以为他这里来了一群帝企鹅，赶紧关上门："干吗呢，学什么企鹅叫。"

小胖子一看段佳泽来了，一翅膀把前面的鹦鹉们都推开，冲到前面投入段佳泽怀中。

鹦鹉们看出来了，是，大哥不骂脏话，大哥直接动手！

段佳泽经过长期锻炼，现在也不会随随便便被奇迹压倒了。他一看到奇迹冲过来，就压低了重心，伸手搂住奇迹："哎我儿子。"

段佳泽牵着奇迹的翅膀尖尖，走到床边上，对陆压说："刚刚它们那么叫，你怎么不制止，声音也太大了。"

陆压头也不抬："没空。"

"你看什么呢，这哪来的平板电脑？"陆压除了打打游戏，并不上网。段佳泽歪了下脑袋，一看，陆压竟然在逛网上商城，他差点喷血："我靠，这买什么呢！"

段佳泽劈手去夺平板电脑，没有夺过来。

陆压手卡着电脑，毫不费劲，反观段佳泽身体都要倾斜了，他非常自然地道："这是从黄芪那里拿的，今天他教我网购。"

"网什么购啊！不可能，黄芪疯了吧，教你买这个！"段佳泽还想继续抢平板电脑，事实证明，陆压真的不想让他的时候，他是一点都动不了。

奇迹跑到陆压旁边，陆压还空出一只手摸了下奇迹的脑袋，单手稳稳地握着平板电脑："怎么了？"

段佳泽一看奇迹凑过来，赶紧伸手把上面的图案给遮住了："什么怎么了，黄芪不可能教你买这种东西，除非他想辞职了。"

比起黄芪教陆压网购不和谐东西，黄芪因为压力过大崩溃了，于是到处报复社会这个说法，段佳泽都比较相信。

陆压斜睨着段佳泽："你是不是觉得我傻，还是你们人族的技术有多先进？黄芪是教我买给鹦鹉用的啃咬玩具，难道我不能举一反三吗？

段佳泽："……"

陆压一用力，把平板电脑从段佳泽手里抽了出来，又伸手一接，因为突然失手往后倒的段佳泽就被他拽得打了个转，摔床上来了。

奇迹一看，开心啊，它也一跳，虽然没跳起来多高，整个砸床上来了，段佳泽都感觉床震动了一下。

鹦鹉们一看，这么好玩啊，它们也排着队过来了："请问我们能跳上来吗？"

段佳泽无奈地说："上来。"

五十只鹦鹉飞起来，然后下雨一样砸在床上、一家三口身上。

段佳泽幽幽地看了陆压的平板电脑一眼，陆压也得意地看了他一眼，半晌，他慢慢把手伸出去，放在平板电脑上。

陆压："放开，我就要买。"

段佳泽深吸一口气，在儿子们好奇的目光中，捂住脸闷声道："那你要买拿我的电脑买吧，这个绑定的是黄芪的账户，你前脚放进购物车他后脚就知道。你自己想想后果吧。"

陆压："……"

段佳泽非常不情愿，但也只能把自己的平板电脑交出来了，他觉得，陆压这个进度真的过快了……！

陆压接过段佳泽的平板电脑，熟练地把电脑壁纸也设成自己的照片（鸟形态），然后划拉起来。他自己也有手机，只是对人族的 APP 不熟悉罢了，但是黄芪教过之后很快就融会贯通。

段佳泽眼睁睁看着他把之前大概就看好的商品下了单，退出去之后也没把电脑还给自己，而是点开了别的 APP。段佳泽倒不是想陆压闭目塞听，但是这步伐太快了，陆压在网上又看到什么新课程怎么办，好歹缓缓吧！

段佳泽一手按在电脑上，努力笑嘻嘻地道："哥，儿子们好不容易聚在一起，就不要上网冲浪了，来聊聊天。"

陆压古怪地看了看段佳泽道："上网'冲浪'？"

段佳泽卡了一下，不知道怎么给陆压解释这个复古的网络名词："呃，对，这是我们水族专用名词。你可以说网上翱翔。"

陆压："……"

182

经过长达一年的改建，灵囿终于可以广而告之，灵囿野生动物园最后一个场馆也改建完毕，即将在本月最后一个周末正式开放！

经过重新规划，所有动物现采用立体混养法，加上遍布园区的动物通道，全新的浸入式参观法，让人宛如真实体验野生动物世界。

“嗯……不错。”段佳泽正在浏览肖荣拿来的宣传海报，他们在网络、电视、报纸等平台都投放了广告，这个海报则是要贴在周边县市的。

此前段佳泽已经看过了电子版，现在肖荣给他拿来了纸质的，只看看印刷颜色就差不多了，段佳泽在上面签了个字，表示可以开始印刷了。

肖荣把报纸收好，好笑地对段佳泽说道：“园长，最近陆哥好像迷上了上网啊。”

段佳泽头也没抬：“你男朋友不也是这样。”

“小青一直都这样，我认识他的时候，他就有微信号。但是陆哥好像不一样。”肖荣好像还不打算走了，坐在段佳泽对面，说道：“还老收快递呢，小青都没怎么买，他也能接受普通人的设计？”

“你这话说的，”段佳泽终于抬头，对肖荣笑了一下：“他有那么不食人间烟火吗？”

不是不食，但是……肖荣心想，目前看陆压“食”得满意的，好像只有园长本人了？

但是这话肖荣不好在段佳泽面前说出来，园长也是要面子的。

说曹操曹操就到，陆压这就推门进来了。他一边走，一边还在低头摆弄着平板电脑。

段佳泽和肖荣都看着他，觉得这家伙又在网购了。

段佳泽顺口问了一句：“买什么呢？”

陆压：“买房子。”

段佳泽瞪大了眼睛：“什么？”

这个跨度也太大了，前几天还在买什么鹦鹉玩具，今天就买上房了，口气还跟买菜似的。

段佳泽冲过去把平板电脑抢过来，好在并没有什么网上就能完成买房手续的黑科技，但陆压确实在浏览楼盘广告。

他想到了什么，恍然大悟道：“我说这几天怎么老有人给我打电话，问我要不要买房。”

陆压买东西都是用他的账号，信息填的也是他，电话当然就打到他这儿来了。

陆压：“嗯。”

“嗯什么嗯，”段佳泽好笑地道：“你买什么房啊，咱们买房干什么。”

陆压反问道：“为什么不能买？肖荣和小青就买了。”

肖荣突然躺枪，赶紧站起来，一边往战场边缘走一边道：“那是我爸妈非要我买的……”

在肖荣家里长辈看来，他和小青关系也稳定了，还要在东海扎根，当然要买房啊，总不能一直住单位宿舍吧？

于是，肖荣最近的确和小青在市区买了套房，他想着，周末住住也可以啦。

小青本来想贷个一百年，这样不用还满他们已经走了，直到肖荣说根本没有银行给贷这么久。

肖荣说完以后，他人已经站在了门口：“我走啦，园长，印海报去了。”

段佳泽嘴角抽了一下，看着肖荣消失在门外了。

陆压坐下来，长腿搁在茶几上，说道：“买个大点儿的房子。”

“没必要吧，我们在园里住得好好的。”段佳泽犹豫道，主要是他也想着这玩意儿死不带去，买了好像有点亏。

“哪里好了？一开门除了卫生间一览无余。”陆压对房间面积怨念很久了的样子：“你看那套房，靠近高铁站，配套设施齐全，离动物园半个小时车程——以后下班后就不用看到那些家伙了！”

段佳泽：“……”

看来陆压真的认真研究过了，段佳泽拿着看了好一会儿。

价格其实也合适，现在动物园效益好，段佳泽赚了钱都不怎么花，以东海市的房价，别说全款买一套，多买几套也可以。

再想想，陆压的办公室都是独栋，以前的道场估计也不小，这个房间确实委屈他了。以前是为了管理方便，现在都上了道，段佳泽仔细一想，好像还真没什么可拒绝了。

“好，那就买！”段佳泽也下定决心了：“哪天不忙，一起去看。”

到了吃饭的时候，段佳泽也把自己要买房的消息告诉大家了，主要是以后下班就不在这儿了，他还是有那么一点点不好意思的。

“买房？好啊。”有苏挤过来，说道：“我买在你们对面吧，上次从人族那儿弄的钱还没处花呢。”

段佳泽还是反应了好一会儿，才想起来有苏说的人族应该是以前欺负奇迹，把它推到游泳池里的男生，后来好像挺惨的。

善财一听，也是耳朵一动：“我也要我也要。”

精卫：“是靠海的房子吗……”

看着蠢蠢欲动的派遣动物们，陆压用力一拍桌子，眼神如刀地剜了一圈，众人顿时噤若寒蝉——看来道君并不想和他们做邻居啊。

段佳泽讪笑着打圆场：“大家又不是人，住不住在对门都挺方便的嘛。”

有苏眼睛转了两下，缩回沙发里：“我就是说说，装修太麻烦了，我住宿舍挺好。”

在陆压的强行镇压下，派遣动物没谁敢和他们一起去看房子，他们就算想跟风买套房吧，也肯定不敢和段佳泽他们住在同一个小区。

趁着月底的活动来临之前，段佳泽还有时间，和陆压一起去看了几个楼盘。

其中段佳泽最看好的，就是陆压之前说过的高铁站附近的房子，离新机场也不远，配套设施都有，不如市区繁华，但该有的也都有了，还清静一些。

有个复式的房型，面积符合段佳泽的心理预期，而且还是现房，只要装修就行了。

售楼小姐又在旁边不停游说，段佳泽很是心动，当场就决定要这套了。

“你看啊，我们住楼下的卧室，楼上做儿子们的住处。”段佳泽说着说着，忽然道：“啊，那装修得找园里的人，楼上做点丰容。”

不过不能告诉他们是应用在段佳泽的新家，让人知道他在家养企鹅还得了？

“随便。”其实陆压觉得还是不够大，他之前建议段佳泽再买一套打通。但是作为普通人族长大的段佳泽，生活作风向来朴素，真没住大房子的追求，不然他就去看别墅了。

陆压听段佳泽说了半天他的理念，最后虽然同意了，但还是有点费解。尤其是他现在知道段佳泽是龙族了，龙族不都喜欢大房子吗？还要亮闪闪的，就像水晶宫。

买了房子还得找装修公司，在装修风格上，他们俩又有了点分歧。

段佳泽觉得，要么就选有设计感的简约风，要么像他们的动物园那样比较自然也行。陆压希望，跟太阳一样又闪又亮——这一点上他和龙族审美有一些微妙的相似，具体体现出来不同，但都比较浮夸。

陆压觉得得听自己的，理由很充分，他是三足金乌，虽然他没筑过巢，但是得让他来决定。

段佳泽："不是我不能妥协，但是你想要的亮闪闪风格，人间界装不出你心目中的效果的！"

他找了一些图片给陆压看，就陆压那个要求，不但需要一些特殊的材料，还得工匠审美都在线，知识渊博——你说要在哪哪儿雕个扶桑木，人家哪知道长什么样啊。

段佳泽严重怀疑，陆压的设想是脱胎妖族天庭的装修风格，真按那样来，最后肯定会失望的。

最终还是让朱烽来设计，并和装修公司、动物园沟通。

动物园的员工还以为是给别的动物园的展馆设计呢，心说什么地方啊就养一只帝企鹅，地方也不大（相对动物园）。

基础的装修完成了，楼下那层正常装修，楼上那层则被布置得一边宛如热带雨林，另一边更加古怪，都是冷色调，还放了个充气水池。两边都没床，顶多有个垫子。

工人都觉得奇怪，这好像不是给人住的吧？

在现场监工的朱烽表示，对，不是给人住的。

那肯定是给宠物住的了，工人们恍然大悟，这家主人对宠物可真好啊，专门用一层来养它们，就是不知道，养的是什么动物。

朱烽嘿嘿笑而不语。

另一方面，焕然一新的灵囿也在月底吸引了大批游客前来。

他们中很多是"回头客"，曾经来过灵囿，听说这里改建了，而且宣传里说的什么浸入式参观，也让人很感兴趣，再次来到东海市。反正现在正是东海的旅游旺季，顺便度假也不错。

剩下的，则是被广告吸引的新游客，这铺天盖地的广告，的确打动了很多人。

夹在新老游客中间，王薇薇不得不和丈夫紧紧牵着手，才能不在人群中走失。

他们已经来得够早了，想避开人群，可惜，今天是个休息日的今天，大家似乎都不吝啬那点睡眠时间。

王薇薇夫妇是坐公交车来的，市区公交直达灵囿站。

一进大门，看着路边茂密的竹林、牧草，还有不远处的展馆之间，隐约可见的动物通道，王薇薇有些惊叹。

虽然在首都工作，已经两三年没有回东海市了，但是王薇薇一直在网络上关注灵囿动物园。实地来这里，和网上看还是不太一样，更能体会到它巨大的变化。

王薇薇的丈夫傅丰是首都人，第三次来东海，第一次来灵囿。他看了看手上的旅游地图，问道：“先去哪儿呀？”

王薇薇笑了一下：“美洲区的展馆吧。”

许久不来，王薇薇也得看地图才能找到方向，她路过这些地方时，还从手机里调出照片给丈夫看：“这里刚刚开张的时候，我过来参观，那时候还很小，没有几个展馆，甚至需要让鸟在外面‘拉客’。”

这件事情傅丰可从来没听说过，虽然他也看过一些灵囿的新闻，但是在他的印象中，好像一接触到，灵囿就是个成名的、挺大的动物园了。

“对啊，还有一个大帅哥，都是专门为了引诱那些去公园的游客。”一说起来，王薇薇还有些想笑：“我亲眼看过好些人就是那么被吸引进去的，哦，那时候门票只要十五块钱。”

傅丰打趣道：“你是说小鸟还是帅哥？”

王薇薇睨了丈夫一眼：“是帅哥，不过你放心，他是园长的人。”

他们走到一处，因为早起没有吃早餐的傅丰本来在啃面包，被忽然想起什么的王薇薇一下把面包劈手夺走，裹好了放进背包里。

“这是干什么？”傅丰不解地道。

“你不是知道灵囿吗？还跟我说拜过白狐呢，你就不知道这儿的麻雀？”王薇薇反问丈夫。

傅丰一头雾水，他还真是一知半解。

不过很快，傅丰就理解了妻子的做法，前方一个提示牌上显示，此处有恶鸟。

旁边也有既没查攻略也不看提示牌的游客，头顶呼啦啦飞下的麻雀立刻教做人了，把他们手里的食物抢夺一空，其凶悍程度令傅丰连连咋舌。

抢走食物的麻雀又飞到高处的竹枝或平台上享用美餐。这时，被竹叶掩映着的透明通道内，冷不丁出现了一只老虎，它嗷呜一声扑向麻雀。

“嘭”的一声，老虎贴在玻璃上，麻雀则四散惊逃。

把麻雀们吓走，顺便将一些游客也吓一跳后，这只大猫才悠闲地甩甩尾巴，继续往前走。

通道中间放着一只轮胎，这里面放了羊皮，有羊的味道，老虎抱着轮胎啃咬起来。

下方很多游客停下来，抬头看着对轮胎又扑又咬的老虎。

王薇薇也没料到这一出，她虽然从宣传上知道有这么个通道的存在，但是山林之王突然窜出来在头顶吼叫，还真让人一时没反应过来。

这种参观方式在国内是很少见的，王薇薇夫妇和通道里的大猫合照了一张后，才继续前往美洲区的展馆。

在新规划过的展馆内，他们参观了由巴西夜猴、红耳彩龟、美洲牛蛙等七种动物组成的“集体宿舍”，整个圈舍极有层次感，还有植物分布。

他们需要仔细分辨，才能找到所有七种动物。比如，最顶端的美洲鬣蜥，在栖架上活动的巴西夜猴，还有地面上的红耳彩龟等。

饲养员把食物藏在各个角落，动物们不得不在室内活动，到处寻找今天的口粮，同时也为人类展现了它们的日常生活。

这是动物园的一角，而这样的混合居住存在每一处，动物间有来有往，并非单独地住在自己的地盘，这更加接近它们在野外的生存环境。

当游客穿梭在期间，让他们感觉真的身处丛林一般。

这种复杂的混养也让游客的停留时间变长了，他们需要更多时间去揣摩其中的变化。

果然像灵囿说的，他们改变了很多，即使是曾经的忠实粉丝王薇薇，现在也几乎有种认不出来的感觉了！

王薇薇挽着丈夫的手，从一个展区走到另一个展区。

当然，他们还得去大熊猫馆。

首都的动物园不缺大熊猫，但是不得不承认，灵囿的黑旋风和粽宝在网上人气更高一些。

王薇薇记得自己离开东海市的时候，灵囿还没有大熊猫呢，他们来得真巧，现在是大熊猫的室外活动时间。

在灵囿全园风风火火大搞动物混养的时候，大概只有大熊猫、金丝猴等一级保护动物还是一成不变，依然享受着独居待遇。

王薇薇夫妇挤到最里面，扶着石栏往下看。灵囿好像也在进行直播，他们的编辑穿戴着防护服，手里提着摄像机，引诱粽宝追着自己跑。

非常难得，成年的大熊猫还有这样的精力爬上蹿下的，难怪比一些幼年大熊猫还要受人欢迎。据说它是全球性能力最强的大熊猫，不知道和它保持运动有没有直接联系。

相比起粽宝，黑旋风就懒散得多，即使到了室外，它也是挂在树上一动不动，而且傲慢地只用一个屁股对着大家。

“嗯，你那个屁股……是哪一只的来着？”傅丰对它们不太熟悉，问了一句。他们家里有个桌垫，上面是个熊猫的屁股，说起来怪奇葩的，居然是动物园官方发售的周边。

“是粽宝的。”王薇薇淡定地回答。

“哦哦，对，我想起来了，另一只是特别重的那个。”傅丰说道：“是不是曾经把滑梯给压垮了？”

王薇薇忍俊不禁：“对对，就是它的光辉事迹。”

黑旋风比同龄大熊猫壮多了，貌似动物园有次定做新滑梯，但是材质太脆弱了。黑旋风本来也不太玩滑梯，那天是追着粽宝打滑了几次，结果一上去就把滑梯压得裂开了——只是裂开，但是慢慢就被夸大成垮了。

这时，直播编辑一个不小心，一屁股坐地上了，手里护着摄像机。粽宝却是看准时间，一下上去抱住他的腿，引起游客们齐声惊呼：“抓住了，抓住了。”

直播编辑尝试往外拔腿，很可惜，他既要护着摄像机，又要对抗粽宝的力量，这是不可能的。

而且由于这个角度，他的摄像机直接近距离对准了粽宝的脸，他被抱住的腿也入镜了，现在直播间的观众正在为了这个视角嗷嗷叫呢。

就在这时候，黑旋风动弹了，它从树上下来了。

粽宝立刻放过了可怜的编辑，以和它圆滚滚的身体不符合的速度爬到树下，等黑旋风距离地面还有半米的时候，它就站起来去抱黑旋风了。

黑旋风一松爪子，直接压在粽宝身上，两只熊团在一起滚啊滚，从缓坡一直滚下来，在游客们兴奋的呼声中滚到了他们下方。

王薇薇捂着胸口，她感觉自己和粽宝直线距离只有两米左右。

两只熊滚下来，靠在墙上停住，平摊在草地上，肚子高高鼓起来。王薇薇可以听到两旁和身后快门声连连响起。

和图片里看到的一样，粽宝是真的很黏黑旋风啊！

王薇薇突然间有种特别欣慰的感觉，也许是因为她被太多网络营销欺骗，看了太多货不对板的实物吧。粽宝和黑旋风太 real 啦，真爱！

看完粽宝和黑旋风出来之后，王薇薇手里已经多了一个在商品店买的挂件，上面是两只熊猫，一只抱着另一只的腿，很显然，这是黑旋风和粽宝。

“我粽宝都有娃了，怎么还那么可爱。”王薇薇感慨着，却听一阵骚动，探首一看，原来前方是小熊猫饲养区，小熊猫正在追逐和它一起混养的孔雀——当然，是蓝孔雀。

不过多看一会儿就知道，真正引起骚动的不是小熊猫和蓝孔雀之战，而是一个穿着绿松石色外套的男子，他正在用小石子砸小熊猫。

这个男子长得十分好看，甚至超越了性别，但是，就是这么一个大帅哥，却在欺负小动物！

很快，一个卷毛冲了过来，把男子扒拉开了，还指着他说了几句。

这男子本来要回嘴，转头看到一个头顶挑染几撮金红色的男人，好似有些犹豫，指了他们几下，又瞪了小熊猫一眼就走了，顶着人们惊艳的目光消失在视线中。

王薇薇则被另外两人勾起了记忆：“那个就是以前站在门口‘拉客’的帅哥！另外一个是他们园长！”

傅丰看了两眼，想起妻子的话：“我还以为园长是女的呢，感情是男的，他们俩一对？”

“对啊。早我怎么没看出来呢……”王薇薇喃喃道：“一开始我就是在本地新闻上看到园长长得不错，才关注他的。”

傅丰早知妻子的颜控属性，耸了耸肩道：“往好处想，也许那时候他还没弯呢。”

“混蛋孔雀，扣他饲料！”陆压看孔宣跑了，犹在怂恿段佳泽。

“好了，扣饲料有什么用，他早辟谷了。”段佳泽说道。

陆压：“这是一种象征，他受惩罚了，不在于饥饱。”

段佳泽顿了一下：“说得也是，好吧。”

段佳泽扯着陆压往回走，今天游客特别多，段佳泽随时都得接电话。走到半路上，他遇到了一位后勤的员工，对方一看他就道：“园长好，对了园长，您让我买的大冰柜已经到了，让人运到酒店去吗？”

“到了啊？不，暂时存放，过一阵运到我新家去。”段佳泽说道。

“啊？”员工一愣，然后赶紧点头：“哦哦，好。”

他心中犯嘀咕，那——么大的冰柜，放家里，园长这是有多少东西需要冷冻啊？吩咐去买时，他还以为是要给酒店厨房用的呢！

段佳泽已经继续走了，他和陆压解释：“我订了个大冰柜。虽然奇迹可以在常温下生活，但它毕竟是帝企鹅，它住家里时要是想冷气了怎么办？我们的空调没法调到那么低啊，总不能老塞冰箱里吧？太不体面了。”

陆压思考了好一会儿，说道：“冰箱和冰柜……差别很大吗？”

段佳泽：“总不能老塞冰箱里吧，太逼仄了。”

183

这天晚上，段佳泽和陆压看完装修以后，一起去孙家吃饭。

孙爱平在局长的位置上坐了几年后，又升迁了，这回不在林业系统内了。已经下了正式任命，他办公室都收拾好了。

这回段佳泽和陆压过来吃顿饭，虽然有点那个意思，但不能说是庆功宴，孙爱平处理得还是很低调的。

新局长是孙爱平原来的副手，和段佳泽也熟悉了，相处上没什么好担心的。孙爱平虽然已经要走了，但消息还灵通，他和段佳泽说：“过些天，业内的权威杂志就会发布一个调查，就是年度最受欢迎动物园前十名，你到时候多拉拉票，争取拿下这个荣誉。”

“哎，可以。”段佳泽一听，赶紧点头，想了想又问道：“年度最受欢迎动物园，唉，您说什么时候能评上我们全国十佳动物园啊？”

“你也不看看那都是什么资历的动物园，首都动物园、春城动物园……”孙爱平扫了他一眼：“你们还欠点儿呢。”

这都是老牌动物园了，段佳泽讪讪一笑，他们开办的时间也就是别人的零头而已，技术研究上更不如人家，还是私营的。

不过，这个年度最受欢迎动物园也很有含金量，是代表广大群众的认可。

“哎，这个也挺好的，我们很快就要周年庆了，要是能拿个奖，那就是锦上添花啦。”

“还有一个消息……唔，不过这个等你和老宋聊吧。”孙爱平说的老宋就是接他任的新局长：“你们那房子怎么样了啊？”

“还在装修，让我们园里的展馆设计师帮的忙。”段佳泽答道。

“不错，房子也有了，天天住在动物园也不好。”孙爱平看了陆压一眼，说道：“我看啊，你们还是设法领养一个孩子，这样就更完美了。”

陆压刚开口就被段佳泽给按住了，嘿嘿笑道：“有想法的，不过这事儿也挺麻烦，还要看缘分，不能随随便便领养，对吧？”

“那肯定的，接回来是一家人。”孙爱平深以为然。

出了孙爱平家，段佳泽才问陆压：“之前我要不拦着你，你是不是就要说已经有五十多个孩子了？”

陆压：“……”

陆压不满地道：“你什么意思，我又不傻。”

段佳泽笑了一下没说话，陆压确实不傻，但他容易得意过头啊。

第二天，段佳泽又去了林业局，和宋局长见了一面。

宋局长也送来了一个好消息，央视准备拍摄一个纪录片，主题就是动物园，他们希望将灵囿也作为拍摄地点之一。

这个消息让段佳泽十分振奋，他还没有了解纪录片的具体内容，但是已经嗅到某种讯息：灵囿在国内动物园中，已经具有一定代表性了。

这可是对灵囿地位的肯定，不管发展路线有没有错误吧——虽然段佳泽自己觉得没错。

没几日孙爱平说的那个投票果然发布了，实际上他们分为两个部分，一部分是专家评分，占比百分之三十。一部分是大众投票，占比百分之七十。初选已经默默进行完了，是由各个省市提名，他们初步筛选出来的。

这个投票一出来之后，段佳泽就非常重视地让宣传部门去准备一下，拉动粉丝投票。

小苏也铆足了劲，让人设计了很多款拉票海报，每天发一张。海报都是以各个人气高的动物为主角，上头 P 上以它们口气、身份说出来的拉票台词。

作为东海市唯一入选的动物园，有关系统还要求所有人员也参与投票了。

段佳泽当然不能示弱，在朋友圈刷信息，群发拉票，还在动协的群里打探军情。

某个也进入决赛的动物园领导很纳闷地表示：“段园长，你拉票怎么还拉到我们市来了？”

段佳泽："啥？我没有啊，我手哪有那么长！"

这是另一个省的城市，他人脉可没那么广，他认识的外省单位都是动物园。

对方领导截了个图，说："怎么没有，我们市的政协委员，惠泽寺方丈圆达法师，刚刚还发了朋友圈。"

一看还真是，备注为圆达法师的微信号在朋友圈转发了投票信息"全体僧人已投，请诸位施主也伸出手指点一点，帮个忙吧。"

段佳泽："……"

想起来了，他认识的外省单位好像还有宗教界的……

不止是这个动物园的领导，接下来陆陆续续又要几家动物园表示，他们所在城市的寺庙或者道观，出现了帮忙投票甚至拉票的行为。

"小段，你老实交代啊，你这到底什么关系，佛道通吃啊！"

段佳泽也是无语："呃……我和我们这儿的道观主任关系还不错，请他帮忙拉了下票……大家给他面子吧……"

这么说也没错，段佳泽群发了拉票信息，其中也包括周心棠。但是周心棠就上心得多了，那些和尚都在灵囿做义工，不必说，肯定老早就各自禀报师门投票了。他们也不能落后，赶紧通知一下吧，尤其是本派的道观。

于是一时间，华夏无数大大小小的道观、寺庙就活动了起来，给一个动物园评选活动投票……

这只是投票中的一个小插曲，段佳泽虽然积极，倒也没疯魔，都转发到位后，就让小苏盯着投票情况了，这个投票得持续好长一段时间呢。

"园长，那个投票活动怎么样了啊？"下班时间，有苏关切地问道："我们赢了吗？"

这位好胜心也是有点重，段佳泽说道："还早呢，还在评选中，现在票数是比较稳定啦，基本坐稳前三。"

"只是前三？"有苏有点失望。

"姐，华夏现在人可多了，别看不起前三啊。"段佳泽说道："前三已经很不错了，压了好多老牌动物园呢。"

这个名词怎么能满足得了九尾狐，有苏略加思索，说道："不若略施小计，让其他几名出点事。"

段佳泽一下按住有苏的手："您消停点吧……难道让他们园长吃自家大熊猫的肉丸子？"

有苏讪讪扭头，口中还在念叨：“要么不拿，要拿就拿第一。”

“你有这个心不错啊，好好工作就是了。”段佳泽无奈地道：“林业局那边是说，希望我们保住前十，能争取前五就不错了。”

现在，已经算是超常发挥了，要是能保持下去，能把领导乐死。

“野狐狸，沉不住气。”陆压淡淡嘲讽了一句。

有苏：“……”

有苏切齿道：“我就是嘴快了一点，道君方才都在嘀咕告他们刷票了！”

陆压大声道：“本尊这是正当怀疑他们刷票！超过我们的都是刷票！”

段佳泽：“……”

“好了，好了，我知道大家的心情了。”段佳泽只得站起来，说道：“我们灵囿野生动物园，作为行业翘楚，拥有灵……咳，三足金乌、灵明石猴、九尾狐、朱雀……”

他每说一个种族，那派遣动物就微微颔首，表示认同。

虽然大家没有像陆压和有苏那样说出来，但是要问他们前三满不满足，肯定是不满足的。

“实力如此雄厚，我们的确有争第一的资格，拼了！明天起直播都以拉票为主题，到时候就拜托各位了！”段佳泽说道。

派遣动物们都三三两两答应了，好些都没反应过来，段佳泽把压力都转嫁到他们身上了。

段佳泽也想拿第一啊，但是期望越大失望越大，这么一说，要是没拿第一，那大家自己反省一下是不是直播不够卖力吧。

不过像有苏这样的，反应过来也无所谓，她就想拿第一。

再说另一边，段佳泽果然和纪录片摄制组碰头了，他先和导演详谈了一番。

纪录片拍摄日会长达半年，后期制作还需要数倍的时间。

在导演的解释下，段佳泽知道了他们这个纪录片的主旨，宋局长了解得还不够详细，只知道是以动物园为主题。实际上，他们拍摄华夏动物园除了揭示行业现状之外，更重要的是通过这个纪录片展示华夏的生态环境。

段佳泽一想也是，央视的纪录片主题应该挺高的，这才符合嘛。

段佳泽还了解到，灵囿得以入选，还有一个很重要的原因就是他们这一年来做出的种种改建措施，否则国内好些大动物园更有资历。

导演告诉段佳泽，他其实已经很了解灵囿了，在此之前，他数次独自来灵囿考察，只是没有声张，谁也不知道。

段佳泽心想难怪，怎么就这么悄没声息确定了拍摄地点，也没说过来考察。他们要说的话，接受考察的动物园不知道会多热情呢。

灵囿已经不是一次两次接待节目摄制组了，员工们都觉得拍纪录片的省心一些，除了一些工作人员要接受采访之外，他们都安安静静地拍动物，而且都特别遵守规矩。

因为纪录片摄制组的到来，段佳泽心中也想了，有一天啊，他们动物园也要拍个纪录片，不是这种作为出镜地点之一，而是给牛逼的灵囿动物园拍个纪录片。

名字他都想好了，就叫《灵囿》，剪两个版本，一个公映版，一个天庭特供版，天庭特供版里就把派遣动物都塞进去……

总的来说，节目组非常省事，偶然有麻烦到段佳泽的事情，都是他们需要拍摄什么镜头有困难，找段佳泽商量。

有次导演找段佳泽聊天时，就问起来："我走了好多动物园，你们动物园，在动物福利上真的没得说，太舍得了。动物的精神也特别好，就没有见到有一只有刻板行为的。不过，我觉得你们的海洋馆倒是个弱项。"

段佳泽点头道："说得是，其实我也这么觉得。"

导演见段佳泽没有不开心的情绪，侃侃而谈："在海洋边上开海洋馆，真的很难有新花样。你们已经有世界最大的蝠鲼、海星等生物，装潢设计也很好，但是共处一馆的极地动物，还有园内其他动物太过出色了。两项加起来，让海洋馆有些平平无奇。"

这个平平无奇当然只是和自己比而已，相对于其他动物，好像是没那么出彩。甚至可能会有游客认为，不如那些有鲸豚表演的海洋馆。

段佳泽自己是龙族，他要是开不好海洋馆，那也太丢人了，这个问题他早就想过了："说实话，这个海洋馆历史也就几年，那时候我们条件也不怎么样，只能建成这样了。我也想，我们作为一个海滨城市，建造海洋馆的真正优势在什么地方？"

段佳泽想到了自己刚建海洋馆时的想法，说道："我一直想，等我们有了足够的资本后，就向政府申请，修建一个漂浮式海洋馆。"

导演对这方面就不太了解了，听字面意思有点半懂不懂的：“您是说？”

“现在很多动物园，是将人类装在笼子里，带到动物居住的区域。海底海洋馆也是这样的概念，修建位于海下的管道，让人在海底参观海洋生物。也就是，海底的浸入式参观。”段佳泽说着，还把自己收集的图片给导演看。

这种乍一看和很多动物园的“海底隧道”很像，但不同的是，一个是模拟潜水者的视角，另一个则是真的存在于海底。

“这种参观方式亚洲目前是没有的，事实上在国外也不多。我们采用的都是壁挂式、隧道式参观水族箱，全都是室内的。”段佳泽说道：“我们可以利用潮汐发电，这种参观视野绝佳，能够带给游客全新的观赏体验。东海市也具有符合要求的地点，水下能见度很高。”

导演没想到自己随口说说，段佳泽直接抛了个这么劲爆的设想，他目瞪口呆地道：“这、这种方式……在国内很难批下来吧，而且，你们和海边中间隔着整个城市呢。”

“有志者事竟成嘛，过几年我感觉也就差不多了。”段佳泽笑了笑：“目前还是我的一个小期望，但是我会朝着这个努力的。真审批成功了，我就把海洋馆和动物园拆分了，单独运营。”

其实，段佳泽内心还很想和海豚保护区合作呢，只是这个想法他就没说出来了，免得导演觉得他疯了。

“那肯定没问题，你正要建成了，别说国内，在亚洲也是独一份啊，绝对有捧场的。就是运营起来也比室内海洋馆要麻烦……想想这维护难度。”导演想想都觉得头疼，难怪没多少人做。

“我觉得还好。”段佳泽微微一笑。以前他也觉得遥不可及，能有一个室内海洋馆就差不多了，但是后来他知道自己是龙族后就不这么想了，一下子变得有希望多了！

“有意思，真的有意思。”导演笑了笑：“就和那些自己在笼子里，参观外界动物的人一样。到底是人类参观水族，还是水族参观人类呢。”

段佳泽会心一笑。

虽说他目前的任务是成为国内一流的动物园，但是他连更长远的计划都有了，不再像以前一样被希望工程推着跑，或是做好分内的事就足够。

发展是无止境的，段佳泽相信未来他们还会有更加惊人的计划，优秀的动物园，就像导演拍摄的纪录片一样，和生态环境息息相关。

最近的灵囿动物园，到处张挂着海报和条幅，上面还印着二维码，拉动游客帮忙投票。

宣传部门前所未有的繁忙，连市电视台也闻讯赶来，专门做了一条快讯，还帮忙呼吁市民们为本市的动物园投上宝贵的一票。

相比起那些位于大城市的老牌动物园，他们更得努力一些。

小苏非常丧心病狂，专门和饲养员商量，制作了一批新的丰容玩具，上边也印了投票口号和二维码，拿给动物们玩。这样直播的时候一拍摄，就等于时时刻刻在宣传了。

灵囿的粉丝也微妙地感觉到了，不知道是不是最近东海市的天气太好，他们的明星动物好像都很活跃啊。

最懒惰的黑旋风，现在居然会主动和粽宝一起玩儿了，就是它们的摇摇车上有个硕大的二维码。

因为只有一个二维码，口号在另一面，一开始不明所以的人看了，还争先恐后好奇地去扫。

"截图成功，好奇死我了，我要看看这二维码是什么。"

"扫出来了……顺手投票！"

最傲娇的陆压鸟，也衔着一面旗子，绕着海角山飞了一圈。他咬着旗子的悬线，旗子在空中飘扬，因为旗子还算大，虽然飞得高，但游客一抬头也可以扫出旗子上的二维码。

不说别的，就是为了这只卖力的鸟，大家也得顺手投个票啊。

还有最灵验的北极狐，大仙它可是衔着卡片到窗口了，这明显就是拉票的意思啊，凡是喜欢北极狐的，全都踊跃投票了。

本来在这个各种投票数不胜数的时候，很多人都懒得抬手，但是这个拉票方式实在戳到他们心缝里去了，面对这样的拉票，谁能无动于衷呢。

其他动物也不必说，如果不是段佳泽拦着，有苏都想让南柯蚁排成二维码的形状了……

因为都被直播镜头捕捉到了，其他动物园很快也知道了，纷纷在群里说："不知道怎么说小段才好，年轻人怎么想法这么多啊？你这是欺负我们没你会养鸟啊！"

如果说在玩具上面印二维码还能学来（但是他们直播间粉丝也没有灵囿

多），陆压这种到处招摇的行为，就谁也无法复制了。

这话倒也有几分道理，其他动物园都属于这类比赛的老将了，拿过的荣誉数不胜数。不像灵囿，难得参加，难怪这么激动，举全园之力拉票。

而且，说到底还是要游客买账，这两年灵囿的成绩的确不错。

还有动物也很给力，动物愿意拿着那些广告玩具，肯定是设计得好啊！

一些没有参赛的动物园领导也哈哈笑起来："不错啊，我们也支持小段，很会玩嘛，我个人给你投一票！"

段佳泽和陆压一起走在动物园里，看到小苏跑了过来，好像是冲着自己来的，便停了下来："怎么了？"

"园长，我在那边直播呢，有个观众给我出了个好主意，刚好看到你，就来问问。"小苏把手机掏出来给段佳泽看，上面是几张图片，都是一些模特，身上有二维码。

段佳泽："这是宣传方式啊？我们也有啊。"

"不不，人家是上外头的，活动的广告。"小苏说道："我们能活动的只有一只陆压鸟！还不能上市区！"

园内的动物可以吸引游客和观看直播的粉丝，但是在园外的人呢？是不是也该争取一下？那么，死板的海报可能不够给力啊。

陆压大怒："又要我出去拉人？"

段佳泽："……"

"我没有啊！"小苏叫冤："以往也就罢了，您是园长的人，我怎么能提议让您出卖色相呢！"

陆压脸色这才好看一点，当初刚开园时，这些狗胆包天的人族，就是让他到外头去站着，充当人形广告牌吸引游客……

小苏说道："我是说什么马屁股、鸟肚子上弄些一次性涂料，然后上市区溜达一下。"

陆压："……"

段佳泽："……"

段佳泽死死抱住陆压的手臂，一边走一边回头和小苏说："想法不错，但还是算了吧，有虐待动物的嫌疑，而且辐射范围好像也不如直播广！"

最重要的是，这鸟也是园长的男人啊！

184

临近年底，灵囿野生动物园双喜临门！

一则，自改名重新开张以来，灵囿已经陪伴大家走过了七周年。

在此期间，从一个占地面积仅有40亩，动物十多种，濒临倒闭的小动物园，发展到如今占地千亩，拥有数十座动物馆舍，还不包括后勤、娱乐、餐饮设施，以及，旁边那个同名度假酒店。

园内动物以人工养殖帝企鹅独具特色，获得多项技术突破。其他大熊猫、金丝猴、绿孔雀等飞禽走兽一千余头，水生动物近四千余尾。

近期就正值灵囿七周年园庆。

二则，正因为灵囿这样巨大的改变，今年有幸入选《华夏动物》组织评选的年度十大最受欢迎动物园，并荣获第一名！

没错，通过两个月的群众投票、专家评审环节，灵囿野生动物园当选本年度华夏最受欢迎动物园，击败了众多老牌动物园。

当这个消息传来之后，正在筹备园庆的段佳泽松了口气，不枉大家那么卖力啊！

搞那么大阵仗，连和尚都出来帮忙投票了，差点男朋友的色相都牺牲掉了，要是没拿第一，还真不知道多失落。

也幸好他们拉票拉得够多，段佳泽打听了一下，专家评审那个环节，他们可不是第一名。不过，这本来就是大众奖项，没什么太多要求。

有此双喜临门，今年的园庆当然更得大操大办了，这象征他们又迈上了一个新的台阶。

为了这一次的园庆，灵囿特意策划了优惠活动，园庆当天儿童可以免费入园，成人半票，包括灵囿酒店也推出了折扣。

但是最吸引人，让无数游客特意从外地赶到东海的，还要数当天的其他活动。凡是园庆前后三天内入住灵囿度假酒店的游客，可以免费获得七周年纪念茶杯一对，由长期合作的大师手工特制，有五十多种纹饰。

佳佳餐厅也推出了七周年园庆限定菜品，只有在当日能够享受到，但凡消费满三百免费随机赠送一道菜，单点另算。

至于其他纪念礼品、特邀表演，就更是不胜枚举了。据说，还有白神医的字画随机赠送。

当天门票早早就在预售时被抢空，酒店的房间也早被订了出去，甚至出现了黄牛倒卖。主要是住宿赠送的茶杯太吸引人了，灵囿酒店的摆件挺出名的，还是非卖品，不知道多少人想了歪点子，试图偷带出去倒卖，也没能成功。

如果只是付了房费就能拿一对茶杯，那很划算啊，比很多人的心理价位都要低多了，这简直是超低价买茶杯还送舒适酒店住宿！

园庆当日，一个不冷不热、气温适中的好天气，一大早起，无数游客涌入灵囿动物园——而且今天的活动可是会持续到晚上。

晚上动物馆舍会关闭，但是餐厅开放，表演继续，还会大放烟花，这也是灵囿特意为了园庆破例的。正因为有晚上这个活动，还带动得同心村的宾馆、民宿也都爆满了。

员工们早有了心理准备，这几天可有得忙，不过幸好园长已经答应发奖金了……

此刻，园长正在劝他男朋友去上班。

“这马上就八点半了，平时也就算了，今天周年庆，你怎么好翘班啊！”段佳泽都穿戴好了，看陆压还躺在被窝里，有点急了。

这陆压平时也不是这种人啊，或者说，陆压本来就不需要睡觉，这赖床来得真是莫名其妙！

陆压还有心情翻了个身：“再睡会儿。”

段佳泽：“别这样，老公，你一直是很识大体的！”

陆压斜睨着他，一脸似笑非笑。

“……”段佳泽都听到微信消息提示音在不断响起了，想也知道，肯定是员工在问，怎么陆压鸟还没就位。

僵了好一会儿，段佳泽冲上去抱着陆压的脸一顿腻歪“可以起来了吧？”

陆压这才施施然坐起来，一抬手：“本尊的外套呢？”

段佳泽把外套砸他头上：“变你的鸟啊！”

外套倏然掉在床上，从下头钻出一只金红色的大鸟，凶恶地看了段佳泽一眼，从窗户飞出去。

这一眼没有给段佳泽造成任何伤害，他擦擦嘴巴出去了。

以媒体尤其是网络推广打开知名度的灵囿在周年庆这一天，怎么能没有直播呢，好几个直播编辑早就严阵以待，将今天众多表演活动同步直播上网。

因为忙于杂志评选、园庆筹备等工作，一直没有和网友见面的园长，终于再次出现在了直播里。

表演间隙，段佳泽把手机拿过来，和大家打了个招呼。

而认识的网友们也热情地用弹幕回应段佳泽："园长，你男朋友呢？？"

段佳泽："……"

"咳……那个，"段佳泽假装没看到："感谢大家的支持，还特意在家看直播，希望大家今天都看得开心。我们有很多节目，每隔一个小时还会抽奖哦。"

整个直播要持续十个小时以上，其间每隔一个小时就会抽出三个幸运观众，赠送限定纪念品。

但是弹幕可没有放过段佳泽，看他逃避反而更加来劲儿："要看陆压，我们要看陆压！"

"快放男朋友出来，不然举报了！"

"敲碗等狗粮！"

"……"段佳泽只好把手机往上动了动："陆压来了。"

从不远处的展馆窗内飞出一只金红色猛禽，振翅低空飞行，几乎是贴着人群的头顶向这边飞过来，停在段佳泽面前。

直播间一时间沸腾了，这一个陆压也行啊！

段佳泽问了一下小苏流程时间，然后说道："时间还够啊，本来今天是没有这个节目的，但是鉴于大家都这么想看陆压，我们临时加演一个。"

段佳泽把手机指环挂在了陆压爪子上，一拍陆压，陆压就十分了然地飞了出去。

经典把戏了，飞行直播。

自改建后的小熊猫园穿过，混养一处的小熊猫和蓝孔雀正在你追我逃，红棕色的小熊猫拖着大尾巴猛然扑出去，蓝孔雀被惊得一拍翅膀，从右边园子飞到左边园子，华丽的尾翎几乎扫到游客的头顶。

向前再飞一段，钻进树丛掩映间的窗户缝隙，就进入了禽鸟馆，珍稀的绿孔雀仿佛也得知今天是园庆日，丰美的尾屏展开，阳光下流光溢彩。

在视角抵达绿孔雀正前上方的时候，只见绿孔雀拍打着翅膀，飞了起来。

双翅展开体长惊人，加上拖在身后的尾羽，随着它越来越近，整个屏幕充满了色彩。

然而孔雀毕竟无法飞太高，在达到一个高度后，它被引力牵引住，复又落下。

但这一起一落给人的印象是深刻的，直到陆压飞出禽鸟馆，很多人还未回过神来。

陆压在阳光下盘旋一周，身下是清澈得能够清晰地看到水底的水藻、游鱼的水禽湖，湖边垂柳随风，火烈鸟在湖中踱步；湖边小道上一匹白马正在奔驰，几乎能看清楚它肌肉的活动。

白马飞踏至终点，它和另外两匹稍微矮一些的马互相蹭了蹭。于此同时，一条硕大的鱼也自湖中一跃而起，在空中画了个弧，鳞片反射着光彩，引起游人的惊呼。

一只白嘴红足的鸟与镜头擦肩而过，它足中似乎还抓着一块石头。还未叫人看清楚，此时观众们的视角再度往下压，陆压甚至三百六十度转了个圈，钻入了极地海洋馆，只是在其中，掠过了大如船的蝠鲼和可爱的北极狐，没有丝毫停留。

草地上翻滚的大熊猫、盘身吐信的蟒蛇、兀自啃桃子的金丝猴……当然也没有令镜头过多停留，只给人一刹间的欢喜。

穿馆舍，过竹林，在任何一个馆舍内畅通无阻，仿佛知晓每一处角落，最后带着所有观众越飞越高，一瞬间屏幕上好像只有远处的山与城市。

屏幕忽然猛地一卡，飞得太高没信号，断了。

无数观众重新进入直播间，而在画面恢复的一刹那，他们也不禁感慨，太美了。

在这个高度向下看，人头攒动，绿化面积达到百分之八十以上，在室外给自己洗澡的白象、追着白鹭跑的白狮、爬在树上的黑熊……诸多动物一览无余，虽然隔着老远，仿佛也能感受到他们的轻松状态。这里，宛若一个微缩的野外世界。

当手机重回段佳泽手中的时候，好多网友还没有回过神来。

“这个长镜头我给满分……”

“哈哈哈哈，是是是，陆压很有镜头感了，而且倍儿稳！”

“不愧是航拍压，这一波我服的。”

“有没有看过第一次陆压航拍的？第一次我在，和这次比起来，多了室内的环节，俯拍的时候也看得出来环境更好了呢，手动比心！”

“时间卡得刚刚好啊，下面有请大家欣赏节目。”段佳泽把手机还给了直播编辑。

与此同时，台上好戏也登场了。

五十只鹦鹉大合演，经典昆曲《牡丹亭》中，《游园惊梦》一折。

台上布置了错落的栖架，还有仿真树木花草装饰。

十只鹦鹉是伴奏，站在最中间。剩下四十只分站两侧的栖架上，高低不一，一半饰演柳梦梅，一半饰演杜丽娘。

就这个数量，连音响都得特意调低一点，不然耳朵要炸了。

不懂行的观众听不出宗的是哪两位昆曲演员，但单是一出精妙绝伦的模仿也足以让他们热烈鼓掌了。

毕竟，这些戏多的鹦鹉站在栖架上还不安分，一个个原地扭动，恨不得把身段也一起模仿了。

“好了，回去上班吧。”看完儿子们表演后，段佳泽也就让陆压回去了。

陆压不情不愿地离开，今天的活动要一直持续到晚上，他们下午就下班了。

下午五点，下班的不只是陆压，还有奇迹，段佳泽给它穿上了玩偶装。

奇迹站在原地不肯出去，段佳泽和陆压对视一眼，僵持了好一会儿才妥协。

陆压面无表情地穿上企鹅玩偶装，身后段佳泽还在喊：“给我拉一下！”

他伸手给同样穿了一套企鹅装的段佳泽把拉链拉好，手里还抱着企鹅头套，试着活动了一下，长腿在里头总觉得活动不开。

段佳泽把头套戴上，好在天气不热，他瓮声道：“满意了吧？”

奇迹用力点了点头，幅度之大，头低下时都贴着胸口了。

一家三口，三只企鹅排着队往外走。

游客倒也罢了，今天到处都有吉祥物。

其他下了班的派遣动物、打工妖怪，甚至包括来参加园庆的白海波等人，就不一样了。一大帮子人，看着他们，想笑不敢笑。

还是有苏不忘初心，始终在作死：“一家人整整齐齐的，不错。”

陆压冲出去打人，段佳泽在后面挥着翅膀：“别闹，我跑不动！”

陆压纵有千般能耐，困在这个企鹅壳子里也跑不快，竟是被有苏给跑了，其他派遣动物纷纷起哄押注：“猜一下九尾狐这回烤到几成熟。”

段佳泽环视一圈：“你们可真是人物啊！”

众人哄然大笑：“今天园庆，园长不能教训人。”

三只帝企鹅和这些派遣动物没得聊，他们一家三口自个儿玩去。

“找个地方，晚上看烟花。”段佳泽吭哧吭哧地走着，说道。

奇迹欢快得恨不得跳起来，当然，以它的体重只是脚板抬起来一些，发出了响亮的叫声，吓得段佳泽赶紧四下看看有没有人，让它注意点。

段佳泽带它们坐电梯，再爬一层到办公楼的顶楼去，这里视野正好。

这会儿办公楼几乎都空了，倒是小苏居然在楼上，抱着一个相机，看到三只企鹅爬上来还呆了一下。

段佳泽赶紧说：“小苏，是我啊。”

“园长啊，”小苏好笑地道：“你怎么穿上这个了，也想体验一下吉祥物的工作啊？”她举了举手上的相机：“我在这儿取景呢。”

段佳泽嘿嘿干笑：“玩玩儿。”

小苏好奇地看了另外两只企鹅一眼，一只她猜得出是陆哥，但是另外一只是谁啊？

陆压：“看什么。”

“哈哈……没什么，园长、陆哥玩好。我走了。”小苏说着往外走，还把门也带上，嘴里嘀咕了一句，“园长、陆哥玩得真好……”

段佳泽：“……”

陆压：“……”

距离放烟花还有好一段时间，现在天还没黑下来，段佳泽领着他们席地而坐，三个都把头套摘了下来。

段佳泽左右看了一下，突然很想笑，奇迹那企鹅装下面还是一个企鹅就够好笑了，陆压也穿着企鹅装席地而坐，这真是……可爱过头了吧？！

陆压却觉得段佳泽在嘲笑自己，臭着脸摁住段佳泽：“笑什么？”

“没什么，觉得你太帅了，哈哈哈。”段佳泽挡着不让他往下了：“小孩儿还在这儿，注意点啊。”

奇迹无辜地看着他们，这也就是奇迹不会说话，换了另外五十个，不知道会聒噪些什么。

陆压正想再说些什么，段佳泽的手机响了。今天这样的日子，段佳泽是不能忽视消息的，赶紧用翅膀从玩偶口袋里把手机拨出来。

段佳泽本来想脱了玩偶服的，不然不好操控手机，但是一看屏幕上显示的是“恭喜您提前完成十年任务……”他就不打算脱了。

其实段佳泽已经有预感了，既进入了央视纪录片，又获得了年度最受欢迎动物园第一名，加上他们大为成功的改建，果然，一举跻身国内一流动物园，提前完成期限为十年的任务。

陆压看他把手机又塞回去了，都没点开详情，问道：“你不看看？谁知道下个任务目标是什么。”

“给什么都不怕，我自己心里已经有目标了。”段佳泽干脆往旁边一靠，靠在陆压身上，说道：“我们动物园，要成为野生动物保护的重要一环，东海环境的守护神！”

陆压：“……”

奇迹叫了一声。

段佳泽：“对对，还要成为逐渐失去生活区域的帝企鹅的新家乡！”

陆压：“……？？”

他觉得段佳泽淡定了五秒，就因为完成任务得到认可说起胡话了……

段佳泽看陆压的神情，又笑了出声，两只手把陆压和奇迹揽着，手在奇迹毛茸茸的脸蛋上揉了一下，说道：“我感觉，我已经爱上开动物园了，我还能再开五十年。”

陆压和奇迹对视一眼，奇迹圆圆的眼珠子转了一下：“嘎！”

段佳泽问道：“说啥呢？我兽心通刚最后一次，用完了。”

陆压没看段佳泽的脸，哼哼唧唧道：“……我们陪你。”

段佳泽微微一笑：“好啊。”

“砰！”

温情脉脉中的段佳泽猛一回头，只见小苏呆呆站在门口，相机摔在地上，眼中仿佛有一个脱了头套还是帝企鹅的家伙在无限放大。

段佳泽、陆压、奇迹：“……”

番外1：

龙王的男人

自天地初开后，第二次无量量劫之中，巫族与妖族应劫。妖族天庭的十位太子，也就是十只小三足金乌被西方教准提圣人唆使前往人间。

有九只小金乌抵不住诱惑，果真去了人间玩乐，与烈日同辉，使得人间出现十日凌空，万里焦土的惨状。结果，后羿箭射金乌，九位小太子悉数陨落，仅剩下的那只小金乌，也被西方教圣人摄走。

巫妖大战，妖族损失惨状，妖皇帝俊、东皇太一及无数妖族身陨。

被西方教准提圣人带走的小金乌名为陆压，他身在西方教，却心中暗恨圣人设计自己兄弟。然而只能韬光养晦，直到遁术修炼大成，才从灵山出逃。

准提圣人没想到小金乌如此倔强，这么多年都未被真正度化，菩提心都能作假，大为恼怒，因手下无人能及陆压的速度，只好亲自追杀。

他哪里能理解陆压的心情，父兄惨死，同族沦落，他怎会心甘情愿待在灵山。

陆压遁法精妙，然而终归不敌圣人。准提祭出六根清净竹，封住陆压六感，又抛出加持神杵，打在陆压背上。

陆压险些被打回原形，饶是如此也受了重伤，准提还待再出手，天外一只红绣球抛来，原来是女娲圣人赶到。

女娲本是妖族，向来就不喜准提行事，此时前来相助妖皇遗脉。

准提还待争个高低，不想女娲还联合了道门天庭。

陆压看准时间，化为红光逃往远处，只是他伤势太重，逃出万里便摇摇欲坠，跌下云头，一头栽进了滔滔河水之中。

“殿下，殿下……”

玉床上，一条小金龙翻了个身，龙须顺着玉床垂下来，龙鳞光华内敛，还带着几分耀眼的金属质感，不过又被那不大的身形柔化了，小金龙双目微睁，打了个哈欠道：“什么事呀？”

趴在床脚的蚌精赔笑道：“您不是说，要早起处理公务吗？”

小金龙一下弹了起来，四下看看，自己果然已不在东海龙宫之内：“对，对，我醒来了。”

“那小蚌伺候您更衣吧。”蚌精战战兢兢地道。

这里是位于东海入海口的九湾河，前几天刚刚迎来一条小龙做河龙王。这位小龙王来头可不小，乃是赫赫有名的龙族战将金龙夫妇之子，东海龙王的近亲，名叫佳泽。

因佳泽殿下年岁渐长，龙王将其安排在九湾河实习，自己也好就近照料，待练成熟手后，自然可去更重要的水域。

这九湾河本是没有龙王的，此河是入海口，和东海相连，向来由东海一并管辖，这还是第一次划分出来，就是专门给小殿下练手的。

作为新晋水官，蚌精也没有什么伺候的经验。小殿下独身前来，连个侍从都没有带，他深怕自己伺候不周到，哪里冒犯了小殿下。

“不必了，我自己穿。”小金龙一点儿也不骄纵，爬起来化为一名俊秀少年，将衣袍穿戴好：“接下来应该做点什么呀？”

蚌精与他大眼瞪小眼，半晌才迟疑地道：“不然您享用一下渔民的祭祀？”

他们九湾河鱼类繁多，旁边也居住了人族，并没有什么大事，向来风平浪静。而且这些人族里也有修道者，便是有什么险情，他们多数时候自己能解决，寻常求不到水里来。

佳泽有些无语，他什么都没做呢，就享受起祭祀来了？

“不行。不过说到渔民，我可以看看他们有没有什么愿望，比如东西落在水里了，我可以帮忙捞起来。”佳泽说着，也颇为兴奋。

蚌精的性格就和他的肉一样软，一点主意也没有：“您说什么就是什么。”

佳泽还真跑去听人族的愿望了。途中遇到河里的一些小妖，他也友好地打招呼，问他们有没有什么困难。

领导亲切关怀，大家十分感动，没想到佳泽殿下如此平易近人，真不是一般龙，感动得立刻将自己的处境一五一十说出来。瞎老龟想要搬到河的上游一些去，方便和儿子见面，螺蛳精希望殿下赏脸参加自己的婚礼……

小事琐事忙了半天，也就忙完了，佳泽便坐在行宫门口发呆，思考起来自己还可以参加什么工作。

这时候，一物急速从河面坠下来，一直向下沉，似是极重，最后砸到了佳泽脚边。

佳泽呆呆低头一看，只见一个青年闭着眼，落入水底后，又慢慢回弹，漂浮在水上，满头金红色的头发，眉眼极为俊美。

“殿下，殿下这是怎么了？”蚌精手里端着海鲜游过来，震惊地看着这人：“这是谁啊？”

佳泽张了几下嘴，最后略带茫然地说道：“好像是人族给我祭了个新娘。”

蚌精：“啥？”

洪荒各族之中，人族是最为弱小的，所以他们也经常向各路神仙祈求庇护。

住在水边，便祈求龙王保佑，献上最好的牲畜。有的部落甚至会把貌美的少女投入水中，给龙王做妻子。

眼前这一个显然不是少女，但貌美倒是真的，甚至貌美到蚌精也脑袋一晕，跟上了殿下的思路：难道真的是人族送的？

蚌精心底也有一丝丝怀疑，可他软弱得不敢和佳泽殿下提出来，佳泽殿下现在可开心了。

“没想到人族这么爱戴我，我只是做了一点点工作而已。”佳泽捧着脸看玉床上的人：“不过我觉得，他们送来的新娘好像不是人族，看着比较像妖族。”

“殿下说得对，而且要是人族，早就淹死了。”蚌精说道。

佳泽又看了一会儿，说道：“他们真是有心了，专门寻了个妖族来。”他转而又有点忧愁：“但是我答应了爹娘，不可以做荒淫的龙王。”

蚌精弱弱地道：“一、一个好像也不算荒淫吧……”尤其是对龙族来说。

佳泽刚要说什么，却看那妖族眼睛动了一下，佳泽吩咐蚌精：“他好像要醒了，你去找些吃的来。”

“是，殿下。”蚌精赶紧拖着袍子跑了。

陆压若有似无地呻吟了一声，眉头紧锁，翻身扶着床边睁开眼，却见他眼珠也是金红色。他双目扫过整个房间，发觉自己身在水底，愈发嫌弃了。

他虽然得道多年，不会怕区区河水，但他根脚是三足金乌，既是飞禽又是火行，自然不喜这样的环境。

陆压咳嗽几声，他先时用力过度，又受了伤，连头发和眼睛也成了太阳真火的颜色，现在还未恢复。

他看到旁边有个少年正睁大眼睛看自己，想是他救了自己，但是以陆压的性子，不但没有道谢，反而沉着脸道："还不给我端些净水来。"

少年眼中似有好奇，却出奇地听话，一伸手凝聚出一个气泡，中间是一汪澄清的淡水。

他轻轻一推，气泡就顺着水流飘到了陆压身前，陆压抬手接过气泡，将淡水摄入口中，只觉甘甜如泉水。

看来这少年他虽然一时察觉不出根脚，但必然是正宗水族了。

这时候，又有一水族端着些食物过来，这只一看就知道是河蚌。河蚌看他一眼，待少年点头后，便把吃的拿来了。

其实陆压早已辟谷，但是他看那里面有肉，想到这些年在西方教过得清苦，还要守劳什子戒律，便泄愤一般将肉都吃了。

佳泽有些咋舌，没想到这个新娘吃得如此之多，倘若他不是龙王，都不一定养得起呢。

陆压摸了摸，觉得伤还没好全，决定找个隐蔽地方养伤，便站起来径自要走。

谁知，那乖巧的少年一挥手，水草猛生，缠绕着挡住了门："你不能走。"

陆压怒道："你知道我是谁吗？"

他平日遇到水族，不找麻烦就算好了，这次是看这少年听话，自己又受了伤，才没有如何，谁知他反而不识相起来了。

佳泽看了他几眼，说道："爱妃，你好像也不知道我是谁？"

陆压震惊地看着佳泽："你说什么？"

他仿佛听错了，有人喊他爱妃？

佳泽低头玩着自己的手指道："我不知道你是被人族抓来的，还是怎样，反正你被献给我做新娘了，还吃了我的东西，就别想随便离开。"

蚌精头低得更深了，龙族果然是龙族，看起来再亲和，还是有霸道的一面呀……

陆压气得背一痛，坐回玉床上，却是从佳泽话中听出他是此间龙王，大骂道："岂有此理，你这乳臭未干的小泥鳅也敢叫我做新娘！我他妈是从天上掉下来的，失足！不是送你的！”

什么？居然不是送来的？

佳泽这时才抬了抬眼，他原本十分满意这人的相貌，没想到一则醒来后脾气那样差，胃口那样大，二则根本就不是祭品。

可是，佳泽作为堂堂九湾河新任龙王，也是有脾气的，他面色不快地道：“不管，反正你掉在我的地盘上，按照规矩，你就是我的人了。”

陆压从未听过这种规矩，怕是龙族的霸王条约，他一拍玉床，起身便要祭出法器。

可惜龙游浅滩……不对，鸟落东海，刚被圣人打伤，实力哪有以前强。小龙王抬手便将水波搅动，带着陆压原处转了几百圈，直把陆压给转晕了，只留下一句：“可恶的小泥鳅……”

佳泽皱了皱鼻子：“我不想要他做爱妃了，真讨厌！”

蚌精弱弱道：“那您何不放了这妖族呢？我看他也不是寻常人物，怕多生事端呀！”

蚌精怕事，佳泽乃是金龙，却是无惧的。他将陆压从玉床上拖下来——不想让这个家伙睡他的床了——气呼呼地道：“也不放，他竟敢叫我小泥鳅，我要把他关在笼子里！”

小龙王就任九湾河，他的长辈们都送来了贺礼，将九湾河的小宝库堆得满满当当。佳泽在里面翻捡了许久，果然找出一个大大的笼子。

这原是佳泽一位表兄所赠，据说是表兄自极北之地采寒铁锻炼而成，抗住三昧真火也不在话下，寻常修道者进去再难逃脱，算得上一件好法宝。因龙族的审美，做得也是金碧辉煌，还镶嵌了宝石。

佳泽皱着眉看这笼子，总觉得比他记忆中要华丽得多。

蚌精在旁怯怯问：“殿下，要拿这个装那妖族吗？”

“要的。等等。”佳泽想了半天，取了几截海带，蒙在笼子上，将宝石悉数遮住，看上去总算有那么点惩罚的意思了：“好了，把他拖进来。”

十八只河蟹力士举着钳子，将陆压抬进了龙王的镀金笼子。

佳泽试了试表兄传授自己的使用法诀，满意地道：“关他个十年八载，看他还敢不敢顶撞我。”

蚌精呆呆道：“殿下，若是他服了，您待如何呢？”

佳泽犹豫了一下，低头思考。

蚌精说："继续做爱妃吗？"

佳泽嗯嗯一声："看他的表现吧。"

陆压迷迷糊糊醒来，只觉得靠在一冰凉之物上，睁眼一看，竟是身处牢笼。他猛然想起，那该死的小泥鳅把他弄晕了！

水波微微震动，一排虾子在笼前碎碎细语，晃来晃去，眼睛盯着陆压。

"这就是殿下的新娘……"

"因为对殿下不敬，一日恩泽也未承受，就被关起来了。"

"啧啧，长得也一般嘛，枉我们偷偷来围观他。"

一只虾子摸着自己的触须，酸溜溜地说。

陆压恶狠狠地盯着它们。

碎嘴的虾子们被陆压盯视，渐渐地竟是不敢说话了，四散开来，顺着窗户的缝隙游出去了。

陆压摸了摸这笼子，外面一层是镀金，内里似乎是极地寒铁，并非什么牢固之物，只是他如今身负重伤，又身处水下，点不起太阳真火。否则，太阳真火触之即融。

陆压看到这笼子上还缠着一些海带，顺手撕去了，却见里头露出十数颗硕大的宝石，光芒耀眼，不禁遮了遮眼，暗想这倒还配得上他一点了。

等等，不对，再闪这也是个笼子。陆压恨恨一握拳，便是在灵山，也没受过这样的折辱，待他伤好了，一定要把小泥鳅给烤了。

这时房门一开，小泥鳅进来了。陆压这才察觉到房间的格局，他被放在书架旁边，好似一个装饰品一般，远远对着小泥鳅的玉床。

陆压有一肚子的话想要对小泥鳅骂，他铆足了劲，可是小泥鳅却几天几夜不回房间，陆压只得郁闷地独自疗伤。

佳泽是去巡视自己的水域了，这是他第一次巡视，务必各个角落都要摸到，花费时间难免久一点。好些天后他才回来，进门后看到陆压还愣了一下，随即猛然想起，是自己关起来的妖族。

看起来活蹦乱跳的，估计这些天也没少吃他的食物，佳泽揉揉眼睛，暂时无心管他了。

陆压总算等到他，本想大骂他一顿发泄，谁知佳泽一回来就疲惫地爬上玉床，呼呼大睡起来，还用海螺罩在耳朵上，任陆压说些什么他也听不到了。

陆压又是一拳打在棉花上，郁闷得很。

过了不知道多久，那睡得死死的小泥鳅才动了一下，在宽大的玉床上爬了爬，捂着脑门呻吟起来。

陆压警惕地看了过去，却见佳泽从床上爬起来，郁闷地坐在桌前，揉着自己的龙角。

龙族生长很缓慢，幼年时龙角只有拇指那样大。现在是小龙王的长角期，两枚玉石雕就一般、不过一寸多长的龙角自发间斜飞出来，它的持续生长令小龙王不时会隐隐作痛。

陆压看佳泽一脸懊恼地揉着角，很是幸灾乐祸："你这恶龙，报应来了。"

佳泽忍痛，没心情和妖族争吵，他看了陆压一眼，哼道："等着，日后你就降为仆从，专门给本殿下揉角。"

陆压脸色难看极了："除非我死！"

佳泽角疼了好一会儿，才渐渐缓和，直接趴在桌上睡着了。醒来后他便将陆压也晃醒，抓着笼子问："你叫什么名字？是什么族的？"

陆压漠然地看了佳泽一眼，并不说话。

佳泽只是随意逗了一下，他席地而坐，靠在笼子上，从旁边的书架上抽出一本水草做成的书，翻看起来。这写的都是九湾河的事迹，佳泽看了半日，去拿了一大盘食物来。

佳泽当着陆压的面吃了小半盘，又用水流把食物托到陆压面前。因昨日劳累，还夜半角痛，佳泽起得晚了些。蚌精也不敢来叫，连带着，好像也没有给陆压喂食。

佳泽自己是不辟谷的，以己度人，便觉得陆压也该饿了。他虽然讨厌陆压，仍想到他没吃东西。

陆压冷冷地把食物打开了："走开！"

佳泽一愣，心情再度恶化了，气鼓鼓地道："不识好歹。"

佳泽自己将食物往嘴里塞，但是这是按照上次陆压吃的食量拿的，对他来说太多了。

佳泽吃得撑死了还没吃完，又不想让陆压知道其实都是给他准备的，便强撑着又吃了些，实在吃不下了，伸脚愤愤地踢了一下笼子。

谁想这动作一大，满到喉咙口的食物差点被吐出来，他赶紧捂着嘴，眼泪汪汪地看着陆压。笼子又沉又坚固，倒是一丝也未动摇。

陆压只觉莫名其妙，干他什么事啊？

“殿下，殿下。”蚌精慌慌张张冲进来，顺着水流撞在门上。他现在是原形，这么用力一撞，蚌肉都从门缝里挤进来一点。

佳泽看到白白的蚌肉从门缝里鼓出来，赶紧引水将门开了：“什么事？”

蚌精说道：“灵山准提圣人座下的水火童子，在河边转来转去，还找精怪问话。咱们的瞎老龟听见了，他是在问有没有见到掉下来何人。”

这显然就是要找陆压了，陆压也不由得抬首看去，心中思绪万千。

那日女娲圣人出手，现如今，水火童子出来寻他，看来，几位圣人之间相互制衡，准提没法算到他在哪里，只能用这个笨办法。

但是，水火童子找不找得到，此间的龙王却能做主的。

佳泽说道：“没谁乱说话吧？”

蚌精赶紧低头道：“当然了，咱水族的嘴巴，各个和我的蚌壳一样紧，外族休想问出什么来。”

“那就行。”佳泽低头看去，陆压就立刻转头，不让他看见自己脸上的神色。小泥鳅现在还不知道他和水火童子到底是敌是友呢，他自己不能先透露了。

佳泽哼一声，和蚌精一起出去了。

陆压勤加疗伤，果然有所恢复。

晚间佳泽回来后，跷脚在玉床上吃东西——他好歹也是龙族，上一餐吃撑，很快就消化了。不过吃着吃着，就觉得周围的水越来越滚一般。

佳泽爬起来，吃惊地看着陆压，这才发现他周遭水都沸腾了，赶紧跳起来：“你做什么，便是把你关起来也不至于这样啊！气性这样大！”

陆压周身不断散发热量，只可惜火还是燃不起来，他心中正不爽呢，便冷笑着看佳泽。

佳泽痛心疾首：“犯得着把自己煮熟了吗？“

陆压：“……”

陆压气道：“煮熟你还差不多！”

佳泽卷起水流，将滚水冲走，冷水不断冲刷在陆压身上，变烫后又卷走，顺着一个方向从窗口流出去，偶然有水族碰到，便捂着快烫熟的地方尖叫着游开。

佳泽听他不是要自残，这才松了口气："那你是不是饿了啊，其实我之前就想给你吃东西，你还不要，害得我差点撑死。"

陆压这才知道小泥鳅之前为什么那样看他，不禁嗤笑了一声。

佳泽把自己的食物端过来，他看到那滚水仍在流淌，想到陆上的生物都爱吃熟食，便使一双玉石筷子把肉夹着，在水里烫。烫熟了之后，再一口吃掉。

陆压："……"

陆压瞪着佳泽的动作，心下无语。灵山都是什么样的人物，他还真未见过这样的。

好像还不错，佳泽咂摸了一下。其实他主要是给陆压试的，又烫了几块肉，要喂给陆压吃。

陆压本来因为没点起火，只是把水烫滚了而非常不开心，却因为小泥鳅差点把自己吃吐的行为一下没什么气了，再看他用滚水烫肉，就更是只想翻白眼。

犹豫了一息而已，陆压便将肉吃了。这几日都是生冷海鲜，偶然吃了熟食味道也不错。

佳泽玩得也很开心，把食物全都烫熟了与陆压分而食之，这还不够，拿了壶酒来烫着喝。他就坐在笼子外面，满面笑容，要不是这个牢笼，怕是看不出来他生陆压的气，脾气来得快去得也快。

佳泽从前和父母住在一起，不让多饮，现在自己当家了，却忘了自己没有想象中那么善饮，不多时醉得趴在笼子上。

龙角隐隐生长，佳泽醉中痛呼两声。

陆压看到金笼栏杆缝隙间穿过来一支莹润的龙角，半长不短，尚只有一个分叉而已，倒有一点可爱，不禁伸手摸了一下，手感绝佳。

"唔……"佳泽却觉得暖暖的，和平时冷水冲刷的感觉不一样，有些舒服，还往前伸了伸脑袋，脸愈发紧密地贴在笼子上，把白嫩的脸蛋挤得鼓了两半。

陆压的手立刻弹回来，看到佳泽一副醉颜，鄙视地哼了一声。

他看看左右，蚌精不在，也没有虾子偷看，就趁小龙王意识不清，在他脸上又狠狠掐了一把泄愤。

九湾河的水府并不是很大，毕竟即使在入海口，这也只是一条河。

小龙王的寝宫说来也只是一个大一些的房间，现在门并未关上，蚌精在外探头探脑：“殿下？”

并没有什么回应。

蚌精把头也探了进去，外间空空如也，倒是金笼里的妖族冷冷看了过来，蚌精问道：“我们殿下呢？”

陆压横他一眼，漠然不回应。

蚌精有点尴尬，他好歹也是贴身伺候殿下的水官，可这妖族连殿下的面子都不给，而且他胆子也没那么大，只能讪讪收回目光。

既然门开着，殿下却不在，蚌精觉得殿下可能临时有什么事，便在此等候。

只是没过多久，一堆鳗鱼就没头没脑地撞了进来。

蚌精看到他们，便急得直跺脚：“你们进来做什么，我不是说了，让你们在外头等着吗？”

鳗鱼口吐人言：“我们等不及了嘛，您这么久没有回来。”

“我们就来看看，殿下在哪儿呀？”

以蚌精的好脾气也忍不住生气了：“快点出去，不然被殿下看到你们就惨了。”

好的不灵坏的灵，下一刻，佳泽就回来了，他看到那一团鳗鱼，挑眉道：“这是？”

鳗鱼们一下躲到蚌精后面去了，蚌精硬着头皮道：“殿下恕罪，臣见您不在便在此稍作等待。这些是白鳗精的女儿们，那日臣无意说起殿下在长角，白鳗精说自己夫人曾有幸伺候过东海龙宫的公主，常以按摩为龙女缓解不适。他女儿也各个和母亲学习过，便想要送来伺候您。”

龙族的角可不是随随便便好摸的，白鳗精的女儿们要是得到这个差事，那在这片水域可就体面了——还可能更甚，鉴于殿下的身份。

陆压在笼中听到，嘴角撇了一下。巫妖二族鼎盛之时，龙凤麒麟都已退隐，直到玄门天庭成立才复出。后来陆压又去了灵山，对这种水族常识当然不清楚。

那天佳泽说日后要他专门揉角，他还以为只是说说，没想到水族内还真有这么个职位。

小泥鳅的角看着还脆嫩得很，倒是该揉揉，只是这些鳗鱼嘛，太入不了眼了吧，呵呵……

佳泽看了一眼，那些鳗鱼便摇身一变，化出道体，身上只穿着薄衫，发辫上缀着贝壳，体态柔软袅娜，羞涩地看着小龙王，一脸任他挑选的表情。

鳗鱼是淡水水族里出了名的手软，或者说全身都软，非常适合按摩。佳泽的父母身边，也有鳗鱼精侍女，专门捶捶肩揉揉头。

佳泽在她们身上流连了一圈，却是看到后边笼子里望过来的陆压，神情顿时冷淡了下来："不必了，送她们回去吧。"

鳗女们露出了失望的神色，甚至微微摇头，可怜地看着佳泽。

佳泽的心肠却硬了起来，他还指着后头的陆压道："我已经定了他来做这件事，倘若干不好再寻你们吧。"

六个鳗女回头，眼神幽幽地盯着陆压，略带嫉恨。

陆压；"……"

佳泽看到陆压的表情，开心得不得了，挥手让蚌精把鱼都送走了。

蚌精拉着这些鳗女往外游，她们颇有些心不甘情不愿，还想让蚌精去帮她们美言几句，一下变回了原形，绕着蚌精转。

蚌精气道："你们先前擅自闯进来，没有押下去打一顿就算好的了，还不是殿下心善。我看啊，殿下说不定就是因为你们这么没规矩，才宁愿要那家伙也不要你们。"

鳗鱼们抱头大哭，恨不得冲回去把陆压给撕了，她们才好上位。

佳泽踢了一下笼子："哎呀，你生气了吗？"

陆压冷哼了一声。

佳泽笑嘻嘻的："逗逗你。你再给我烫些肉吃吧，我叫人从岸上弄了些肉来，烫来肯定和海鲜风味不同。"

陆压大怒："你当我是什么？"

佳泽吓了一跳："又不是第一次了，你激动什么？"

陆压："……"

陆压呵斥道："岂有此理，你还养成习惯了？"

上次他恐怕也是鬼迷心窍了，这小泥鳅如此坏，早知道上回就不该给他烫。他乃是天地间唯一一只三足金乌，妖皇后人，太阳真火世上难得，拿来烧水给人烫肉吃？传出去他们妖族的面子还要不要了？

虽然他的火现在还冒不出来，但那也是正宗的太阳真火，他也是正宗的三足金乌。

佳泽不开心："可是你被我关在笼子里了啊！"

陆压："……"

陆压正想大发脾气，却见蚌精慌慌张张地回来，说道："殿下，不好了，那几条小鳗在水面哭，被水火童子偷听见了，他入水求见，怕是猜到了。"

那几条鳗鱼在讨论殿下养的妖族，抒发嫉妒之情，看到水火童子，心中也慌张，急忙抄近路跑来报信。水火童子虽然没亲眼看到，但似乎知道陆压在这一带，现在又听到鳗鱼们说起水下有个妖族，虽然鳗鱼们也没提到具体样子，也很容易就能联想上。

陆压顿时有些僵硬了，虽说圣人好似不能出手，但是灵山的人向来狡猾卑鄙，不然也不会把他拐走。现在他伤势未愈，笼子都出不去，若是佳泽被水火童子忽悠了，或是使什么诡计……

陆压赶紧对佳泽说道："肉在哪儿？给我。"

就是在这里烫肉，也比去灵山好啊！忍一时之气，他还有生机，去灵山，就没活头了！

蚌精一脸迷茫："什么肉？"

佳泽却是一喜："好啊，那你烫着，我去打发了他。"

佳泽到了会客之处，果然见到一名童子正在等待，一看到佳泽就有些急不可耐地道："见过这位龙君，我乃是灵山准提圣人座下童子。听闻……"

童子知道陆压现在伤还没好，要找就得趁这段时间，自然十分焦急。

水火童子本来没把佳泽当回事，谁知这脸嫩的小小河龙王竟是十分傲慢，直接打断他的话："灵山的人，上门拜访，怎么连礼物也没带，如此失礼。"

水火童子一愣，龙族喜好珍宝，外族上门一般不会空手。但是这也分人，他们一个是圣人门下，一个只是小河龙王，他又着急，自然不会讲什么规矩。

谁知道，这小龙王还挑起理来了。

水火童子稍微忍耐，在身上摸索一会儿，拿出几枚别人孝敬他的明珠，当场送给龙王。

"收起来吧。"佳泽看也不看，只吩咐了一句。蚌精伸手接了过去，他才用水火童子可以听到的音量，自言自语道："给龙族送明珠，真是有意思。"

水火童子："……"

水火童子正想说话，却见旁边的水官变回原形，一只巨大的蚌，微微张壳，顿时泄露一室珠光宝气，里面全是硕大的珍珠。蚌精把水火童子送的珠子含进去，比起来简直小得可怜。

这一下水火童子可没了言语，懊恼身上没带什么东西，这不是拿他的短处碰别人的长处吗，只能蔫蔫地认了，咳嗽一声转移话题道："听闻殿下宫中有一妖族，红发红目，那其实是我灵山逃出的坐骑，不知可否容我领回去？"

他其实根本没有听到鳗鱼们说起陆压的具体特征，只是开口这么说，要不是鳗鱼们报了信，恐怕佳泽就被他骗了。

佳泽淡淡道："我知你在寻一妖族，不过你大概听错了，我这里没有什么红发红目的妖族，唯有一个，是我母亲送我按肩揉角的小妖。"

他说得极其自然，水火童子竟是一时分辨不出真假："这……可否一见？"

水火童子心中到底是有所怀疑，不肯放过一丝希望。

"不行，你上门来，我说的话你不信，我的贴身人你要见就见，说出去我颜面何在？"佳泽发脾气了，站起来呵斥道。

水火童子还真有些被龙威唬到了，不过很快反应过来，大声道："我是为圣人做事，你这小龙，不要得寸进尺！小小河龙王，也敢如此嚣张！"

佳泽似乎就在等着这一句了，立时化出金龙原身，一声长啸，从九湾河直震荡到了东海。他年纪虽小，打起架来却不手软，先喊了一声知会东海龙宫，又下狠手将水火童子揍得鼻青脸肿。

佳泽一身长辈们给的法器，水火童子哪里能敌，他甚至不敢相信佳泽敢打圣人的童子。

佳泽把水火童子给揍了一顿绑起来，然后交给刚刚赶来的东海龙太子："给天庭告状，我是天庭委任的河龙王，一个小童子也敢出言不逊，还和我动手，我们龙族忍不得，不知道天庭忍不忍得。圣人门下就能这样嚣张吗？难道只他家有圣人？"

东海太子一听也是忿忿不平，他们龙族好歹也曾经争霸洪荒，现在归顺天庭，那也是有靠山的，立时让人去抬水火童子。

水火童子一听，眼睛都睁大了几分。

这小龙言外之意，竟是能代表龙族的颜面，还要让天庭给他做主，那在龙族内的地位绝对不一般，他真是失算了！

不过水火童子再多心机，这时一句话也说不出来，被抬出了九湾河。

佳泽把人打发了，丝毫不怕会惹出事端的样子，回了寝宫，果然陆压已经把肉烫好了。

陆压方才听到了龙啸，此时看佳泽一脸平静，问道："水火童子怎么样？"

佳泽随口道："很不禁打。"

陆压："？？"

陆压竟有些无语，这是打了一顿？然后呢？

不等陆压问些什么，佳泽端着肉吃了几口，果然甚是美味，且独具风味。

他忽然看了陆压几眼，方才陆压妥协烫肉，他就当作已经顺服了，加上还会烫肉，真是很好用了。这个妖族就是嘴上厉害，身体还不是很老实，于是期期艾艾开口："我又有点不舒服了，你给我揉一下角？"

角？

陆压看向佳泽的两支龙角，想到昨晚不小心摸的那一下，说道："看着恶心得很……头伸过来！"

"气死我了，我们九湾河与白鹭江、清河汇流之处，有个小渔村，渔民每次送祭品，白鹭江和清河的龙王就跑得比谁都快，一说到完成人家的请求，便推诿起来了。"

佳泽往地上一坐，背靠着笼子，气愤地说。

陆压正在笼内打坐，这时伸手摸了下佳泽的龙角，从顶端一直往下，在分叉处摩挲一会儿，主要是在根部，隔着头发好好按揉。全然不察这才过了多久，自己就习惯主动伸手按摩了。

佳泽并没有痛痒，但这样揉着很舒服，他往后仰着脑袋，仍是气呼呼的："然后我就把那个村子连地皮一起，铲到十里之外了，索性日后都归我，也省得扯皮。"

陆压哼道："你倒是管一管龙宫，你自己水域的水族都不怕你，怎怪那些龙王敢和你扯皮。"

"他们怎么了？"佳泽好奇问道，顺便把木盒打开，将里面的食物往后一丢。

食物穿过笼子，漂到陆压嘴边，陆压张嘴便吃了。

只是陆压一想起来那些，脸又黑了："整日在外闲谈，胡说八道，隔着两道墙都听得到……"

主要是说的内容太过分，也不知是谁乱传，说小龙王年纪小，养个妖族在房间里，还用金笼子装起来，不让大家告诉外人。这日夜同处一室，殿下年纪小小，经得起这么亏吗？

佳泽平时随性，年纪又不大，龙宫内的水族接触久了，也就了解他脾性，还敢于八卦了。

佳泽倒是没想到这一点，他从前都生活在父母照顾下，没有带半个人过来，哪里会管束这些，还一脸懵懂："他们说些什么？"

陆压说不出口，反而又莫名生起佳泽的气来，手也缩回来了。

佳泽顿时哀号一声，陆压虽然不如鳗女手软，但是手上的温度刚刚好，叫他十分受用，对陆压更看重几分。这个家伙，除了脾气反复无常之外，倒是很好的。

蚌精太过胆小，平时周围无人，佳泽也愿意和陆压说说话，倒觉像半个朋友了。他看陆压生气，便说道："既然你觉得他们不像话，那不如你替我管吧。"

陆压冷笑一声："你何德何能，叫我给你做管家！"

佳泽只当没听到，他早知道这妖族说的话当不得真，十句话有七八句落不到实处，自顾自道："其实我早就想把你放出来了，可河蚌总说你太暴躁，劝我不要放了，而且呢，其实我把表哥告诉我的口诀忘了半截，不记得怎么放人了……不过，我可以去问表哥。"

陆压怒道："你就听他的好了，放我出来，我便把你龙宫砸了！"

这时，蚌精在外弱弱地道："殿下？"

佳泽一挥手，门便开了，蚌精捧着一块羊肉进来："殿下，这是您要的鲜羊肉……"

蚌精只觉得一进来，那笼子里的妖族便死死盯着自己，眼神仿佛要择人而噬，吓得他蚌肉都缩了缩，都不敢往前游了。

佳泽倒是没察觉，自己伸手把羊肉摄来："行了，你出去吧。"

蚌精喏喏应是，转身出去，只觉得那妖族的目光还钉在自己后背，吓得他几乎出冷汗，心中猜测，难道是偷偷和殿下讲这妖族坏话，被这妖族知道了？

其实蚌精也很无奈啊，他本是一个老实的河蚌，有幸做了殿下的水官。自从这妖族来了之后，一开始虽和殿下闹翻了，但是后来关系越来越好——由此可见揉角侍从的位置真的很重要。

按理说，蚌精才是最贴身的那个，但是因为他的胆小，加上那妖族不知用了什么法子，导致殿下和妖族反而越来越亲密。蚌精一开始没怎么样，倒是他的朋友都在劝他多在殿下面前说妖族坏话。

于是，蚌精也就只好讲了。唉，果然结仇了。

“把肉烫了。”佳泽捧着肉说，暂时忘了陆压和笼子的事情。最近陆压控制水温和时间是越来越精准了，烫出来的肉也越来越好吃。

陆压瞪他一眼，把肉给处理了，又问道：“最近有人找我吗？”

其实，小泥鳅不放他出来，这笼子也关不住他了，他都好得差不多了。不过，谁知道灵山的人会不会守在外面呢，还是小心为上，于是陆压就没有轻举妄动。

现在好一段时间过去了，陆压终于想起……不，是觉得应该问问外面的情况了。

佳泽不在意地道：“有啊，你不知道，在天庭打了好久官司，玄门的黄龙真人，灵山的婆竭罗龙王都出来调停了。水火童子被领回去了，好像说不准灵山的人日后再随便靠近我的水域……我也不知道为什么这样判，其实让水火童子倒霉就行了啊，这个有什么用？”

陆压暗想，黄龙真人也参与了，那就是有玄门三清圣人的影子，说不定双方借此角力，所以才会有这么个结果，灵山的人不能靠近此处。

他看了佳泽一眼，也就小泥鳅有这个地位，换了其他什么人，就算有天庭玄门，灵山也不一定能如此善罢甘休。毕竟，准提总说陆压合该在灵山有一佛位。

那现在就跑吗？此处反正灵山的人不能来，要不，还是再待一段时间？

陆压又看了吃得正开心的佳泽一眼，这家伙似乎还未被告知他的底细呢，他心想，很好，报复完这小泥鳅才能走！看这小泥鳅吃得脸都花了，真是太傻了！

佳泽猛抬头：“哇，你觉得沾些酱会不会更好吃？”

陆压赶紧收回目光，下意识回答：“倒也可以，你试试什么酱最配。”

佳泽一边吃一边说：“好啊。对了，我写信给我爹娘提到你了。”

陆压一惊：“提我做什么？！”

佳泽看他一眼，自然地道：“我总得串供吧，我同水火童子说你是我娘送的。不过我主要是说我发现你做东西很好吃啊，我爹娘说送一些给他们尝尝。”

陆压：“……”

陆压：“我给你煮肉，还要给你爹娘煮？！”

佳泽理直气壮地道："我爹娘要确认一下，我说吃得好到底是安慰他们，还是真的吃得好。"

当父母的总觉得孩子在外受了委屈，东海旁的小河而已，能有什么好吃的呢。

"……"也不知道为什么，陆压一时之间说不出反驳的话。他已知佳泽父母身份，倒是三界有名的，当初龙汉初劫，龙、凤、麒麟三族大战，尚在巫妖之战前头，留下许多传说，陆压也曾听闻。

陆压也从未和父母有过这样的经历，他太早失去父母了，而且妖皇并非情感外露之辈，半晌才干巴巴地道："反正我才不烫呢。"

佳泽自顾自把一部分肉分出来："待会儿这些就遣水官去送了。"

陆压："……"

陆压怀疑佳泽可能会什么水族邪术——就像大蜃吐气为幻景，叫人分辨不清，充满迷惑性。

他也不知道怎么的，自己就迷迷糊糊把肉烫好，然后给佳泽送往他父母处去了，完全没察觉！

陆压正在思考这个问题，以及如何报复小泥鳅，就见佳泽推门进来，一手捂着头，另一手还拽着一团水草，眼睛都红了。

"怎么了？"陆压脸色一沉。

佳泽眼泪都快掉下来了，坐在他对面，嘴里却道："没，没什么，方才有个螺女来送我她亲手编的披风，好像太紧张，螺壳跟我磕了一下。"

龙族的身体是很强壮的，但是佳泽在长角期，那对角还有些嫩，就像人类十指连心一样。他也没忍心责怪那螺女，毕竟螺女是在他面前太紧张，突然变回原形才不慎磕了一下，她自己都自责得要死了。

陆压一听，便盯着他手里那团杂乱的水草，嘲讽地道："这是披风？看不出来！"

深墨绿色的细细水草编成的披风，因为手艺不精，这么拿在手上时，还真是一点型也没有，陆压鄙视得理直气壮。

佳泽随手把披风放在旁边，含着眼泪说："你都关注些什么，我疼着呢！"

作为小龙王钦点专司揉角、烫肉的存在，陆压这才回过神来，抬了抬下巴。

佳泽有些气地把脑门抵在笼子上，细细一看，他那龙角顶端果然红得有些明显，并非之前的淡淡血色。

若在陆上，兴许是吹两下，这里是水下，陆压也不知龙族是如何做的，上手会不会太重？他只看了一会儿，鬼使神差，竟是贴近了一张嘴，在上头轻舔了一下。

舌尖滑过玉色的龙角顶端，温暖柔软的部分与之相触，佳泽抖了一下，手抓紧了笼子的竖栏，眼睛都紧紧闭上了，两滴眼泪被刺激得从眼角沁出来，融在海水之中。

陆压也感觉到佳泽一下紧张起来了，但不像难受的样子，他有种古怪的感觉，并未就此罢手，于是一手按住了佳泽的脖颈，又一次舔过去。一触碰到，手底的小泥鳅都微微发抖，令陆压有种别样的快意，甚至合唇含了一会儿，舌尖绕着龙角发红之处摩挲。

佳泽面色潮红，双目紧闭，喉间哼唧几声，一副极为忍耐的模样。

陆压启唇吐出龙角，这时才有些回神一般，看到佳泽睁开眼，泫然欲泣，心下别扭，轻轻推他一下："好些了吧。"

佳泽含糊应了一声，转身游开了。

佳泽那天把水草披风放在笼边，陆压就盯了很久了，但是他伸长手也够不到，犹豫了半天，待佳泽不在的时候，他便心想：原本早该把笼子弄破了。

太阳真火可以焚烧世间万物，即便在水下，也会毫无阻碍地燃烧，将镀金寒铁笼烧融。陆压一步跨出了笼子，将那披风捡起来，拿在手中看了一会儿，近距离确认果然编得很烂，顺手烧掉了。

这个时间，也不知道小泥鳅在做什么。陆压负手往外走，却觉整个水域晃动了一下，心下感觉有些不妙，赶紧朝着震源遁去。

九湾河的水族都四散逃逸，或是缩在水底的石缝之中，唯有河中小龙王正与一黄衣道人在斗法，只是佳泽似乎有些不敌之象。

陆压面色一冷，抬手挥出一道太阳真火，将黄衣道人围住。

黄衣道人猝不及防，甚至一瞬间没有反应过来这是太阳真火，毕竟已经很久没有现世了。陆压又将杀人刀活人剑祭出，裹挟着太阳真火，将黄衣道人逼至水底，一脚狠狠踏在他胸口，很是威风地道："谁给你的胆子欺负他？"

他还没把小泥鳅怎么样呢，这是哪来的家伙。

黄衣道人被他踩得喘不过气来，恶狠狠地瞪着他，似乎还很不服气。

佳泽游了过来，震惊地道：“你，你怎么出来了？”

陆压得意地看着他，因他高上佳泽许多，居高临下显得更为傲慢了。

佳泽喃喃道：“表兄说，那笼子三昧真火也烧不开……”

陆压淡淡道：“我那是太阳真火。”

三昧真火虽厉害，但太阳真火是万火之源，高出不止一筹。而且，开天辟地以来，也只有自太阳星中化形的三足金乌一族能够使用。

佳泽极为惊讶地看着陆压，有些不敢确认：“你是三足金乌？！”

陆压看他的眼神，心中不知道多痛快，傲然地点了点头。

这时黄衣道人被陆压踩得已经快断气了，喉间发出“嗬嗬”的声音，死死瞪着他们。

陆压低头一看，不在意地又踹了踹脚：“这又是谁？”

“啊！”佳泽这才反应过来，几乎原地跳起来，一把推开陆压，大声道：“这是我表兄！”

陆压：“？？？”

这黄衣道人正是佳泽的表兄，阐教门下，昆仑十二金仙之一的黄龙真人。他也是龙汉初劫时，大战之中的遗族，与佳泽的母亲沾亲带故，不过常言道一表表千里，二表表万里，并不时常走动。

倒是后来，大战后三族都元气大伤，亲族所剩无几，才亲近一些。再往后，就是黄龙真人拜在元始圣人门下了。黄龙真人家底也不丰厚，佳泽那笼子就是他送的，可见两人关系还不错。

黄龙真人虽是圣人门下，遇到陆压这个能从灵山逃出来的家伙，也不灵光了。被佳泽扶起来之后，还在揉着自己的胸口，离近了一看，佳泽才发现他眉毛都给烫焦了：“……”

黄龙真人十分生气，冷冷道：“你就是陆压吧。”

陆压很不开心，他没想到自己方才白白使劲了，这根本不是什么寻仇来的，而是小泥鳅的表哥，而且还认识他，便心中警惕道：“我是，你待如何？”

“如何，如何，我们三教好歹同天庭一起保了你，我还是佳泽的表兄。”黄龙真人忿忿不平地道：“你上来把我给打了，一句道歉没有，还这个态度是什么意思啊？”

陆压：“……”

佳泽还有点糊涂呢：“什么陆压，他叫陆压啊？表哥，你是不是早就知道他身份了？”

说真的，佳泽到现在还不知道这妖族的名字呢，更不知道“陆压”是哪号人物。

黄龙真人看了陆压一眼，心中不喜，但是谁叫他对灵山来说是个重要人物呢：“不错，这是妖皇帝俊之子，金乌陆压。此前被困在灵山，逃离后便落在你水域中。”

佳泽这才想起来，的确隐隐听过这段故事，不过西方圣人从东方度化的人太多了，他哪里记得那么清楚。这时方反应过来，不禁恍然：“原来是你啊，唉，我就说烫肉怎么烫得那么好吃。”

黄龙真人：“？？”

陆压：“……”

三人回了龙宫，蚌精颤颤巍巍上茶，他已经听到殿下和黄龙真人言语之间点明那妖族是三足金乌了，吓得几乎变回原形，紧闭蚌壳。尤其是三足金乌看他的眼神也十分可怕，感觉记恨很深！

蚌精后悔不已，早知道就不要说金乌坏话了。

好在，蚌精听到黄龙真人说：“舍弟好心收留道友养伤，如今看起来伤势也好了，不知有何想法？”

陆压一时有点暴躁：“好心收留？”

黄龙真人吓一跳，看看佳泽：难道不是吗？

佳泽有些讪讪的，留人养伤是他人以为的，除了九湾河龙宫的水族，他父母都不知道他把陆压关在房间的笼子里，表哥大概也没想到他那笼子用在了这里。

陆压自己耻于把被关在笼子里的事情说出来，面对黄龙真人疑惑的眼神，忍耐片刻，说道：“没什么想法。”

他偷偷看小泥鳅，也不知小泥鳅是什么想法，其实他是想把小泥鳅先整一顿。

佳泽是已经把陆压当自己人了的，他早想把陆压放出来了，他还想多留陆压些时日呢，此时听表哥这么问，便赶紧说道：“这才刚刚好呢，哪有什么去处，在九湾河再住个几百年也无不可，反正灵山的人不敢追来。”

"这是什么话，还是得有个自己的道场才行啊。"黄龙真人又看着佳泽说："你也是，都自己出来开辟水府了，怎么就想着和人玩？我看你娘说得对，是要早点给你找一位王妃了。你这里也没个女眷打理，平时吃穿上就叫人担心得很。"

不知为何，陆压心中有些不舒服。还吃穿，小泥鳅天天叫他烫肉吃，有什么可担心的。要说穿，他们雄性羽族天生动手能力就很强，至少比那些只会编水草披风的鱼精好多了……

佳泽懒懒地道："找什么王妃啊，我都没想好要什么样的道侣。"

"我们想好了啊。"黄龙真人兴致勃勃地道："首先肯定是玄门的，西方太偏，教义不同。其次自己也要有实力，能干，最好啊，在天庭之类的地方有个稳定的职务，与你相辅相成。天庭还是很多这样的女仙或者天官的，不过呢，需得注意一下，你爹说不必是龙族，但还是得要水族，像什么兽族、羽族……"

说到这里，黄龙真人忽然一顿，突然想到陆压也在旁边一样，对他呵呵一笑："不好意思。"

陆压："……"

"不听不听，日后再说吧。"佳泽懒得再听表兄啰嗦，推着他道："你不是来看我的吗？我请你吃肉啊。"

佳泽留黄龙真人在寝宫外喝酒吃肉，幕天席地，周围是几十颗明珠照夜，陆压也在桌上。

黄龙真人还有点忌惮陆压，毕竟这是三足金乌，之前一出手把他打得够呛，对佳泽的态度也怪怪的，要不是一开始就不准他欺负佳泽，看他吼佳泽的样子，还以为有什么仇呢。

后来吃着酒席，更是越看越奇怪，陆压居然处处照顾表弟，表弟也一副习以为常的样子，让他对二人讳莫如深的一段更加好奇了。

佳泽多吃了几杯酒，便趴在桌上按头，还含含糊糊说要看陆压的原型，他还没参观过三足金乌呢。陆压则十分顺手地给佳泽揉着龙角。

黄龙真人都看呆了，龙角是随随便便什么人能摸的吗？

佳泽有些醉了，陆压就直接把他扶起来去寝宫，自己也没出来，就剩下蚌精给黄龙真人倒酒。

黄龙真人呆呆地道："陆压怎么不出来？"

蚌精茫然道："啊？他一直住在里面啊……"

黄龙真人急道："怎么可能，佳泽连他名字也不知道。"

蚌精弱弱道："真人，之前他掉下来，殿下以为他是人族祭祀的新娘，后来……"

黄龙真人："……"

之前奇怪的事情好像一下子都有了解释，黄龙真人没等他说完，跌跌撞撞地冲过去敲门："陆压，陆压！"

陆压猛地一开门，面带煞气地看着黄龙真人："干什么？"

他还回头看了一眼，小泥鳅在里面被吵到了，一翻身把被子蒙在头上。他刚刚正在里面给佳泽按摩呢，就被黄龙急吼吼地叫出来了。

黄龙真人被吓退了一步，气势都弱了一点，但还是坚持说道："你出来。"

就算蚌精说他们一直睡一起，就算他打不赢陆压，那也不能让表弟当着自己的面继续被睡啊！他纯真无暇的表弟啊！

陆压看了黄龙一眼，竟然还真的出来了。

陆压对蚌精哼了一声，蚌精立刻放下酒壶，溜了。看在黄龙眼中，却是陆压把水官都降服了，心中更为焦急。

只是，还不等黄龙真人说话，陆压便道："你同天庭说得上话吧？"

黄龙真人愣了一下："怎么了？"

陆压已经细细想过了，他不能一直东躲西藏逼着西方教的人，还是要让他们断了这个念头。思来想去，陆压决定以此和天庭做个交易，他可以去天庭挂个职，用自己的筹码和天庭换取一个名分，既不会被束缚，又能彻底摆脱灵山。

玄门和天庭的关系密不可分，因此陆压才问黄龙真人，他淡淡道："我记得天庭还缺一个太阳星君吧，我想去做。"

黄龙真人顿时倒吸一口凉气。

当年巫妖大战，妖皇帝俊聚集手下三百六十五名大罗金仙以上修为的妖族，排布周天星辰大阵，每一个妖族都对应一个星辰，上借星辰之力，下应万里河山。

其中，作为阵眼的太阳星唯有妖皇帝俊和东皇太一这两个三足金乌能够操控，大阵形成之后，威力可想而知。

后来巫妖大战完，无数妖族前辈陨落，天庭重组，昊天大帝即位，广招天下英才。其实，大家心里都清楚，昊天一定也想把周天星辰大阵给复原，成为新天庭一大杀招。

可是，即便有了周天星辰大阵的布阵之法，也没有合适的人来主太阳星位，至少无法达到最大杀伤力。

三足金乌是自太阳星中化形，陆压还是帝俊之子，即便他从未做过太阳星君，但是黄龙真人丝毫不怀疑他能胜任这个职位！

其实细细一想，这也是意料之外，情理之中。陆压虽然是妖族天庭太子，但和新天庭并没有仇恨，如今去天庭谋一职位，摆脱灵山，倒也合理。

只是黄龙真人想得就更多了，他想到自己之前还透露了，给佳泽选妃子一定要有正经工作，最好还在天庭，现在陆压就偏偏来找他，说想做太阳星君，这是什么意思？！

陆压看黄龙真人半晌不说话，微微皱眉道："不行吗？"

黄龙真人觉得陆压真是太嚣张了，但是他也不能帮天庭把这个大好事给推了啊，于是憋屈地道："你不要太过分，我可以替你转告天庭……可你要知道，就算你能做大仙官，也不代表我们一定会认可你！"

陆压："？？"

"什么，你要去天庭任职了？"佳泽看着陆压，有点惊讶，又有些不舍："那么远，日后岂不是很难见面。"

陆压脱困之后，依然没有机会报仇，他闻言在佳泽脸上狠狠掐了一下，说道："你表哥还说给你找个天庭工作的王妃，怎么会远？"

佳泽脸被掐红了，还哈哈大笑，他看看陆压俊美的脸，说道："那我不如找你呢，你觉得怎么样？"

陆压全然没想到他突然这么说，整个有些呆住了，口舌打结一般："你，你说什么！"

佳泽时常语出惊人，说些和别人不一样的话，但这一次是最令陆压震惊的，耳朵都泛红了。

只是佳泽一脸笑意，也不知到底是在开玩笑，还是说真的，令陆压下意识反问。

佳泽仍是笑嘻嘻的："那你就可以继续天天过来给我做吃的，和我玩啦。"

他本就很喜欢这个天上掉下来的"爱妃"，中间虽然有些波折，但反而让他知道陆压不只长得好，按摩那么舒服，手那么灵巧，还会做吃的。所以现在有这个提议，其实他自己觉得没什么。

佳泽对想要什么样的道侣没有具体想法，但是要反着想，愿不愿意和陆压住一起，从这段时间来看，非常可以啊！

陆压生气道："岂有此理！"

别说他怎能做龙王妃，这小泥鳅叫他做就是为了继续使唤他？！

佳泽抱臂哼了一声："只是这么一说呀，那你到底要不要？"

蚌精嘴唇哆嗦，浑身颤抖，完全听不进旁边的鱼虾在叽叽歪歪说些什么，只有一个想法：本蚌死到临头了……

"河蚌大人，你倒是说话啊，到底是不是真的？"

"我还是不敢相信，那妖族会成为我们的王妃。"

"殿下平易近人，王妃却脾气暴躁，咱们去看一看都被骂……"

"最恐怖的是，王妃并非水族，而是三足金乌。听说当年十日凌空，烤得洪荒大地一片焦土，他若住在这儿，生气起来，咱们岂不是一个接一个都熟了！"

"天啊，那九湾河怕是都不够烤的！"

蚌精眼泪都快掉出来了："你，你们别说了！"

他还是第一次这么大声说话，因为实在是害怕得很了。他是殿下的水官，还说过王妃坏话，有什么倒霉事，他便首当其冲。

就在前几日，殿下已经宣布，陆压不但会就任天庭太阳星君，还会成为他们的王妃。此事差不多定了，至少殿下心意已决，他已经报信给父母，让他们帮忙筹备。

其他水族一看蚌精如此，竟是都不敢说话，讪讪游开了。

蚌精平复了许久心情，才鼓起勇气端起衣物，往殿下的寝宫去。这时门一开，陆压自里面探出个脑袋来，看了蚌精两眼，伸手把衣物拿进去，不耐烦地道："你可以走了。"

"是。"蚌精不敢再违背陆压的命令，往里面瞄了两眼也瞄不到什么东西，且惹得陆压瞪他了，便赶紧退下。

陆压把衣服拿回去，见佳泽从被子里钻出来，揉了揉眼睛问："天亮了吗？我要起床了，今日要去巡查水域。"

“还早，晚点去也来得及。”陆压毫无负担地欺骗佳泽。这也没什么，他都要做太阳星君了，金乌巡天都是易事，以他的速度，有他陪着还能巡不完一个九湾河?

“是吗?”佳泽翻了个身,皱着脸说道:“我还以为起晚了呢,都怪你……”

陆压坐在床边，又把小泥鳅剥光了。昨晚他可算是好好地“报复”了一番，心情极为愉快。

佳泽往后躲了一下，犹豫地道：“等等，我越想越不对，我怎么觉得王妃不是这么做的呀？”

那天他问陆压要不要做王妃，陆压先是把他骂了一顿，等他生气地说要去找表哥介绍时了，才别别扭扭地答应。

佳泽想到父亲说，作为一府之君，堂堂龙王，就要像他一样，对待王妃宽容忍让。于是，佳泽也就没有和陆压计较了，还写信给父母，告诉他们自己要娶太阳星君做王妃。

到了晚上呢，这个准王妃还是和佳泽睡一个房间，非常不拘小节。

而且，准王妃还问佳泽，要不要做点婚后才能做的事情?

佳泽有一点害羞，但还是非常期待地点头了，然后他们就在玉床上这样这样，那样那样。

佳泽还是长角期的年轻金龙，陆压则很早就去了西方，他们两个其实都只有模糊的概念。

这样那样完之后，小龙王摸着隐隐作痛的屁股陷入了沉思：是不是有哪里不对?

“怎么不是这样？”陆压的表情可一点也看不出来，其实他也没有多少经验。

就是这理直气壮的样子昨晚唬住了佳泽,他讪讪道:“要么就是你没弄好，我爹娘从来没说成亲后会痛！”

“是你不够配合！我说什么，你做什么，怎会痛呢？”陆压教训道。

说着，陆压又欺身上去，仿佛要再次印证一下自己的话。

“等等！”佳泽大喊一声：“回头我要去问我爹！我还是不相信你！”

陆压怒道：“你不相信？”

陆压生气的样子还是有点可怕的，不过佳泽并不怕，而是理直气壮地说：“你打灵山回来的，我就不信你！”

陆压：“……”

佳泽坐起来，陆压已经面沉如水，他便对准王妃说：“过来啊，你不过来我起床工作了。”

“来了。”陆压黑着脸过来。

金龙王最近心情很不美好，他和王妃一起努力了多年，才孵化出来的独子佳泽，被他们夫妻俩捧在手心呵护着，一直长到长角期，才出去历练。

这才多久呢，佳泽就说找了个对象，要和对方成亲。

按理说，此人根脚极好，又有本事，原来无业，但从黄龙口中知道他们想要个有事业的儿媳，立刻当上了天庭太阳星君。听说长相、手艺也很不错（他们吃过陆压做的肉），还能镇得住场子。

可是，偏偏这是个三足金乌。俗话说水火不容，何况他们一个在天一个在水，生活习惯大不相同。根据以往的案例来看，日后难保不会有什么争吵。

不过，在回信中金龙王话还是说得很客气，恭喜儿子找到喜欢的对象，希望他抽空带太阳星君回来一趟，大家见个面。

于是，佳泽将水府事宜安排妥当之后，便带陆压回自己家了。

陆压自己早与父母分别，他们之间相处更不似佳泽这般，所以心中也有些茫然，不知见面要做些什么。

佳泽知道了，只说他父母都特别好，而且什么都听他的。佳泽在蛋里比别的龙多待了两千年，又是战时出生，所以父母极为溺爱他。

到了佳泽父母居住的水域门口，佳泽拉住陆压，看了他一会儿，说道：“你变矮一点。”

陆压声音提高：“嗯？”

“哪有王妃高出这么多的，我娘一般都靠着我爹。”佳泽觉得陆压外貌都很完美，就是太高了，他加上角的高度都没有陆压高：“你变娇小一点。”

陆压哪里肯，断然拒绝：“不行，你怎么不长高一些呢？”

佳泽气道：“我在同辈里都是中上了！”

他见陆压不肯变，说着变化成一条一丈多长的小金龙，绕着陆压飞了几圈，得意扬扬地道：“这样也行。”

陆压冷笑一声，竟也变作了原型，这还是第一次。之前佳泽几次三番让他变，他反而不愿意，说佳泽是要让其他水族参观他。

陆压那金乌本体足足有八九丈高，翅膀一展开，几乎把佳泽眼前的阳光都遮住了，浑身金光闪闪，相比起同样金灿灿的佳泽，还多了一点火红的颜色，

一声清鸣之后，陆压一低头，把那条小金龙给叼住了，衔在嘴中。

佳泽哇哇大叫："爱妃，快放开！不准变这么大，最多变母鸡那么大！"

母鸡？陆压一听，更加不松口了，还晃了两下。

金龙王就是这个时候出来的，一看这一幕险些眼前一黑晕倒。这就是他想象中的画面啊！两口子吵架，金乌控制不住自己的脾气，把佳佳叼来叼去，直接烤成龙干！

"住手！"金龙王悲愤交加，掀起百丈波涛，打向金乌。

他是龙汉初劫就成名的战将，战力自然非凡。不过陆压也不是吃素的，圣人手下都能占点便宜，何况水火天然互相克制。他突然被袭击，下意识放火，太阳真火无物不燃，将水都烧了起来，波涛变火海。

金龙王都不由得遮住脸，大声道："我儿啊！你没事吧！"

"收火收火！那是我爹！"佳泽赶紧喊道。

陆压收了太阳真火，再看金龙王，两条龙须已经烫得卷曲起来，宛如葡萄藤一般。

佳泽都呆住了，随即拧了陆压一下。

陆压："……"

金龙王用爪子摸着自己的龙须，也甚是悲愤，还要强装镇定："没事，没事。你们方才是怎么了？"

他看到佳泽拧陆压，自然知道没吵架了。

"闹着玩呢。"佳泽不好意思地道："爹，这就是陆压。"

金龙王干巴巴一笑："久闻大名了，太阳星君。"

陆压虽然不通人情，但也听出来不对。他是和佳泽一起来见家长的，金龙王却叫他的官称，微微皱眉称呼了一声陛下。

金龙王把他们迎进去，一路遮着自己的龙须。

龙后许久没看到儿子，这时也欢喜地出来，丈母娘看女婿倒是越看越开心，态度非常亲热，叫陆压心情好了一些。

趁龙后在和陆压交流治理龙宫心得，金龙王便拉着儿子说悄悄话。

佳泽也不傻，对金龙王说："爹，你怎么叫王妃太阳星君啊。"

金龙王严肃地道："儿子，你这个王妃有点问题啊。你看，连我对上他

都有些吃力，日后你们若是争吵了，你岂不是毫无还手之力！”

佳泽没想到他在想这些无聊的事，随口道：“没事的，我们已经吵过很多次了，什么事也没有。”

不过大部分时候不算真的吵，就是陆压嚷嚷，佳泽坚定，最后还是会按照佳泽的心意来。

金龙王道:“现在刚认识,日后就不一样了! 我看啊,趁现在还有机会……再好好考虑一下。”

“没机会了，”佳泽冷不丁道：“我把他睡了。”

金龙王：“……”

金龙王瞠目结舌，没想到儿子这么有效率，而且还是儿子睡金乌？！

他捂着头说：“完了，始乱终弃更惨，现在就会烧干我们水域。”

“我不始乱终弃就是了。”佳泽轻松地道。

金龙王看着佳泽：“唉，少年不识愁滋味啊，三足金乌如此凶悍，你日后…………没办法了，睡都睡了。”

佳泽一脸天真，对自己日后的生活毫无畏惧。

事实上，正如金龙王所说，三足金乌的实力太过强悍了，在佳泽那里和在别人那里根本两个样。

确实小龙王半点事没有，但是他身边的人就惨了……

番外2

奇迹仙途

金灵洞阴大帝上解天灾，下辖五湖、四海、十二溪水府，辅佐昊天上帝，乃是三界三宰之一。还有更为通俗的称呼，则是太阴星君，或者旸谷帝君。

在上古妖族天庭时代，羲和女神掌太阴星位，后巫妖大战，羲和陨落，方才有了现在的天庭，以及分封的太阴星君。

太阴星君掌管了天下水脉仙神的仙箓簿籍，还要负责校解罪福，平日极为繁忙，手下有四十二部曹，无数部下协助。

仙人也有调动，太阴星君的道场也总有新老更替。今日，正是五十年一度新人报道的时候。

玉嵘作为一名太阴宫小吏，平日主要负责水府考校，待了几十年，总算熟悉了繁杂的业务，如今被指派带新人。

玉嵘好不容易熬成老人，很是兴奋，比平日还早来办公室。

等到正点了，果然有个面生的新人进来，手里拿着文书，显然是来报到的。

玉嵘一看，这新人年纪很小，道体外表就像十三四岁的少年，两颊饱满，眼睛黑圆，生得一副童颜，穿着也是时下流行的人间界风格，白色的T恤，黑色的针织开衫，还戴了个鹅黄色的羽毛手串。

“请问是玉嵘师兄吗？我是来报到的。”果然，这少年问道。

“我就是玉嵘！”玉嵘难掩兴奋地站起来，伸手接过少年的文书，扫了一眼。以他的修为，看不出这少年的根脚，但好在他作为未来几十年指点少年的人，有比他人更多的权限，能看到文书上的种族。

姓名：奇迹。

种族：帝企鹅。

玉嵘想了半天，也没想起来帝企鹅是什么动物，不过仙界种族那么多，他哪能一一知道呢。反正，有个鹅字，又被派来这儿，多半是水禽。

“我先给你登记一下，先坐。”玉嵘热情地招呼奇迹，看到奇迹好奇打量办公室的样子，心中还有一点自得，他当年刚来的时候也这样呢。

这个办公室为了装下浩如烟海的卷帙档案，内里施过法，装着一个小世界，外头看不出来，内里上不见顶，书架向上延伸如同天梯。

“咱们这里的工作，有点烦琐，但能学到很多东西，人员也简单。”玉嵘给奇迹介绍了一下：“相比起其他部曹，其实我们已经很轻松了，每年考生那么多，但真正招进来的才几个。怎么样，考试很难吧？”

奇迹好像愣了一下，随即笑嘻嘻地含糊过去了。

“休息时间，我们就参考一下典籍，自己修行，也可以去问办公室的前辈，如果他们也没在忙的话。”说到这里，玉嵘有点激动地道：“要是运气好，能够遇到一些大神指点呢！上次帝君来这儿，就赐了我一点儿三光神水。”

奇迹好奇地道：“三光神水是什么？”

“你竟然不知道三光神水？”玉嵘震惊地看着奇迹：“三光神水乃是元始圣人采日月星三光所化，当年封神大战，姜尚以北海水罩住西岐，羽翼仙妄图扇干北海水，圣人洒了三光神水在上头，羽翼仙扇了半夜，越扇越长，最后力竭作罢。帝君那里的三光神水，也是圣人所赠，帝君又转赐给我一些。”

玉嵘讲了一个三光神水的小故事，奇迹听得津津有味：“哦，那很厉害呢。”

“岂止是厉害。”玉嵘古怪地看了奇迹一眼，觉得这少年也太奇怪了，连这也不知道，也不知今年到底多少岁了。

不过，奇迹虽然缺乏常识，但学习起来还是很用心的，上手也快。他们需要熟悉水脉，奇迹也好似早有准备，各处水府背得滚瓜烂熟。

接触下来，玉嵘心中多少有数。看样子，奇迹是有些背景的啊，家中可能有同做水府官员的。只是为何连三光神水也不知道，就不了解了。

到了午后，有任务分配下来，玉嵘便领着奇迹干活，这回是制表，统计功过罪恶，凡是业满的生灵，便可度厄。两个人效率很高，最后都捧着厚厚一叠卷帙，要送往他处。

太阴宫的大小宫殿其实很分散，并非聚拢一处，毕竟单是他们这些太阴星君的部下，就有千万之众。玉嵘和奇迹驾云前往，奇迹一直有点紧张的样子，玉嵘不禁问他：“怎么了？”

奇迹不爱想说的样子，别别扭扭道：“不习惯……”

不习惯？不习惯飞吗？玉嵘更好奇奇迹的根脚到底是长什么样了。

这时候，前边过来一行人，玉嵘的注意力立刻被转移了："这些家伙……"

奇迹的制服还没发下来，玉嵘身上却是穿着水官衣袍，月白色的底。迎面来的那些人，身上制服却是有红焰纹路。

他们看见玉嵘，也都露出了似笑非笑的神情。

双方还未说话呢，奇迹却是一抬手，开心地打招呼："你们好啊，我是奇迹，今天刚到太阴宫报到。"

众人："？？"

玉嵘惊了，一拉奇迹，小声道："那些是火官！"

太阳星君主掌太阳星位，众星皆借其光，这些火官便都是太阳星君手下的。

太阳星君与三元大帝，也就是天官、地官、水官大帝工作常有往来，私下好像也有交情，但是手下的小火官、水官关系可不是十分融洽。自古水火不容，大家修行的方向不一样，难免为了谁更厉害吵起来，或是有些偏见。有时工作对接，产生摩擦，就更加雪上加霜了。

这些火官勾肩搭背跑到他们太阴宫境内来，多半是借机去广寒宫，看能不能一睹仙子芳容，或是搭讪一下宫娥。玉嵘还想着该怎么嘲讽呢，奇迹就傻乎乎地和对方打招呼了，叫他又急又气。

果然，那些火官看奇迹的样子，愣了一会儿后，都哈哈大笑起来。

玉嵘捂着脸，不好意思再说什么了，拉着奇迹加快速度驾云，和火官们擦肩而过。他一方面是不好意思，一方面发现奇迹脸都黑了，估计在家没受过这样的气。

"他们为什么要笑？"奇迹也不傻，看出来那些火官不是善意的笑容，便气鼓鼓地问道，要不是玉嵘拉他走，他便要撸起袖子仔细问一下了。

玉嵘解释道："因为他们是火官，我们是水官啊。"

奇迹还是一脸茫然："对啊，我看出来了，但是为什么？"

玉嵘："……"

玉嵘扶着奇迹的肩膀："奇迹，你到底还有多少常识不知道？你家中长辈难道从来不与你说的吗？水火不容，这也需要问为什么？"

奇迹若有所思，口中喃喃道："原来外面这么严重啊……"

玉嵘内心还在想，又要被那些火官嘲笑不知道多久了，没注意奇迹在说什么，两人都满腹心事地去交了差事。

回来的路上，玉嵘叮嘱奇迹："以后你看到火官，千万不要再这样热情打招呼了。当然，不是没有正常的火官，但即便如此，也不能失了我们太阴宫的威风。”

奇迹唏嘘道：“没想到形势如此严峻。”

玉嵘小声道：“你以为呢，每个月都有因为斗殴被点名批评的。”

奇迹问道：“别的宫苑之间，也会有这样的争斗吗？”

“当然有，尤其是大神们的交往也会影响手下，或是根脚犯冲。但是……”玉嵘沉默了一会儿，幽幽道：“一般形容某两家相处不好，都说‘势同水火’。”

奇迹：“……”

他们回去的时候，路过了广寒宫，先前遇到的那些火官果然蹲在外头。

玉嵘看到他们，脸色就又沉了沉，拉着奇迹一声不吭地往前。

火官们却没放过他们，还挤眉弄眼，对奇迹招手：“你好，我是风杞，一百年前刚到扶桑宫报到。”

“哈哈哈哈哈哈哈哈哈！你好，我五百年前在扶桑宫报到的！”

他们学奇迹之前打的招呼，俨然是将这当成个笑话了。说真的，这够他们笑十年了，居然有个小水官傻傻又热情地向他们问好。

玉嵘气得停步不前：“是可忍，孰不可忍！”

火官脾气更为暴躁，也不理这儿是在太阴宫境内，霍然站起来道：“不服气，天河边上，做过一场啊！”

斗法，按照玉嵘说的，这可太寻常了。无论是正式的，还是私下斗殴。

玉嵘气急：“来就来，谁怕谁，叫你们尝尝三光神水的厉害！”

这些年他日日锻炼，已经将帝君赐的那点三光神水炼化完全了，使出来必叫他们吃点苦头。

火官们一听他有三光神水，彼此对视几眼，其中一个火官便站起来，冷笑道：“好啊，那看看是你的三光神水厉害，还是我的六丁神火厉害。”

这就是天庭啊，说不定在哪就冒出来一个有背景的神仙。玉嵘被指点过，这个火官看来也有奇遇，或是家里有背景。六丁神火乃是老君八卦炉中的火，观音大士的杨柳枝都能烤干。

奇迹按住玉嵘，说道：“等等，玉嵘师兄，要做过一场，也是我和他来。”

先前是他和这些人打招呼，他们嘲笑的也是他。只是太阴宫是一个集体，玉嵘无法容忍。而奇迹早就不爽了，要不是玉嵘拉他走，他首先便要撒撒气。

奇迹一张娃娃脸，眼睛圆圆的，看起来又小又乖，别说火烧一烧，便是推一下，也好似会坐在地上号啕大哭起来。

玉嵘看他一会儿，连连摇头：“奇迹，我知道你家亲族可能也不一般，但是天庭里关系错综复杂，多得是人有背景。咱们自己的事自己解决，那六丁神火可不是好对付的。”

他虽然有一点三光神水，也要忌惮一二，若放奇迹上去，还不被烧得哇哇大哭，找家长就更丢人了。

对面的火官隐隐听到奇迹的话，嘿嘿一笑，一翻手腕，掌心便出现了一簇六丁神火，他显摆着六丁神火，嘲讽地道：“小童儿，你是要过来给哥哥捏捏脸吗？”

玉嵘眼睁睁看着奇迹听到这句话后，竟是不管身在何处，直接就冲上去了，顿时脸色一变：“奇迹！”

没想到奇迹跑得还挺快，一下冲到对面去，一头撞在那火官身上。

火官只觉得一股巨力袭来，这小童儿看着稚嫩，力气倒不小。他当时便一个趔趄，要不是道友扶主，可能就要摔倒了，手里的六丁神火也因为心神不定闪了两下。

火官还真不敢在这里放火，只是拿出来吓唬一下对方罢了，叫他邀请小童儿去天河边上干架，好像也太傻了，但是眼下能忍吗？当即便要把六丁神火收起来，准备好好教训一下这小童儿。

跑过来撞人像什么话，当在家里和家长撒泼吗？

可就在这时，奇迹取下羽毛手串，便将火官的六丁神火强行摄走。

火官连一点反应机会也没有，六丁神火被摄走后如同泥牛入海，半点反应也没有了，急得他汗都下来了，一脸惊惧。这六丁神火他也炼化许久了，怎会这样呢，那到底是什么法宝，外表也不是特别厉害啊。

“我的六丁神火呢？快还给我！”火官急忙喊道，这可是他好不容易得来的一簇，就这么一簇。

“已经没了！”奇迹说道。

这时玉嵘也跑过来了，看到奇迹把六丁神火摄走，想来一定是他长辈赐的法宝，所以才有恃无恐，心中放心一些，却还是提醒道：“奇迹，见好就收。”

小小打闹一下还行，闹大了他们也要被通报批评了。

奇迹回头给了玉嵘一个“我有分寸”的眼神，玉嵘便安下心来。但是下一秒，就见奇迹昂首说道：“你放完火，现在该我了！”

话音落下，他那羽毛手串里就冒出了一道太阳真火，呼一下兜了个圈把那火官围住，他人近身不得。接着，奇迹就一下跳进火圈，一屁股坐在那火官身上，凶狠地道：“你说要捏我脸？？”

太阳真火熊熊燃烧，被奇迹骑着，险些被压吐血的火官目光呆滞。

他可算知道为什么这小童儿说“已经没了”，又为什么自己感应不到神火。这法宝并非专门摄物用的，而是装东西用的，里头装的还是太阳真火，万火本源。

他那六丁神火一摄进去，怕是就被吞噬了！

其他火官同样，哪能认不出太阳真火，但越是认出来，越是一脸怀疑人生。他们，火官，被水官用太阳真火教训了？！

玉嵘则看了半天自己的水官制服：这是我们太阴宫的新人？

太阴宫主殿，玉嵘缩得像鹌鹑一样，和奇迹并排站着，对面则是几个火官，其中和奇迹吵起来的那个鼻青脸肿，形容甚是可怜。

因为大庭广众之下斗殴，他们被围起来了，后来不知发生了什么，又被直接带到了主殿来。玉嵘心中惴惴不安，到了这里，难道帝君要见他们？

不过，比起玉嵘，对面的几个火官更加恐惧。

陆压道君，天地间唯一一只三足金乌，作为太阳星君，他是不怎么管事的，全都交给部曹。但是，这并不代表扶桑宫的火官们就不敬畏他了。

这可是唯一能主太阳星位的，掌着万火本源。以他圣人之下，战力前三的实力，只要他还是太阳星君，火官们平时就很骄傲了。更何况，道君不管事，却极为护短。

无论是火官，还是天庭其他官吏，都知道太阳星君非但平时不管事，而且保持着做散仙时的习惯，独来独往。

因此，在充满机遇的天庭，你有可能获得六丁神火、三昧真火，也有可能获得三光神水、杨枝甘露，但就是没人获得过太阳真火。

那个小水官，一出手就是太阳真火，这不吓死人吗！

他到底和太阳星君是什么关系？都和太阳星君有关系了，为什么还要来太阴宫？

无数问题在大家脑海中盘旋，但是碍于现在身处太阴宫主殿，谁也不敢说出来，只能眼神复杂地看看奇迹。

奇迹却是一派自然，还有心情打量这里的装饰。

没等多久，正如玉嵘所料，帝君现身了——太阴星君行走如风，冲进殿内，又回身伸手，说了句："道君，请。"

玉嵘眼皮一跳，下一刻，便看到百年难得一见的太阳星君走了进来。他不像帝君那样一身官袍，而是穿着便装，但丝毫不影响威严。凤目扫了一眼殿内，在几个火官身上稍作停留，他们便一个激灵。

完了完了，顶头上司也来了，这个小童到底是他什么人……没听说陆压道君有什么朋友、晚辈啊！家里不是早只剩他一个了吗！

"人呢？"陆压问了一句。

太阴星君嘿嘿一笑："已经让人去催请了，倒是这边还有点事。"

说着，太阴星君附耳密语了几句，不时看他们两眼，显然是在说之前发生的事。

众人一愣，怎么，陆压道君原本是为了其他事来这儿的？

陆压听完，脸色不见变，但是带给人的压迫感显然更强了，他对奇迹说了一句："打赢了？"

奇迹用力点头。"打赢了！"在火官们担忧的目光下，他冲过去抱着陆压的手臂说："爹，他说他要捏我的脸！"

玉嵘嘴巴都不自觉张大了。

几个火官眼前一黑，差点晕过去。

爹？！

没听错吧，太阳星君什么时候有儿子了？！

他们猜了很多，就是猜不到奇迹是太阳星君的儿子，不管太阳星君什么时候有的儿子，是不是亲的，他怎么会让儿子去太阴宫领差事啊！说好的水火不容呢？

不过也难怪奇迹一看到他们，就热情地主动打招呼，还不是把他们当作自己人。一想到这个他们就更想捶自己了，他们居然嘲笑扶桑宫的太子爷……

更可怕的还在后面，太阴星君可没说起这个细节，陆压道君一听有人要捏自己儿子的脸，神情顿时非常恐怖，盯着那个火官看。

火官一屁股坐在地上，脸色煞白。

太阴星君脸上露出了一点微妙的神色，似乎觉得很有意思。

没错，道君是护短，但是自个儿十个手指还分长短呢，这要是太子爷，十个火官也比不上啊！

就在大家觉得下一秒道君就要放火的时候，又有一人进了殿来，轻松一笑，一句话便让气氛缓和了：“只是在这儿查点资料，怎么还来接啊。”

玉嵘偷偷看了一眼，觉得有点眼熟，想了半天，才想起来这位是金龙殿下，前段时间才归位天庭的。大家不是很熟，只是他最近常过来，听说和太阴宫有业务上的合作。

其实龙族和太阴宫关系本就密不可分，太阴星君掌天下水脉，而龙族本是水族之首，各处水府也俱是龙族管理，太阴星君虽然是昊天上帝委派的，却是少不了龙族背后支持。

不过，听金龙殿下的话语，怎么好像……

奇迹又投入了段佳泽怀里：“爸爸！”

陆压也有点不自然地道：“顺路罢了。”

众人：“？？？！”

除了太阴星君这样早知情者，在场的人都一脸怀疑人生。

这什么情况，奇迹的另一个家长是金龙？陆压道君和龙族怎么可能在一起，是他们听错了吗？

玉嵘更是一头雾水，难怪他没听过奇迹的根脚。俗话说龙生九子，各有不同。龙与狮生狻猊，与豺生睚眦……所以，与三足金乌，则生帝企鹅？

这也有道理，龙族与三足金乌生出一个水禽来，难怪有太阳真火却不入扶桑宫。除此之外，没有更好的理由了。

段佳泽听了陆压的话，也不戳破他，笑呵呵地道：“今日麻烦帝君了，既然陆压来接了，我们这就不打扰了。”

“哪里，客气了。”太阴星君也满面笑容地道，又问陆压：“道君，那这几个……”

他指的是那些火官。

看了一眼瑟瑟发抖的火官们，陆压只想了两秒，便道：“回头再说，你们自己回去！”

他现在才没时间处理呢，和奇迹一左一右拉着段佳泽就往外走了。奇迹还没忘了回头和僵硬的玉嵘挥挥手：“玉嵘师兄，明天见！”

火官们对视一眼，露出绝望的神色。

上了天庭段佳泽才真实地感受到，他和陆压的关系有多吓人，收获了无数张震惊脸，也不知道在自己归位之前，陆压到底在天庭把水族 diss 得有多厉害……

龙族那边也是捏着鼻子认了这个女婿，并且要求长子奇迹进入太阴宫工作，而非扶桑宫。

陆压不是很愿意，但奇迹倒是欣然接受了，浑然不知道作为扶桑宫太子跑到太阴宫去任职，在曝光后会掀起多大的波澜。他可是刚上来的，连三光神水都不知道是什么的新人。

奇迹几乎挂在段佳泽身上，他特别喜欢爸爸这个重塑过后的身体，以前他压一压爸爸就要嗷嗷叫，现在整个挂上去，爸爸也非常轻松："爸爸，还有多久才能玩游戏呀？"

段佳泽自人间界归位之后，经过深思熟虑，在天庭的支持下开办了灵囿游戏开发公司。

此前天庭也有游戏，陆压就一直在玩，不过并不流行，也没有自己研发的，基本都是照搬人间界的，不成气候。

而段佳泽构思的，则是大型的拟真游戏。段佳泽在和龙族的交流之中得到了灵感，他从龙族要了许多巨蜃来，准备利用它们的幻术做拟真游戏。去太阴宫查资料，则是为了参考一下，丰富地图。

段佳泽笑着捏了捏奇迹的脸："再等等，这还在收集资料的阶段呢。你先说说看，今天去报到，是不是又惹祸了。方才在殿里给你面子，我可没问那几个小孩怎么回事，脸都肿了。"

奇迹低着脑袋："他们先惹我的，我好心和他们打招呼，他们反而嘲笑我，欺负我。"

段佳泽想了想道："随便动手还是不好，太暴力了，你可以告状，用正规途径解决。"

奇迹抬头，认真地说："爸爸，那样他们会更惨吧。"

段佳泽："有道理。"

他发现还真没法反驳，高层的人差不多都知道奇迹和他们的关系了，要是那些火官的上司，也就是陆压的下属们知道他们和奇迹起了冲突……估计不是鼻青脸肿就能解决的。

陆压说："看来口口相传还是太慢了，早听我的登报公布关系，怎会有人敢顶撞奇迹。"

段佳泽："……"

第二天奇迹去办公室的时候，大家看他的眼神都不一样了。

这可是三足金乌和金龙的儿子，天地间唯一一只帝企鹅（误），扶桑宫的小太子！就这么在他们太阴宫做个小吏！

昨天的事情已经迅速传遍了太阴、扶桑两宫，现在谁不知道扶桑宫太子手上那法器，里头装的是太阳真火，稍不如意，就等着真火焚身吧。

玉嵘更是压力巨大，昨天他就申请调岗了，他真的不敢带奇迹啊，都不知道怎么相处。但是上头不允许，他只能蔫蔫地认了。

奇迹见到玉嵘态度还是没有变，笑嘻嘻地喊他玉嵘师兄。

玉嵘也挤出笑容回应，作为带奇迹的人，现在大家对他的态度也有点不一样……比如说，那些需要和扶桑宫对接的工作，居然全都被交给他了！

玉嵘强烈抗议也没用，他大概知道这些人的想法，身边有个扶桑宫的太子，办起事来当然事半功倍。但是玉嵘特别怕奇迹觉得他们利用他，生起气来，好在奇迹的脾气出人意料的好，并未发生。

于是，玉嵘有生以来第一次去扶桑宫，享受到了贵宾的待遇。

他带着奇迹去的，一路上畅通无阻，所有人好像一夜之间知道了奇迹的长相，一见到奇迹就躬身行礼，叫他大殿下。

到了地方，他们就被请去喝茶，自然有人帮他们走完流程，最后把文书交过来，已是处理得一应妥当，整个过程也就一个时辰。放在以前，不拖拉个几天是不可能结束的……

虽然很不好意思，但玉嵘不得不承认，奇迹是真的好用啊！甚至诡异地让扶桑宫和太阴宫之间的关系缓和了！

无论多棘手的事务，多紧张的合作，只要派出奇迹，就无往不利，甚至双方见面时态度也缓和了很多。

当然，对于这一点奇迹有话要说。

“这也不算我的功劳，”奇迹说道：“只是连我两位父亲都能恩爱和睦，他们哪来的那么大敌意呢。”

对啊，连三足金乌和龙族都能在一起，生了个水火双修的儿子。看着他们亲亲热热的样子，试问谁还敢觍着脸说“水火不容”？如果是这么个不容法，麻烦你来表演一下吧！

番外3
化龙

凌霄希望工程扶助合同期满，段佳泽借机调回天庭，正式归位。因其人身龙魂，需要重塑肉身。龙族长辈借风泽之气，万水之源，以及段佳泽父母金龙夫妇遗留的精血，结成龙身。

整个过程共计七七四十九天，初时肉身还需浸在三光神水中温养。

四十九天之后，陆压就急着要见段佳泽，被宝珠的父母拦了下来。他当时便一怒："走开，为何不让本尊进去！"

娑竭罗龙王忍气道："道君，你再稍等片刻就行了。"

他真是极其不满意陆压道君和佳佳在一起，原本大家就不是很看得对眼，这家伙对长辈还极其不礼貌。

上回佳佳归位后第一次见面，他还嘲讽龙族来着，说要真把佳佳当回事，一开始就不会把人落在下边了，搞得他们又羞又气。

"时辰已经到了，我算得清清楚楚。"陆压哪里肯罢休："是不是出什么问题了？"

这时宝珠打开门，扶着门框和父王对视一眼，娑竭罗龙王便懂了，回头道："一点小问题，佳佳现在被自己的龙身吓到了。"

陆压："……"

陆压十分荒谬地道："他在下界就看过龙女的本体了，怎还会吓到了——他现在连蛇也不怕了！"

最初段佳泽因为以人身长大，对大蟒蛇是有些怕的，后来也就渐渐习惯了。

娑竭罗龙王说道："他刚刚苏醒，融合得还不是很彻底，记忆有一点混乱。"

陆压更加激动了："那我更要进去了，他看到我就会心安的！"

娑竭罗龙王没办法，段佳泽不在现场，也没人管得了陆压，只好带他进去。

到了里面一看，娑竭罗龙王只说了情况之一而已。段佳泽还没法掌握从龙身转化成人身，正待在水池里，游得也歪七扭八，不时低头看一下自己的身体，眼中满是惊恐。

“佳佳！”陆压喊了一声。

段佳泽抬头一看，眼中的惊恐顿时扩大到了全脸，缩到角落里，猛咳了好几声，嘴边直冒泡泡。

陆压迟疑地道：“这是呛到的？”

他还真没有见过会被水呛到的龙，但是鉴于段佳泽现在的情况，他也没那么肯定了。

娑竭罗龙王抹了把虚汗：“恐怕是这样……对了，道君，我怎么觉得佳佳好像更加惊慌了？”

陆压心念一转，想到娑竭罗说段佳泽现在记忆混乱，隐隐有点猜测，但他是坚决不会承认段佳泽怕他的，哼道：“怕你吧，他可不喜欢长虫了。”

说着，陆压还要上前去。

娑竭罗龙王只知道段佳泽和陆压在人间界搞到一起了，不知道一开始段佳泽对陆压又怕又讨厌，所以站在原地一脸怀疑，还真不敢往前了。

陆压走到段佳泽旁边，段佳泽紧张得很，但好在还认识他：“道、道君……”

陆压伸手去摸段佳泽的身体，把他从水里拽了出来，段佳泽惊恐地说：“别、别拉啊，我不知道怎么动了！”

段佳泽趴在地上，他连用龙身游泳都没完全掌握，何谈四个爪子在地上走路呢。

刚刚化出的肉身还很小，但会在接下来七日内迅速长大，现在段佳泽和蟒蛇差不多大，陆压还想摸他，他就瑟缩起来。

“你怕什么！”陆压大怒：“再想不起来你就完了！我要家暴！”

娑竭罗龙王都震惊了。

宝珠看不下去了，过来把湿漉漉的段佳泽捞起来：“佳佳，你慢慢想，不要急。”

她温柔安慰许久，也没什么大用，倒是刚刚陆压那么一吼，段佳泽痛苦地闭着眼想了半天，清醒一些了：“宝珠姐姐，我想弄干身体。”

段佳泽还是有那么一点无法脱离人类思维，不喜欢出水后身上湿漉漉的。

宝珠连忙道：“我去拿毛巾。”

“不用了，让陆压来吧。”段佳泽说道。

陆压一听就知道段佳泽没那么错乱了，满意地把段佳泽身上的水渍烤干了。

娑竭罗龙王则走过来指责道："道君刚才说的那叫什么话，我可都听见了，你说要家暴？你平时就这么对我们佳佳？"

陆压斜睨他一眼："怎么？"

娑竭罗龙王怒道："别以为我们就怕了你！我们龙族是不会放任你欺负佳佳的，就算闹到圣人那里去也是一样！佳佳，你以前都不敢说啊，还是现在记忆混乱说漏了嘴，你太苦了，我们已经让你受了那么多年罪，你只要开口，父王如何也要救你出苦海。咱们龙族那么多青年俊彦，要什么样的没有，便是玩火的也不是没有……"

段佳泽头疼得很，听娑竭罗龙王越说越不像话了，赶紧制止他："您误会了，陆压没有家暴过我，他要家暴，还用得着人前隐瞒吗？"

这倒也是，人前陆压真没动过手，甚至对他们龙族也多有忍耐了——当然这是相比以前，以前态度更恶劣。娑竭罗龙王又瞪了陆压一眼，这才没说话了。

陆压原本是很讨厌水族的，看到段佳泽的样子却有些喜爱。他一身金色的龙鳞，颜色极为好看，泛着冷冷的金属光泽，显出了几分锋利，眼神还是原来那样，比其他龙族要可爱多了。

陆压不禁把段佳泽给搭在手上："你还不会飞吧，没事，我带着你。"

段佳泽的确很不习惯，在陆压手上一动也不敢动："你可别乱甩我。"

陆压看段佳泽没有安全感，索性把他放到胸口来，盘了两圈，两手一上一下抱着。

段佳泽果然觉得舒服很多："行。"

宝珠看着，觉得自己都没用武之地了，半晌才干巴巴道："佳佳，你按照我教的功法，每日运行一下，很快就会活动自如了。"

段佳泽点头，又问："我什么时候才能变回人啊？"

宝珠答道："这个不好说。按理说，转换道体是心念一转就行了，可能下一秒你就开窍了，可能要更久。"

"这样啊……"段佳泽若有所思地点头："那可能是我现在接受度还不高吧。"

这里既然已经重塑好了身体，陆压迫不及待就要带段佳泽回扶桑宫，他待在水族的地方怪不自在的。段佳泽只好和宝珠父女告别，约定好等他能自如掌控身体后再来。

段佳泽回来也没多久，他在天庭某个圈子里算是有那么一点名气，因为之前很多大仙都借机去他那里度假。上来后一开始都是人身，这还是第一次以龙身出来逛——如果被陆压捧在胸口也算的话。

陆压大摇大摆地捧着一条小金龙往扶桑宫走，来来往往的仙人看见了，基本都是点头问好，不在意地看他一眼，转回目光，紧接着难以置信地再看过去。

这他妈什么鬼，陆压道君抱着一条龙？！

路过的仙人们：我是谁，我在哪儿，我是不是在做梦？？不然我怎么会看到陆压道君和龙族抱在一起！

陆压不知道到底有没有感受到大家的目光，但是从他得意扬扬的样子来看，极有可能是把这当作了艳羡。

段佳泽有点头皮发麻，他也没怎么出门，没想到大家都认识陆压，而且表情都那么震惊，一副三观坍塌的表情。他都怀疑起来，陆压在仙界的时候，是不是每天没事就殴打水族啊。

明明仙界地广，就因为陆压带着一条龙在外面溜达，直接导致了好几起交通事故。

毕竟大家都是仙人，眼力不一般，可能隔着老远驾云经过就看到这一幕了，然后就陷入呆滞状态，导致和前后左右的道友撞在一起，双双跌下云头。

段佳泽简直不忍心再看了，对陆压说；“你把我藏起来吧，再这样下去要大乱了。”

陆压意犹未尽，他觉得很爽啊，毕竟人间界的人都不知道他到底是谁，这些人都认识他，在他们面前……用人间界的话来说，就是出柜，非常快意。

鉴于上古时期什么感而有孕之类的事情都发生过，对仙人来说，这出柜出的是两个男性不稀奇，他们震惊的都是陆压道君和龙族搞在一块儿了。

但是段佳泽说差不多得了，所以陆压这才及时收手，否则他一路慢悠悠逛回扶桑宫，怕是不知道要引起多少交通事故。

段佳泽回来后就待在龙族的地方，大部分时间在重塑肉身，陆压也基本都陪着他，这是第一次和陆压回他的扶桑宫。

扶桑宫又叫太阳宫，占地也非常广，陆压带着段佳泽回到自己的寝殿，才把他身上的障眼法解除。

陆压回来后只匆匆来了扶桑宫一次，把孩子放下来，他不放心把孩子放在龙族那儿，万一被教坏了怎么办。

俗话说一人得道鸡犬升天，段佳泽和陆压一上来，把他那些鸟儿女也都带上来了。其中，只有奇迹功课最好，又吃了些丹药，已然能化人形，鹦鹉们则逊多了，还是鸟形态。

这时候，扶桑宫的宫人们正围着几十只鸟儿，喂它们吃东西。星君前些日子回来，只丢下一句好生照顾，就风风火火又跑出去了，但他们也不敢懈怠，把这些鸟儿喂得饱饱的。

大家也猜测了一下，鹦鹉他们是认得的，虽然这些鹦鹉颜色丰富过头，品种很稀奇。另外一只巨大的鸟，就谁也不认识了，还猜测是不是星君收的稀罕宠物。

这时陆压回来，众人又赶紧拜见星君，结果一个照面就看到陆压抱着一只金龙。

所有人都呆住了，不敢相信自己的双眼。

什么情况，无量量劫提前来临了吗？

陆压得意地摸了两下怀里的小金龙，说道："这是我夫人。"

童仆们都战战兢兢行礼，动作非常僵硬，这只是他们的本能，其实内心还处于怀疑人生中。星君不过是被罚下界一段时间，为什么会和龙族结亲，被施了什么邪术吗？

陆压恨不得把小金龙举高了，但是看到段佳泽有点不好意思的样子，他只好作罢。

段佳泽羞涩地让大家不要客气，又问道："孩子们呢？"

众人："？？"

孩子？啥孩子？

不消他们回答，奇迹和鹦鹉们已经听到动静，一一从内殿跑了出来。

奇迹一摇一摆，走得最慢，鹦鹉们却不敢越过这个霸道的大哥，都慢慢飞在他后头。虽说已经能够化形了，但奇迹还是更喜欢自己这个状态，比较有分量。

陆压看到孩子们没瘦，略带欣慰地摸了一下奇迹，准备奖励一下宫里的人："你们照顾得还不错，都认识过了吧，你们大到五十一殿下。"

众人面面相觑。

不认识啊！这些鸟并没说过自己是殿下啊！

星君下界不但弄了个龙族夫人回来，还如此有效率地生了五十一个孩子，五十一个！

众人纷纷凌乱，龙生九子各有不同，看来那些并非鹦鹉，而是龙子。难怪各个颜色样貌都有差异，尤其是大殿下，格外不同。

陆压一点也不在意大家的心情，说道："都下去吧，把门关上。"

宫人们脸色五颜六色，鱼贯而出，关上门各自对视一眼，满腹话语想说，到了嘴边又不知该说什么。

最后还是为首一人茫然说道："此事暂时只可咱们自己人知道，以免星君责怪我等多嘴多舌。"

大家都喏喏应是，心想我们往外说也要有人信啊！不是亲眼看到谁他妈能相信太阳星君和龙族在一起还生了五十一个娃?

这些日子他们还把五十一个殿下养在一块，还好意思自己觉得养得很好。

别说了，快去整理五十一个房间出来吧，亏他们以前还觉得扶桑宫很冷清，这下好了，依殿下们的聒……活泼程度，可以热闹个够了。

殿内。

奇迹围着段佳泽看了好久，才在陆压肯定的眼神下，确认这是他爸。奇迹低头用嘴巴戳了一下段佳泽，非常稀奇地道："爸爸，你……你好小啊！"

"很快就会长大的。"段佳泽还没法像正常龙那样腾云驾雾，就待在席地而坐的陆压怀里，勉强用短短的爪子摸了一下奇迹："还记得爸爸和你说过吗，爸爸还有个身体，就是这样了。"

"和电视里不一样。"奇迹也只在电视里看过龙，宝珠姑姑的原型他都没看到，稀奇地看着段佳泽一会儿，又撒娇道："我还是想要爸爸抱我。"

段佳泽这个样子怎么抱他啊，奇迹一压过来，不知道会不会把他给压扁。

陆压暗搓搓捏着段佳泽的尾巴，鼓励他："你变变看。"

鹦鹉们也都叽叽喳喳说起话来："加油啊爸爸，爱拼才会赢。"

"变身，变身！"

段佳泽使劲想象着自己的人形，可能是记忆渐渐稳定，抱儿子的想法也强烈，十几秒后，竟是真的变回了人形，姿势则是整个窝在陆压怀里。

“拿开，流氓！”段佳泽把陆压放在自己屁股上的手拨开了，刚才捏他尾巴他就想说。

陆压：“……”

段佳泽让陆压找了镜子给自己看，和原来凡人时也没有太大差别，他还担心自己会不会一头金毛呢，现在一看，正常形态下并不是。

奇迹看到段佳泽这个比较熟悉的形态，一下扎他怀里了。连带着鹦鹉弟妹们也都跟着冲过来，这个冲力可不一般。

幸好段佳泽现在就坐在陆压怀里，他往后一仰，倒在陆压胸口，陆压纹丝不动。

段佳泽乐了几声，七手八脚地把大鸟小鸟们往怀里搂：“哎，宝贝儿们，往后洗澡，爸爸给你们喷水，爹给烤干，是不是很完美啊？”

五十一个娃异口同声地回答：“完美”。

陆压：“……”

陆压怀里抱着段佳泽，段佳泽怀里抱着孩子们。大概从这个时候起，五十一位殿下对于“势同水火”就有了更深刻的认知。